Heidi Lange ist Heilpädagogin und Supervisorin und als Dozentin tätig. Ihre Enkelin Lea hat in ihr die Freude an Märchen wieder zum Leben erweckt, was sie dazu veranlasst hat, eine Ausbildung zur Märchenerzählerin zu machen. Seitdem befasst sie sich mit Märchen aus vielen Ländern der Welt. Mit ihrem Mann und zwei Katzen lebt die Autorin in einem Holzhaus inmitten eines verwunschenen Gartens.

2021 veröffentlichte sie ihr erstes Buch „Lichtmond" – ein Märchenroman (s.S.413ff). In „Sonnenperle" begegnet der Leserin / dem Leser der Handweber Johan erneut, der nun um seine große Liebe Agnes kämpft.

Heidi Lange

Sonnenperle

Impressum

© 2023 Heidi Lange
www.heidilange-supervision-coaching-
systemisch.de

Umschlaggestaltung: Swanti Bräsecke-Bartsch
www.braesecke-bartsch.de

Lektorat: Birgit Freudemann, Tröstau
https://www.schreibwerkstatt-bf.de

Herstellung und Verlag: BoD – Books on Demand,
Norderstedt

ISBN: 978-3-7578-2946-9

Bibliografische Information der Deutschen Nationalbibliothek:
Die Deutsche Nationalbibliothek verzeichnet diese
Publikation in der Deutschen Nationalbibliografie;
detaillierte bibliografische Daten sind im Internet
über http://dnb.dnb.de abrufbar.

*„Mögest du fragen und zweifeln,
hadern und ringen,
wie Menschen es tun,
die bereit sind, bis zum Grund zu tauchen
und der Welt die Perle zu schenken,
die sie finden."*

Giannina Wedde, 2021

*

*„Nun aber bleiben Glaube, Hoffnung, Liebe,
diese drei;
aber die Liebe ist die größte unter ihnen."*

Bibel, 1. Korinther, 13

Sonnenlicht durchbrach die Linie zwischen Luft und Wasser, drang in die Tiefe hinab, wo aus wogendem Algenwald ein mächtiger Turm emporragte – eine Festung aus Perlmutt. Silbergrün, blassrosa, leuchtendweiß. Bunte Fische umkreisten den Turm, ließen sich von der Strömung gemächlich durch seine Öffnungen treiben, verschwanden im Inneren und schwammen wie schwerelos an anderer Stelle wieder hinaus. Am Grund des Gewässers tummelten sich zwischen Steinen und korallenbewachsenen Felsen Krebse aller Art, ebenso geschmeidige Seesterne, kugelige Seeigel und wie von Hand polierte Muscheln. Unablässig öffneten und schlossen sich schwebende Quallen wie aufgebauschte Regenschirme. Seepferdchen ließen sich bei ihrem Tanz von den wiegenden Algenzweigen liebkosen. Mürrisch dreinblickende Schildkröten schoben langsam ihre massigen Körper voran. Auf der Suche nach unsichtbaren Moostierchen und raffiniert getarnten Würmern stolzierte eine Wasserspinne auf dünnen haarigen Beinen zwischen den Felsenritzen umher.

Im Schutz des Perlmuttturms hatten alle Tiere ein angenehmes Leben. Außer wenn sich plötzlich die schwarzen, sich windenden Schatten zwischen sie und das Licht schoben und aus dem Turm ein dumpfer durchdringender Laut ertönte. Blitzschnell verschwanden dann die Geschöpfe in ihren Verstecken. Einige nutzten dafür den Turm, andere verkrochen sich zwischen den Felsen, wieder andere verharrten bewegungslos getarnt, bis die vermeintliche Gefahr vorüber war.

Eines der Schalentiere hatte sich vor Zeiten ebenfalls in diesen Turm begeben. Seitdem lebte es dort, um zu wachsen und abzuwarten, bis der verheißene Augenblick gekommen war. Alles was das Tier zum Leben brauchte, fand es hier.

So vergingen die Jahre, bis zu jenem Tag, an dem es wie von einem fernen Ruf gelockt begann, sich in der ihm eigenen Langsamkeit nach oben zu bewegen – ein langer mühsamer Weg durch die verschlungenen labyrinthischen Gänge des Turms. Aber das Tier hatte keine Eile, obwohl sein Ziel jener Punkt war, der sich an der Turmspitze, knapp unterhalb der Wasseroberfläche befand. Dort würde ein Strahl der Sonne den Schatz in seinem Innersten zum Strahlen bringen.

Meister Gründel sah von seinen Büchern auf. Schon einen Moment bevor der Kunde an die Tür pochte, hatte er das energische Klacken eines Gehstocks, dann die Schritte des Besuchers auf den hölzernen Stufen vernommen.

Er kommt, schoss es ihm durch den Kopf. Rasch erhob er sich, straffte seinen Gehrock, ebenso seine Haltung, und verschränkte die Hände hinter dem Rücken, wie er es gewöhnlich tat. Angespannt fixierte er die dunkle Holzfläche der Tür. Zudem bemühte sich Gustav Gründel um ein Lächeln, mit dem er den Mann empfangen wollte, was ihm allerdings misslang, wie er sich eingestehen musste. *Verdammt! Warum kann ich ihn nicht freundlich begrüßen?,* dachte er und ärgerte sich über sich selbst. *Schließlich ist er der beste, nein, der allerbeste Kunde, den ich jemals hatte! Schon deshalb verdient er meine Freundlichkeit.*

Während er noch mit sich haderte, klopfte es. Gustav holte tief Luft, um „Herein" zu rufen, doch der Besucher wartete gar nicht erst ab. Er trat einfach ein.

„Seid willkommen, Eurer Gnaden", hörte sich Gustav sagen, konnte es jedoch selbst nicht glauben. Die Anwesenheit des Mannes füllte augenblicklich, auf eine höchst unangenehme Weise, den Raum. Obwohl das Arbeitszimmer des Meisters – schon wegen des vielen Holzes, das es hier überall an Wänden, Decke und am Boden gab – eine wohlige Gemütlichkeit ausstrahlte, durchfuhr Gustav ein eisiger Schauer. Die Flammen der

Kerzen, die vorhin noch ruhig flackerten, wurden von einem heftigen Luftzug erfasst, sodass er befürchtete, sie könnten erlöschen.

Als dann die Tür ins Schloss gefallen war, ging der Besucher ein paar Schritte auf Gründels Arbeitstisch zu, blieb aber mitten im Raum stehen. Die Männer betrachteten einander. Der Besucher tat dies mit durchdringendem Blick, den Gustav schon von ihm kannte, während er sich bemühte, seine Nervosität in den Griff zu bekommen. Dabei half ihm das vertraute Klappern und Klopfen der Webstühle, auf denen in der ebenerdigen Etage die Weber ihrer Arbeit nachgingen. Mit einer Handbewegung lud er den Mann ein, auf dem rot gepolsterten Stuhl vor seinem Tisch Platz zu nehmen.

Die Erscheinung des Besuchers war wie gewöhnlich an Eleganz kaum zu überbieten. Unter seinem schwarzen Gehrock blitzte ein helles Hemd aus feinstem Leinen hervor. Über diesem trug er eine Weste aus leuchtendgrüner Seide, aufwändig bestickt mit kunstvollen Blumenranken. Das Hemd hatte einen hohen Kragen, um den ein Band aus dunkelgrünem Samt stilvoll gebunden war. Die ebenfalls schwarze Hose konnte nur aus Leder sein, das im Kerzenlicht matt glänzte, gleichfalls die Handschuhe, die der Mann nun lässig abstreifte, nachdem er Platz genommen und ein Bein über das andere geschlagen hatte. Seinen Gehstock, an dessen Ende eine goldene Spitze aufblitzte, legte er fast zärtlich auf den Oberschenkeln ab. Das Leder seiner Hose bedeckte selbst im Sitzen den Schaft der blank geputzten Stiefel. Auf dem Kopf trug er einen steifen Zylinder mit breiter Krempe. Das mit Pomade sorgfältig frisierte, rötlich schimmernde Haar schaute nur an wenigen Stellen darunter hervor. Kein Zweifel: Hier saß ein Mann mit modischem Verstand, der penibel auf ein elegantes Äußeres achtete. Meister Gründel kam nicht umhin, dieser Tatsache Bewunderung zu zollen.

„Euer Gnaden sehen heute wieder vortrefflich aus", sagte er, nicht ohne einen leisen Anflug von Neid.

Der Besucher schenkte seinem Gegenüber ein kühles Lächeln.

„Wie weit seid Ihr mit meinem Auftrag?" Er sprach mit leicht französischem Akzent.

Gustav schluckte.

„Meine Weber arbeiten beinahe Tag und Nacht daran", antwortete er wahrheitsgemäß. Er wagte nicht zu ergänzen, dass der Besucher doch wissen müsse, dass es noch dauern würde. Das hatte er in den vergangenen Tagen ja schon mehrmals betont. Die von dem Mann bestellten Stoffe verlangten von seinen Webern höchste Kunstfertigkeit. Schon allein die Fertigung der mit prunkvollen Mustern zu versehenden Seide dauerte seine Zeit. Ein Auftrag dieser Größenordnung wäre daher frühestens in zwei Wochen fertiggestellt.

Seine noble Erscheinung abrundend zog der elegante Herr nun eine goldene Taschenuhr an einem scharlachroten Band hervor. Langsam öffnete er den Deckel, betrachtete das Ziffernblatt, schloss die Uhr wieder und erhob sich, nachdem er den wertvollen Gegenstand in der dafür vorgesehenen Tasche seiner Hose hatte verschwinden lassen.

„Nun, ich hoffe, es wird nicht mehr allzu lange dauern", sagte er mit durchdringender Stimme, begleitet von einem abschätzigen Blick seiner grünen Augen. Dann erhob er sich zum Gehen, was bei Meister Gründel Erleichterung hervorrief. Er hatte nicht mal die Gelegenheit gehabt, dem Gast etwas anzubieten.

„Wir tun, was wir können, Euer Gnaden", versicherte er und wagte nun doch hinzuzufügen, dass die Fertigstellung noch eine gewisse Zeit in Anspruch nehme. Vielleicht, so hoffte er, würde das den Mann davon abhalten, gleich am nächsten Tag wiederzukommen.

Bevor nun aber der Besucher den Raum verließ, wandte er sich noch einmal Gustav zu.

„Wo ist Eure Tochter heute, Meister? Hier oben ist sie offensichtlich nicht, ich habe sie auch unten in der Werkstatt nicht gesehen."

Gustav spürte einen Stich in der Magengrube. Es war ihm nicht entgangen, dass der edle Herr sich immer dann länger in seinem Haus aufhielt, wenn Agnes anwesend war.

„Meine Tochter macht Besorgungen", schwindelte er.

Die Augen des Mannes blitzten ihn argwöhnisch an.

„Es wäre mir eine große Freude, die junge Dame bei meinem nächsten Besuch wieder einmal anzutreffen", entgegnete er befehlerisch.

Gustav schwieg. Sein Vaterherz verbot ihm, dem Mann zu versichern, dass dies selbstverständlich so sein würde.

„Ich wünsche Euer Gnaden noch einen angenehmen Tag", verabschiedete er ihn stattdessen mit fester Stimme und deutete eine leichte Verbeugung an.

Als das Klacken des Gehstocks auf der Treppe verklungen und dem Rattern der Webstühle gewichen war, ließ sich Gustav in seinen Stuhl fallen. Das Interesse des Besuchers an seiner Tochter behagte ihm nicht.

Er schickte ein Stoßgebet zur Zimmerdecke und seufzte: „Möge der Auftrag dieses merkwürdigen Menschen nun endgültig der letzte sein, den wir für ihn erfüllen müssen!"

Der Mann, dessen Besuch den Webermeister so aufgewühlt hatte, war – so hieß es – ein Graf französischer Abstammung. Er hatte sich ihm beim ersten Zusammentreffen mit *Comte de Passeur* vorgestellt. Gustav zuckte mit den Schultern. Heutzutage war das französische Gehabe ja in Mode gekommen. Jeder, der hier in Erlenburg etwas auf sich hielt, legte neuerdings irgendwelche französischen Marotten an den Tag. Woher der Comte genau kam, wusste niemand. Auch er wagte es nicht danach zu fragen. Der elegante Graf genoss in Erlenburg aber großes Ansehen, was nicht nur an seiner eleganten Erscheinung und dem Hauch des Unbekannten und Geheimnisvollen lag, der ihn umwehte. Nein, die Leute zogen vor ihm vor allem deshalb den Hut, weil er in der Erlenburg logierte.

Die Erlenburg, die weithin sichtbar über der Stadt thronte und ihr den Namen verlieh, war eine mächtige Burg. Seit Hunderten von Jahren hatte sie zahlreiche Herrscher beherbergt. Derzeit residierten dort der Graf Jakob und die Gräfin Charlotte von Erlenburg, ein junges, allseits beliebtes Paar. Die Menschen in Erlenburg glaubten, die beiden würden niemanden so lange bei sich aufnehmen, der nicht wenigstens ein entferntes Mitglied der gräflichen Familie war.

Karamell gackerte genüsslich vor sich hin. Sehr zu ihrer Freude lachte heute, nach trüben Spätwintertagen, endlich wieder mal die Sonne von einem blauen Himmel herab. Einfach herrlich, im Kräutergarten der Burg umher zu spazieren, nach zarten Kräutertrieben zu sehen und sich die Federn wärmen zu lassen. Karamell drehte bedächtig ihre Runden und bewunderte dabei ihr Spiegelbild, das sie im Fenster des angrenzenden Badehauses sehen konnte. *Ach,* dachte sie, *es wird kaum ein schöneres Huhn als mich geben. Wie doch mein Gefieder in der Sonne glänzt. Man könnte meinen, es wäre aus purem Gold.*

Karamell hatte recht, es gab kein schöneres Huhn als sie. Das lag aber ehrlicherweise auch daran, dass sie ein ganz besonderes Huhn war. Denn Hühner, also gewöhnliche Hühner, gab es auf der Burg schon – jenseits des gräflichen Privatbereiches. Solche Hühner, die den ganzen Tag zusammen mit anderen im Dreck scharrten, sich von einem Hahn herumkommandieren ließen, jeden Tag ein Ei legten und nach einem kurzen Leben im Suppentopf landeten.

Aber Karamell zählte nicht zur Gattung der gemeinen Hühner. Nein, sie war ein Zauberhuhn, genauer gesagt ein Mittags-Zauberhuhn, denn sie beherrschte die Kunst, die Zeit in der Mitte des Tages in die Länge zu ziehen oder zu verkürzen. Wenn sie es wollte, verging die Zeit zwischen zwölf und ein Uhr in ganz Erlenburg entweder viel langsamer oder eben schneller als gewöhnlich.

Heute, nachdem die Burguhr zwölfmal geschlagen hatte, entschied sie die Zeit zu verlängern. Nicht ohne Eigennutz wollte sie bei diesem Wetter die wärmste Stunde des Tages ausdehnen. Wie das genau vor sich ging, ist schwer zu sagen. Jedenfalls blickte sie auf die Turmuhr und begann mit ihren zarten Hühnerfüßen genau zwölfmal zu scharren. Karamell würde es vermutlich anders bezeichnen. Es sah ein wenig aus wie ein kleines Tänzchen. Nun bewegte sich der Minutenzeiger der Uhr viel langsamer – und Karamell freute sich ihres Lebens.

In aller Ruhe trippelte sie durch die Kräuterbeete und entdeckte hie und da ein paar würzige Blättchen, die in der Frühlingssonne bereits austrieben. „Mmmh", gackerte sie aufgeregt, „das ist

Thymian und hier, ah, Liebstöckel und dort der köstliche Schnittlauch."

Während sie sich ausgiebig ihrer Mittagsspeise widmete, stieg aus dem Brunnen in der Nähe das Geräusch lauter werdenden Plätscherns des Wassers an die Brunnenwand herauf. Karamell hob kurz den Kopf, verdrehte ein wenig ihre kleinen Knopfaugen und fuhr mit ihrer Lieblingsbeschäftigung fort.

Dann tauchte am Brunnenrand eine höchst eigenartige Gestalt auf. Zunächst sah man die Schwanzflosse und den Bauch eines Fisches aufsteigen, so als würde ein Fisch rückwärts nach oben geschoben werden. Es war aber kein Fisch, sondern die Mütze von Strudel, dem Wassermann. Eigentlich hieß er ja Aquarius der VIII., aber alle, die ihn kannten, nannten ihn Strudel, weil er es liebte, in den wildesten Wasserstrudeln zu schwimmen.

Er kletterte ächzend über den Rand und landete mit einem lauten *Platsch* auf dem Boden.

„Pssst!", gackerte Karamell, „du störst die Mittagsruhe, Strudel!"

„Ich freue mich auch, dich zu sehen, werteste Karamell", schmetterte der Wassermann mit kräftiger Stimme, während es um ihn herum tropfte und gluckerte.

„Was machst du denn hier, mitten am Tag?", fragte das Huhn und betrachtete ihren nassen Freund. Ein wenig freute sie sich ja doch über sein Auftauchen. „Komm mit", bat sie ihn, „es muss uns ja nicht jeder sehen."

„Aber hier ist doch niemand, der uns sehen könnte", wunderte sich Strudel.

„Vielleicht aber doch. Manchmal ist mir, als hätte die Burg überall Augen und Ohren."

Als die beiden einen noch einsameren Platz in der hintersten Ecke des Burggartens gefunden hatten, sah Karamell Strudel fragend an.

„Nun, wie ich sehe genießt du die Frühlingssonne. Und wie geht es sonst?", wollte er wissen.

Er hatte auf einem Stein Platz genommen. Das Licht des Tages ließ die Schuppen, die seinen Rumpf bedeckten, blaugrün schimmern. Arme und Beine waren nackt. Zwei kugelrunde Augen blickten Karamell freundlich an, während aus seinen grünen Haaren und dem langen Bart das Wasser tropfte. Unter besagter Fischmütze ragten zwei spitze Ohren hervor.

„Ach, ich kann nicht klagen", antwortete Karamell. Dann aber drang doch ein leiser Seufzer aus ihrer Hühnerbrust.

„Was ist los?"

„Ach weißt du, es ist der französische Graf, der mir Sorgen macht. Er ist schon den ganzen Winter über hier, macht aber noch immer keine Anstalten wieder zu verschwinden. Ich kann mich nicht erinnern, dass ein Gast jemals so lange hier gewesen ist. Selbst bei der Belagerung 1785, als … Aber das ist ja eine ganz andere Geschichte." Karamell schien wirklich betrübt zu sein.

Strudel nickte. Ganz dunkel konnte er sich an damals erinnern.

„Aber weshalb macht dir das Sorgen?"

„Weil ich mich frage, was er so lange hier macht und weil er ein undurchschaubarer Kerl ist", gab Karamell zu, „außerdem finde ich es anmaßend, die Gastfreundschaft auf der Erlenburg so lange auszunutzen. Die beiden Männer in seinem Schlepptau sind auch sonderbar. Ich wäre nicht überrascht, wenn die etwas aushecken würden."

Strudel hatte seinen Kopf schief gelegt. „Sehen Jakob und Charlotte das auch so?"

„Ich glaube, die beiden nehmen es hin", sinnierte Karamell, „jedenfalls scheint ihnen die gräfliche Etikette zu verbieten, ihren Gast darauf hinzuweisen, dass es langsam Zeit wird, die Hühner zu satteln." Karamell stutzte. „Na, du weißt schon, wie ich das meine", sagte sie ein wenig kleinlaut.

„Mir kommt der Kerl ja auch nicht ganz geheuer vor", gab Strudel zu.

Das Huhn horchte auf.

„Aha, du kennst ihn?"

„Ja klar, schließlich ist er schon lange genug hier, und am Brunnen auf dem Markt wird viel über ihn geredet."

„Und was sagt man so über ihn?"

Der Wassermann grinste.

„Also, nachdem sich dort hauptsächlich Frauen aufhalten, …"

Er blickte Karamell tief in die Augen und atmete tief ein: „Nein, was für eine edle Erscheinung, dieser Comte de Passeur!", sagte er affektiert, „wenn er mich doch einmal darum bitten würde, in seine Kutsche einzusteigen … ich würde nicht

Nein sagen", flötete er theatralisch und fuhr fort, „so ein gut aussehender Mann mit den besten französischen Manieren – davon kann eine Frau wie ich nur träumen!"

Karamell kicherte und Strudel prustete vor Lachen.

„Gott sei Dank bin ich kein Mensch", gluckste sie, nachdem sie sich beruhigt hatten.

Agnes ging auf dem schmalen Weg den Bach entlang, der hinab zu ihrem Lieblingsort führte. Ein Ort unterhalb der Stadt, wo der Erlenbach ruhig dahinfloss und sein Ufer weniger dicht mit Erlen bewachsen war. Von einigen bemoosten Felsbrocken aus, die auf einer Lichtung lagen, konnte man dem Fließen des Baches zusehen und die Gedanken mit dem Plätschern des Wassers wandern lassen.

Agnes blickte in das Blau des Himmels und fühlte sich frei. In diesen Tagen genoss sie jede Minute, die sie nicht im Haus verbringen musste, was nicht nur daran lag, dass endlich der Frühling einzog. Nein, es lag vor allem daran, dass sie das dringende Bedürfnis verspürte, keinesfalls dem Comte begegnen zu müssen, mit dessen Erscheinen sie aber jederzeit rechnen musste. Erst heute hatte sie sich rasch hinter einem Schrank in der Werkstatt verstecken können, als der Comte eintrat. Oskar, der Geselle, hatte sie verwundert angesehen, sie ihm aber zu verstehen gegeben, dass er den Mund halten solle. Immer wenn sich der französische Graf in der Werkstatt oder im Arbeitszimmer ihres Vaters aufhielt, befiel sie ein mulmiges Gefühl. Und obwohl er bisher kaum ein Wort mit ihr gewechselt hatte, wusste sie, dass er sie beobachtete. Die Art und Weise, wie er sie ansah, konnte sie nicht ausstehen. Was wollte er von ihr? Oder bildete sie sich alles nur ein? Als Vaters bester Kunde war er allemal eine Goldgrube für das Geschäft. Agnes war nicht entgangen, dass die Frauen ins Schwärmen kamen, wenn sie sich über den Edelmann unterhielten. Das geschah nach Agnes' Geschmack allerdings viel zu oft. Sie mochte ihn einfach nicht.

Aber hier, an ihrem Lieblingsort, wollte sie erst recht nicht an ihn denken. Viel lieber dachte sie an Johan. Aus ihrer Rocktasche zog sie einen gefalteten Brief hervor. Die vielen Knicke und Falten des Papiers zeigten, dass sie das schon oft getan hatte. Sie kannte den Inhalt längst auswendig, doch hielt sie den Brief in Händen, war es auch ein wenig so, als ob sie Johan selbst halten würde. Er schrieb, dass es ihm nach einem aufregenden Abenteuer gut ginge und er fleißig am Weben sei. Agnes freute sich für ihn, aber am meisten freute sie sich über die Stelle wo es hieß, dass er sie sehr vermissen würde und bald, wenn der Frühling Einzug gehalten hätte, nach Erlenburg käme. Sie faltete den Brief sorgfältig zusammen und lächelte. Ja, sie vermisste Johan auch.

Sehr sogar.

In jener Mittagsstunde, die deshalb so langsam verlief, weil Karamell die Zeit verzaubert hatte, fuhr eine schwarze Kutsche auf den Marktplatz, auf dem um diese Zeit wenig los war. Die Händler – sie hatten schon seit dem frühen Morgen ihre Waren feil geboten – verstauten die Reste bereits wieder in ihren Wägen und schenkten der vorbeifahrenden Kutsche kaum Beachtung. Anders die Frauen, die am größten Brunnen der Stadt standen oder ringsherum auf den steinernen Stufen saßen.

Der Brunnen war ein beliebter Treffpunkt für Alt und Jung. Erlaubte es das Wetter, hielten sich manche Frauen den ganzen Tag hier auf, um zu spinnen, den neuesten Tratsch auszutauschen und sich Geschichten zu erzählen. Die verheirateten Frauen und Mütter hatten in der Mittagszeit freilich anderes zu tun. Aber andere, die keine mittäglichen Verpflichtungen hatten und sich durch das Spinnen ein paar Groschen verdienten, verweilten hier gern mit ihren Spindeln und einem Korb voller Flachs oder Wolle.

Als die Erste die heranrollende Kutsche bemerkte, veränderte sich die Schläfrigkeit, die sich aus einem unerfindlichen Grund eingestellt hatte, jedoch schlagartig.

„Seht nur", rief die Frau errötend aus, „die Kutsche des Comte! Wie aufregend!"

Ruckartig fuhren alle Köpfe in die Höhe.

Alle bemühten sich, den Mann in der Kutsche zu erspähen, der, zu ihrer Enttäuschung, hinter den dunklen Scheiben kaum zu erkennen war.

„Wo ist denn das hübsche Söhnchen?", krächzte eine Alte, die ihre Augen besonders anstrengen musste, sich mühsam erhob und mit gebeugtem Rücken ein paar Schritte in Richtung Kutsche humpelte. Auch andere Frauen erhoben sich, strichen ihre Kleidung glatt und setzten ihr schönstes Lächeln auf.

Nur Ella, eine junge Witwe, die im vergangenen Jahr ihren Mann verloren hatte, fuhr ungestört mit dem Spinnen fort.

„Habe ich euch eigentlich schon die Geschichte von Hans, dem Gockel, erzählt, der sich in einen Spiegel verliebte?"

Für einen Moment herrschte Schweigen.

„Ach Ella", rügte eine sehr junge Spinnerin, „du und deine Geschichten!"

Mit kühlem Lächeln bemerkte indessen der Comte de Passeur die Aufregung der Frauen, die sein Erscheinen hervorgerufen hatte. Die offensichtliche Verehrung, die ihm die Weiblichkeit in Erlenburg entgegenbrachte, erfüllte ihn mit großer Genugtuung. Für das, was er mit der Stadt vorhatte, war es zweifellos von Nutzen. Jetzt aber schlug er mit der Handfläche gegen die Kutschenwand, womit er dem Kutscher zu verstehen gab, dass der schneller fahren solle, damit er die gaffenden Gesichter nicht mehr sehen musste. Der Mann auf dem Kutschbock allerdings hatte heute einen schlechten Tag, denn das Gefährt wurde eher langsamer als schneller. Der Comte seufzte ärgerlich, wandte sich von den Frauen ab und blickte auf die Häuser des Platzes, deren Fachwerkfassaden in der Mittagssonne farbig leuchteten. In einem dieser Häuser würde er in wenigen Tagen eine *Auberge du Pâté,* ein „Gasthaus zur Pastete" eröffnen.

Er lehnte sich zurück. Bald würden alle von seinen Pasteten kosten.

Jakob hatte seinen Arm um Charlotte gelegt, während beide das Teehaus betrachteten. Das Häuschen mit dem pagodenartigen Dach war nach chinesischem Vorbild gebaut. Von außen war es nun fertig, die Arbeiten im Inneren dauerten noch an.

„Ich finde, es passt sehr gut hierher", sagte Jakob anerkennend, „ich muss zugeben, dass meine anfänglichen Zweifel restlos verschwunden sind."

„Und ich freue mich darauf, mit dir gemeinsam dort zu sitzen, Tee zu trinken und dabei hinaus aufs Wasser zu sehen", ergänzte Charlotte und küsste Jakob auf die Wange.

Er dachte an Augenblick zurück, als seine Frau zum ersten Mal die Idee geäußert hatte, ein Teehaus bauen zu wollen.

„Du warst anfangs wenig begeistert", sagte Charlotte.

„Ja, genau, ich dachte, meine Frau ist jetzt endgültig übergeschnappt."

Charlotte rammte ihren Ellbogen in seine Seite.

„Frau Gräfin, was erlauben Sie sich!"

„Vielleicht muss man manchmal ein wenig verrückt sein, damit Schönes entstehen kann", sinnierte Charlotte, während ihr eine blonde Haarsträhne in die Stirn fiel.

„Wen wollen wir zum Einweihungsfest einladen?", fragte sie wie nebenbei.

„Einweihungsfest?", rief Jakob aus, „ist das wirklich notwendig?"

Er hatte so etwas schon befürchtet, sah sie aber zärtlich an.

„Ich dachte, nur du und ich ..." hauchte er ihr ins Ohr.

„Oh ja, und höchstens vielleicht noch der Comte?", entgegnete Charlotte unerwartet aufbrausend. „Dann sind wir ja immerhin schon zu dritt!"

Ihr Ärger war nicht zu überhören. Jakob nahm sie bei der Hand und führte sie zur Burgmauer, die an dieser Stelle kaum hüfthoch war und von wo aus sich ein atemberaubender Ausblick bot.

Auf der einen Seite das Wasser – eine riesige Seenlandschaft mit kleinen und größeren Inseln darin, die bis zum Horizont reichte, auf der anderen Seite die Landzunge, die hauptsächlich von Erlen bewachsen war, und unter ihnen der Hafen und die ersten Häuser und Gassen der Stadt.

„Schau, wie schön es hier ist", sagte Jakob besänftigend.

Charlotte seufzte. Auch sie liebte diesen Ausblick.

„Ja, wunderschön, aber ich hoffe trotzdem jeden Tag, dass unser Gast seine Abreise ankündigt."

„Da hätte ich auch nichts dagegen", gab Jakob

zu. „Jetzt wo der Frühling kommt, packt ihn vielleicht die Reiselust."

Charlotte hätte Jakob gern zugestimmt, hatte aber Zweifel.

„Ich hoffe, dass du recht behältst, mein Lieber. Ich befürchte allerdings, dass er noch länger bleiben will."

„Er hat Meister Gründel einen weiteren Großauftrag gegeben; irgendetwas muss er dann ja mit dem gewebten Stoff anfangen. Wenn er in anderen Städten, vielleicht in Frankreich, seine Abnehmer hat, wird er dort seinen Geschäften nachgehen müssen."

Charlotte runzelte die Stirn.

„Glücklicherweise ist die Erlenburg groß genug, sodass wir ihm nicht ständig begegnen."

Der Comte, ein entfernter Verwandter, hatte gleich nach seiner Ankunft den Ostflügel der Erlenburg bezogen. Gemeinsam mit seinem Koch und einem Berater, wie er sagte.

„Andrerseits birgt die Größe unserer Burg die Gefahr, dass Gäste sich besonders wohlfühlen, weil es reichlich Platz für sie gibt", stellte Jakob nachdenklich fest.

Charlottes Blick wanderte wieder zum Teehaus. Mit seinen Fenstern, die teilweise bis zum Boden reichten, und der gelben Farbe, die in der Sonne leuchtete, sah es sehr einladend aus.

„Jedenfalls ist das Teehaus viel zu klein für ihn. Hier wird er sich nicht breit machen können", stellte sie zufrieden fest.

„Und wann wird dein kleines Reich fertig

sein?", fragte Jakob, froh über die Wendung des Gesprächs.

„Die Innenfarbe und einige Bildminiaturen müssen noch angebracht werden. Aber am meisten bin ich auf die chinesische Drachenskulptur gespannt."

„Wird denn der Drache dort hineinpassen?", scherzte Jakob.

„Natürlich nicht, mein lieber Graf", entgegnete sie lachend, „er wird den Eingang bewachen. Und ich rate auch dir, es mit der Bauherrin nicht zu verscherzen. Chinesische Drachen können nämlich sehr unangenehm werden."

Die drei Männer saßen um einen großen Holztisch, auf dem einige Papierbögen ausgebreitet lagen. Der Kachelofen, der eine beträchtliche Größe hatte, verströmte seine Wärme in den kühlen Abendstunden. An den Wänden brannten Kerzen in gusseisernen Halterungen und auch an den gegenüberliegenden Tischenden leuchteten Kerzenlichter. Die Körper der Männer, die sich über das Papier beugten, warfen große Schatten an die Wände. Jetzt erhob sich der Comte de Passeur. Er zeigte auf den vor ihm liegenden Plan, auf dem die Häuser des Marktplatzes eingezeichnet waren.

„Genau hier steht das Haus, in dem wir die Pasteten verkaufen wollen", der Comte lächelte, „in der *Auberge du Pâté,* am Markt. Und dann, dann werden die Menschen wie Wachs in meinen

Händen sein und mir zu Füßen liegen."

„Das tun sie doch jetzt schon", säuselte Archimbald, der Berater, „die Bewunderung für Euch ist nicht zu übersehen, Euer Gnaden."

Ohne darauf einzugehen fuhr der Comte fort.

„Der Plan ist perfekt. Alle werden kommen und die Pasteten kaufen. Wir brauchen dann nur noch die richtigen Zutaten hineinzumischen."

„Und wann bekommen wir die?", fragte Gaston nüchtern.

Anders als Archimbald, dessen Unterwürfigkeit grenzenlos war, hatte er ein Gespür dafür, was als Nächstes zu tun war.

„Euer Gnaden sollten nicht mehr so lange damit warten und alles rechtzeitig beschaffen", legte Gaston nach, während Archimbald die Luft anhielt.

Wie konnte dieser Pastetenkoch es wagen, so mit dem Comte zu sprechen. Der jedoch schien unbeeindruckt zu sein.

„Du bekommst alles zum rechten Zeitpunkt, Gaston", versicherte er.

„Was werden der Graf und die Gräfin zu Eurem Vorhaben sagen?", fasste der Koch geradeheraus nach.

Der Comte lächelte abfällig und winkte ab.

„Die beiden sind dermaßen arglos. Ihre Höflichkeit erlaubt es Ihnen nicht, uns hinauszukomplimentieren. Die Gräfin ist mit ihrem Teehaus beschäftigt und Jakob muss sich um seine Geschäfte kümmern. Und haben die beiden erst von den Pasteten gekostet, wird es sowieso keine Rolle mehr spielen. Denn dann werde ich endlich der Herr der Burg und der Stadt sein."

In der Abenddämmerung schwamm Strudel am Hafen entlang, um sich davon zu überzeugen, ob alle Boote gut vertäut waren. Hin und wieder kam es vor, dass ein Fischer am Ende des Tages vergaß, sein Boot festzumachen. Heute war dies nicht der Fall. Der Wassermann tauchte tiefer und verließ den ruhigen Hafen. Erst ein paar Stunden später würden die Fischer erneut ihr Tagwerk beginnen. Aber was war das? Ein wenig abseits bemerkte Strudel die Umrisse eines Bootes im Wasser über sich. *Na sowas, habe ich eines übersehen?* Während er mit kräftigen Zügen nach oben schwamm, nahm er zu seiner Überraschung die Bewegungen der Ruder wahr. Er hielt inne. Da saß also jemand in dem Boot. *Oh, es wird ein Liebespärchen sein, das die Abendstimmung auf dem Wasser genießt. Da will ich lieber nicht stören,* dachte er und wollte schon weiterschwimmen.

Aber er war nun mal ein Wassermann und als solcher von Natur aus neugierig. *Einen kleinen Blick kann ich auf das Boot werfen.* Er streckte den Kopf gerade so weit aus dem Wasser, damit er sehen konnte, wer der Ruderer war.

„Das ist doch ...", entfuhr es ihm.

Vor Schreck verschluckte er einen Schwall Wasser, wovon er sofort Schluckauf bekam. Schnell tauchte er wieder ab und hoffte, der Comte hatte ihn nicht bemerkt. *Was will der denn um diese Zeit auf dem Wasser?*, fragte sich Strudel, während er gleichzeitig beschloss, genau das herauszufinden. Er entfernte sich lieber ein Stück weit, um sicherzugehen, dass der Comte ihn nicht hörte. Der edle Herr indessen ruderte weiter. Es dauerte ziemlich lange, bis das Boot langsamer wurde und die Ruderschläge verstummten. Strudel nahm an, der Mann wolle sich ein wenig ausruhen, ehe er umkehren würde.

Sekunden später wurden die Ruder zwar ins Boot gelegt, gleichzeitig aber setzte es sich wieder in Bewegung. *Nanu*, rätselte Strudel, *wie soll das denn gehen?* Er tauchte auf und spähte über die Wasseroberfläche – und was er sah, verschlug ihm den Atem. Der Comte stand im Boot, die Arme zur Seite gebreitet. Mit den Händen hatte er die Enden seines weiten Mantels gefasst, sodass sich der Stoff um seinen Körper wie ein Segel aufblähte. Auf diese Weise nahm das Boot Fahrt auf.

In Strudels Mund, der vor Staunen offen stand, schwappte erneut eine Ladung Wasser.

„Hicks!"

Dann aber vergaß er den Schluckauf und beeilte sich, dem Boot des Comte hinterherzukommen. Er kannte sich in diesen Gewässern ja gut aus, gerade so wie in seiner nicht vorhandenen, aber sprichwörtlichen Westentasche, und empfand daher, neben seiner Neugierde, auch eine gewisse Freude an diesem nächtlichen Ausflug.

Seine Freude steigerte sich erheblich, als das Boot an eine Stelle kam, an der das Wasser zwischen zwei Inseln, die plötzlich wie aus dem

Nichts auftauchten, wild zu schäumen begann.

„Juhuuu!", jubelte der Wassermann über die heftigen Strudel in den starken Strömungen.

Er ließ sich von den schnellen Drehbewegungen in die Tiefe kreiseln, schwamm wieder nach oben und warf sich sofort mit dem größten Vergnügen in den nächsten Strudel.

Über diesem herrlichen Spiel vergaß er eine Weile den Comte. Doch dann schoss ein Gedanke in seinen Kopf: *Kein Ruderboot kommt durch diese Wassergewalt hindurch, ohne zu kentern.* Er kämpfte sich nach oben, um nachzusehen, wo sich das Boot mittlerweile befand. *Da werde ich dem edlen Herrn wohl oder übel helfen müssen,* dachte Strudel, nicht gerade erfreut über diesen Gedanken. *Weshalb ist er nur so unvorsichtig, ausgerechnet hierher zu kommen!* Als er seinen Kopf aus dem Wasser streckte, sah er jedoch nichts weiter als tosendes, dunkles Wasser um sich herum. *Wo kann er nur abgeblieben sein?* Weil er befürchtete, dass das Boot mitsamt dem Mann darin in die Tiefe gerissen worden war, tauchte er erneut hinab. Aber es war wie verhext – das Boot war weg. Doch als er in einiger Entfernung seinen Blick nochmal übers Wasser schweifen ließ, sah er einen sich bewegenden Schatten.

„Das ist doch? Das kann ja wohl nicht sein ...!", rief er aus.

So schnell er konnte, schwamm Strudel dem Schatten hinterher. Und tatsächlich – der Comte hatte es geschafft, die tosenden Strömungen zu überwinden.

Strudel näherte sich wieder und sah, dass das Boot gar nicht im Wasser lag, sondern darüber hinwegzufliegen schien. *Ich glaube, ich träume*, dachte er, *das ist Zauberei!* Wenig später endete die Fahrt des fliegenden Bootes. Reglos stand der Mann mit dem weiten Mantel da, dann – mit einem Mal – wandte er sich um und blickte genau in Strudels Richtung. *Verflixt, hoffentlich hat er mich nicht bemerkt*, dachte der.

Einen Wimpernschlag später war von dem Wassermann nichts mehr zu sehen. Die Oberfläche des Wassers wurde vom Mond in ein silbriges Licht getaucht, als er nach einer Weile wieder auftauchte. Das Boot aber war verschwunden. Nicht mal in der Ferne zeigte sich ein Hauch von einem Schatten. Strudel war ein wenig enttäuscht, denn zu gern hätte er herausgefunden, welches Ziel der Comte ansteuerte. Andererseits spürte er seine Erschöpfung, denn selbst für einen unermüdlichen Wassermann wie ihn war dieser nächtliche Ausflug kein Spaziergang. Sollte er sich einfach auf den Grund niederlassen und warten? Nein, das ergäbe keinen Sinn. So beschloss er, wieder nach Erlenburg zurückzukehren, warf einen letzten Blick in die Richtung, in der das Boot verschwunden sein musste – da erschrak er. Täuschte er sich, oder sah er wirklich dunkle, aus dem Wasser ragende Zacken, die geradewegs auf ihn zusteuerten? Strudel spürte sofort, dass er in Gefahr war. Die Zacken kamen schnell näher. *Nichts wie weg!*, durchfuhr es ihn. So schnell er konnte, schwamm er davon.

Über der Insel im verborgenen Land lag die morgendliche Stille, aber die aufgehende Sonne vertrieb die Dunkelheit in der Grotte.

Die Nymphe Nayah öffnete schläfrig die Augen, räkelte sich wohlig auf ihrem Nachtlager und gab sich noch einen Augenblick der Erinnerung an ihren nächtlichen Besucher hin. Ihre vogelgleichen Luftnymphen, die sich nachts in die unzähligen Felsnischen zurückgezogen hatten, erwachten ebenfalls. Sogleich begannen sie zu flirren und zu flattern, flogen schaukelnd durch die Luft und umschwirrten schließlich ihre Herrin.

Nayah erhob sich und ging hinaus, um dort, im klaren Wasser des steinernen Beckens, ihr morgendliches Bad zu nehmen. Ihre Diener, denen unterhalb der Flügel kurze Arme und kleine Hände gewachsen waren, schafften indessen ein Tuch herbei, in das sie, nachdem die Nymphe aus dem Wasser gestiegen war, ihren zarten Körper hüllten. Andere Luftwesen brachten Bürsten und Kämme. Damit brachten sie eifrig Nayahs gewellte, goldweiße Haarpracht in Ordnung, die ihr bis zur Hüfte reichte.

„Jetzt ist es gut", rief sie nach einer Weile, woraufhin sich die Winzlinge gehorsam entfernten.

Die Nymphe ging hinaus in ihr Paradies, wie sie den weitläufigen Inselgarten gerne nannte. Zwar konnte die Frühlingssonne der Natur noch nicht ihren üppigen Zauber entlocken, aber das war wie immer nur eine Frage der Zeit.

Einige Luftnymphen bereiteten sich unterdessen auf das morgendliche Ritual vor. Aus einem hölzernen Kästchen, mit Muscheln und Perlen reich verziert, entnahmen sie winzige Instrumente, mit denen sie sich in die Zweige der Bäume setzten. Wie ein schützendes Dach breiteten sich die Kronen der Bäume aus, die im Inneren der Grotte aus den Spalten zerborstener Steine herauswuchsen. Andere Flatterwesen legten Nayahs Gewand bereit und schwirrten herbei, als die Nymphe die Grotte wieder betrat. Ihr lichtdurchlässiges Kleid, dessen Stoff leicht und fließend ihren Körper einhüllte, betonte ihre Zartheit. Die Luftdiener quietschten vor Freude angesichts der Schönheit ihrer Herrin und entfernten sich, nachdem sie ihre Arbeit beendet hatten.

Nun erhob sich eine fröhliche Musik aus dem Geäst, woraufhin Nayah in die Mitte der Grotte trat. Dort lag eine kristallene Kugel, an deren Oberfläche sich das einfallende Licht in hundert Farben brach. Die Nymphe begann im weiten Kreis um die Kugel zu tanzen. Ihre Bewegungen waren anmutig und setzten sich im Fließen des Stoffes, der um ihren Körper wehte, fort. Dreimal tanzte sie um die Mitte, dann hielt sie inne. Die Musik verklang. Jetzt berührte Nayah die Kugel. In diesem Augenblick erstrahlte aus ihrem Inneren ein Licht. Sie beugte sich über den Kristall und schaute aufmerksam hinein, so als suche sie etwas. Und ja, sie sah die Stadt, sah die Erlenburg, sah die Menschen und ihr geschäftiges Treiben auf dem Marktplatz in der Nähe des Brunnens.

Wie so oft, wenn die Nymphe in ihre Kugel blickte, überfiel sie eine eigenartige Traurigkeit. Ihre Augen blieben an Ella hängen, die mit anderen Frauen am Brunnen saß und spann. Dann sah sie Agnes, wie sie sich dazu gesellte und neben Ella Platz nahm. Die beiden begannen lebhaft miteinander zu schwatzen und zu lachen. Als die Nymphe sie so vertraut miteinander sah, tauchte mit einem Mal ein Gedanke in ihr auf – ein völlig neuer Gedanke – gleichermaßen befremdlich wie verlockend: Wenn es möglich wäre, die Frauen auf ihre Insel zu bringen, dann wäre sie endlich nicht mehr allein.

Nayah war von ihrem Einfall so überwältigt, dass sie rasch die Hände von der Kugel nahm, woraufhin das Licht erlosch und die Bilder verschwanden.

„Agnes, wie schön dich zu sehen. Komm, setz dich", begrüßte Ella ihre Freundin, die sich dem Brunnen näherte.

Agnes sah Ella verstohlen an.

„Wie geht es dir?", fragte sie vorsichtig, denn Ella war seit dem Tod ihres Mannes nah am Wasser gebaut – verständlicherweise.

„Mal so, mal so", antwortete sie, „der Frühling tut mir gut, glaube ich. Da hat es die Trauer nicht mehr so leicht mit mir."

„Ella will uns schon wieder Geschichten erzählen", brachte sich eine Spinnerin ein, „ich glaube, sie wird langsam wieder die Alte."

„Das ist sehr gut", freute sich Agnes, „deine Geschichten, Ella, sind die besten."

„Sie werden nur oft gar nicht gern gehört."

„Kann ich mir nicht vorstellen", protestierte Agnes.

„Also vorhin wollte ich die Geschichte von dem stolzen Gockel erzählen, der sich in einen Spiegel verliebte. Das wollte niemand hören."

Ella warf den Frauen einen vielsagenden Blick zu.

„Der Comte ist kein stolzer Gockel", verteidigte eine den Mann. „Er ist ein gutaussehender edler Herr. Und er beabsichtigt, in unserer Stadt Gutes zu tun!"

Agnes lachte bitter. Daher wehte der Wind.

„Ella, kann es sein, dass du das etwas anders siehst?"

Ella nickte und verdrehte die Augen.

„Du hättest mal sehen müssen, wie vorhin alle den Comte angeschmachtet haben."

Agnes rückte näher an sie heran. Die anderen mussten ja nicht alles hören.

„Ich finde, er ist ein schrecklicher Zeitgenosse", pflichtete sie Ella bei, „er ist mir unheimlich. Wenn er bei uns ist, friere ich."

Ella deutete auf ein stattliches Fachwerkhaus auf dem Platz gegenüber.

„Hast du es auch schon gehört? Die Erlenburger munkeln, dass de Passeur dieses Haus gekauft hat und damit irgend sowas Französisches vorhat."

Agnes erschrak.

„Oh nein, dann will er also bleiben?"

„Ja, sieht ganz danach aus. Es scheint ihm bei uns wirklich zu gefallen. Ihm und seinen beiden zwielichtigen Begleitern."

Agnes machte ein zerknirschtes Gesicht.

„Mir wäre es lieber, er würde dorthin gehen, wo der Pfeffer wächst."

Ella tätschelte Agnes am Arm.

„Er hat ja viele weibliche Verehrerinnen, Agnes. Was immer er hier vorhat, sie werden begeistert sein."

Strudel lag wie tot am Ufer des Erlenwaldes, die Beine ins Wasser gestreckt, den Oberkörper zwischen die Wurzeln einer stattlichen Erle gebettet. Obwohl die Sonne schon ziemlich hoch stand, schlief er tief und fest. Erlin, die Erlenkönigin, musste heute wohl ein wenig nachhelfen. Zunächst ganz sanft, dann mit mehr Nachdruck rüttelte sie ihn mit den Wurzeln des Baumes, in dem sie sich heute aufhielt. Wenig später streckte sich der Wassermann und gähnte ausführlich.

„Na, mein Lieber, Aquarius der VIII.", vernahm er eine Stimme aus der Erle, „dein nächtliches Abenteuer hat dich ziemlich entkräftet, wie mir scheint."

„Hmmm...", brummte Strudel, der sich nun langsam erinnerte, „das war sogar für mich zu viel des Guten."

Die Königin lächelte.

„Du bist sehr lange draußen gewesen, aber jetzt

erzähl schon!"

„Ich hatte zweimal Schluckauf", brummelte Strudel schläfrig, „und das lag ganz allein an diesem Comte."

„Soso, zweimal Schluckauf also, welch spannende Geschichte."

Die Erlenkönigin schüttelte den Kopf, wobei ihre langen erlenholzfarbenen Haare hin und her schwangen.

„Bitte entschuldigt, verehrte Königin, ich glaube, ich bin noch nicht so ganz bei mir."

Für eine Weile herrschte Stille. Nur das leise Schlagen der Wellen an die erdige Uferkante war zu hören. Strudel blickte in die Zweige der Erle, deren Linien sich dunkel vor dem sonnigen Himmel abzeichneten.

In welchen Baum Erlin sich gerade aufhielt wusste man nie so genau. Ob in den kleineren Erlen am dicht bewachsenen Uferstreifen oder drüben in den stattlichen Erlen ihrer königlichen Allee – Erlin hatte reichlich Auswahl. Die Königin war, wie ein Geist, meist unsichtbar. Aber wurde sie hin und wieder sichtbar, sah man ihr langes glänzendes durchscheinendes Gewand, in manchen Augenblicken auch ihre Arme und Beine, die im Spiel von Licht und Schatten farbenreich schimmerten oder aber nebelhaft verblassten. Strudel wie auch die Erlenkönigin liebten das Wasser. Beide lebten schon sehr lange hier. Wie Karamell war sie eine gute Freundin des Wassermanns.

„Du wirst es nicht glauben, was ich dir gleich

erzähle!", kündigte Strudel an, bevor das nächtliche Erlebnis aus ihm heraussprudelte.

Erlin hörte schweigend zu, bis der aufgeregte Erzähler schließlich damit endete, dass er zwar nicht so ganz, aber schon ziemlich sicher sei, dass da plötzlich grässliche Wasserungeheuer hinter ihm her gewesen wären und er deshalb gezwungen war, so schnell wie möglich kehrtzumachen.

„Wären die nicht aufgetaucht, hätte ich ganz bestimmt herausgefunden, wohin der Comte gefahren ist."

Jetzt, da Strudel Erlin alles erzählt hatte, ärgerte er sich erneut darüber, dass er am Ende gekniffen hatte.

„Vielleicht hätte ich doch …"

„Nein, hättest du nicht", unterbrach ihn die Stimme aus der Erle.

„Nicht?"

„Nicht!"

„Warum nicht, Erlin?"

„Weil du im verborgenen Land gewesen bist. Ich dachte mir schon, dass es dort auch Wasserungeheuer gibt."

Strudel sah sie ungläubig an.

„Wo soll ich gewesen sein?"

„Kannst du dich denn erinnern, das Wasser und die Inseln jenseits der Strudel gekannt zu haben, Aquarius der VIII.?"

Er sprang auf.

„Ja, zum heiligen Wasserstrudel! Du hast recht, verehrte Königin! Wieso ist mir das gestern nicht aufgefallen?"

Erlin schwieg, während ihr Freund laut nach-
dachte:

„Ich war so begeistert von den herrlichen Kreiseln. Na ja … und Wasser ist schließlich Wasser.
Für einen wie mich gibt es da keine großen Un-
terschiede." Er kratzte sich am Ohr. „Außer wenn
es angreifende Wasserungeheuer darin gibt."

Vor Aufregung schüttelte die Erlenkönigin die
Wurzeln des Baumes und ließ seine Zweige zittern.

„Der Comte de Passeur weiß also, wie man in
das verborgene Land gelangt. Die Erlenburger
täten gut daran, sich vor ihn in Acht zu nehmen."

Gustav Gründel begutachtete die Arbeit der
Weber. Hie und da gab er Anweisungen, aber
meist hatte er nur Lob für die Männer und die
Stoffe, die unter ihren Händen und Füßen entstanden.

Der Auftrag des Comte verlangte den Webern
einiges ab. Zum einen sollten es farbig glänzende
Muster aus Seide sein, deren Herstellung überaus
aufwändig war, zum anderen hatte der Franzose
aber auch Leinenstoffe ohne jegliche Verzierungen
bestellt. Auf seine treuen Arbeiter konnte sich
Gustav verlassen. Die fluchten zwar zuweilen
über die verzwickten Muster und über das Einrichten der Webstühle, denn mit dem Einspannen
der Kettfäden dauerte das seine Zeit. Wenn Webstuhl und Muster aber vorbereitet waren, ging es

meist schnell voran.

Der Meister blieb bei Oskar, dem Gesellen, der das Leinen webte, stehen.

„Das sieht gut aus, Oskar", lobte Gustav, „gib nur acht, dass du die Schussfäden von links nicht so straff ziehst."

Er klopfte dem jungen Mann auf die Schulter. Oskar erinnerte ihn an Johan, seinen letzten Gesellen. Er hatte gehofft, Johan würde in Erlenburg bleiben und eines Tages die Werkstatt übernehmen, denn er war ein geschickter Weber und hatte obendrein eine feine Nase fürs Geschäft. Und da gab es noch einen weiteren Grund, der schwerer wog als Geschick und Gespür: Johan hatte sich in Agnes verliebt und sie sich in ihn. Aber im vergangenen Jahr hatte sich der junge Mann unerwartet verabschiedet, um in sein Heimatdorf zurückzukehren. Damit schwanden die Hoffnungen des Meisters dahin.

„Was meinst du, Thomas – schafft ihr es bis morgen?", fragte Gustav jetzt den dienstältesten Weber.

„Ich denke schon, Meister."

Thomas wischte sich mit dem Ärmel den Schweiß von der Stirn. „Ihr könnt dem Comte sagen, dass er in vier Tagen seine Ware abholen kann."

In einer Ecke der Werkstatt saß Agnes ebenfalls an einem Webstuhl. Als Tochter des Meisters musste sie nicht an Aufträgen der Kunden arbeiten. Sie webte an eigenen Stücken oder an Stoffen für Bekannte und Nachbarn. So lange sie denken konnte, fühlte sie sich zwischen den Webstühlen und den Arbeitern zu Hause. Jedenfalls mehr als oben in den Wohnräumen, in deren Stille sie noch immer ihre Mutter vermisste, die viel zu früh verstorben war. Sie lächelte ihrem Vater zu, der soeben die Tür öffnete, um die Werkstatt zu verlassen. Dann aber bemerkte sie, wie er plötzlich innehielt und sich in seinem Gesicht ein angespanntes Lächeln zeigte.

Agnes wusste sofort, was das zu bedeuten hatte. Ihr Vater wich zurück, deutete eine Verbeugung an – und der Comte betrat den Raum. Die Weber blickten auf und betrachteten den Ankömmling mit neugieriger Distanz. In der momentanen Stille lag augenblicklich eine spürbare Spannung. Agnes senkte den Kopf und vertiefte sich angestrengt in ihre Arbeit, verspürte aber auch das Bedürfnis, ihrem Vater zur Seite zu stehen. Sie wusste ja, dass er den Comte ebenso wenig mochte wie sie.

Mit gespieltem Interesse flanierte dieser nun durch die Werkstatt, berührte hier und dort eine Stoffbahn, wechselte mit einem gefälligen Lächeln das eine oder andere Wort mit einem Weber, während er sich langsam, aber zielstrebig dem Platz von Agnes näherte. Gustav, der ihm gefolgt war, versuchte sich zwischen ihn und Agnes zu stellen, aber der Comte schob ihn einfach mit seinem Gehstock beiseite.

„Guten Tag, Fräulein Agnes. Sie sehen heute

wieder bezaubernd aus." Der Comte hob zum Gruß leicht seinen Zylinder.

Nun, da musste Gustav ihm tatsächlich recht geben. Agnes erhob sich, weil sie nicht wollte, dass der Mann auf sie herabblickte.

Das durch das Fenster einfallende Sonnenlicht umrahmte ihren Körper. Ihr braunes Haar, das sie zum Weben zu einem seitlichen Zopf geflochten hatte, und das erdfarbene hochgeschlossenes Leinenkleid verschmolzen in dem warmen Licht zu einem harmonischen Bild. Alles an ihr strahlte, nur nicht ihre blauen Augen, mit denen sie den Comte kühl ansah. Diesmal hatte sie keine Gelegenheit gehabt, sich vor ihm in Sicherheit zu bringen. Agnes war es furchtbar unangenehm, dass er sie bezaubernd fand.

Sie trat auf ihren Vater zu und hakte sich bei ihm unter.

„Wir haben gute Nachrichten für Euch, Euer Gnaden", sagte sie, um von sich abzulenken, „Euer Auftrag wird in nur vier Tagen fertiggestellt sein."

Dem Comte de Passeur - oder wie immer der Franzose heißen mochte - entging die ablehnende Haltung von Agnes nicht. Aber er lächelte, während er unverhohlen fortfuhr, den schlanken, wohlgeformten Körper der jungen Frau zu betrachten. *Du wirst deine Widerspenstigkeit schon noch verlieren*, dachte er und malte sich in erregter Vorfreude aus, wie er ihre Ergebenheit gewinnen würde.

Agnes fühlte sich indessen immer unwohler.

Sie trat zu ihrem Vater und gab ihm mit dem Druck ihres Unterarmes zu verstehen, dass er sie aus der Werkstatt begleiten solle. Gustav verstand den Hinweis.

„Euer Gnaden, folgen Sie mir doch bitte in mein Arbeitszimmer. Dort können wir in Ruhe die weiteren Schritte klären."

Mit energischen Schritten gingen Agnes und ihr Vater zur Tür. Draußen im Flur bat der Meister den Comte mit einer Handbewegung, vor ihm die Treppe hochzugehen.

„Da fällt mir ein … ich muss zu einer Nachbarin. Sie wollte mir die Maße für das Tuch geben, das ich für sie weben soll", brachte Agnes als Entschuldigung vor, während der ungebetene Besucher die ersten Stufen nahm.

De Passeur wandte sich um und lächelte, hob langsam seinen Gehstock und zeigte mit der goldenen Spitze auf sie.

„Wie überaus schade, Fräulein Agnes. Aber wir werden uns sicher bald wiedersehen."

Agnes warf ihrem Vater einen vielsagenden Blick zu und huschte grußlos durch die Haustür davon.

Vier Tage später berieten die Männer im Rittersaal des Ostflügels über ihr weiteres Vorgehen. Nun, im Grunde war es keine Beratung, vielmehr eine Zusammenkunft, bei der der Comte Anweisungen gab.

„Gaston, du wirst morgen um Mitternacht vor

der Stadt bei der alten Eiche eine Truhe in Empfang nehmen. Gib acht, dass dich dabei niemand sieht."

Gaston nickte. Nun würden also endlich die geheimen Gewürze für die Pasteten geliefert werden.

„Und du, Archimbald, wirst nach dem Frühstück die Stoffe abholen und in die Schneiderwerkstatt bringen. Vergiss die Maße für die Wände nicht."

Archimbald nickte ebenfalls, nur um einiges unterwürfiger als Gaston. Ab und zu tauchte in ihm flüchtig der Gedanke auf, dass er ja eigentlich der Berater des Comte war – zumindest wurde er in Gegenwart anderer so vorgestellt. Aber zum einen wusste der Comte selbst immer genau, was zu tun war, zum anderen hatte Archimbald gar nicht den Mumm, dem Comte etwas anderes zu raten, als das, was der selbst schon beschlossen hatte.

Später am Abend, als de Passeur allein war, lehnte er sich in den ledernen Armsessel zurück und schenkte sich Rotwein nach. Langsam, in kleinen Schlucken, ließ er die Flüssigkeit durch Mund und Gaumen laufen. Dabei schmatzte er leise und dachte an Agnes Gründel.

Wäre ihr Vater heute nicht in der Werkstatt gewesen, hätte er sich ihr weiter nähern können. Er glaubte fest, dass ihre Ablehnung nicht echt gewesen war. Ihr kühler flüchtiger Blick erregte nur noch mehr sein Begehren. Dort, in der Ecke der Werkstatt, hätte niemand sehen können, wie er ihren Körper berührte. Vielleicht hätte sie so getan, als wenn sie sich ein wenig bedrängt fühlte. Aber der Comte wusste, dass die Frauen gerade das liebten: das Spiel mit dem Feuer in Gegenwart eines gut aussehenden Mannes.

Ungeduldig leerte er das Glas. Wenn es nur schon so weit wäre.

Er erhob sich, ging zum Kamin und legte Holz nach, sah zu, wie die Flammen es umzüngelten und ein helles Feuer entfachten. Ja, genauso wollte er es haben. Er würde mit seiner Leidenschaft das Liebesfeuer von Agnes schon zum Lodern bringen.

Zuvor aber galt es, die Erlenburger so zu beeinflussen, dass sie in seinen Händen formbar wie Wachs wurden. Niemand würde nach dem Verspeisen der Pasteten noch an ihm zweifeln. Alle würden folgsam genau das tun, was er wollte. Vielleicht müsste er bei einigen kritischen Geistern etwas nachhelfen, aber mit größeren Schwierigkeiten rechnete er nicht.

Mit den Augen suchte er seinen Gehstock, der in einer Ecke stand und dessen goldene Spitze im Schein des Feuers glänzte.

Am nächsten Tag ließ sich der Comte mit der Kutsche vor das Haus, das er gekauft hatte, fahren. Es war für sein Vorhaben genau das richtige.

Im Erdgeschoss gab es zwei große Räume. In dem einen Raum würde der Verkauf der Pasteten stattfinden, im zweiten noch größeren Raum, der nach französischem Vorbild ausgestattet werden sollte, konnten die Erlenburger verweilen, während sie Pasteten und diverse Getränke zu sich nahmen. Der Comte wusste, dass die Menschen schon aus reiner Neugier hierher strömen würden.

Die Tischler brachten bereits eine hüfthohe Lambris aus Walnussholz an. Nach der Fertigstellung dieser Vorrichtung an den Wänden würden die Arbeiter sie mit genau den Stoffen bespannen, die gegenwärtig in der Weberwerkstatt gewebt wurden. Die Verkleidung aus feinstem golddurchwirktem Seidenbrokat würde Begeisterungsstürme bei den Besuchern auslösen. Solchen Luxus gab es selbst auf der Erlenburg nicht. Aber hier, mitten in der Stadt, auf dem Marktplatz, würde es bald für alle möglich sein, das zu erleben und einzutauchen in die wunderbare köstliche Welt delikater französischer Pasteten, in seiner „Auberge du pâté". Der Comte schwenkte sein Glas. Alles lief so, wie er es wollte.

Etwa eine halbe Stunde, bevor er die Truhe in Empfang nehmen sollte, fand sich Gaston bei der alten Eiche draußen vor der Stadt ein.

Er konnte sich schon denken, weshalb die Übergabe mitten in der Nacht stattfand. Nachdem in Erlenburg alles mit neugierigen Blicken verfolgt wurde, was de Passeur oder seine Begleiter taten, wäre es höchst ungeschickt, wenn gerade diese Heimlichkeit entdeckt würde. Niemand sollte Verdacht schöpfen.

Gaston ging ein wenig auf und ab.

Keine fünf Minuten später rollte die Kutsche heran. Er nahm die Fackel aus der Halterung seines Handwagens und ging dem Gefährt entgegen; es kam neben ihm zum Stehen.

„Bonjour!", rief er dem Mann auf dem Kutschbock zu.

Der erwiderte den Gruß jedoch nicht. Gaston trat zur Tür. Doch bevor er die Hand ausstreckte, um den Verschlag zu öffnen, hielt er inne. Denn als er im Schein seiner Fackel das Türblatt sah, durchfuhr ihn ein ehrfürchtiger Schauer – er erkannte dort das Wappen des französischen Kaisers, ein goldener Adler auf blauem Grund, umrahmt von zwei goldenen Zeptern und einem roten Mantel. Darüber prangte eine goldene Krone. Gaston schluckte. *Wer um alles in der Welt war das?* Er wagte es nicht, die Fackel nach vorn zu strecken, um damit ins Innere zu leuchten. Da wurde die Tür geöffnet und er blickte auf eine weiß behandschuhte Hand.

„Gaston?", fragte eine männliche Stimme in die atemlose Stille.

„Oui, monsieur! Je suis Gaston", antwortete der wie aus der Pistole geschossen.

Jetzt überreichten ihm die behandschuhten Hände eine unscheinbare hölzerne Truhe, an der ein dickes Schloss hing. Gaston war überrascht – er hatte eine größere Kiste erwartet.

„Prenez bien soin de vous!", „Achte er gut darauf!", trug die Stimme auf, nachdem die Hand ihm auch den zugehörigen Schlüssel entgegengestreckt hatte.

Gastons Neugier, wer der Mann sein könnte, veranlasste ihn, einen Schritt näher zu treten. Angestrengt versuchte er im Schein der Fackel die Gestalt zu erkennen. Fast hätte er schwören können, dass die Kutsche leer war. Da aber vernahm er ein Klopfen, das Zeichen für den Kutscher loszufahren. Eine Peitsche knallte und die Pferde setzten sich in Bewegung. In nur wenigen Augenblicken war das Gefährt aus Gastons Augen verschwunden.

„Ja, Monsieur! Ich werde gut darauf achtgeben!", rief er hinterher und verbeugte sich.

Die Kiste stellte er in den Handwagen. Welche Zutaten befanden sich darin? Er konnte es kaum erwarten, einen Blick hineinzuwerfen. Das würde jedoch frühestens am Morgen in Gegenwart des Comte geschehen können. Gaston hoffte, dass der Absender eine Liste mit den Namen der Kräuter und Gewürze sowie einige Rezepte beigelegt hatte. Schließlich konnte das Vorhaben nur gelingen, wenn er wusste, welche Mengen er wovon verwenden müsste. Zu viel wäre da genauso schlecht wie zu wenig.

Aber wer war nur der Mann in der Kutsche? Er konnte sich partout nicht vorstellen, dass der französische Kaiser selbst dort gesessen hatte. Für derartige Botengänge mitten in der Nacht hatte der sicher seine Bediensteten. Aber offenkundig handelte es sich um eine Kutsche aus dem Besitz des Kaisers. Das verlieh dem Ganzen einen äußerst bedeutungsvollen Beigeschmack.

Eine halbe Stunde später erreichte Gaston schnaufend das Burgtor. Er fluchte über das laute Quietschen des Tores. Wenn jetzt der Burgherr aufwachte, wäre das ausgesprochen unangenehm. Vorsichtig schloss er das Tor, löschte die Fackel und schlich zum Eingang des Ostflügels. Plötzlich stieg unmittelbar vor seinen Füßen ein flatterndes Etwas empor. Gaston fuhr zusammen und wich zurück. Das Geräusch verstummte sogleich.

Als er weiterging, vernahm er das Flattern ein weiteres Mal. Jetzt konnte er den Luftzug von Flügeln im Gesicht spüren. *Was war das für ein Vogel?* Er fuchtelte wild um sich, um den Angreifer abzuwehren. Schließlich hatte er die Tür erreicht, tastete nach dem Schloss, öffnete und schob den Wagen hinein. Nachdem Gaston hastig die Tür hinter sich geschlossen hatte, lehnte er sich dagegen und lauschte ... Täuschte er sich oder war das draußen ein aufgeregtes Gackern? Sollte ein Huhn ihn so erschreckt haben? Gaston schüttelte den Kopf, hob die Truhe vorsichtig aus dem Wagen, trug sie in sein Zimmer und verstaute sie sorgfältig unter seinem Bett.

Am nächsten Morgen, als die Schatten im Burghof dem Licht der Sonne wichen, schlich Karamell dort aufgebracht auf und ab.

„Es wäre gut, wenn Strudel heute erscheinen würde", gackerte sie nervös.

An Tagen wie diesen wünschte sie sich inbrünstig, ein richtiger Vogel zu sein. Einer mit kraftvollen Beinen und starken Flügeln, um über die Burgmauer hinunter zum Erlenhain fliegen zu können, wo sie Strudel bestimmt antreffen würde. Sie brauchte dringend jemanden, dem sie von ihrer nächtlichen Entdeckung und ihrem mutigen Eingreifen erzählen konnte. Karamell hatte genau bemerkt, wie der Koch erschrocken war, als sie vor ihm in die Luft flatterte. Dieser französische Gauner, der führte etwas im Schilde. Warum sonst wäre er heimlich und mitten in der Nacht mit einem Wagen aus der Burg geschlichen, nur um eine Stunde später mit einer Kiste darin wieder zu kommen?

Während sie noch überlegte, wie sie Strudel treffen könnte, hörte sie das Trampeln von Hufen und das Knirschen von Rädern auf dem Weg zur Burg. Die Hühnerdame musste sich nun schleunigst verstecken, denn Charlotte und Jakob erschienen und eilten zum Tor, um es zu öffnen.

„Wir müssen dringend Flink Bescheid geben, dass er die Scharniere schmiert", sagte Charlotte, als sie das Quietschen hörte.

Dann erblickte sie die große Kiste mit den chinesischen Schriftzeichen auf dem Gespann.

„Der Drache ist da!", rief sie freudig aus.

Sie besahen sich die Kiste von allen Seiten. Charlotte bemühte sich vergeblich, einen Blick durch die Bretterritzen zu werfen. Der Inhalt war nicht zu erkennen. Jakob wusste, dass seine Frau am liebsten sofort die Kiste öffnen und den Drachen in Augenschein nehmen wollte. Er gab dem Kutscher zu verstehen, näher an das Teehaus heranzufahren, denn dort, auf einem Sockel vor dem Eingang, sollte das Schmuckstück aufgestellt werden.

„Es wird leider ein wenig dauern, bis wir den Drachen bestaunen können, Charlotte. Wir müssen ihn zuerst abladen und das kann dauern."

Karamell schüttelte ihren kleinen Kopf. *Was für eine Aufregung um diese komische Kiste!*, dachte sie und wünschte sich, die Burgherren würden einer anderen Kiste, nämlich der, die Gaston in der vergangenen Nacht heimlich eingeschleust hatte, mehr Beachtung schenken.

Wie oft hatte er sich gewünscht, diesem Ort irgendwie entfliehen zu können. Die kalten Mauern, das karge Essen, die Schläge und all das Niederträchtige, das der Abt und die oberen Brüder mit ihm taten, der eintönige Singsang, der strenge, gleichförmige Tagesablauf, die fehlende Wärme und Geborgenheit, das unsägliche Schweigen.

Hier gab es keine Menschlichkeit. Nur Kälte, Dunkelheit und Angst. Konnte es in der Hölle wirklich schlimmer sein?

Wann und wie er hierher gekommen war, wusste er nicht mehr, ebenso wenig, wer er war oder woher er kam.

Die beklemmende Gewissheit, denen ausgeliefert zu sein, die sich seiner bemächtigt hatten, bestimmten seine Tage und Nächte in endlos langen Monaten und Jahren. Er hatte sich oft gefragt, wie lange er das ertragen konnte. Die Männer, die sich seine Brüder nannten, die ihm täglich eintrichterten, dass alles, was mit ihm geschah, Gottes Wille sei, die keinen Zweifel daran ließen, dass sie stets das Richtige für und mit ihm machten, dass er dankbar dafür sein müsse, von ihnen aufgenommen worden zu sein – sie waren die einzigen Menschen, die er zu Gesicht bekam.

Gönnerhaft lehrten sie ihn beizeiten, hart zu sich zu sein. Hier leben zu dürfen, sich in Demut und Gehorsam zu üben, sei eine göttliche Vorsehung, sagten sie. Gegen jegliches Verlangen des Fleisches und alle Anfeindungen, die ihn von Gottes

Wegen abbringen könnten, müsse er sich zur Wehr setzen. Das könne nur gelingen, indem das Fleisch bestraft würde. Alle mussten den Kampf gegen den Versucher, den Teufel, die Schlange führen.

Im Kloster, so wurde ihnen gepredigt, wohne Gott. Die Attacken des Versuchers, hier eindringen zu wollen, seien deshalb an diesem heiligen Ort besonders hartnäckig. Um die allgegenwärtigen Versuchungen auszumerzen, brauche es feste Regeln. Der Abt und ein Dutzend weiterer Brüder, die ihre Mahlzeiten am Tisch des Vorstehers einnahmen, bestimmten die Gesetze. Sie hatten das Sagen, betrachteten die niederen Brüder als ihr Eigentum und wussten allein, was in Gottes Namen recht oder unrecht war.

Wenn er und andere gezüchtigt wurden, geschah das im Namen Gottes, egal ob ihnen Essen verweigert wurde, sie bis zur körperlichen Erschöpfung arbeiten mussten oder nachts in die Zellen der oberen Brüder gebracht wurden.

Hin und wieder gab es hilflose Versuche der Auflehnung. Dann war eine unbarmherzige Bestrafung das Recht der Stärkeren.

„Dein teuflischer Blick hat mich getroffen", hörte derjenige dann die kalte Stimme des Abtes. Mit dem Ärmsten geschah stets, was der für richtig erachtete.

„Gott handelt durch uns an euch Sündern."

Ein Freibrief für alles, was die oberen Brüder taten. Es wurde umso schlimmer, je älter er wurde.

Am Anfang, so erinnerte er sich, hatte er tatsächlich versucht Gott zu lieben. Ohne zu wissen, was Liebe ist, hatte er dennoch gehofft, Gott würde seine Liebe annehmen, damit er den Strafen entgehen könne. Aber alle Versuche misslangen. Irgendwann musste er sich eingestehen, dass er Gott nicht lieben konnte. Dann hatte er versucht Gott zu verstehen, zu erkennen, was gut und was böse war. Aber auch das gelang ihm nicht. So wie es keinem der niederen Brüder gelang, aus dem Zustand der ewigen Sünde und des ewigen Unrechts herauszutreten.

Schließlich hasste er Gott. Er verschloss sein Herz und seinen Kopf und zog sich in sich selbst zurück. Er ließ alles über sich ergehen, bis zu jenem Tag, an dem er schwer erkrankte. Tage- und nächtelang schwebte er in einem fieberhaft entrückten Zustand zwischen Leben und Tod.

Das ist das Ende, dachte er voller Angst, während er sich gleichzeitig nach Erlösung sehnte. Der Abt, der hin und wieder in seine Zelle trat, um nachzusehen, ob er noch atmete, versicherte ihm, dass er bald sterben würde und die ewige Verdammnis mit ihrem Höllenfeuer schon auf ihn warte.

Eines Nachts aber hörte er ein leises Klopfen. Zunächst hielt er es für eine Täuschung, doch das Klopfen wurde lauter.

Jetzt kommt der Tod und holt mich, dachte er, während der Schweiß von seinem stinkenden Körper dampfte.

„Nein, nein!", schrie er in Todesangst, „bleib, wo du bist. Ich komme nicht mit!"

Das Klopfen verstummte, aber nun vernahm er,

wie die Tür geöffnet wurde.

Als die Fratze des Dämons in der Dunkelheit über ihm auftauchte, erschrak er bis ins Mark.

„Warum lässt du mich nicht ein?", sprach der Dämon freundlich, „es wird höchste Zeit, dass ich dir helfe, Develnias!"

Im Gegensatz zu Gaston, der groß und dünn war und dem eine Hakennase im hageren Gesicht saß, war Archimbald klein und gedrungen, mit pausbackigem Gesicht auf einem kurzen Hals.

Wenn einer hätte raten müssen, wer von den beiden der Koch ist, hätte der bestimmt auf Archimbald gezeigt. Er saß am Tisch im Rittersaal und wischte sich mit einem Tuch den Mund ab. Das Frühstück war beendet, was er sehr bedauerte. Schon jetzt freute er sich auf das Mittagessen. Vorher musste er jedoch in die Werkstatt, um dort die Stoffe für den Comte abzuholen und sie zum Schneider zu bringen. Er seufzte, erhob sich schwerfällig und machte sich auf den Weg.

Wenn die Stoffe von den Webstühlen genommen wurden, ging es unter den Webern recht ausgelassen zu. Es war einfach das stolze Gefühl, eine Arbeit fertiggestellt zu haben.

Auch sonst war die Stimmung nicht schlecht, denn der Meister war bei seinen Handwebern beliebt und unter den Männern gab es selten Unstimmigkeiten. Jeder wollte seine Arbeit so gut wie möglich machen – und dass aus diesem Haus nur beste Ware kam, war längst bis über die Grenzen von Erlenburg hinaus bekannt.

Der Auftrag des Comte hatte beinahe alle Webstühle in Anspruch genommen, sodass die hölzernen Rahmen heute wie verwaist wirkten.

Während der Zeit der Herstellung war Gustav jeden Tag durch die Werkstatt gegangen, hatte prüfend auf die Stoffe geblickt, um sich von deren tadellosem Zustand zu überzeugen. Von seinem anspruchsvollen Kunden wollte er sich später keine Vorwürfe machen lassen. Er hatte sich schon oft gefragt, was der edle Herr nun damit vorhatte. Der Berater des Comte wolle am Vormittag die Stoffe abholen.

Der Meister hatte den Leinenstoff und den glänzenden Seidenbrokat getrennt voneinander in grobes Leinen einschlagen und die Bündel mit Schnüren umwickeln lassen. Dann erschien Archimbald mit einem Handwagen, den die Männer beluden. Der Franzose hatte allerdings das Gewicht der Stoffe unterschätzt und brachte, nachdem er sich verabschiedet hatte, den Wagen nicht in Schwung.

„Oskar, komm her und hilf beim Ziehen", sagte Gustav kurzerhand und winkte Oskar herbei.

So erfuhr nun der Geselle, dass der Stoff in die nächste Schneiderei gebracht wurde, unweit der Werkstatt. Oskar drückte sich noch ein wenig in der Nähe herum und hörte, dass die Seidenstoffe hauptsächlich für die Wände der *Auberge du Pâté* bestimmt waren, während das Leinen als Tischwäsche dienen sollte. Diese Neuigkeit wollte er gleich berichten.

Die Vorstellung, dass die kunstvollen Stoffe die Wände zieren sollten, war für die Weber einerseits so ungewöhnlich, dass sie sich auf die Schenkel klopften und ihre Späße darüber machten. Andererseits konnten sie ihre Bewunderung dafür nicht verhehlen und jeder nahm sich insgeheim vor, so bald als möglich selbst die *Auberge du Pâté* zu besuchen, um einen Blick auf die Wände zu werfen.

Nun saßen alle in der Werkstatt beieinander. Zur Feier des Tages zeigte sich der Meister großzügig. Wein wurde ausgeschenkt und Agnes bewirtete sie mit Käse, Butter und Speck. Dazu reichte sie frisch gebackenes Brot.

„Lasst es euch schmecken, Männer, ihr habt eure Arbeit gut gemacht", sagte Gustav feierlich. „Ich bin stolz auf euch. Möge der Comte nun mit den Stoffen machen, was er will."

Agnes schenkte ihrem Vater Wein nach.

„Ich fürchte, das tut er. Allerdings wäre es mir tausendmal lieber, es würde nicht in Erlenburg geschehen."

Oskar, dem nicht entgangen war, dass Agnes sich vor dem Mann versteckt hatte, sah sie mitfühlend an.

„Wäre doch ein stattlicher Schwiegersohn, der französische Graf!", rief ein anderer Weber, der schon den dritten Becher geleert hatte.

„Ganz sicher nicht", entgegnete Agnes heftig.

„Ja, ja", versuchte Gustav die Wogen zu glätten, „wir haben jetzt genug über den edlen Herrn geredet. Wir haben unseren Auftrag erfüllt. Jetzt hat er keinen Anlass mehr, hier aufzutauchen. Mag er sich zur Frau nehmen, wen er will, meine Agnes bekommt er nicht."

Die Männer nickten.

Nun sprach niemand mehr über den Comte und Agnes dachte sehnsüchtig an Johan.

Charlotte musste bis zum nächsten Morgen warten, bis sie den Drachen sehen konnte. Jakob hatte am Abend mit einer Handvoll Männer die schwere Kiste vom Wagen gezogen, die Bretter entfernt und den wertvollen Inhalt ausgepackt. Vorsichtig hoben sie das Tier auf seinen Platz. Als der Drache endlich auf dem Sockel vor dem Teehaus stand, war es bereits dunkel.

„Erzähl, Jakob! Wie sieht er aus?", fragte Charlotte ungeduldig, als Jakob endlich erschien. Er aber ließ sich mit seiner Antwort Zeit, um die Spannung zu erhöhen.

„Er sieht aus ... er sieht aus ... wie ein chinesischer Drache."

„Jakob!", rief Charlotte mit gespielter Strenge, „du weißt genau, wie ich es meine!"

„Na ja, er sieht aus wie ein kleines Ungeheuer. Und er sieht sehr fremd aus. Die Männer, die mir geholfen haben, waren sich darüber einig, dass sie so etwas noch nicht gesehen haben."

Charlotte stemmte die Hände in die Hüften.

„Männer!"

„Was heißt das?", Jakob gab sich entrüstet. „Wir haben für dich geschuftet und vor lauter Vorsicht gar keine Zeit gehabt, den Drachen genauer in Augenschein zu nehmen."

Er nahm Charlotte in die Arme.

„Frauen! Undank ist euer Lohn", sagte er leidend und blickte ihr dabei tief in die Augen.

„Da muss ich wohl noch bis morgen warten", flüsterte sie, „und bis dahin dich einmal wieder genauer unter die Lupe nehmen, mein lieber Mann."

„Und wie willst du das mit geschlossenen Augen tun, meine Liebe?"

Charlottes Antwort war ein leidenschaftlicher Kuss. Dagegen hatte Jakob keine Einwände, auch nicht gegen das, was darauf folgte.

„Warte auf mich, wenn du die Truhe öffnest", hatte der Comte Gaston angewiesen. In der Küche des Ostflügels übergab der Koch seinem Herrn den Schlüssel, den dieser mit einer erhabenen Geste in das Schloss steckte, das sich leicht öffnen ließ.

Sie fanden in dem Kasten zahlreiche braune Fläschchen, die allesamt sorgfältig mit Stroh umwickelt und während der Reise auch heil geblieben waren. Mit seinen mit feinem Leder behandschuhten Fingern nahm der Comte das erste Fläschchen heraus, das wie die übrigen beschriftet war. Gaston wurde es doch ein wenig mulmig, als er den Totenkopf entdeckte, der auf einigen Fläschchen prangte. Daneben gab es aber auch zahlreiche Fläschchen ohne Totenkopf. Der Graf las freudig einige Namen vor: *„Fleur de la passion"*, *„Valériane"*, *„Pavot"*, *„Cannabis"*, *„Efeu"*, *„Chapeau de fer bleu"*, *„Champignons mouches"*, *„Millepertuis noir."* Gaston lief es kalt den Rücken herunter. Er fragte sich, ob es ihm tatsächlich gelingen könnte, die Zutaten in der jeweils richtigen Menge so unter die Pasteten zu mischen, dass die gewünschte Wirkung eintrat. Neugierig starrte er in die Truhe, ob unter den Fläschchen Papierrollen versteckt waren, denn ohne eine genaue Rezeptur war er aufgeschmissen. Glücklicherweise wurde er nicht enttäuscht. Der Comte zog ein mit einem Siegel verschlossenes Papier hervor. Gaston erkannte dasselbe Wappen wie an der Kutsche in der vergangenen Nacht.

„Edler Herr, das ist doch …"

„Es braucht dich nicht zu interessieren, was das ist, Gaston!", herrschte de Passeur ihn an.

Er brach das Siegel, entrollte das Papier, überflog den Inhalt und reichte es dem Koch.

Gaston setzte sich und seufzte erleichtert, denn jemand hatte fein säuberlich die Rezepte des *„Condiment pour pâté"* aufgeschrieben. Es gab Gewürze *„pour hallucination, pour euphorie, pour confusion und Sensations de bonheur"* und einige mehr. Ganz am Ende der Liste fand Gaston ein mit zwei Totenköpfen gekennzeichnetes Rezept, das *„Épice de la mort"*. Gaston schluckte.

„Du hast jetzt alles, was nötig ist. Ich gehe davon aus, dass du damit zurechtkommen wirst, Gaston."

Der Koch erhob sich und straffte sich.

„Gewiss, Comte. Damit komme ich klar."

Dann hatte er einen Einfall.

„Spricht etwas dagegen, wenn ich das eine oder andere Rezept in den nächsten Tagen an Archimbald ausprobiere? Er freut sich gewiss über ein zusätzliches Menü mit schmackhaften Pasteten."

Der Comte hob die Augenbrauen, dann nickte er.

„Das ist eine gute Idee, Gaston. Nur solltest du

ihm keine Pastete mit *Èpice de la mort* geben. Wir brauchen unseren Berater noch!"

Er klopfte seinem Koch mit komplizenhaftem Lächeln auf die Schulter.

„Ich muss mich auf dich verlassen können, Gaston! Auf deine Kochkünste und auf deine Verschwiegenheit!"

Gaston machte eine kleine Verbeugung.

„Es ist mir eine Ehre, werter Comte!"

Drei Tagesreisen von Erlenburg entfernt lag Johan in einer dieser Frühlingsnächte unter dem Dach des strohgedeckten Hauses und dachte an Agnes. Langsam kam der Tag näher, an dem er sich auf den Weg zu ihr machen würde. Er wollte den Auftrag, an dem er arbeitete, noch zu Ende bringen und die Hochzeit von Simon und Sophie nicht verpassen.

Immer klopfte sein Herz heftiger, wenn er an Agnes dachte. Während der Zeit der Trennung blieben ihm nur die Erinnerungen an die Zeit in Erlenburg und die Briefe von Agnes. Johan wusste, dass sie die Liebe seines Lebens war.

Er würde sie am liebsten nach Fichtenau holen, aber wie stand Agnes dazu? Die Freude, die ihn erfüllte, wenn er an eine Zukunft mit ihr dachte, wurde durch Zweifel getrübt. Machte er sich zu viele Hoffnungen? Was würde geschehen, falls Agnes Nein sagte? Sie fühlte sich verpflichtet, ihren Vater zu unterstützen. Gustav wünschte sich einen Nachfolger für seine Werkstatt, der am besten auch der Ehemann seiner Tochter sein sollte. Über all den Fragen und Zweifeln schlief Johan schließlich ein.

In dieser Nacht hatte er einen sonderbaren Traum ... Voller Vorfreude hatte er sich auf den Weg nach Erlenburg gemacht. Anfangs kam er gut voran, aber je mehr er sich der Stadt näherte, desto mühsamer wurde seine Reise. Ging er zu Fuß, war es ihm, als müsse er viele Schritte tun, um ein kleines Stück voranzukommen. Zudem waren ständig fremde Menschen um ihn herum, die versuchten, ihn vom Weg abzubringen. Er musste alle seine Kräfte aufbieten, um sie wieder loszuwerden.

Johan schreckte aus dem Schlaf auf und wälzte sich hin und her. Später träumte er weiter. Er stand auf dem Erlenburger Marktplatz und suchte Agnes. Sie saß etwas abseits der übrigen Frauen. Freudig wollte er auf sie zueilen, sie begrüßen. Da aber näherte sich eine schwarze Kutsche mit schwarzen Pferden. Agnes blickte erschrocken auf. Ein Mann in vornehmen Kleidern stieg aus. In der Hand hielt er einen Gehstock, den er jedoch nicht zum Gehen gebrauchte. Mit der Spitze, die wie Gold glänzte, zeigte er auf Agnes und näherte sich ihr. Sie wollte aufspringen und weglaufen, aber es war zu spät, denn schon berührte sie der Mann mit dem Stock. Johan sah, wie eine Veränderung mit Agnes vorging. Willenlos, mit hängendem Kopf und hängenden Schultern, ließ sie sich von dem Mann zur Kutsche führen. Beide stiegen ein – und einen Augenblick später war das

Gefährt verschwunden. Johan wollte hinterherlaufen, sah aber, wie die Frauen am Brunnen sich erhoben. Mit schweren Schritten und anklagenden Blicken kamen sie auf ihn zu. Er wich zurück. *Wer war dieser Mann*, wollte er fragen, brachte aber kein Wort hervor. Da packte ihn die Angst. Er rannte davon. Die Häuser flogen an ihm vorüber, er keuchte und wusste nicht, wohin er lief. Plötzlich stand er einer weiteren Frau gegenüber. Sie sah ihn mit müden Augen an.

„Du kommst zu spät, Johan", sagte sie tonlos, dann löste sie sich ihr Bild auf, die Frau verschwand...

Der Traum ließ Johan in den folgenden Tagen nicht los. Was, wenn Agnes tatsächlich in Gefahr war? Sollte er seine Reise früher antreten? Da erhielt er einen Brief von ihr. Mit zitternden Fingern öffnete er den Umschlag, überflog den Inhalt und atmete erleichtert auf.

Der Brief enthielt nichts, was Johans Sorge bestätigte. Im Gegenteil, Agnes schrieb, sie freue sich auf ihn und bestärke ihn gleichzeitig darin, die Hochzeitsfeier abzuwarten. Ihr Vater sei erleichtert über einen großen Auftrag, den die Weber rechtzeitig fertiggestellt hätten, und es gäbe die eine oder andere Neuigkeit in Erlenburg. Sie selbst verbringe jede freie Minute an ihrem Lieblingsplatz im Erlenhain – er wisse schon, wo das sei –, um an ihn zu denken. Und dass es ihrer Freundin Ella jetzt, wo der Frühling einkehre, auch wieder besser ginge.

Johan las den Brief mehrmals ganz genau

durch. *Deine Sorgen sind unbegründet*, sagte er in Gedanken zu sich selbst. *Wer ist eigentlich Ella?* Er kramte in seinem Gedächtnis und erinnerte sich schließlich an die Frau, deren Mann im vergangenen Jahr verstorben war. *Ja genau ... das ist Ella*, dachte er und ihm war klar, dass sie jene Frau in seinem Traum gewesen war, die ihm zu verstehen gegeben hatte, er sei zu spät gekommen. Verschwieg Agnes ihm etwas, um ihn nicht zu beunruhigen? *Es gäbe die eine oder andere Neuigkeit in Erlenburg ...* Ob gute oder schlechte Neuigkeiten – das verriet sie nicht.

Johan erhob sich in der Absicht, zu Simon zu gehen. Ein wenig Ablenkung würde ihm jetzt guttun. Die bevorstehende Hochzeit und ein Bräutigam, der darüber sehr aufgeregt war, brächten ihn bestimmt auf andere Gedanken, zumindest vorübergehend.

Sobald das Licht des Morgens es erlaubte stand Charlotte auf, um endlich den Drachen zu bestaunen. Kühle Luft empfing sie, als sie um die Ecke der Burg bog, dort, wo der Weg zum Burggarten führte. Sie zog ihr wollenes Tuch enger um die Schultern.

Er sieht wirklich wie ein kleines Ungeheuer aus, war ihr erster Gedanke, als sie die Skulptur erblickte, *ein fremdartiges, aber wunderschönes Ungeheuer.* Sie ging mehrmals ehrfürchtig um den Drachen herum.

Am auffälligsten war der Glanz des Tieres, der

durch die vergoldete Bronze entstand. Der lange schlangenförmige Körper war mit goldenen Schuppen bedeckt.

„Den Kopf finde ich spaßig", sprach sie leise vor sich hin. Der Drache sah aus, als würde er lachen. *Heißt es nicht, chinesische Drachen sind Glücksdrachen?* Aus dem emporgestreckten Kopf ragten hinter den Ohren schwarze Hörner hervor, wie die eines Ochsen. Über den funkelnden Augen waren dichte Augenbrauen zu sehen und der Kopf erinnerte Charlotte an ein Kamel. Im geöffneten Maul des Tieres sah sie eine gezackte Zunge.

„Wäre wirklich schön, wenn du Feuer speien könntest", sprach sie zu der Skulptur und stellte sich einen Moment lang vor, wie es wäre, wenn der Drache lebendig wäre.

Er sah aber auch zu echt aus.

„Dann könntest du unserem französischen Gast richtig einheizen und ihm sein wertes Hinterteil verkohlen."

Charlotte hielt sich die Hand vor den Mund. Hatte sie das tatsächlich laut ausgesprochen?

Den Rücken des Tieres zierte entlang der Wirbelsäule ein rotleuchtender Zackenkamm, und hinter den Schultern trug es zwei Flügel, die ebenfalls golden glänzten. Der Drache hatte vier recht kurze Beine aber imposante Füße, wie Tatzen eines Tigers. Ein Vorderfuß war angehoben, als wolle der Drache gleich losmarschieren. Sein Blick ging in die Ferne, über die kleine Mauer hinweg zum Wasser, weiter bis zum Horizont.

„Ich kann mir denken, dass du jetzt am liebsten wegfliegen möchtest", flüsterte Charlotte dem Drachen ins Ohr. „Das habe ich mir auch schon oft vorgestellt, wie es wohl wäre, einfach über das Wasser zu fliegen."

Charlotte hatte Jakobs Schritte vernommen. Er legte seinen Arm um sie und küsste sie auf die Stirn.

„Guten Morgen, ihr beiden. Wie ich sehe, habt ihr euch schon angefreundet."

„Ist er nicht bezaubernd? Er ist noch schöner, als ich ihn mir vorgestellt habe."

Jakob musterte die Skulptur.

„Ja. Er hat ja auch ganz schön viele Goldtaler gekostet."

„Aber der Preis hat sich gelohnt, nicht wahr?"

Sie betrachtete Jakob, auf dessen Stirn sie ein paar Sorgenfalten zu sehen glaubte, worüber sie ein wenig erschrak.

„Bist du ernsthaft darüber besorgt, Jakob?", wollte sie wissen.

„Nein, nicht deswegen. Es geht um den Comte. Mir ist zu Ohren gekommen, dass er ein französisches Gasthaus, eine *„Auberge du Pâté",* wie er es nennt, auf dem Marktplatz einrichten will."

„Hier in Erlenburg?", rief Charlotte überrascht aus, „aber warum kommt er mit seinen Plänen nicht als Erstes zu uns und weiht uns ein?"

Jakob hob die Schultern und sah ratlos drein.

„Ich werde den Comte jedenfalls gleich heute Vormittag zur Rede stellen. Aber jetzt lass uns hinein gehen und frühstücken. Du bist ja schon ganz kalt."

Der Comte hatte der Schneiderei unmissverständlich mitgeteilt, wann er mit den zugeschnit-
tenen und genähten Stoffen rechne, nämlich
schon in wenigen Tagen. Er zweifelte keinen Augenblick daran, dass dies genau so geschehen
würde. Die Arbeit in den Räumen der *Auberge*
schritt ebenfalls zügig voran und die Rahmen an
den Wänden warteten bereits darauf, mit den
Stoffen bespannt zu werden.

De Passeur ließ sich von der Kutsche bis vor
die Haustür fahren, was die aufmerksamen Frau-
en auf dem Marktplatz ein wenig enttäuschte,
denn so bekamen sie nicht viel von ihm zu sehen.
Er betrat das Haus, ohne sich nach ihnen umge-
blickt zu haben, und ging in die geräumige Küche, wo Gaston vor dem Herd stand und geschäf-
tig mit den Töpfen klapperte. Der feine Duft von
Pasteten lag in der Luft.

„Bonjour Monsieur le Comte!", begrüßte Gaston
ihn, „Ihr seid heute schon früh unterwegs!"

„Bonjour Gaston. Hast du die Zutaten schon
verwendet?", kam der Comte ohne Umschweife
auf den Punkt.

Gaston nickte, während er eine Pastete aus
dem Backrohr nahm und kurz in einer Dampf-
wolke verschwand.

„Hier, Edler Herr. Die erste ist soeben fertig geworden. Archimbald wird es sich schmecken lassen."

Die beiden Männer sahen einander wissend an.
„Ich komme heute Abend wieder, Gaston. Der

Graf von Erlenburg möchte mich sprechen. Er hat wohl inzwischen Wind von unserem Plan mit der *Auberge* bekommen."

Er rollte mit den Augen und trommelte ungeduldig mit den Fingern auf dem Backtisch.

„Vermutlich ist er darüber nicht sehr erfreut. Ich muss ihn von unserer Idee überzeugen und will so tun, als sollte es eine Überraschung für ihn und seine Frau werden. Am besten, ich lade die beiden gleich für morgen Abend hierher ein, dann können sie sich selbst überzeugen."

Der Comte, der heute wieder wie aus dem Ei gepellt aussah, passte so gar nicht in die Küche, in der dem schwitzenden Gaston der Schweiß von der Stirn rann. Alsbald verabschiedete er sich.

„Gib gut acht, dass die Pasteten nicht vertauscht werden", wies er den Koch an, bevor er im Flur verschwand. Hier stapelten sich kreuz und quer einige Kisten mit Geschirr, die der Comte aus Frankreich hatte kommen lassen – eine Unordnung, die ihm zuwider war, sodass er schnell das Haus verließ.

Draußen schritt er in einem Anflug unvermittelter Heiterkeit um die Kutsche herum in der Absicht, auf der den Frauen am Marktplatz zugewandten Seite einzusteigen. Der Kutscher, einen Moment lang irritiert, eilte ihm jedoch hinterher und öffnete den Verschlag.

Der edle Herr ließ sich sogar dazu hinreißen, seinen schwarzen Zylinder kurz zu lüften und den Kopf in Richtung Brunnen zu neigen, was einige Frauen dazu bewog, erregt aufzuspringen und ihm zuzuwinken.

Bei diesen Weibern werden wir schon ohne die geheimen Zutaten unser Ziel erreichen, dachte er, *sie werden die Ersten sein, die nach der Eröffnung hierher strömen.*

Er nahm in der Kutsche Platz und dachte an Jakob von Erlenburg. Der würde nicht so leicht zu beeindrucken sein. Bei ihm musste er sehr bedacht und geschickt vorgehen.

Jakob erwartete den Gast in seinem Arbeitszimmer, einem stattlichen Raum mit hellen Wänden, in dem ein massiver Tisch aus dunkler Eiche – hinter dem Jakob saß – seine imposante Wirkung nicht verfehlen würde.

Als es klopfte, ließ er ein paar Sekunden länger als üblich verstreichen, ehe er „Herein!" rief, um zu verstehen zu geben, wer hier der Herr war. Der Comte trat ein, aber Jakob setzte zunächst seine Unterschrift auf einige vor ihm liegende Papiere. So verstrich abermals ein gewisser Moment, ehe er ihn begrüßte. Als die beiden sich schließlich anblickten, bemerkte de Passeur des Grafen von Erlenburg ernste und förmliche Miene, während Jakob die vornehme, leicht devote Zurückhaltung des Gastes zur Kenntnis nahm.

Der Comte hatte sich auf dem Weg hierher seine Vorgehensweise genau überlegt und verbarg sein siegessicheres Gefühl hinter höflichem Lächeln.

Jakob bat ihn Platz zu nehmen, dann sah er de

Passeur fest in die Augen.

„Schön, Sie zu sehen", begann er, „wie ich hörte, sind Sie gerade sehr beschäftigt?"

Der Comte hatte seinen Gehstock neben sich gestellt. Jetzt holte er hörbar Luft und setzte zu seiner Rede an: Dass er vermute, der Graf von Erlenburg und seine verehrte Frau Gemahlin Charlotte haben nun wohl bereits von seinem Vorhaben erfahren ... dass er darüber untröstlich sei, denn es sollte für sie beide doch eine Überraschung sein, aus Dankbarkeit für die große Gastfreundschaft, die sie ihm und seinen beiden Mitreisenden, Gaston und Archimbald, bisher gewährt hätten ... er sich zudem sicher sei, dass die nun bald fertiggestellte *Auberge du Pâté* für Erlenburg und seine Bewohner ein großer Gewinn und eine außergewöhnliche Bereicherung sein werde ... und schließlich, dass er den Grafen und die Gräfin von Erlenburg bereits heute Abend einlade, um eine erste Kostprobe zu servieren. Dann würden sie beide sich selbst von allem ein Bild machen und von dem Vorhaben überzeugen können.

„Es ist in Erlenburg Gesetz, mein lieber Comte de Paaaeur, dass jedes Vorhaben geschäftlicher Natur über meinen Schreibtisch gehen und meine Zustimmung bekommen muss", begann Jakob, gänzlich unbeeindruckt vom unterwürfigen Ton in der Rede des Franzosen.

„Sie werden gewiss verstehen, dass ich da für Gäste, die auf der Erlenburg logieren, keine Ausnahme machen darf. Im Gegenteil. Es wirft ein schlechtes Bild auf mich, wenn gerade diese Personen ohne meine Erlaubnis in der Stadt Geschäfte machen, wie sie wollen. Überraschungen solcher Art entsprechen nicht unseren Regeln, verehrter Comte."

In de Passeur brodelte es, aber es half nichts. Er musste alles versuchen, um Jakob wieder gnädig zu stimmen, griff in seine Westentasche und holte ein mit einem Siegel verschlossenes Schreiben hervor.

„Ich versichere Euch, Jakob, dass ich nach bestem Wissen und Gewissen gehandelt habe. Es tut mir außerordentlich leid, wenn ich eine derartige Verstimmung erzeugt habe, die unserer, wie ich hoffte, freundschaftlichen Beziehung schaden könnte. Mir blieb allerdings nichts anderes übrig, als genauso zu handeln, wie ich es getan habe, denn von allerhöchster Stelle wurde mir das Vorhaben angetragen."

Mit diesen Worten überreichte er Jakob das Schreiben, lehnte sich gelassen zurück, legte seinen Gehstock auf den Oberschenkeln ab und umfasste mit den Händen die Armlehnen.

So, dachte er boshaft, *jetzt wird dir deine Überheblichkeit gleich vergehen.*

Jakob ließ sich seine Angespanntheit nicht anmerken, als er das Siegel des französischen Kaisers erkannte. Bisher hatte der in Erlenburg keine Ansprüche erhoben, obwohl er längst damit begonnen hatte, die politische Lage in anderen Regionen vielerorts massiv umzugestalten – zur Freude der einen, zum Kummer der anderen.

Die Linie der Erlenburger Grafenfamilie hatte in ihrer Geschichte schon einigen Umbrüchen standgehalten. Auch aus strategischen Gründen hatten er und Charlotte sich für die Aufnahme des Comte in der Erlenburg entschieden. Es sollte für den französischen Kaiser ein Zeichen für die Absicht eines friedlichen Miteinanders gleichwertiger Landsmänner sein. Kündigten sich denn nun weitere Schritte an? Das Schreiben schien tatsächlich vom Kaiser persönlich zu sein.

Jakob begann zu lesen.

Nachdem der Kaiser höflich seinen Dank für die seinem verehrten Freund, dem Comte de Passeur, gewährte Gastfreundschaft zum Ausdruck gebracht hatte, drückte er unmissverständlich sein Interesse daran aus, dass nun auch in der Stadt Erlenburg französische Gepflogenheiten Einzug halten müssten. Er erwarte daher, dass der Graf dem Comte freie Hand und größtmögliche Unterstützung für sein Vorhaben gewähre.

Jakob schluckte. Der Comte schien ja wirklich allerbeste Verbindungen zu haben, wenn er solch ein Schreiben aus der Tasche holen konnte, als wäre es das Selbstverständlichste auf der Welt. Einen kurzen Augenblick tauchte in Jakobs Kopf der Gedanke auf, dass es sich um eine Fälschung handeln könnte.

„Ich kann Ihnen versichern, Jakob, dass das Schreiben echt ist. Es wurde mir persönlich von einem Kurier des Kaisers überbracht."

Jakob biss sich auf die Lippen – der Comte hatte seinen Gedanken erraten. Es würde ihm nichts anderes übrigbleiben, als dieses Schreiben ernst zu nehmen, doch fasste er einen Entschluss.

„Wie auch immer", sagte er mit klarer Stimme, „die gesetzlich vorgegebenen Schritte müssen eingehalten werden. Am Ende werde ich meine Zustimmung nicht verweigern, aber das Vorhaben muss im Erlenburger Rat vorgelegt und erörtert werden, bevor dort darüber abstimmt werden kann. Dieses Prozedere wird die Eröffnung der *Auberge du Pâté* gewiss verzögern."

„Da bin ich ganz Ihrer Meinung", sagte de Passeur erstaunlich rasch. „Ich werde noch heute ein offizielles Schreiben aufsetzen und darlegen, was meine Absicht ist."

„Gut, und ich setze zügig den Rat von Ihrem Antrag in Kenntnis. Wird dem zugestimmt, so lasse ich mich gern mit meiner Frau von Ihnen in die *Auberge* einladen."

„Du willst mir helfen?", fragte er ungläubig in die Dunkelheit, die schemenhaft die Fratze des Dämons freigab.

„Hier, nimm diesen Stock, Develnias", sagte die Stimme.

„Develnias? Weshalb nennst du mich so?", entgegnete er kläglich.

„Das ist nicht wichtig", antwortete der Dämon geheimnisvoll, „für mich bist du Develnias. Du wirst dich an den Namen gewöhnen."

„Aber wer bist du? Und woher kommst du?"

„Ich komme von weit her und dennoch bin ich dir schon lange nah", antwortete die Stimme.

Sein Kopf dröhnte. Er war viel zu schwach, um zu widersprechen, und viel zu krank, um zu verstehen, was er hörte. Es war ihm auch egal, wie er hieß. Er war am Ende, wollte nur noch sterben.

Da nahm der Dämon seine Hand und legte etwas hinein. Es fühlte sich kalt und hart an.

„Nimm den Stock. Er wird alles verändern."

Ein Stock? Alles verändern? Seine schwachen Finger umfassten das Holz. Er schloss die Augen und spürte, wie sich in seinem Körper etwas regte. Sein Atem wurde etwas kräftiger, das Dröhnen in seinem Kopf ließ nach. Einen Moment später fühlte er sich stark genug, um sich von seinem Lager zu erheben. Er richtete sich auf, lehnte sich mit dem Rücken an die Wand und nahm den Stock in beide Hände. Sollte es wirklich wahr sein, dass der Dämon ihm helfen wollte?

„Was ist das für ein Stock?", fragte er in die Dunkelheit.

„Sieh an, es scheint dir schon besser zu gehen, mein Freund", vernahm er die Stimme wieder. „Der Stock verleiht dir Stärke, aber das ist nicht alles. Mit diesem Stock, Develnias, kannst du Menschen töten."

Die Fratze lächelte ihn verschwörerisch an.

„Ist dir das Leben in diesen Mauern nicht schon lange ein Gräuel? Die Mönche, die sich Brüder Gottes nennen, haben dich genug gequält, findest du nicht? Mit diesem Stock kannst du dem ein Ende bereiten. Du musst es nur wollen."

Der Dämon sprach aus, was Develnias in seinem Innersten empfand.

„Und wie ...", stieß er hervor, „wie ... soll das gehen?"

„Es ist die goldene Spitze, die töten kann. Berührst du damit den Körper eines anderen Menschen, den du töten willst, so stirbt er."

Develnias hielt, was er hörte, noch immer nicht für möglich. Aber wenn doch?

„Ich würde den Abt als Ersten töten."

Erneut erklang das geheimnisvolle Lachen des Dämons. „So ist es gut, Develnias!"

Schon hörte er draußen Schritte, die näher kamen. Rasch legte er sich hin, zog die Decke hoch, unter der er den Stock verbarg. Die Fratze des Dämons wich in die Dunkelheit zurück.

Sekunden später beugte sich im Licht einer Kerze der Abt über ihn.

„Du lebst also noch, du armselige Kreatur", stellte er zufrieden fest, denn so blieb ihm noch Zeit, den Sterbenden zu quälen. „Wir können hier nichts mehr für dich tun, aber in der Hölle warten sie schon auf dich. Dort wirst du in ewiger Verdammnis im Höllenfeuer schmoren." Der Abt lachte hämisch.

Develnias umfasste den Stock fester. Sein Wunsch, den Abt zu töten, war größer denn je. Aber er hatte Angst. Was würde geschehen, wenn es nicht gelänge, wenn der Dämon ihn belogen hatte und womöglich doch nur ein Trugbild seiner Schwachheit war? Er war schon immer belogen und ausgenutzt worden. Weshalb sollte es plötzlich anders sein?

Da wurde der Vorsteher stutzig. Irgendetwas an dem Kranken war heute anders, sein Atem ging gleichmäßiger und er verhielt sich auch sonderbar ruhig. Sollte es ihm etwa wieder besser gehen?

„Was geht hier vor?", fragte er argwöhnisch und sah ihn genauer an. „Du elender Wurm. Ich kann es nicht gestatten, dass du am Leben bleibst. Wenn ich gesagt habe, du wirst sterben, dann ist es so", sagte er gebieterisch.

Er stellte das Licht zur Seite, beugte sich erneut über den Kranken, legte dann beide Hände um dessen Hals und würgte den Liegenden.

Nun hatte Develnias keine Wahl mehr. Er hob den Stock und berührte den Abt mit der Spitze, die eine Sekunde lang aufblitzte.

„Stirb!", sagte er, so laut er es in seiner misslichen Lage überhaupt vermochte.

In den Augen des Abtes flammte blankes Ent-

setzen auf, dann sackte sein lebloser Körper über Develnias zusammen.

„Nein!", rief der angewidert aus und schob ihn hastig von sich. Wie ein Sack Mehl plumpste der Tote auf den Boden.

Dann war es still. Develnias lauschte. Der Abt bewegte sich nicht mehr.

Er sprang auf, sein Herz hämmerte. Der Dämon war also weder eine Täuschung noch hatte er ihn belogen. Nun dämmerte es Develnias, wozu ihn dieser Stock befähigen würde. Das letzte Stündlein all derjenigen, die ihn in diesen Mauern Tag und Nacht gepeinigt hatten, war soeben angebrochen.

Er spuckte auf den Leichnam.

Karamell trippelte unablässig um den Brunnen im Burghof. Je schneller sie lief, desto ruckartiger bewegte sich ihr Kopf vor und zurück. Wenn sich Strudel nur endlich wieder blicken lassen würde. Sie musste dringend mit ihm reden. Das Huhn mit den goldschimmernden Federn änderte jetzt aber die Richtung, weil ihm schon ganz schummrig im Kopf war.

„Strudel, ich muss dringend mit dir reden! Strudel, du musst jetzt auftauchen!"

Immer wieder sagte sie verbissen die Worte vor sich hin. Sie war so in ihre Beschwörung vertieft, dass sie die nahenden Schritte überhörte und um ein Haar mit dem Comte zusammengestoßen wäre.

„Goaaack!", rief sie erschrocken aus, als sie plötzlich die blankgeputzten Schuhspitzen vor sich sah. Sie flatterte auf, über den Rand des Brunnens hinweg und konnte sich gerade noch an einem Eisenstück festklammern, das genau so weit in den Brunnen hineinragte, um ihren Füßen Halt zu geben. Ängstlich krallte sie sich fest und kauerte sich an die Mauer.

„Nur nicht nach unten sehen, nur nicht nach unten sehen. Hoffentlich ist der Halunke schnell verschwunden."

„Hier sitzt du also", vernahm sie zu ihrem Schreck seine Stimme direkt über ihrem Kopf, „ich frage mich, was ein dreckiges Huhn wie du im Burggarten zu suchen hat."

Jetzt beugte er sich über die Brunnenmauer. „Verschwinde, du Federvieh! Verschwinde auf

Nimmerwiedersehen!"

Seine Worte hallten von der Mauer wider. Er streckte sich so weit in den Brunnen, bis er Karamell erreicht hatte und versetzte ihr einen Schlag, sodass sie den Halt verlor. Vor Angst laut schreiend flatterte sie hilflos hin und her, konnte dann aber tiefer im Brunnen erneut Halt finden.

In ihrem ganzen Hühnerleben hatte sie sich noch nie so gefürchtet. Wie konnte sie auch nur so leichtsinnig sein und dem Franzosen direkt vor die Füße laufen. Als der sah, dass sie nicht in die Tiefe gestürzt war, nahm er seinen Stock zur Hand.

Oh nein, fürchtete sich Karamell, *wenn ich falle, werde ich jämmerlich ertrinken.*

Sie zitterte am ganzen Körper, während die goldene Spitze des Stocks gefährlich näher kam. Ihre Versuche, sich wegzuducken, halfen nichts. Als die Spitze sie berührte, verlor sie die Kraft. Nicht einmal ihre Flügel gehorchten ihr mehr. Wie ein Stein stürzte Karamell in den Schacht hinab und versank schließlich im schwarzen Wasser.

„Na also", sagte de Passeur zufrieden, holte ein weißes Tuch aus seiner Westentasche und säuberte damit den Stock. Behutsam strich er über die glänzende Spitze.

„Dieses Vieh wird mich nicht mehr belästigen." Er blickte noch einmal in den Brunnen.

Alles blieb still.

Er lächelte, dann schritt er davon.

Strudel hatte den Brunnenrand von unten fest im Blick. Jetzt tauchte er auf. Seine Freundin lag wie tot in seinen Armen. Schnell kletterte er nach oben, spähte vorsichtig über den Rand und sprang in den Garten, den die Sonne wärmte. In einer geschützten Ecke legte er Karamell auf den Boden. Ein triefendes Federbündel lag vor ihm. Strudel keuchte. Wie konnte er ihr nur helfen?

„Dieser schäbige Mistkerl", fluchte der Wassermann, während er sie, mit dem Kopf nach unten, hochhob. Wasser lief aus ihrem Schnabel. Er wusste nicht, ob das gut war, aber irgendetwas musste er ja tun.

„Karamell, komm wieder zu dir. Karamell, du bist ein Zauberhuhn! Du kannst jetzt nicht einfach tot sein", flüsterte er ihr zu, wobei er sanft auf ihren Rücken klopfte.

Und endlich, nach einer gefühlten Ewigkeit, spürte er, dass sich in ihr etwas regte. Ein kleines Zucken zunächst, dann ein gurgelndes Glucksen und schließlich heftiges Husten. Strudel hielt sie so lange fest, bis Karamell wieder auf eigenen Beinen stehen konnte, noch wackelig zwar und das Atmen fiel ihr schwer, aber sie lebte.

Schließlich schüttelte sie sich und sah dabei wie ein Springbrunnen aus, aus dem Tropfenwolken stieben. Dem Wassermann fiel ein Stein vom Herzen.

„Strudel, wenn du nicht gekommen wärst, wäre ich ertrunken", gackerte sie, mit heiserem Röcheln. „Danke, danke, danke!", rief sie, während sich der Schreck aus ihren Flügeln löste.

„Es war der französische Mistkerl, der dich ins Wasser gestoßen hat."

Strudel war wütend.

„Wirklich? Ich kann mich nicht erinnern. Ich weiß nur noch, dass ich auf dich gewartet habe, dabei um den Brunnen gelaufen bin und plötzlich alles dunkel wurde."

Sonderbar, dachte er, *warum erinnert sie sich nicht.* Vielleicht hatte seine Zauberfreundin wegen des Schocks die Begegnung mit dem Comte vergessen? Wie auch immer, es würde ihr sicher zu gegebener Zeit wieder einfallen.

„Weshalb hast du auf mich gewartet, meine Liebe?"

Karamell dachte eine Weile nach.

„Warte, warte, gleich hab ich's", gackerte sie leise. „Ja, jetzt fällt es mir ein. Ich muss dir unbedingt von den seltsamen Dingen erzählen, die hier geschehen."

Und so erzählte sie vom nächtlichen Ausflug des Kochs und wie der mit einer hölzernen Kiste zurückgekehrt war und dass sie glaube, die drei Männer im Ostflügel würden etwas Geheimes aushecken.

Strudel hatte sich auf einen Stein gesetzt und aufmerksam zugehört.

„Du hast recht, Karamell, sie führen bestimmt irgendetwas im Schilde".

Und nun erzählte Strudel seinerseits von seinem nächtlichen Ausflug. Wie er den Comte verfolgt hatte und was er da alles sehen konnte, von den mächtigen Wasserstrudeln zwischen den großen Inseln und den schwimmenden Zacken.

„Erlin sagt, ich wäre im verborgenen Land gewesen."

„Wie aufregend, Strudel!", rief sie erstaunt aus. Die beiden schwiegen eine Weile und überlegten.

„Was hat er nur vor?", sagten sie dann gleichzeitig.

„Wir müssen mit Erlin reden", schlug Strudel vor. „Die Erlenburger sollten sich vor ihm in Acht nehmen, hat sie gesagt."

Mit einer imposanten Serviette um den Hals saß Archimbald in der Gaststube. In einer Faust hielt er das Messer, in der anderen die Gabel und wartete mit ungeduldiger Vorfreude auf Gaston. Aus der Küche drang ein verlockender Duft.

Ach, es gibt für die Pasteten keinen geeigneteren Vorkoster als mich, fand Archimbald. Das hatte wohl auch Gaston erkannt. Endlich betrat der Koch den Raum, die dampfend heiße Schale mit zwei Tüchern tragend. Als er sie auf den Tisch gestellt hatte, sah Gaston den Vorkoster feierlich an.

„Mein lieber Archimbald, Ihr habt die Ehre, die erste Pastete aus unserer Küche zu kosten. Darf ich vorstellen: *Le pâté du roi.* Die Pastete des Königs. Bon appétit!"

Während der Vorkoster das Gericht ehrfürchtig betrachtete, eilte der Koch hinaus, um eine Flasche Rotwein zu holen. Er schenkte seinem Gast und sich ein. Die Männer ließen die Gläser aneinander klirren und tranken. Dann begann Archimbald zu essen.

„Lasst mich raten, Gaston", sagte er schmatzend, „welche Zutaten Ihr verwendet habt."

Nachdem er hastig einige Bissen verschlungen hatte, kaute er nun langsam und genüsslich.

„Ich schmecke Wildfleisch und Schweinefleisch."

Gaston nickte.

„Ich schmecke Salz und Pfeffer, Muskat und Nelken."

Wieder nickte der Koch.

„Wacholder, Kümmel, Lorbeer, einen Hauch von Zitrone schmecke ich ebenfalls."

„Sehr gut, Archimbald. Sie haben einen feinen Gaumen", musste Gaston zugeben und hoffte, sein Gast würde nicht auch noch jenen Geschmack bemerken, der sich für gewöhnlich nicht in einer Pastete fand.

„Und natürlich schmecke ich auch Cognac ... oder ist es vielleicht doch Portwein?"

„Nein, Sie haben da ganz recht, es handelt sich um Cognac", bestätigte Gaston.

„Kompliment, Gaston!", rief Archimbald aus, „ich kann mit Fug und Recht sagen, dass dies die beste Pastete ist, die Unsere Majestät jemals zu sich genommen hat."

Gaston glaubte nicht richtig gehört zu haben.

„Wie meinen Sie das, mein Lieber ... Unsere Majestät?"

Verblüfft sah er, wie sein Gast sich erhob, die Serviette packte, von sich schleuderte und sein

Glas ergriff.

„Ich, Seine Majestät Kaiser Nealopon, gebe hiermit bekannt, dass mein lieber Freund Gaston in den Stand des kaiserlichen Pastetenbäckers erhoben wird. Ich bitte Sie, sich zu erheben!"

Dem Koch dämmerte langsam, was hier vor sich ging. Sein Gast war nicht betrunken, jedenfalls nicht vom Rotwein. Nein, es musste das besondere Gewürz *Sensations de bonheur* sein, das hier seine Wirkung zeigte.

Seine Majestät setzte ein feierliches Gesicht auf.

„Ab heute wird in der Stadt Erlenburg jeder Mann und jede Frau meinen Leibpastetenkoch Gaston mit *Le cuisinier de Sa Majesté le Roi* ansprechen! Das ist ein Befehl! Wer sich meinem Befehl widersetzt, wird in den Kerker geworfen!"

Archimbald ließ sich auf seinen Stuhl zurückfallen und lächelte Gaston milde an.

„Und jetzt, mein Lieber, speisen Sie mit mir! Holen Sie sich einen Teller und genießen Sie die Köstlichkeit. Sie haben es sich wahrhaftig verdient!"

Gaston rieb sich die Hände. Mit einer derart schnellen Wirkung hatte er nicht gerechnet.

„Oh gewiss, Eure Majestät", sagte er schmunzelnd „das werde ich sehr gerne tun. Vorher aber gebe ich Euch noch ein kleines Stückchen auf den Teller, wenn es Euch beliebt."

„Immer her mit dem guten Stück", grölte Archimbald, „davon darf nichts übrig bleiben. Für das gewöhnliche Volk ist die königliche Pastete sowieso viel zu schade. Aber wir beide ...", er sah den Koch mit glänzenden Augen an, „wir beide lassen es uns schmecken!"

Nachdem Gaston ihm erneut eine beachtliche Portion aufgegeben hatte, verbeugte er sich und verschwand in der Küche. *Nun ist doch fürwahr mit einer kleinen Prise Zaubergewürz aus dem kleinen Archimbald der große Nealopon geworden*, dachte er zufrieden. Als Gaston wenig später in den Gastraum zurückkehrte, war Nealopon gerade im Begriff, torkelnd das Haus zu verlassen.

Er eilte zu ihm.

„Jetzt werde ich hinausgehen ... und den Bürgern der Stadt meine ... kaiserlichen Befehle ... verkünden. Was haltet Ihr davon?", lallte Archimbald dem Koch zu.

Der aber glaubte, dies wäre keine so gute Idee, sondern wohl geschickter, den Auftritt seines Gastes in der Öffentlichkeit zu verhindern.

„Eure Majestät", begann er beschwörend, „wenn ich es mir erlauben dürfte, Euch davon für heute abzuraten. Vielleicht ist es klüger, einen würdigeren Rahmen für Euer Vorhaben zu schaffen. Ihr könntet das auf morgen verschieben, Euer Gnaden, und die Versammlung gebührend ankündigen lassen."

Archimbald kniff die Augen zusammen und betrachtete Gaston eine Weile.

„Ja, mein Freund, so soll es sein!", rief er dann aus, stolperte auf Gaston zu und schlug ihm auf die Schulter.

Der Koch zuckte zusammen, atmete aber auf

und führte den schwankenden Gast zu seinem Tisch zurück. Der plumpste auf den Stuhl, sein Kopf fiel wie betäubt auf den Tisch. Sekunden später war er eingeschlafen.

Long-Long blinzelte dreimal mit dem linken Auge und setzte den Fuß, den er ständig in der Luft hielt, auf den Boden. Er verteilte sein Gewicht gleichmäßig auf allen Füßen, wiegte sich ein wenig hin und her.

„Ah, das tut gut", stöhnte er.

Bisher hatte er bewegungslos auf seinem Platz verharrt und sich, so gut es ging, nach allen Richtungen umgesehen. Besonders beeindruckt war er von der mächtigen Burg hinter dem Teehaus, das dagegen wie eine winzige Hütte wirkte. So ein großes Haus hatte Long-Long bisher nicht gesehen. Wie auch? In der chinesischen Stadt, wo er geboren war, wo der Drachenmeister Yong-Hei und seine Gehilfen ihn in der Werkstatt des Meisters geformt und kunstvoll verziert hatten, gab es so etwas nicht.

In der Nacht, bevor Long-Long auf die lange Reise in das fremde Land geschickt werden sollte, führte der Meister das Drachenritual durch. Der Skulptur sollte eine Seele eingehaucht werden, damit er ein lebendiger Drache wurde. Rings um ihn herum hatte Yong-Hei unzählige Fackeln entzündet, die in vielen Farben qualmten. Als Long-Long ganz von Rauch umgeben war, spürte er plötzlich, wie seine Lungen sich füllten. Dann bekam er einen entsetzlichen Hustenanfall und seine Augen brannten von dem Rauch. Aber der Meister begann laut zu lachen.

„Willkommen in deinem Drachenleben, Long-Long!", rief er freudig aus.

Es hatte noch einige Minuten gedauert, bis der Drache verstand, was damit gemeint war. Nach und nach bewegte er alle Teile seines Körpers und spürte seine erwachende Lebenskraft.

„Du bist ein chinesischer Glücksdrache", erklärte der Meister, „die Menschen verehren die Drachen, von denen sie glauben sie haben schon zu der Zeit gelebt, als es noch keine Menschen auf der Erde gab. Die Weisheit der Drachen ist älter als die Menschheit. Sie gelten als Herrscher des Wassers und es wird erzählt, der erste Kaiser in China sei halb Drache, halb Mensch gewesen."

Long-Long hatte aufmerksam zugehört, war aber sehr mit sich selbst beschäftigt, weshalb er nicht weiter nachfragte.

„Manche Drachen können Feuer speien, aber nur dann, wenn sie selbst oder Freunde, die sie beschützen wollen, in Gefahr sind."

Yong-Hei blickte den Drachen wehmütig an.

„Morgen nach Sonnenaufgang müssen wir Abschied nehmen. Dann begibst du dich auf eine weite Reise, mein Freund."

Die Fackeln waren erloschen und der Qualm wurde schwächer. Da sah Long-Long sich selbst in einem wandgroßen Spiegel.

„Was ist das, was ich auf meinem Rücken habe, Yong-Hei?"

„Das sind deine Flügel, denn Drachen können fliegen."

„Wirklich? Soll ich es gleich ausprobieren?"

„Nein, lieber nicht", gebot der Meister, „meine Werkstatt ist zu klein, du könntest dich verletzen, aber gewiss wirst du zum Fliegen bald Gelegenheit haben."

Schließlich zeigte ihm Yong-Hei, was er tun müsse, um sich wieder in einen leblosen Drachen zu verwandeln.

Long-Long hatte von alldem ein wenig der Kopf gedröhnt, er war müde geworden. Deshalb machte sich Yong-Hei an die Arbeit, die Reisekiste für ihn fertigzustellen. Am anderen Morgen verbeugte sich der Meister vor ihm.

„*Zàijiàn,* gute Reise, mein Freund!", sagte er zum Abschied.

Als der Deckel der Kiste verschlossen wurde und Dunkelheit ihn umfing, war es Long-Long ziemlich mulmig zumute gewesen.

Wehmütig dachte er jetzt an Yong-Hei, von dem er bestimmt noch viel hätte lernen können. Vorsichtig drehte er seinen Kopf und sah sich um. Es war noch nicht dunkel, aber um diese Zeit hielt sich niemand mehr hier draußen auf. Tagsüber waren zwei Männer im Teehaus beständig rein- und rausgegangen, hatten Behälter mit Farbe hineingetragen und waren, selbst mit Farbtupfen übersät, wieder herausgekommen. Nun aber war es ruhig.

Der Drache beschloss, erste Gehversuche zu machen. Von seinem Sockel aus hatte er schon jenseits der Mauer das große Wasser erspäht. Nun wollte er unbedingt sehen, wie groß es tatsächlich war.

Vorsichtig setzte er seine Beine in Bewegung. Er wankte und wäre fast über seine Füße gestolpert. Aber mit jedem Schritt ging es besser. Endlich hatte er die Mauer erreicht, die ihm bis zur Brust reichte. Er musste einige Male Anlauf nehmen, bis er genügend Schwung hatte, um auf der Mauer zu landen. Beinahe wäre er auf der anderen Seite heruntergefallen, aber weil er wild mit den Flügeln schlug, konnte er sich oben halten.

„Besser, auf neuen Wegen etwas zu stolpern, als in alten Pfaden auf der Stelle zu treten", entfuhr es ihm.

Als seine Füße festen Stand gefunden hatten, ließ er den Blick schweifen. Sein Drachenherz machte augenblicklich einen gewaltigen Sprung. Er sog seine Lungen voll Luft, dann ertönte ein langes „Ooooooohh!" Long-Long war überwältigt von dem atemberaubenden Blick, der sich ihm bot.

„So viel Wasser habe ich noch nie gesehen!", rief er begeistert aus, was allerdings kein Wunder war, denn bisher hatte er überhaupt noch nicht allzu viel gesehen.

Indem er über den Ausblick staunte, spürte er tief in seinem Drachenherz, dass er genau hierher an diesen Ort gehörte. *Ich will nie wieder irgendwo anders sein*, dachte er ergriffen.

„Wenn ein Freund von weit her kommt, ist das nicht auch eine Freude?", fragte Long-Long den

Wind, der ihm um die Nase wehte. Ja, er hatte eine lange Reise hinter sich, aber war er auch als ein Freund gekommen? Wem könnte er hier ein Freund sein? Den Männern, die ihn schwitzend und fluchend auf den Sockel gehoben hatten und denjenigen, die heute im Teehaus waren vermutlich nicht. Aber der Frau, die ihn liebevoll bewundert hatte – ihr könnte er vielleicht ein Freund sein.

De Passeur hatte nach dem Gespräch mit Jakob zähneknirschend einen Antrag für sein Vorhaben verfasst. Noch am selben Tag beauftragte er Archimbald, Jakob das Schreiben zu überbringen. Als er seinen Berater erblickte, schmunzelte er.

„Sie sehen heute gar nicht gut aus, mein Lieber", sagte er, Anteilnahme heuchelnd.

Gaston hatte ihm schon von der Wirkung der Zauberkräuter in der pâté du roi berichtet.

„Vielleicht habe ich gestern doch ein Gläschen Rotwein zu viel getrunken. Mein Schädel brummt gewaltig."

De Passeur schwieg dazu, streckte Archimbald das Papier entgegen und teilte ihm mit, wohin er es umgehend zu bringen habe.

Nachdem sich sein Berater mit schweren Schritten entfernt hatte, trat er ans Fenster. Die Sonne stand bereits über dem Horizont, der Tag neigte sich dem Ende entgegen. Er trat zum Schrank, aus dem er ein verschnürtes Bündel hervorholte. Der Inhalt stammte aus der Werkstatt von Gustav Gründel. Der Comte hatte sich ein besonders wertvolles kunstvoll gewebtes Stück des Seidenstoffes bringen lassen. Er warf seinen weiten Reisemantel um die Schulter, setzte seinen Zylinder auf, griff nach Gehstock und Bündel und verließ mit ausgreifenden Schritten den Raum.

Bald hatte er den Hafen erreicht, stieg dort in sein Boot und ruderte aufs Wasser hinaus. Weit genug vom Ufer entfernt erhob er sich und ließ den Stoff des Mantels über die ausgebreiteten Arme gleiten. Sobald der Wind das Segel aufblies, sauste das Boot davon.

Als er die gewaltigen Wasserstrudel erreichte, überquerte er die Grenze zum verborgenen Land.

Die Welt, die sich dahinter auftat, war ursprünglich, wild und sanft zugleich und voll von Lebewesen, von denen die Menschen keine Ahnung hatten.

Seine Gespielin erwartete ihn bereits. Sehnsüchtig hatte sie auf das Wasser geblickt und auf sein Erscheinen gewartet. Nie hatte Nayah ihre Einsamkeit stärker empfunden als in den letzten Tagen, was nicht nur daran lag, dass Develnias sie nicht besucht hatte. Nein, denn seit jenem Moment, wo sie in ihrer Kristallkugel Ella und Agnes so vertraut miteinander gesehen hatte, wurde der Wunsch, diese Frauen auf ihrer Insel zu haben, mit ihnen zu lachen und zu reden, beständig größer.

Nachdem Develnias aus dem Boot gestiegen

war, umfingen und küssten sich die Nymphe und ihr Geliebter, sanken umschlungen am steinigen Ufer nieder und stillten ihr Verlangen. Sie wusste, dass er ihren Körper wollte und ließ geschehen, wonach ihm verlangte.

Ehe er am Morgen die Insel verließ, überreichte er ihr das Bündel mit dem Stoff. Nayah betrachtete es verwundert.

„Ein Geschenk für dich aus der Welt der Menschen", sagte er wie beiläufig.

Sie öffnete das Band und betrachtete den Stoff.

„Wie schön er ist, Develnias!", freute sie sich und blinzelte ihren Gönner an.

Sollte sie es wagen, ihm heute ihren geheimen Wunsch anzuvertrauen? Der Moment schien günstig, aber noch zögerte sie. Sie rief nach den Luftnymphen, übergab ihnen den Stoff.

„Macht euch gleich an die Arbeit, näht mir daraus ein neues Gewand", befahl sie den winzigen Wesen.

Als die Flatterwesen verschwunden waren, ging Nayah zur kristallenen Kugel und winkte Develnias zu sich. Sie berührte die Kugel, woraufhin das Licht im Inneren des Kristalls zu leuchten begann. Sogleich erschienen Bilder aus Erlenburg.

Sie erblickten den Marktplatz mit dem Brunnen, wo es um diese Zeit noch ruhig war. Dann erschienen Bilder von dem Haus, in dem Gustav Gründel und Agnes gerade in ihrem Esszimmer beim Frühstück saßen. Develnias sah Nayah verwundert an. Weshalb zeigte sie ihm das?

In der Kugel entstanden neue Bilder. Diesmal war Ella zu sehen, wie sie mit einem Korb in der Hand zum Brunnen lief. Die Nymphe verfolgte die Schritte der Frau noch einen Augenblick, dann nahm sie die Hand von der Kugel und blickte ihn entschlossen an.

„Ich wünsche mir, dass diese beiden Frauen auf meine Insel gebracht werden, damit sie mir Gesellschaft leisten."

Nun hatte sie es ausgesprochen.

Develnias glaubte seinen Ohren nicht zu trauen, dann polterte er los.

„Was", rief er, „was willst du?"

Nayah konnte ja nicht wissen, was er selbst mit Agnes vorhatte. Mutig wiederholte sie ihren Wunsch.

„Ich bin es leid, alleine zu sein und immer nur auf dich zu warten. Es ist bestimmt leicht für dich, die Frauen zu mir zu bringen, mein Lieber."

Sie ging auf ihn zu und schlang ihre Arme um ihn, wohl wissend, dass dies gefährlich sein könnte. Develnias bebte innerlich. Niemals würde er das tun. Die Einsamkeit der Nymphe war ihm egal. Sie hatte für ihn da zu sein und sich und seiner Lust hinzugeben, weiter nichts. Außerdem leisteten ihr die Flatterwesen, die sich um jeden ihrer Wünsche kümmerten, ständig Gesellschaft. Sie bildete sich nur ein, einsam zu sein.

„Nein", sagte er grob, „das wird niemals geschehen."

Er wollte sie wegstoßen und davoneilen, aber durch ihre Unterwürfigkeit, mit der sie ihren zarten weichen Körper an seinen schmiegte, regte sich erneut der Drang, ihr seine Überlegenheit zu zeigen. Er fand, sie müsse für ihre Dreistigkeit bestraft werden, griff ihr unsanft ins lange Haar und beugte ihren Kopf nach hinten. Von oben herab sah er sie mit zusammengekniffenen Augen an.

„Meine Liebe", sagte er mit gespielter Zärtlichkeit, „gegen deine Einsamkeit weiß ich ein einfaches Mittel."

Er küsste sie hart auf den Mund, nahm erregt ihr Erschrecken wahr, hob sie hoch und trug sie auf ihr Lager. Während er über sie herfiel, versank Nayah in abgrundtiefe Traurigkeit.

Jakobs Einladung folgend trafen sich die Männer des Erlenburger Rates am Abend im Ratssaal der Burg. Seit jeher gehörte auch das Grafenpaar zum Rat, weshalb Charlotte als einzige Frau zugegen war.

Nachdem alle ihre Plätze eingenommen hatten, begann Jakob damit, den Antrag des Comte, in einem Haus am Marktplatz eine *Auberge du Pâté* eröffnen zu wollen, vorzutragen. Er berichtete, de Passeur wäre im Besitz eines Schreibens von allerhöchster Stelle. Der französische Kaiser selbst habe unmissverständlich darum gebeten, man möge das Vorhaben unterstützen.

An dieser Stelle ging ein Raunen durch den Saal. Jakob forderte die Anwesenden auf, sich über den Antrag zu äußern, bevor man zur Abstimmung komme.

Der Zunftmeister der Bäcker ergriff zuerst das Wort.

„Es gibt in Erlenburg bereits genügend Bäcker. Wir brauchen nicht noch mehr. Außerdem habe ich Bedenken, dass die Bürger ihr Geld in dieses französische Gasthaus tragen und die Markthändler dann weniger verkaufen. Das werde ich nicht unterstützen", sagte er aufgebracht.

Jakob gab ihm im Stillen recht. Wahrscheinlich würde das genauso eintreten.

„Passt das neue Vorhaben überhaupt zu Erlenburg? Als Rat müssen wir dafür Sorge tragen", gab der Zunftmeister der Fischer zu bedenken. „Erlenburg ist eine Stadt, die vor allem vom Wasser lebt. Soll der edle Herr doch nach Frankreich gehen und dort sein Vorhaben in die Tat umsetzen. Dann können die Franzosen ihre Pasteten selbst essen."

Einige Männer lachten.

Gustav, der als Meister die Zunft der Weber vertrat, hörte aufmerksam zu. Er stand dem Plan des Comte kritisch gegenüber, vor allem wegen Agnes. Er musste sich jedoch eingestehen, dass in den Räumen der *Auberge* die Stoffe aus seiner Werkstatt gut zur Geltung kommen würden. Die Gäste würden die kunstvollen Stoffe bewundern, was auf ihn abfärben würde. Ein durchaus reizvoller und verlockender Gedanke.

Nun ergriff der Vertraute des Bischofs das Wort. Umständlich erhob sich der rotbärtige Leo von Dorn, räusperte sich und strich bedächtig eine Falte aus seinem Gewand.

„Meine lieben Brüder, meine liebe Schwester“, begann er, wobei er – wie es Charlotte schien – ihr als einziger Frau in der Runde einen missmutigen Blick zuwarf.

„Wie ihr wisst, leben wir in Zeiten des Umbruchs. Der Einfluss des französischen Kaisers wird täglich größer, auch in unserer Stadt können wir die Anzeichen erkennen.“

Leo von Dorn erhob den Blick zur Zimmerdecke und bekreuzigte sich.

„Gott der Allmächtige will, dass die Menschen in Frieden leben. Wenn dem Kaiser zu Ohren kommt, dass wir als Rat dieser Stadt unsere Zustimmung verweigern, wird er uns zürnen. Wer weiß, womit wir dann rechnen müssen. Wie jeder weiß ist er nicht zimperlich.“

Er nahm wieder Platz – nicht ohne sich ein weiteres Mal zu bekreuzigen.

„Gewiss ein wichtiger Grund“, ergriff Charlotte das Wort, wobei sie von Dorn äußerst liebenswürdig anlächelte, was dem sichtlich unangenehm war, „aber in Erlenburg gibt es Gesetze. Die gelten für einen Fischer genauso wie für einen französischen Grafen. Ich finde es höchst merkwürdig, dass de Passeur, der unsere Gastfreundschaft nun bereits mehrere Monate genießt, meinen Mann nicht von Anfang an in seine Pläne einbezogen hat.“

Die Männer nickten zustimmend.

„Ich bin allerdings auch dafür, dass wir uns Neuem gegenüber nicht verschließen.“

Manch Anwesende dachte an das neue Teehaus hinter der Burg und an die vor wenigen Tagen eingetroffene Drachenstatue aus China.

„Die Eröffnung der *Auberge* wird große Aufmerksamkeit erregen", fuhr Charlotte fort, „aber das wird sich auch wieder legen, sodass sich niemand um seine Einkünfte sorgen muss."

Als alle Anwesenden zu Wort gekommen waren, leitete Jakob die Abstimmung ein.

„Nun bitte ich den Rat, über den Antrag des Comte de Passeur abzustimmen. Ich bitte zunächst um Handzeichen, wer *für* den Antrag stimmt."

Charlotte und sechs weitere Mitglieder hoben die Hand. Schnell erfassten alle, dass das bei fünfzehn Anwesenden keine Mehrheit bedeutete. Jakob wollte schon seine nächste Frage stellen, als Leo von Dorn seine Hand hob.

„Ihr seid also auch dafür?", fragte Jakob ihn, um sicher zu gehen. Er hatte sowieso nichts anderes erwartet. Aber der Geistliche wollte nicht bloß die Hand heben, sondern sein Einverständnis zelebrieren. Er erhob sich und blickte schweigend in die Runde. Als ihn alle gespannt anblickten, nickte er.

„Ja, der Comte hat meine Zustimmung", sagte er huldvoll.

Jakob und Charlotte sahen einander wissend an, dann fragte Jakob, wer *gegen* den Antrag sei. Er selbst und fünf weitere Männer, darunter auch Gustav Gründel, hoben die Hand. Der Zunftmeister der Schmiede enthielt sich. Für seine Zunft hatte das Anliegen des Franzosen wohl die wenigste Bedeutung.

„Somit steht fest, dass der Antrag des Grafen Luis de Passeur angenommen wird", stellte Jakob sachlich fest, „in Erlenburg steht der Eröffnung der *Auberge du Pâté* am Marktplatz also nichts mehr im Weg."

In Fichtenau waren inzwischen die Vorbereitungen für die Hochzeit von Simon und Sophie in vollem Gange. Die beiden hatten den Zeitpunkt auf den letzten Sonntag im Mai festgelegt. Sie machten sich auf den Weg zu Verwandten, um die Einladung zu überbringen. Meist wurden sie ins Haus gebeten und bewirtet. Man reichte ihnen ein Stück Brot mit Ziegenkäse, eine Suppe mit Frühlingskräutern oder einfach einen Krug Bier.

Sophie würde das schwarze Hochzeitskleid ihrer Mutter tragen. Mit Barbara, Simons Schwester, hatte Sophie es anprobiert. Die eine oder andere kleine Änderung mussten sie vornehmen. Johan sollte Simons Trauzeuge sein.

„Eure Hochzeitsnacht wird eine Lichtmondnacht sein, wisst ihr das?", fragte Johan die beiden.

Sophie und Simon schüttelten den Kopf. Sie lächelten bei der Erinnerung an das Abenteuer in jener Lichtmondnacht im Januar.

„Seitdem ist es glücklicherweise ruhig geblieben", bemerkte Sophie.

Johan und Simon stimmten dem zu.

„Hört mal, ihr beiden", fuhr Johan fort, „ich werde mich gleich nach eurer Hochzeit auf den Weg nach Erlenburg machen."

Simon klopfte Johan auf die Schulter.

„Wir wünschen dir, dass du und Agnes bald ein Paar werdet."

Johan nickte und hob gleichzeitig die Schultern.

„Ja, das hoffe ich auch. Sie schreibt, sie freut sich auf mich." Er grinste. „Aber was ich euch eigentlich sagen wollte - ihr beiden könnt gerne in meinem Haus wohnen, wenn ihr mögt."

Sophie und Simon sahen einander an.

„Wirklich, Johan? Das wäre ja wunderbar", freute sich Sophie.

„Ja, wirklich, ich werde den Webstuhl abräumen, damit du darauf weben kannst."

Simon war verblüfft. Die Vorstellung, mit Sophie in einem Haus zu wohnen und allein an einem Webstuhl arbeiten zu können, war mehr als verlockend.

„Hast du dir das auch gut überlegt, Johan?", fragte er.

„Ja, und ich wüsste nicht, wem ich das Haus während meiner Abwesenheit lieber überlassen würde als euch beiden."

Simon sah Johan prüfend an.

„Das heißt, du hast vor, länger wegzubleiben?"

Johan lehnte sich zurück und sah aus dem Fenster, durch das das fahle Licht der Abenddämmerung fiel.

„Ich kann es dir nicht sagen. Wenn Agnes mich

haben will, werden wir uns entscheiden müssen, wo wir leben wollen."

Simon spürte einen Stich in der Magengrube. Kündigte Johan gerade seinen Abschied aus Fichtenau an?

„Der Vater von Agnes hat eine gut gehende Weberwerkstatt mit einigen Arbeitern. Er war im letzten Jahr sehr enttäuscht, als ich gegangen bin. Gewiss hatte er insgeheim schon Pläne mit mir, vielleicht mich schon als möglichen Schwiegersohn gesehen und damit als seinen Nachfolger."

„Hast du Took und Maan davon erzählt?", wollte Simon wissen.

„Nein, bisher habe ich habe es noch nicht übers Herz gebracht."

Der Zwerg Took und die Zwergin Maan, aber auch Fiin und die übrigen Zwerge, waren für Johan gute Freunde geworden.

„Wie ihr seht, fällt mir dieser Schritt nicht leicht. Ich fühle mich hier wohl und bin dankbar für alles, was wir miteinander geschafft haben. Aber jeden Tag sehne ich mich mehr und mehr nach Agnes."

Johan entfachte das Licht in der Petroleumlampe. Die drei blickten in die flackernde Flamme und schwiegen.

„Johan, du musst tun, was dein Herz dir sagt. Finde einfach heraus, welcher Weg für dich und Agnes der beste ist", sagte Sophie mit fester Stimme.

Die beiden erhoben sich. Simon umarmte Johan zum Abschied.

„Wir wollen aber jetzt nicht Trübsal blasen. Ich bin ja noch nicht weg", sagte Johan mit brüchiger Stimme. „He, ihr beiden, eure Hochzeit steht bevor! Ich bin mir sicher, es wird ein wunderbares Fest. Und nun bring Sophie nach Hause!"

Sophie hakte sich bei Simon unter und beide sahen einander verliebt an.

„Ja, es wird bestimmt ein ganz wunderbares Fest werden", bekräftigte sie.

Wie so oft, seitdem ihr Mann verstorben war, nahm Ella sich Zeit, in der Kirche zu verweilen. Hier konnte sie Zwiesprache mit Gott halten.

Verzweifelt hatte sie ihn in ihrer Trauer angeklagt und mit ihm gehadert. Warum musste ihr Mann sterben? Warum hatte Gott das zugelassen? Warum musste sie ohne ihn weiterleben? Gott hatte ihr keine Antworten gegeben, aber wenn sie hier saß, fühlte sie sich dennoch getröstet.

Ella liebte den hellen Kirchenraum mit den reich verzierten Säulen, dem weiten Altarraum und den silbergrauen Holzbänken. Aber am meisten liebte sie das Gemälde an der Decke - eine große Sonne mit langen wellenförmigen Strahlen schmückte das Gewölbe. Trat man als Besucher in die Kirche ein, empfing einen sogleich das Leuchten des Sonnenbildes. An den Enden der vier längsten Strahlen, die gleichmäßig in verschiedene Richtungen zeigten, hatte der Künstler weitere Bilder gemalt. Der eine Strahl zeigte Christus mit der Siegesfahne auf einer Wolke stehend, rechts und links waren Worte aus der Bibel geschrieben, verziert mit Kränzen aus Lorbeer: *Nun aber bleiben Glaube, Hoffnung, Liebe, diese drei* und *aber die Liebe ist die größte unter ihnen.* Am besten aber gefiel Ella das Bild am Ende des vierten Strahls. Dort zeigte ein Gemälde eine reine hellweiße Perle auf einem Hintergrund aus tiefblauem Wasser.

Die Perle harmonierte durch ihre Schlichtheit und Schönheit mit dem Strahlen der Sonne auf wunderbare Weise.

Ella war an diesem Tag später als gewöhnlich in das Gotteshaus gekommen. Sie löste ihren Blick vom Deckengewölbe und schaute sich um. *Bin ich heute die Einzige hier?*, dachte sie. Sonst waren oft Stimmen aus dem Beichtstuhl zu vernehmen oder sie sah, wie jemand dort herauskam und ein anderer hineinging.

Wenn Leo von Dorn mit gefalteten Händen und gesenktem Kopf am Seitengang erschien, wunderte sich Ella jedes Mal, weshalb er es strikt vermied, zur Seite zu blicken. Nie grüßte er die Menschen, die in der Kirche verweilten. Sie ging nicht gerne zur Beichte zu ihm. Da wusste sie schon im Voraus, dass er ihr zehn Vaterunser auferlegte, wenn sie aus einem Gefühl der Reue ihren Zorn auf Gott beichtete. Sie wollte auch nicht von ihm am Ende gönnerhaft von ihrer Sünde losgesprochen werden oder sich seinen seltsamen Anspielungen ausliefern. Lieber hielt sie Zwiesprache mit der Sonne über ihrem Kopf.

Plötzlich wurde die Kirchentür geöffnet. Von ihrem Platz aus konnte Ella den Eingang und das Weihwasserbecken sehen. Der elegant gekleidete Mann nahm seinen Zylinder vom Kopf – und zum Vorschein kamen sorgfältig gekämmte rote Haare. Ella, die de Passeur erkannte kicherte leise, denn sie hatte ihn noch nie ohne Kopfbedeckung gesehen. Er wandte sich dem Weihwasserbecken zu und berührte mit den Fingerspitzen der rechten Hand das Wasser. Augenblicklich begann das Wasser zu zischen und zu dampfen. Ella glaubte sogar, ein paar Funken aus dem Becken emporschießen zu sehen. Sie erschrak, aber einer inneren Stimme gehorchend gab sie keinen Laut von sich. Wie erstarrt saß sie da, während der Comte auf den Beichtstuhl zuging, die Tür öffnete und dahinter verschwand.

Keine Minute später erschien Leo von Dorn. Scheinbar hatte er es heute eilig. Er bekreuzigte sich nicht bedächtig wie sonst, sondern schritt geradewegs in den Beichtstuhl. Auch er hatte Ella nicht bemerkt, jedenfalls hoffte sie das. Die friedliche Stimmung, der sich Ella hingegeben hatte, war vorbei. *Es ist mir nur recht, dass die beiden mich nicht gesehen haben,* dachte sie und erhob sich zum Gehen. Da aber vernahm sie ein weiteres Geräusch. Sie glaubte zunächst, ein Besucher würde eintreten, aber die Tür bewegte sich nicht. Ella lauschte. *Vermutlich eine Maus,* überlegte sie, als sie den scharrenden Laut ein weiteres Mal vernahm.

Leise schlich sie zum Ausgang. An der Säule vorbei, an der das Becken für das Weihwasser angebracht war, hörte sie das Scharren noch deutlicher. Es schien von oben zu kommen. Ella blickte an der mit Blätterranken und allerlei Tieren verzierten Säule empor, schlich dann hinter die Säule und lauschte.

Wieder war alles still.

Da - eine kleine Bewegung zwischen den Blättern. Sollte sich etwa ein Vogel in die Kirche verirrt haben? Ella blinzelte angestrengt hinauf und erkannte jetzt, dass es kein Vogel war. Ein Schauer lief ihr über den Rücken, denn was die Säule hochkroch, war eine grünliche Schlange mit schwarzen Zacken. *Wie um Himmels Willen kommt die hierher?* Die Schlange hatte mittlerweile den oberen Rand der Säule erreicht und näherte sich langsam der Perle. Ella wollte am liebsten laut rufen, um sie zu verscheuchen, wagte es aber nicht. Das Tier schlängelte sich um die Perle herum, als wollte es mit dieser kämpfen, wobei seine Bewegungen dunkle Linien auf dem strahlenden Weiß hinterließen. Sekunden später verschwand das Tier im Blau des Wassers und mit ihm seine Spur an der Decke. Die Perle aber strahlte wie zuvor.

Lautes Gelächter aus dem Beichtstuhl riss Ella aus ihrer staunenden Betrachtung. Sie hatte die Männer im Beichtstuhl fast vergessen. Warum lachten die beiden, als befänden sie sich inmitten eines Trinkgelages? Gewiss nicht über eine Sünde, die de Passeur begangen hatte.

In ihr erwachte die Neugier.

Sie huschte in die Nähe des Beichtstuhls in der Hoffnung, einige Wortfetzen aufzuschnappen.

„Die Gräfin ist allem Neuen gegenüber sehr offen ...", hörte sie sie Leo von Dorn spotten.

Wieder erklang schallendes Gelächter.

„Die Franzosen sollen die Pasteten selber essen ...", grölte von Dorn als Nächstes.

Ella sah ihn vor sich, wie er sich vor Lachen bog und auf die Schenkel klopfte.

„Und das mit dem Schreiben vom Kaiser – einfach genial ...".

Abermals erklang Lachen. Danach herrschte kurzes Schweigen. *Oh nein*, dachte Ella erschrocken, *sie werden gleich herauskommen*. Rasch verbarg sie sich hinter dem Vorhang, der eine Nische abtrennte, worin sie zwischen dort abgestellten Gemälden, gestapelten Stühlen und anderen Dingen gerade noch Platz fand. Sie lauschte atemlos und vernahm die Stimme des Comte.

„Nun hat also Meister Gründel gegen meinen Antrag gestimmt. Wie überaus bedauerlich", sagte er kalt.

Ellas Herz schlug schneller.

Welchen Antrag meinte der Comte und weshalb fand er das bedauerlich?

„Ja, wirklich sehr bedauerlich", pflichtete von Dorn bei, „ich finde, er ist dir gegenüber sehr undankbar. Er scheint bereits vergessen zu haben, dass er mit deinem Auftrag einen stattlichen Batzen Geld verdient hat."

„Dann bleibt mir gar nichts anderes übrig, als

baldmöglichst seine Tochter zu befragen, wie sie zu meinem Vorhaben steht", sagte der Comte mit gespieltem Ernst.

„Oh, die junge Dame hat gewiss nichts dagegen einzuwenden. Wie ich dich kenne, eroberst du ihre Zuneigung schneller, als dem Alten lieb ist."

„Agnes Gründel beflügelt meine Fantasie und ich bin, wie du weißt, ein Mann der Tat", hörte Ella den Comte prahlen, woraufhin das Gelächter erneut losbrach.

Dann aber öffneten sich die Türen des Beichtstuhls. Wieder hielt Ella den Atem an. *Lieber Gott, sie dürfen mich nicht entdecken*, flehte sie in Gedanken, während sie krampfhaft jegliche Bewegung vermied. Die Männer verabschiedeten sich, dann ging der Comte an der Nische vorüber. Sie sah, wie sich durch den Luftzug, den seine Schritte erzeugten, der Vorhang vor ihrer Nase bewegte. Plötzlich blieb er stehen. Ella rutschte das Herz in die Rocktasche, aber glücklicherweise entfernten sich die Schritte dann doch.

Sekunden später fiel die Tür ins Schloss.

Ella wartete ab, bis sie ganz sicher sein konnte, dass auch von Dorn nicht mehr in der Nähe war, dann schob sie vorsichtig den Vorhang beiseite. Nichts ... Als sie schließlich ihr Versteck verließ und zur Tür ging, fiel ihr Blick auf das Weihwasserbecken, das völlig trocken war. Sie trat ins Freie. Auf dem Marktplatz herrschte das übliche Treiben. Sie atmete auf - es war wie das Erwachen aus einem schlechten Traum – und beschloss umgehend Agnes alles zu erzählen.

Er wollte nach draußen eilen, aber der Dämon hielt ihn zurück.

„Hör mich an, bevor du deine Rache fortsetzt, Develnias." Unwillig setzte er sich wieder.

„Was willst du noch?", fragte er ungeduldig. Da sah er in der Dunkelheit Funken wie kleine Blitze.

„Zügle dich!", rief der Dämon. „Wenn du hinaus gehst, um mit dem Stock deine Peiniger zu töten, wirst du für immer Develnias sein. Deshalb frage ich dich jetzt, willst du das?"

Develnias schwieg, seine Gedanken drehten sich. Nie zuvor hatte ihn jemand gefragt, ob er etwas wollte oder nicht. Solange er denken konnte, war er den Brüdern ausgeliefert gewesen, musste tun, was sie wollten. Die Frage, ob er etwas wollte, kannte er nicht.

„Als Develnias steht dir das verborgene Land offen. Du wirst ein freier Mensch sein und kannst zu dem werden, der du werden willst. Und, mein Lieber, du wirst Frauen kennenlernen, deine Leidenschaft für sie entdecken und sie werden sich dir hingeben."

Develnias fand diese Vorstellung irgendwie verlockend, wenngleich er keine Ahnung hatte, was diese Worte bedeuteten.

„Es gibt zwei Dinge, die du wissen musst. Erstens wirst du niemals in der Lage sein, Liebe zu empfinden."

Täuschte sich Develnias, oder geriet der Dämon ins Stocken?

„Und … dann gibt es etwas, das stärker ist, als du jemals sein kannst."

Develnias horchte auf.

„Es ist die göttliche Reinheit, die Vollkommenheit der Liebe, die sich in einer Perle zeigt."

Er runzelte die Stirn, denn falls er den Dämon recht verstand, sollte er sich lediglich vor jenen kleinen weißen Kugeln vorsehen, die – soweit er wusste – einen gewissen Wert hatten. Develnias schüttelte den Kopf. Vor einer göttlichen Reinheit fürchtete er sich schon längst nicht mehr, denn wozu sollte er sich vor etwas fürchten, das es sowieso nicht gab? Aber frei und mächtig sein, ja – das wollte er.

„Wenn alles so eintrifft, wie du sagst, dann will ich von nun an gerne Develnias sein!", sagte er entschieden. Er hörte die Fratze zufrieden schnauben.

„So sei es also. Von nun an bist du Develnias. Und nun nimm den Stock, geh hinaus und töte die, die dich gequält haben."

Strudel hatte sich nach dem Vorfall am Burgbrunnen geschworen, Karamell regelmäßiger aufzusuchen.

„Sag, kannst du mich vielleicht mit zu Erlin nehmen?", fragte sie, nachdem der Wassermann wieder einmal aus dem Brunnen gestiegen war.

„Wie soll das gehen, Karamell? Durch das Wasser kann ich dich ja nicht mitnehmen und ein anderer Weg ist beschwerlich."

Sie seufzte.

„Ich wünschte, meine Zauberkräfte wären nicht nur dazu da, die Mittagszeit zu verändern", gackerte sie geknickt.

„Ja, gerade jetzt wäre das wirklich eine Hilfe."

Strudel kratzte sich an seiner Fischmütze.

„Wir könnten uns nachts mit Erlin treffen", schlug Karamell vor, „wenn ich in der Dunkelheit durch die Stadt spaziere, ist es nicht so gefährlich."

Strudel war sich da nicht so sicher.

„Ja, vielleicht. Jedenfalls wäre es gut, wenn du dem französischen Schurken ein paar Tage aus dem Weg gehen würdest."

Dieser Gedanke gefiel auch Karamell, obwohl sie andererseits nichts vom Geschehen auf der Burg verpassen wollte.

Noch am selben Abend machte sie sich auf den Weg in den Erlenhain unterhalb der Stadt. Sie hüpfte auf die Mauer, flatterte bis zum Hang vor der Burg und tippelte von dort aus weiter, bis sie die ersten Häuser erreichte. Vorsichtig linste sie um jede Hausecke, bevor sie dunkle Gassen überquerte. Karamell wusste, dass mit dem Einbruch der Dunkelheit die Hunde besonders wachsam waren. Auf die Begegnung mit einem derart gefährlichen Zeitgenossen hatte sie wahrlich keine Lust. Zum Glück ging es stetig bergab, was das Vorwärtskommen begünstigte.

„Na, wen haben wir denn da? Du bist wohl ausgebüxt, du vorwitzige Henne", hörte sie plötzlich eine Männerstimme hinter sich. Karamell zuckte zusammen ... und ehe sie wusste, wie ihr geschah, wurde sie von zwei kräftigen Händen gepackt. Vor Schreck gackerte sie laut auf, pickte nach ihrem Häscher und versuchte sich verzweifelt zu befreien, aber je heftiger sie sich wehrte, desto fester wurde der Griff. Glasklar, wer hier der Stärkere war.

Nicht schon wieder!, dachte sie entsetzt.

Der Mann steuerte auf einen Verschlag zu, offensichtlich ein Hühnerstall. Karamell konnte in ihrer Panik nicht viel erkennen, aber es roch nach Hühnern.

„Na, na, nicht so wild", rief er, „gleich bist du wieder zu Hause."

Kein Zweifel - der Kerl wollte sie einsperren. Wie konnte sie sich nur aus dieser misslichen Lage befreien? Sie pickte noch heftiger auf die Hand ein und versuchte mit aller Kraft, ihre Flügel zu bewegen. Aber es war hoffnungslos.

„Wäre wirklich schade, wenn du entkommen wärst", stellte der Grobian fest. „So ein fettes Huhn wie du ergibt eine gute Portion Fleisch für die Pasteten, die nun bald in der Küche der

Auberge zubereitet werden."

Karamells hysterisches Kreischen, das auf diese Worte folgte, war eine Mischung aus Wut, Empörung und Angst. Sie konnte keinen klaren Gedanken mehr fassen, doch mit der Kraft der Verzweiflung gelang es ihr in dem Augenblick, in dem der Mann mit einer Hand den Verschlag öffnete, sich aus seiner Umklammerung zu lösen. Sie stürzte auf den Boden, torkelte, rappelte sich auf und rannte um ihr Leben. Bevor der Verfolger sie erneut einholen konnte, flatterte sie auf den nächsten Baum und hüpfte von Ast zu Ast immer höher hinauf.

Karamell hörte, wie er fluchte.

Ihr hing die Zunge aus dem Schnabel. Sie zitterte am ganzen Leib und wusste, was als Nächstes geschehen würde. *Keine Zeit zum Ausruhen, Karamell,* dachte sie*, jetzt muss gehandelt werden.* So schnell es ihre bebenden Flügel und Beine erlaubten, stürzte sie sich hinab und machte sich aus dem Staub. Kaum war sie außer Sichtweite, kam der Zweibeiner mit einer Leiter zurück. Während er das wohlgenährte Huhn im Baum suchte, hatte Karamell längst das Weite gesucht. Nun achtete sie nicht mehr auf Nischen und Ecken, die ihr Schutz boten. Sie wollte so schnell wie möglich die Stadt hinter sich lassen.

Zum Glück erreichte sie ohne weitere Zwischenfälle den Erlenhain. Dort verbarg sie sich im Gestrüpp, wo sie erschöpft liegen blieb.

„Verdammte Hühnerkacke", wimmerte Karamell vor sich hin, „das ist ja gerade noch mal gut gegangen."

Schließlich erhob sie sich und strich mit ihrem Schnabel die zerzausten Federn glatt.

„Ich hatte tatsächlich vergessen, wie flink ich sein kann", lobte sie sich anerkennend selbst, als ihre Furcht endlich gewichen war. „Von wegen fettes Huhn!"

Als sie weiterging, stieß sie auf den Bach. Strudel hatte ihr eingeschärft, dem Bachlauf so lange zu folgen, bis sie auf ihn treffen würde.

Es gefiel ihr, am Bach entlangzulaufen. Der Mond stand am Himmel und ließ die Oberfläche des plätschernden Wassers silbern glänzen. Nach der Aufregung genoss Karamell die Ruhe hier. Mondlicht fiel durch die noch wenig belaubten Erlenäste, an denen aber schon viele Knospen sprossen.

Plötzlich vernahm sie leises Rauschen und Glucksen um sich herum und gleich darauf ein Murmeln und Flüstern, gerade so, als wollte der Bach über seine Ufer treten. Karamell versuchte von Stein zu Stein zu hüpfen, um nicht auf einen der vielen Erlensprösslinge zu treten, die ihre Köpfe aus dem Boden streckten. Auf einem der größeren Steine hielt sie inne und sah, wie das Wasser in kleinen Wellen über den Boden floss, dort, wo die jungen Erlen sich im Wasser wiegten.

„Wer bist du?", fragten sie Karamell, „woher kommst du? Wohin gehst du?"

Flüsternd antwortete das Huhn und entschuldigte sich für die nächtliche Störung.

„Ich will euch nicht belästigen und wünsche allen eine gute Nacht."

Da lachten die Sprösslinge.

„Wo denkst du hin. Wir schlafen doch nicht, wenn der Bach uns besucht. Im Gegenteil – wir sind hellwach. Wir lieben das Wasser, denn es spielt mit uns und stillt unseren Durst."

Sie kicherten.

Da aber erhoben die Erlenzeisige in den Wipfeln der Bäume ihre Stimmen.

„Ist da unten endlich Ruhe!", zwitscherten sie erbost und hüpften aufgeregt in den Zweigen umher. „Im Unterschied zu euch hatten wir einen anstrengenden Tag. Während ihr eure Füße badet und nur herumsteht, müssen wir tagsüber unsere Jungen füttern und unsere Nester ausbessern. Könnt ihr euch vorstellen, welche Arbeit das macht?"

Wieder entschuldigte sich Karamell, diesmal bei den Vögeln, für die nächtliche Ruhestörung.

„Es tut mir sehr leid", gackerte sie mit Blick nach oben, „ich bin auf der Suche nach Erlin, aber leider ist es sehr spät geworden."

„Ach was", mischte sich ein hoch geschossener Sprössling ein, „ihr Zeisige verbreitet wie immer schlechte Stimmung. Freut euch doch einfach darüber, dass wir Besuch bekommen haben. Das geschieht hier unten wahrhaft selten genug."

Für einen Augenblick herrschte Schweigen, dann begannen die Zeisige erneut zu schimpfen.

„Wir brauchen keinen Besuch. Wir wollen nichts

weiter als unsere Arbeit verrichten, aber davon habt ihr Grünlinge ja keine Ahnung."

Die übrigen Zeisige stimmten laut zwitschernd zu, dann landete ein dicker Klecks auf dem Kopf des Sprösslings.

„He, ihr Ferkel", fluchte er, „was fällt euch ein! Davon werde ich Erlin erzählen und dann …"

„Und dann", war nun eine tiefe sanfte Frauenstimme zu vernehmen, „dann wäre es schön, wenn ihr euch wieder vertragen würdet."

Die Erlenkönigin war erschienen und mit einem Mal war es sehr still geworden. Nur Karamell entfuhr ein ehrfürchtiges „Goaack!" Sie verbeugte sich vor der Königin.

„Na, na, nicht so förmlich, liebe Karamell. Ich freue mich sehr, dich wieder einmal zu sehen."

Erlin trug ein rotgoldenes Gewand, auf dem die feinen Linien der Erlenborke schimmerten. In der Hand hielt sie einen Erlenstab und auf dem Kopf trug sie einen Kranz aus Moos und Zweigen.

„Oh wie schön du bist", flüsterte Karamell bewundernd.

Da tauchte hinter dem Rücken der Königin Strudels Kopf auf.

„Wie war die Reise? Hast du den Weg ohne Zwischenfälle hinter dich gebracht, Karamell?"

Das Huhn seufzte.

„Diesmal war es zwar nicht der Comte, aber um ein Haar wäre ich in einem gewöhnlichen Hühnerstall gelandet", berichtete sie.

„Oh nein! Dann hätte ich dich wohl ein weiteres Mal retten müssen."

Erlin führte die beiden tiefer in den Erlenhain hinein. Sie erreichten eine Allee mit prächtigen Erlen, in deren Mitte der Bach zwischen Moos und Wurzeln dahinfloss. Vor einer der Erlen blieb die Königin stehen.

„Bitte setzt euch", sagte sie mit einer einladenden Bewegung.

Strudel legte sich in den Bach, während Karamell einen Platz im weichen Moos fand.

„Wir brauchen deinen Rat, Erlin", begann Strudel, „Karamell und ich befürchten nämlich, dass der Comte und seine beiden Gehilfen etwas im Schilde führen, das böse enden könnte."

Erlin schwebte um eine dicke Erle herum.

„Ich vermute, Eure Befürchtung ist berechtigt. Der Comte hat Zugang zum verborgenen Land, wie Strudel herausgefunden hat."

Aus Versehen schluckte Strudel etwas Wasser, prompt stellte sich der Schluckauf ein.

„Aber was ist das verborgene Land für ein Land, *hicks*?", fragte er und kratzte sich am Kopf.

„Es ist ein Land, das wir nur erahnen können."

„Ich habe noch nie davon gehört", gackerte Karamell, „kannst du uns mehr darüber erzählen?" Die Königin dachte nach.

„Das verborgene Land ist sehr groß und gewiss kein Land wie jedes andere. Es ist geheimnisvoll, verwunschen und steckt voll Überraschungen. Vielleicht ist es gar nicht so schwer, in dieses Land zu reisen, aber ich vermute, die Menschen fürchten sich vor dem, was ihnen dort begegnen könnte."

„Ich habe mich auch gefürchtet", gab Strudel zu.

Erlin lehnte sich an eine Erle.

„Dort gibt es bestimmt vieles zu entdecken – Schönes, Gefährliches, Unbekanntes. Und bald, in den längsten Tagen des Jahres, ist die Kraft der Sonne dort am stärksten."

„Es ist gar nicht so schwer, in dieses Land zu reisen?", fragte Karamell gedankenverloren.

Strudel hingegen dachte an die wild tosende Strömung und an die Zacken der Wasserungeheuer.

„Kann es sein, dass der Comte aus dem verborgenen Land stammt? Vielleicht ist er gar kein richtiger Mensch, sondern ein Geist oder ein Dämon", stellte Strudel aufgebracht fest.

„Goaack! Wie schrecklich aufregend das alles ist. Auch wenn das Ganze irgendwie keinen Sinn ergibt, habe ich schon immer gewusst – der Mann ist ... unberechenbar."

Karamell war aufgesprungen und plusterte aufgeregt sich auf.

„Gewiss gibt es einen Grund für seine Reise. Vielleicht besucht er jemanden", vermutete Erlin. „Im verborgenen Land gibt es gewiss weitere Lebewesen."

„Ach, wir wissen einfach zu wenig darüber", mokierte sich Karamell.

„Und das sollte auch so bleiben, denn dort lauern auch Gefahren, denen wir uns nicht aussetzen sollten", erinnerte Strudel.

„Also bleibt nichts weiter übrig als herauszufinden, wer der zwielichtige Comte wirklich ist", ereiferte sich Karamell.

„Ich fürchte ja. Die Menschen sind zu arglos, aber euch kann er nicht täuschen." Erlin nickte den beiden anerkennend zu.

„Dann sind wir also diejenigen, die ...", begann Strudel, hielt aber plötzlich inne.

Über ihnen gerieten die Wipfel der Erlen wie durch eine Windböe in Unruhe.

„Was ist das?", rief Karamell aus, während sie angestrengt in die Nacht spähten.

Jetzt vernahmen sie ein geräuschvolles Schnaufen, gleichzeitig Flügelschläge. Es war, als flöge ein riesiger Vogel über sie hinweg.

„Das frage ich mich allerdings auch. Dieses komische Tier ist schon einmal über meinen Hain geflogen. Es scheint von der Burg zu kommen."

Das Geräusch wurde leiser.

„Von der Burg?", fragte der Wassermann besorgt. „Dann ist es vielleicht ein dämonisches Wesen aus dem verborgenen Land, das für den Comte die Umgebung auskundschaftet."

„Ach du dicke Hühnerfeder", gackerte Karamell, „das wird ja immer verrückter."

Sie dachte nach.

„Wenn es ein solches Wesen auf der Burg gäbe, hätte ich es gewiss nicht übersehen, aber die Burg ist sehr groß und ich traue de Passeur alles zu. Wenn ich zurück bin, werde ich meine kleinen, aber scharfen Augen offen halten."

Ella war nach dem verstörenden Ereignis in der Kirche zu ihrer Freundin geeilt.

„Du wirst nicht glauben, was ich gehört und gesehen habe", begann sie atemlos, „können wir ungestört reden?"

Agnes saß am Webstuhl in der Werkstatt und sah, wie durcheinander sie war.

„Komm mit Ella, wir gehen nach oben."

Sie zog sie an der Hand hinter sich her die Treppe hinauf in ihre Schlafkammer.

„Mein Vater sitzt in seinem Arbeitszimmer, aber hier hört uns gewiss niemand zu."

Sie setzten sich auf das Bett.

„Erzähl, was hast du gesehen?" Augenblicklich sprudelte aus Ella heraus, was sie in der Kirche erlebt hatte.

„Bin ich verrückt geworden, Agnes?"

Agnes war hin- und hergerissen. Einerseits glaubte sie ihrer Freundin, andererseits gestand sie sich ihre Zweifel ein.

„Nein, du bist nicht verrückt, aber vielleicht bist du eingeschlafen und hattest einen bösen Traum?"

Ella schüttelte heftig den Kopf.

„Nein! Ganz sicher habe ich nicht geschlafen, dafür war alles zu echt. Die Schlange, die zur Perle empor kroch, mein Versteck hinter dem Vorhang, das Lachen der Männer, die Funken über dem Weihwasser, das ausgetrocknete Weihwasserbecken … All das ist wirklich geschehen."

„Du glaubst mir nicht, nicht wahr?"

Agnes wiegte ihren Kopf hin und her.

„Du bist meine Freundin, Ella. Dir kann ich alles glauben. Aber ich halte das, was du gesehen hast, nicht für möglich."

Ella senkte den Kopf und sah auf ihre Hände. „Wenn ich von dir solch eine Geschichte hören würde, täte ich mir auch schwer, das zu glauben."

Agnes legte ihren Arm um Ellas Schulter.

„Du hast doch gehört, wie der Comte zu von Dorn sagte, die Gräfin habe bei der Abstimmung im Rat für die Eröffnung der *Auberge du Pâté* gestimmt, mein Vater dagegen."

Ella nickte.

„Vielleicht sollten wir herausfinden, ob das der Wahrheit entspricht", sagte Agnes entschlossen.

„Aber wie? Die Abstimmung ist nicht für andere Ohren bestimmt."

„Ich wüsste da einen Weg."

„Du denkst an deinen Vater?"

Agnes nickte.

„Lass mich nur machen. Hin und wieder kommt er in Stimmung, dann plaudert er schon mal etwas aus."

Ella wollte einen Einwand vorbringen, aber Agnes hatte ihren Entschluss gefasst.

„Hör mal, Ella. Ich bin sicher, dass du nicht geträumt hast. Wir müssen es nur ganz genau wissen. Denn falls es wahr ist, müssen wir etwas tun. Und wer kann es mir als Tochter von Gustav Gründel verdenken, meinen Vater vor dem Comte zu schützen, wenn dies notwendig ist?"

Ella seufzte.

„Ach Agnes, es wäre uns viel Ärger erspart geblieben, wäre der französische Tunichtgut aus Erlenburg einfach verschwunden."

„Ja, nur bedauerlicherweise tut er uns diesen Gefallen nicht!"

Bevor Ella und Agnes auseinander gingen, vereinbarten sie, gemeinsam zur Einweihung des Teehauses zu gehen, zu der die Gräfin die Bürger von Erlenburg eingeladen hatte.

„Das ist eine nette Abwechslung", freute sich Agnes.

„Es soll auf der Burg jetzt einen Drachen aus China geben", wusste Ella.

Agnes griff nach einem Korb und legte sich ein wollenes Tuch um die Schultern.

„Komm, wir gehen noch zum Markt, heute Abend soll es das Leibgericht meines Vaters geben."

Sie zwinkerte Ella zu und hakte sich bei ihr unter. Dann verließen sie das Haus.

Es war vollbracht. All die Brüder, die mit dem Abt gemeinsame Sache gemacht hatten, die ihm und den niederen Brüdern das Leben zur Hölle gemacht hatten, waren tot.

„Ihr seid frei!", rief Develnias den Lebenden zu, „ihr könnt gehen, wohin ihr wollt!"

Sie traten wie zitternde Schatten aus den Nischen der Mauern und konnten nicht fassen, was soeben geschehen war. Nur mit einem Stock bewaffnet, dessen goldene Spitze die Dunkelheit durchschnitt, hatte er alle besiegt. Woher kam dieser Stock? Und wieso war ausgerechnet er, von dem es hieß, er sei sterbenskrank, jetzt so stark? Mit Wucht hatte er auf die höheren Brüder eingeschlagen, die wie tote Fliegen auf dem Boden lagen. Der Bruder war einer von ihnen. Schon vor Tagen hatte der Vorsteher seinen nahen Tod verkündet. War das eine Lüge gewesen oder bediente sich der Bruder geheimer Kräfte? Mit triumphierendem Blick stand er inmitten der Toten. Sie fürchteten sich vor ihm, bewunderten aber auch seine Stärke.

„Wir brauchen den Schlüssel. Los, durchsucht die Leichen. Er muss in einer der Kutten stecken", rief endlich einer in die atemlose Stille. Zunächst zögerlich, dann mutiger und zupackender durchsuchten sie die Leiber, spuckten auf sie und traten mit ihren Füßen gegen die wohlgenährten Bäuche.

Develnias stand reglos da und betrachtete ehrfürchtig den Stock. Ihm war, als stünde der Dämon hinter ihm, klopfe ihm anerkennend auf die Schulter und flüstere ihm zu:

„Habe ich es dir nicht gesagt, dieser Stock verleiht große Macht!"

Später, als seine Leidensgenossen die verriegelte Tür des Klosters geöffnet, ihm unbeholfen zugenickt hatten, stolpernd ins Freie gerannt und verschwunden waren, ging auch er hinaus.

Er umrundete das Kloster - wahrhaftig eine stattliche Behausung. Außerhalb der Mauern gab es nichts als Wald und einen Weg, der von irgend woher kam und vor der Klosterpforte endete. Vor dieser blieb er unschlüssig stehen.

Wohin sollte er gehen?

Es wird besser sein, vorerst hier zu bleiben, dachte er und trat wieder ein. Trotz des hier Erlittenen war dieser Ort der einzig ihm vertraute. Er begann die Leichen wegzuräumen. Um sicher zu gehen, sich bei einem überraschenden Angriff eines vielleicht doch noch Lebenden wehren zu können, klemmte er den Stock unter den Arm. Das Gewicht der leblosen Körper verlangte ihm einiges ab, aber nach und nach hatte er alle in den Kirchenraum geschleppt. Als der Haufen aus Leibern vor ihm lag, wusste er mit absoluter Gewissheit, dass alle tot waren. Niemals mehr würde er sich vor einem von ihnen fürchten müssen.

„Von mir aus könnt ihr hier vermodern", stieß er hervor, verließ er den Raum, schloss die Tür, drehte den Schlüssel im Schloss, zog ihn ab und schleuderte ihn in eine finstere Ecke des Kreuzgangs.

Gustav Gründel schnupperte den Geruch von Braten und Kraut, als er nach seinem abendlichen Gang durch die Werkstatt die Wohnung betrat. Augenblicklich lief ihm das Wasser im Mund zusammen. Seine Tochter begrüßte ihn mit einem Lächeln.

„Was ist los? Es duftet nach Braten, obwohl heute nicht Sonntag ist", bemerkte er überrascht.

Agnes hatte beschlossen, mit ihrem Vater offen über Ellas Besuch zu reden. Er würde früher oder später sowieso erkennen, was sie im Schilde führte.

„Dass ich heute deine Leibspeise gekocht habe, ist nicht ohne Hintergedanken geschehen, Vater", sagte sie geradeheraus.

Gustav hatte bereits Platz genommen und sich die Serviette in den Hemdkragen gesteckt.

„Aha. Na, immerhin bist du ehrlich. Also heraus mit der Sprache - worum geht es?"

Sie erzählte ihm nicht alles, vor allem nichts von der Schlange und dem Weihwasser.

„Es spricht sich in Erlenburg offenbar herum, wer von den Räten der Stadt für die *Auberge du Pâté* gestimmt hat und wer dagegen", sagte sie wie beiläufig.

Gustav ließ das Besteck sinken. Prüfend sah er sie an.

„Wer sagt das?"

„Ella ist unfreiwillig Zeugin geworden, als es weitererzählt wurde."

Er überlegte.

„Das kann nur jemand aus dem Rat weiterge-

124

geben haben, und es wird leicht herauszufinden sein, wer das war."

Agnes reichte ihm die Schüssel mit den Klößen.

„Man sagt, du hättest dagegen gestimmt und Charlotte dafür. Aber vielleicht stimmt das nicht."

Verdammt, dachte Gustav, *wer hat das ausgeplaudert?*

„Du möchtest also von mir wissen, wie ich abgestimmt habe?"

Seine Tochter nickte.

„Es kommt nicht darauf an, wer wie abgestimmt hat. Es zählt allein das Ergebnis."

Gustav verging langsam der Appetit.

„Ich würde dich nicht danach fragen, wenn derjenige, der es weitergesagt hat, es nicht ausgerechnet de Passeur erzählt hätte", teilte sie ihrem Vater mit, während sie ihn bedauernd ansah.

Er legte das Besteck auf den Teller und nahm seine Serviette ab, erhob sich, ging zum Fenster, sah hinaus und schwieg eine Weile.

„Ja, es stimmt", sagte er leise, „ich habe dagegen gestimmt. Ich wollte, dass er endlich von hier verschwindet, dir nicht mehr nachstellt. Wie ich ihn kenne, wird er mir meine Entscheidung ziemlich übel nehmen."

Agnes trat neben ihren Vater, verschränkte die Hände in seiner Armbeuge. Beide blickten auf die Gasse hinunter, an deren Ende man einen Teil des Marktplatzes sehen konnte.

Die Geschichte von Ella stimmt also, dachte sie. Sie wollte ihrem Vater tröstliche Worte sagen.

„Wer weiß, vielleicht ist er nun so sehr mit seinem Vorhaben beschäftigt und denkt nicht mehr an uns. Außerdem hat er eine Menge Verehrerinnen, die ihm gerne Ablenkung verschaffen."

Gustav seufzte und tätschelte Agnes' Hand.

„Hoffen wir das Beste", gab er zerknirscht von sich.

„Jetzt komm wieder zum Tisch, Vater, wir wollen uns von ihm nicht ganz den Appetit verderben lassen."

Wie immer, wenn es in Erlenburg etwas Neues zu bewundern gab, strömten die Menschen herbei. Charlotte hatte Jakob überreden können, das Teehaus und den Drachen von den Bürgern der Stadt in Augenschein nehmen zu lassen. Die Bediensteten hatten alle Hände voll zu tun, denn die Gräfin hatte sie angewiesen, für die Besucher Tee auszuschenken und Kekse zu reichen. Sie freute sich über den Andrang, der heute im Burggarten herrschte.

Long-Long jedoch stand inmitten einer großen Menschentraube und fühlte sich dabei äußerst unwohl. *Ob etwas gut oder schlecht ist, weißt du frühestens in fünf Jahren,* dachte der Drache, der noch nie so viele Menschen auf einmal gesehen hatte. Glücklicherweise hatte die Gräfin um seinen Sockel vier Pfosten anbringen lassen, zwischen denen ein dickes Seil gespannt war. So konnte der Drache von allen zwar bestaunt, aber nicht berührt werden.

Die Maisonne wärmte die Menschen, die Stimmung war ausgelassen. Charlotte erntete viel Beifall für das schmucke Teehaus und den glänzenden Drachen. Die Kinder waren von Long-Long begeistert, sodass die Gräfin ihren Diener Flink anwies, sich in der Nähe aufzuhalten und ein Auge auf die Kleinen zu werfen. Flink war überrascht, denn darauf achtzugeben, dass eine leblose Statue nicht von Kinderhänden angefasst wurde, entsprach so gar nicht der Art der Gräfin.

„Vermutlich hast du recht, Flink. Vielleicht übertreibe ich ein wenig, werde aber das Gefühl nicht los, den Drachen beschützen zu müssen. Sei so gut und tu es für mich."

„Sehr wohl, gnädige Frau", befleißigte sich Flink mit einer leichten Verbeugung und entfernte sich in Richtung des Drachens.

Ella und Agnes schlenderten gut gelaunt durch den Garten. Sie besahen sich das Teehaus, dessen gelber Anstrich im Sonnenlicht strahlte.

„Ist es nicht beeindruckend, was die Gräfin alles auf die Beine stellt", sagte Ella begeistert.

„Ja, das stimmt. Obwohl ich nicht ganz verstehen kann, weshalb man zum Teetrinken ein eigenes Häuschen braucht."

Sie kicherten und näherten sich dem Drachen, den sie aber wegen der vielen Menschen nicht sehen konnten.

„Komm, lass uns zuerst eine Tasse Tee trinken gehen", schlug Ella vor.

An einem langen Holztisch, wo die dampfende

Flüssigkeit ausgeschenkt wurde, mussten sie eine Weile warten. Ella bekam zuerst eine Tasse überreicht, dann Agnes. Während sie das Gefäß an sich nahm und sich im Gedränge hinter Ella entfernen wollte, bekam sie einen Stoß gegen ihren Arm und verschüttete den Tee, der sich über Ellas Rücken ergoss.

„Au!", rief die aus und drehte sich erschrocken nach Agnes um, die ebenso erschrocken ihre Tasse fest umklammerte.

„Oh nein, tut mir leid, Ella, das wollte ich nicht."

Sie sah sich empört nach demjenigen um, der ihr den Stoß versetzt hatte. Agnes stutzte, denn es war niemand anderes als die Gräfin.

„Es war meine Schuld. Ich bitte um Verzeihung", sagte diese bestürzt. „Wenn Sie mir bitte folgen würden, dann kann ich Ihrem Rücken etwas Kühlung verschaffen, meine Liebe."

Mit einladender Geste machte Charlotte deutlich, dass sie es ernst meinte. Ella und Agnes folgten ihr ins Badehaus. Charlotte eilte zu einem Zuber mit Wasser, nahm ein sauberes Tuch und tauchte es hinein.

„Hier, schnell, das wird Ihnen guttun!", sagte sie.

Dann stand sie ratlos da, denn Ella konnte sich ja nicht selbst den Rücken kühlen. Also nahm Agnes der Gräfin das Tuch aus der Hand und löste die Bänder von Ellas Kleid, die gleich darauf die Kühle auf der schmerzenden Haut spürte.

„Ich hoffe, es ist nicht allzu schlimm?", fragte

Charlotte besorgt.

„Nein, nein, Gräfin", beeilte sich Ella zu antworten, „ich wollte keine Umstände machen und vielen Dank für Ihre Hilfe, Gnädige Frau."

Charlotte betrachtete die beiden Frauen.

„Sie sind die Tochter von Gustav Gründel, nicht wahr?", fragte sie Agnes.

„Ja, Gräfin, das ist richtig - und das ist meine Freundin Ella Weiß."

Charlotte streckte ihr die Hand entgegen.

„Es freut mich, Sie kennenzulernen, wenn auch unter unglücklichen Umständen."

Ella wollte Agnes mit einem Kopfnicken zu verstehen geben, dass es nun an der Zeit wäre zu gehen.

„Leider kann ich heute nicht weiter mit Ihnen plaudern", fuhr Charlotte fort, „aber wenn Sie gestatten, würde ich Sie beide in den nächsten Tagen gerne in mein Teehaus einladen. Sie würden mir eine große Freude machen."

Ella glaubte ihren Ohren nicht zu trauen, aber Agnes sagte ohne zu zögern zu.

„Überaus gerne, Gräfin. Vielen Dank für die freundliche Einladung."

„Wie wäre es mit dem nächsten Sonntag?", schlug Charlotte vor, „gegen drei Uhr?"

Agnes sah Ella fragend an.

„Ja, das würde passen", hörte Ella sich sagen.

„Wunderbar, dann sehen wir uns in einer Woche. Bis dahin also."

Nachdem die Gräfin mit einem charmanten Lächeln die Tür des Badehauses geöffnet hatte, verabschiedeten sich die Frauen voneinander. Ella und Agnes suchten einen ruhigen Platz in der Nähe der Mauer auf.

„Wie findest du das, Ella - nur du und ich mit der Gräfin im Teehaus - ist das nicht aufregend?"

„Also ich weiß nicht. Es ist unglaublich", gestand Ella, „aber ich freue mich darauf."

„Wie geht es deinem Rücken jetzt?"

„Er schmerzt noch, aber nicht mehr so stark wie vorhin."

„Komm, lass uns nach Hause gehen", schlug Agnes vor, „ich habe eine Salbe für dich. Wir werden uns am Sonntag den Drachen ansehen."

Wieder einmal saßen die Männer um den klobigen Holztisch. Die Abendsonne schickte ihre letzten goldenen Strahlen über das Wasser, aber sie nahmen keine Notiz davon. Die Helfer des Comte beugten sich mit eifrigen Gesichtern über zahlreiche Papierbögen, in der Hand eine Feder, vor sich ein Tintenglas.

An die Bürger von Erlenburg. Es wird bekanntgegeben: Eröffnung der Auberge du Pâté am Markt vierzehn im Monat Mai, den achtundzwanzigsten, schrieben sie mit angestrengter Miene auf das Papier.

Während der Comte eine Flasche Rotwein leerte, drückte er von Zeit zu Zeit sein Siegel auf die Schriftstücke.

Morgen würde sich diese Neuigkeit wie ein Lauffeuer in der ganzen Stadt verbreiten. Der

Comte wusste, dass viele schon ungeduldig auf diese Nachricht warteten.

„Archimbald, du bringst morgen die Bekanntmachungen an", wies er den rundlichen Berater an.

„Ja, sehr wohl, Euer Gnaden."

„Und wir beide, Gaston, werden uns nach jungen Frauen umsehen, die wir für die Arbeit in der *Auberge* in Dienst nehmen wollen. Für die Backstube brauchen wir außerdem einen oder zwei Küchenjungen."

Für den edlen Herrn war die Vorstellung, junge Frauen für sich arbeiten zu lassen, ein wahrer Genuss. Er war sicher, dass deren Einsatz über die Arbeit in der *Auberge* hinausgehen würde und schnalzte mit der Zunge. Gaston sollte einen Helfer für die Zubereitung der Pasteten bekommen und einen weiteren, der das Feuer im Rohr am Brennen halten musste. Es würde genug zu tun geben. In der Stube sollten die Frauen die Besucher bedienen, auch das Geschirrsäubern sollte ihre Aufgabe sein.

„Du darfst den Jungen aber nicht alles zeigen, das ist dir hoffentlich klar."

Der Comte sah Gaston mit durchdringendem Blick an.

„Keine Sorge, Edler Herr", versprach der Koch, „das wird nicht geschehen."

Wie erwartet war die Ankündigung am Tag darauf die große Neuigkeit in Erlenburg. Wer es nicht mit eigenen Augen lesen konnte, erfuhr es trotzdem, denn in allen Häusern und Gassen wurde es weitererzählt. Es gab misstrauische Männer, denen das Ganze, vor allem aber die Schwärmerei der Frauen für den Grafen, gegen den Strich ging. Sie verboten ihren Angetrauten, jemals einen Fuß in dieses französische Haus zu setzen. Die hingegen schüttelten den Kopf über die Verbohrtheit der Männer und protestierten lautstark. So kam es, dass an jenem Tag in einigen Häusern und Wohnstuben der eheliche Segen ziemlich schief hing.

Als sich Agnes am selben Tag mit Ella am Brunnen traf, war dort die *Auberge* in aller Munde. Die Frauen bekräftigten gegenseitig, es sich nicht nehmen zu lassen, baldmöglichst in den Genuss der Pasteten zu kommen. Mochten ihre Männer dazu sagen, was sie wollten.

„Mein Mann will mich unbedingt begleiten", sagte eine jüngere Frau, „auf keinen Fall soll ich dem Comte allein begegnen. Als ob das jemals geschehen würde."

„Nun, meinem Mann werde ich erst gar nicht auf die Nase binden, dass ich hingehen werde", bemerkte eine andere mit verschmitztem Lächeln.

„Was ist mit dir, Agnes?", wurde gefragt, „du wirst mit deinem Vater gewiss als Erste dort erscheinen, nicht wahr? Wo doch die kostbaren Stoffe, die die Wände schmücken sollen, aus eurer Werkstatt kommen."

Bevor Agnes eine ausweichende Antwort geben konnte, mischte sich aufgeregt die Nächste ein.

„Ich bin ja schon so gespannt darauf. Wie es wohl innen aussehen mag? Ich stelle es mir einfach hinreißend vor", schwärmte sie.

„Wir sind so stolz auf die Weber, die diese Stoffe gewebt haben. Wenn das in Mode kommt, wird es so etwas bald in allen Erlenburger Häusern geben", sagte eine andere voraus.

Niemand erwartete nun mehr eine Antwort von Agnes. Sie warf Ella einen amüsierten Blick zu. Zwar war sie schon neugierig darauf, die Stoffe an den Wänden zu sehen, aber keinesfalls würde sie zu den ersten Besuchern gehören.

Wenn Johan hier wäre, könnten wir gemeinsam hingehen, dachte sie.

Der Junge, der Gaston in der Küche zur Hand gehen sollte, schien eifrig und gelehrig zu sein. Gaston zeigte ihm, was er zu tun hatte.

„Ich erwarte von dir gewissenhafte Arbeit", machte er mit strengem Gesicht dem Neuen klar. „Was ich hier sage, ist Gesetz. Du tust, was ich dir sage. Nicht mehr und nicht weniger! Schreib dir das hinter die Ohren!"

Der Gehilfe nickte und schwieg. Ihm war es nur recht, wenn es klare Ansagen gab. Das war für ihn das Einfachste. Er sollte in aller Frühe mit der Arbeit beginnen. Wenn Fleisch und Fisch geliefert würden, hätte er alles entgegenzunehmen. Dann müsse er einen Teil in die Küche, den anderen in den Keller bringen. Die Füllung der Pasteten sollte er jeweils einen Tag vorher zubereiten.

Gaston bräuchte sie dann nur noch fertigstellen und dafür sorgen, dass das Gebäck mitsamt der Füllung möglichst frisch aus dem Ofen kam, bevor es in der Gaststube serviert wurde. Der Pastetenkoch wollte seinen Gehilfen irgendwann in die Kunst der Teigzubereitung einweihen, aber das hatte noch Zeit.

Der Comte widmete sich in der Gaststube währenddessen den Bedienungen. Die Wahl war auf drei junge Frauen gefallen. Sie standen mit klopfendem Herzen und geröteten Wangen vor dem Edelmann und hingen an seinen Lippen. Wie viele Mädchen beneideten sie jetzt darum, von ihm ausgewählt worden zu sein.

„Vor allem erwarte ich Sauberkeit von euch! Eure Kleider dürfen keinesfalls schmutzig sein. Wenn dem so wäre, würde ich nicht zögern, euch augenblicklich hinauszuwerfen."

De Passeur forderte die drei auf, sich nacheinander langsam um sich selbst zu drehen, um genau das überprüfen zu können. So sagte er jedenfalls, wusste aber bereits, dass ihre Kleider vor Sauberkeit blitzten. Seine Augen weideten sich ungeniert an den Rundungen der jungen Frauen.

„Zwei von euch kümmern sich um die Gäste, eine um das Geschirr", fuhr er fort.

Die drei folgten dem Comte zum Geschirrschrank, in dem weiß schimmernde Teller und Tassen sorgfältig in gleichmäßigem Abstand gestapelt waren.

„Hütet es wie euren Augapfel, es ist sehr wertvoll", trichterte er den Frauen ein.

Die nickten und schwuren sich insgeheim, niemals einen Fehler zu machen. Nicht auszudenken, wie schrecklich es wäre, wenn doch einmal etwas kaputtginge.

Jetzt schritt der Comte in den Flur, wo sich auf der Rückseite des Kamins Wasserkessel und Spülstein befanden. Hier sollte also das Geschirr gespült werden. Als sie an der Treppe vorbeikamen, die nach oben führte, fragte eine junge Frau den Comte, ohne vorher nachzudenken, was sich denn dort oben befände. Es war gerade so, als ob sie einen Gedanken aus Versehen laut ausgesprochen hatte.

„Verzeihung, Edler Herr", flüsterte sie erschrocken und senkte den Kopf, „es wird nicht wieder vorkommen."

Der Comte trat auf sie zu und blickte auf sie herab. Irgendetwas an dem Mädchen erinnerte ihn an Agnes – vielleicht ihre blauen Augen?

„Wie heißt du?"

„Berta, Edler Herr", antwortete sie mit zitternder Stimme.

„Nun, Berta, vielleicht werde ich dir eines Tages zeigen, was sich dort oben befindet", sagte er, nun erstaunlich milde.

Berta hob den Kopf und sah den Mann vorsichtig an. Sie spürte, dass er ihr soeben ein Angebot gemacht hatte - und warum sollte sie es zu gegebener Zeit nicht annehmen?

Endlich war abendliche Ruhe eingekehrt. Die Menschen waren fort. Long-Long schwirrte der Kopf von den vielen Gesichtern und dem lauten Stimmengewirr, von dem seine Ohren dröhnten. Er war es nicht gewohnt, so angestarrt zu werden. Zum Glück hatte die Gräfin dafür gesorgt, dass niemand ihm zu nahe kam. Wer weiß, vielleicht wäre er sonst einfach auf- und davon gesprungen. *Die Gräfin ist zwar kein Drache, aber sie verhält sich wie eine Freundin*, dachte Long-Long dankbar.

„Oh, wie schön!" hatten die vielen Kinder bei seinem Anblick mit leuchtenden Augen ausgerufen und damit sein Drachenherz erfreut. *Jedes Ding hat zwei Seiten*, dachte er und seufzte. Nach der heutigen Anstrengung wollte Long-Long unbedingt wieder einen Ausflug wagen, musste aber noch die Dunkelheit abwarten. Ach, welch herrliches Gefühl, durch die Luft zu segeln, den Wind zu spüren und alles von oben zu betrachten, zumindest das, was er in der Nacht erkennen konnte. Am liebsten flog Long-Long über das Wasser. Da genoss er dann die Weite und Freiheit und brauchte keine Angst haben, gegen Baumwipfel oder Dächer zu stoßen. Als es endlich soweit war, blinzelte er dreimal mit dem linken Auge, stieg vorsichtig vom Sockel herab und setzte sich in Richtung Mauer in Bewegung, vor der er kurz stehenblieb. Ehe er zum Sprung auf die Kante ansetzte, von wo aus er losfliegen wollte, spitzte er die Ohren.

Alles war ruhig.

Sehr gut, es kann losgehen. Long-Long konnte allerdings nicht wissen, dass sich auf der anderen Seite der Mauer Karamell näherte. In der abendlichen Dämmerung hatte sie sich auf den Rückweg aus dem Erlenhain gemacht. Der Aufstieg war wie erwartet recht beschwerlich gewesen für ihre kurzen Beine, aber zum Glück hatte es keine bedrohlichen Zwischenfälle gegeben. *Nur noch ein kleiner Sprung über die Mauer,* dachte sie erleichtert, *dann ist es geschafft.*

So geschah es, dass im gleichen Moment ein chinesischer Drache von der einen und ein gold-karamellfarben schimmerndes Zauberhuhn von der anderen Seite die Mauer genau dort überqueren wollten, wo sie am niedrigsten war. Vielleicht hätte Long-Long das Huhn überhaupt nicht bemerkt, wenn Karamell bei dem Zusammenstoß mit ihm nicht vor lauter Schreck ein sehr lautes „Goaaack!!" ausgestoßen hätte.

Während Long-Long auf der Mauer zum Stehen kam und verwundert in die Dunkelheit blickte, plumpste Karamell rückwärts hinunter, fiel unsanft auf dem Boden und überschlug sich mehrere Male, bevor sie im Gebüsch hängen blieb. Mühevoll rappelte sie sich auf und blickte mit klopfendem Herzen nach oben, wo sie einen gespenstischen, sich bewegenden Schatten sah. Instinktiv duckte sie sich in die Dunkelheit.

„Nanu, was war das denn?", fragte sich Long-Long verdutzt, denn er hatte noch nie den Schreckensruf eines Zauberhuhnes vernommen. Was sollte er jetzt tun – schnell davonfliegen oder doch lieber zum Sockel zurückflitzen? Nein, die Vorfreude auf das Fliegen war stärker. *Das Leben meistert man lächelnd – oder gar nicht,* dachte er, breitete seine Flügel aus und hob ab.

Karamell sah, wie sich der Schatten gleich einem riesigen Vogel erhob und laut schnaufend im Nachthimmel verschwand. Sie reckte ihren Hals und sah ihm hinterher. Das Geräusch, das der große Vogel beim Fliegen machte, kam ihr bekannt vor. Ja richtig! Es war dasselbe Geräusch, das Strudel, Erlin und sie nachts im Erlenhain vernommen hatten. Sollte es am Ende wirklich wahr sein, was Strudel vermutet hatte, und sich tatsächlich ein dämonisches Wesen aus dem verborgenen Land hier oben herumtreiben? Karamell flog auf die Mauer und spähte dorthin, wo der Schatten verschwunden war.

Sie grübelte.

Ein fliegender Wasserdämon also. Ihre Federn zitterten bei dem Gedanken daran, was das für sie, aber auch für Charlotte und Jakob und am Ende für ganz Erlenburg bedeuten könnte. Immerhin konnte sie als schlaues Huhn eins und eins zusammenzählen. Ganz bestimmt steckte dieses unheimliche Flugwesen mit dem französischen Grafen unter einer Decke. *Ich müsste sofort Erlin und Strudel davon erzählen,* dachte sie aufgeregt.

Dann aber gähnte sie.

Trotz dieser überaus aufregenden Entdeckung war sie hühnermüde. Karamell beschloss, erst mal schlafen zu gehen. *Morgen ist auch noch ein*

Tag, dachte sie erschöpft, hüpfte von der Mauer und suchte ihren Schlafplatz auf.

Die Entscheidung, das Kloster zunächst nicht zu verlassen, war eine sehr gute gewesen.

Innerhalb der Mauern, in denen er einst wie ein Gefangener leben musste, konnte sich Develnias jetzt völlig frei bewegen. Es dauerte eine gewisse Zeit, bis er sich daran gewöhnt hatte. In den nächtlichen Träumen suchten ihn der tote Abt und die anderen Toten auf. Erwachte er schweißgebadet glaubte er ihre Schritte zu hören und lauschte voller Angst in die Stille.

In den ersten Tagen wollte er nichts anderes als essen und trinken. Die Vorratsräume im Keller waren angefüllt mit Köstlichkeiten aller Art. Vieles davon kannte er bislang nicht. Den salzigen Geschmack des Schinkens, den durchdringenden Geruch des gereiften Käses, die herbe Fruchtigkeit des Weines, den mildsüßen Honig, das saure, in Gläsern verschlossene Gemüse.

Nach dem Essen legte er sich zum Schlafen in die Räume der höheren Brüder. Dort gab es richtige Betten und Kutten, die dufteten und wärmten. Develnias war es noch nie so gut gegangen. Später entdeckte er im Arbeitszimmer des Abtes Schatullen und Kisten, gefüllt mit glänzenden Münzen, Ketten, Ringen und weiteren kostbaren Gegenständen.

Als er eines Abends ein unscheinbares Kästchen fand, glaubte er zunächst nicht, dass darin etwas Besonderes sein könnte. Aber wie er den Deckel öffnete, strahlten ihm einige kleine weiße Kugeln entgegen. *Develnias zuckte zusammen, ohne zu ahnen, weshalb. Eine grundlose Angst befiel ihn, sein Herz begann zu pochen, seine Hände zitterten und um ihn herum drehte sich alles. Schnell klappte er den Deckel wieder zu. Was ist mit mir?, dachte er erschrocken und erinnerte sich an die Worte des Dämons:*

„Perlen sind stärker, als du jemals sein kannst."

Develnias konnte es nicht glauben. Er, dem es gelungen war, die Männer zu töten, die ihn jahrelang gequält hatten, sollte sich vor solch winzigen Kugeln fürchten? Er hob den Deckel erneut, diesmal vorsichtiger.

„Ich habe keine Angst vor euch", sagte er mit fester Stimme, „wie lächerlich klein ihr doch seid. Ich werde mich von euch nicht ängstigen lassen!"

Seine Augen starrten in das Kästchen. Für einen kurzen Augenblick gelang es ihm, dem Anblick standzuhalten, dann aber packte ihn erneut der Schrecken. Das Atmen fiel ihm schwer, ihm war, als ob ihm jemand die Kehle zudrückte.

„Es ist die göttliche Reinheit, die Vollkommenheit der Liebe, die sich in einer Perle zeigt", hörte er die Worte des Dämons.

Verzweifelt hieb er mit der Faust auf den Tisch, woraufhin ihm die Perlen aus dem Kästchen entgegensprangen.

„Wer immer euch geschickt hat", schrie er keuchend, „eine göttliche Reinheit gibt es nicht!"

Dann musste er seine Augen abwenden, denn er hatte das Gefühl zu ersticken.

Später, als er sich beruhigt hatte, verwahrte er

das wieder verschlossene Kästchen im hintersten Winkel des Schrankes. Da sah er, wie aus den Ecken des Zimmers Schlangen gekrochen kamen. Grüne Schlangen mit schwarzen Rückenzacken. Sie schlüpften in die Ecke des Schrankes, in der sich das Kästchen befand.

Von da an war Develnias auf der Hut, wenn er verschlossene Schatullen fand, stieß aber auf keine weiteren Perlen. Er vermied es, den Schrank, in dem sich das Kästchen befand, ein zweites Mal zu öffnen, aber hin und wieder behängte er sich mit dem übrigen Schmuck, wandelte im Kloster umher und ließ bei einer Flasche Wein goldene Münzen durch die Finger gleiten.

Er lebte – wie lange wusste er nicht – allein, aber in vorher nie gekannter Fülle und Sorglosigkeit.

„Du hast Gott die Stirn geboten, Develnias", höhnte der Dämon mit teuflischem Lachen, „hast seine treuen Diener bestraft. Ohne Gott lebt es sich besser, nicht wahr?"

Develnias nickte.

„Ja, viel besser. Wie die Made im Speck!"

So genoss er eine Zeitlang die Annehmlichkeiten in der Abgeschiedenheit des Klosters.

Aber irgendwann änderte sich das, denn ab und zu vernahm er ein Klopfen an der Pforte. Develnias hätte am liebsten für immer seine Ruhe gehabt, begriff aber, dass es unmöglich war. Es war nur eine Frage der Zeit, bis man außerhalb des Klosters die Veränderungen im Innern bemerken würde. Vernahm er das Klopfen und Rufen, schwieg er einfach, bis es draußen wieder still war. Den einen

oder anderen Störenfried, der nicht aufhören wollte, mit Fäusten gegen die Tür zu donnern oder zu
rufen, er wolle nun endlich das Geld für seine Fuh-
re haben und man solle ihn endlich einlassen,
streckte Develnias kurzerhand den Stock entgegen.
Dann wartete er eine Weile, öffnete die Tür und zog
den leblosen Körper herein.

Endlich war der Tag gekommen, auf den Johan ebenso sehnsüchtig gewartet hatte wie das Brautpaar: In Fichtenau wurde Hochzeit gefeiert. Johan und Barbara zogen als Trauzeugen zu den Klängen der Orgel in die Kirche ein.

Während Johan die Hochzeitszeremonie verfolgte, dachte er an die vergangenen Monate zurück. Er würde Simon, seinen Cousin vermissen, ebenso seine Cousine Barbara. Und natürlich auch seinen Onkel Rupert und Tante Hedwig, Elisabeth und Sophie. Was hatten sie nicht alles gemeinsam durchgestanden. Er würde das Fest heute nutzen, um sich von ihnen zu verabschieden, ohne sagen zu können, wann sie sich wiedersehen würden. Da konnte einem das Herz schon schwer werden. Johans Entscheidung, während seiner Abwesenheit Simon und Sophie das alte Schäferhaus zu überlassen, fühlte sich gut an.

Er selbst würde die Nacht noch einmal in der Schlafkammer unter dem Dach seines Onkels verbringen, jener Kammer, die für ihn zur Zuflucht wurde, als er nach seiner Rückkehr nach Fichtenau im vergangenen Sommer erkennen musste, nicht mehr in seinem Elternhaus wohnen zu können.

Jetzt erhob sich das Brautpaar zum Eheversprechen. Nach dem Tausch der Ringe küssten sich die beiden. Johan freute sich für sie. Als Simon und Sophie aus der Kirche traten, blieben sie auf der Schwelle stehen. Jemand hatte einen kleinen Lederbeutel, nicht größer als ein Handteller, dort abgelegt. Es war niemand zu sehen. „Ich glaube, da hat uns jemand ein Geschenk gemacht", bemerkte Sophie und bückte sich, um den Beutel aufzuheben. Sie fühlte, dass etwas in ihm steckte und öffnete die ledernen Schnüre.

„Sophie hat recht", bemerkte nun Johan, „es sieht aus wie ein Geschenk von den Zwergen."

Simon ahnte, dass die Zwerge in der Nähe waren und alles beobachteten, sich der Hochzeitsgesellschaft jedoch nicht zu erkennen geben wollten.

„Wir danken euch!", rief er hinaus.

Johan griff in seine Jackentasche, in der sich auch ein Lederbeutel befand. Gestern hatte er sich von Maan, Took und Fiin verabschiedet. Maan, die Zwergin, hatte ihn traurig angesehen und gefragt:

„Du glaubst, dass du in Erlenburg erwartet wirst, Johan?"

Er hatte genickt. Den Zwergen fiel der Abschied genauso schwer wie ihm selbst. Took hatte ihm den Lederbeutel überreicht und ihm Glück gewünscht.

„Wir können dich nach Erlenburg leider nicht begleiten", sagte er mit belegter Stimme, „aber gewiss gibt es dort auch freundliche Geister, wenn du Hilfe brauchst."

„Danke Took, aber ich glaube nicht, irgendwo bessere Freunde als euch zu finden."

Der Comte hatte Gaston angewiesen, die geheimen Zutaten am Tag der Eröffnung noch nicht zu verwenden. Es wäre zu auffällig, wenn die Gäste nach dem ersten Besuch in der *Auberge du Pâté* völlig verändert wieder nach Hause kämen. Argwöhnische Ehemänner könnten ihm vielleicht gefährlich werden. *Ich muss es langsam angehen*, dachte er, *die Aufregung unter den Weibern ist ohnehin groß genug, da muss ich nicht noch mehr Öl ins Feuer gießen.*

Das französische Flair, die köstlichen Pasteten, die mit kostbaren Stoffen überzogenen Wände und seine persönliche Anwesenheit würden ausreichend Grund zur Bewunderung geben. Der Duft aus der Küche verriet, dass Gaston und sein Gehilfe fleißig am Kochen waren.

Ein eingedeckter Tisch stand eigens für den Rat von Erlenburg bereit. Der Comte hatte die Männer und Charlotte mit einem persönlichen Schreiben zum bevorstehenden Ereignis eingeladen. Er fragte sich, ob Gustav Gründel erscheinen würde. In seinem Einladungsschreiben stand, er würde sich außerordentlich über die Anwesenheit des Meisters und seiner Tochter freuen. Das war natürlich gelogen, denn der Webermeister war ihm vollkommen egal, aber ohne ihn würde auch Agnes nicht erscheinen.

De Passeur malte sich aus, wie die junge Frau staunen würde, wenn sie die Räume betrachten und von den wunderbaren Pasteten kostete. Er sah es vor sich, wie ihre blauen Augen ihn anstrahlten, nachdem er ihr die Hand geküsst und sich neben sie gesetzt hätte. Er würde sie mit seiner Aufmerksamkeit überschütten. Sie hätte gar keine andere Wahl, als seinem Charme zu erliegen, jegliche Vorbehalte ihm gegenüber würden sich in Luft auflösen.

Bei dieser Vorstellung zitterte der Comte vor Erregung. Er ließ den Blick über sein Reich schweifen. Nun war alles perfekt.

Er löschte die Kerzen, nahm die Petroleumlampe und den Gehstock und stieg die Stufen zur oberen Etage hinauf, wo er das stattlichste Zimmer hatte herrichten lassen. Die Fenster waren zum Marktplatz ausgerichtet, so konnte er das Geschehen dort einsehen. Vor allem aber konnte er sich hier zurückziehen, wenn er dem Lärm der Menschen in der *Auberge* entkommen wollte.

Mitten im Raum nahm ein opulentes Bett, das er sich eigens aus Frankreich hatte liefern lassen, den größten Platz ein. Ein zartblauer, mit silbernen Fäden durchwirkter, sanft schimmernder Baldachin war gleich einem Himmel an vergoldeten Pfosten über das Bett gespannt. Üppige, dick mit Federn gefüllte Kissen lagen dort und versprachen höchsten Schlafgenuss.

Ein großer Waschtisch an der einen Wand und zwischen den Fenstern ein eindrucksvoller Sekretär ergänzten die Pracht, ebenso ein prunkvoller Kronleuchter, der mitten im Zimmer von der Decke herabhing. Ein Gemälde mit vergoldetem Rahmen zeigte den französischen Kaiser in Uniform.

Als der Comte im Bett lag, dachte er wieder an Agnes. Er stellte sich vor, wie sie sich nicht nur seinem Charme, sondern auch seiner körperlichen Leidenschaft ergeben würde. Schon in wenigen Tagen hegte sie keinen größeren Wunsch mehr, als mit ihm dieses Bett zu teilen. Und wer sollte ihr diesen Wunsch dann verwehren?

Agnes saß mit ihrem Vater beim Frühstück. „Heute wird also die *Auberge* eröffnet", sagte er, während sich eine Falte auf seiner Stirn zeigte. „Ich habe ein persönliches Schreiben erhalten, in dem er dich und mich einlädt. Ich glaube, der gesamte Rat der Stadt hat eine solche Einladung erhalten."

Agnes hatte heute noch nicht daran gedacht. Vielmehr freute sie sich auf die Begegnung mit Ella bei Charlotte am Nachmittag. Ihr Vater tat ihr leid, denn er wollte dem Ereignis eigentlich fernbleiben verspürte aber gleichzeitig die Verpflichtung, der Einladung zu folgen.

„Was wirst du tun?", fragte sie.

„Ich muss mich wohl sehen lassen. Es wird kein gutes Licht auf unsere Werkstatt werfen, wenn ausgerechnet der Webmeister fern bleibt."

„Das ist alles andere als leicht für dich. Jetzt, wo der Comte weiß, wie du im Rat abgestimmt hast." Agnes seufzte.

„Ja, das macht das Ganze kompliziert", gestand Gustav und köpfte mit dem Messer das Frühstücksei.

„Aber ein wenig neugierig bist du doch, wie die Stoffe an den Wänden zur Geltung kommen, oder?"

„Ja, gewiss. Ich wäre wohl kein guter Weber, wenn mir das völlig egal wäre."

Die beiden hingen ihren Gedanken nach, was dieser Tag alles bringen mochte. Gustav betrachtete seine Tochter verstohlen. In den letzten Tagen hatte er öfter als sonst ihr Singen und Lachen im Haus gehört. Wie er vermutete, hatte das mehrere Gründe. Zum einen blieben die unverhofften Besuche des Comte in der Werkstatt aus, zum anderen freute sie sich auf die Einladung der Gräfin im Teehaus.

Der triftigste Grund für ihre gute Laune aber war gewiss ein Brief von Johan, der seinen Besuch in den kommenden Tagen ankündigte. Und diese Freude teilte Gustav Gründel mit seiner Tochter.

In der Mittagszeit wunderte man sich darüber, wie schnell ausgerechnet heute die Zeit verging. Die Damen wollten sich für ihren Besuch in der *Auberge du Pâté* besonders herausputzen. Sie mussten sich sputen, mit allem fertig zu werden, was leichter gedacht, als getan war. Hier noch ein Schleifchen anbringen, da die Taille ein wenig enger schnüren, nach einem prüfenden Blick in den Spiegel die Frisur mit weiteren Haarklammern feststecken, Puder auf die rosigen Wangen stäuben und schließlich den perfekten Platz für verschiedene Schmuckstücke wählen.

Nebenbei musste der Ehemann besänftigt werden, der den Aufwand, den die eigene Frau für den Besuch in einem französischen Pasteten-Gasthaus betrieb, missbilligend zur Kenntnis nahm.

Aber irgendwann war es endlich soweit. In den frühen Nachmittagsstunden strömten aus allen Richtungen der Stadt vor allem die Frauen zum Marktplatz.

Zur gleichen Zeit machte sich Agnes in ihrem vornehmsten Kleid aus blauem Leinen und einem passenden dunkelblauen Hut auf den Weg zu ihrer Freundin, um sie abzuholen. Dazu musste sie den Marktplatz überqueren, was ihr ein wenig unangenehm war, denn nun sahen viele Augenpaare, wie sie dort nicht auf die *Auberge* zuging, sondern vorher in die Fischergasse einbog.

De Passeur - er stand zu dieser Zeit am Fenster und sah befriedigt dem Andrang der Menschen zu - erblickte sie. Ein kühles Lächeln huschte über sein Gesicht. Damit hatte er in seinen kühnsten Träumen nicht gerechnet, dass sie sogar alleine, ohne ihren Vater seiner Einladung folgen würde. Seine Eitelkeit war groß genug, sich nicht weiter vorzubeugen, um die nächsten Schritte von Agnes zu verfolgen. Deshalb bekam er nicht mit, dass sie gar nicht zu seinem Haus kam. Er war fest davon überzeugt, sie in wenigen Minuten persönlich begrüßen zu können, eilte zum Spiegel, prüfte sein Aussehen, setzte den Zylinder auf, ergriff seinen Stock und verließ das Zimmer. Er wollte es sich nicht nehmen lassen, Agnes bei ihrer Ankunft persönlich zu begrüßen.

An der ersten Stufe verlangsamte er allerdings

seine Schritte. Niemand sollte ihm seine Erregt-
heit anmerken, seinen Triumph, der in ihm fast
ein Gefühl von aufrichtiger Freude erzeugte, einer
Empfindung, zu der er allerdings nicht imstande
war.

Agnes war mittlerweile angelangt.

In schwarzem Rock und hellgrüner Jacke trat
Ella aus der Tür.

„Die Erlenburger stehen schon Schlange vor
der *Auberge du Pâté*. Der Comte wird hoch zufrieden sein", bemerkte Ella, als sie der Gasse folgend
den Weg zur Erlenburg einschlugen.

Es war ein sonniger Tag, die Sonne lachte von
einem tiefblauen Himmel, an dem sich nur ein
paar weiße Wölkchen zeigten.

Am Burgtor öffnete ihnen Flink und führte sie
zum Teehaus, wo sie von Charlotte bereits erwartet wurden. Das Innere des Teehauses strahlte
beinahe so wie der Himmel darüber. Das kam
zum einen von den großen Fenstern, zum anderen von den goldgrün schimmernden Bildern, die
die Wände zierten.

Charlotte erzählte Agnes und Ella, was es damit
auf sich hatte. Da war ein dicker Mann auf einem
niedrigen Hocker zu sehen, der aus einer winzigen
Tasse Tee trank, und eine Frau, die ein sonderba-
res Kleid trug und aus deren hochgestecktem
Haar mehrere überlange Nadeln ragten. Auch ein
Gemälde von einem Drachen, genau so einer wie
der auf dem Sockel vor dem Teehaus, erregte ihre

Aufmerksamkeit.

„Jakob hat zunächst den Kopf geschüttelt, aber ich wollte unbedingt solch einen chinesischen Drachen haben", gab Charlotte zu, während sie, beinahe entschuldigend, die Schultern hob.

Um einen einfachen dunkelbraunen Tisch herum standen drei niedrige Bänkchen mit leuchtenden Farben und goldbestickten Kissen. Charlotte lud Ella und Agnes ein, Platz zu nehmen.

„Ich hoffe, Ihrem Rücken geht es wieder besser und dass mein Missgeschick keine unangenehmen Spuren hinterlassen hat", erkundigte sie sich besorgt bei Ella.

„Nein, nein, es ist alles wieder gut", bestätigte Ella, „Agnes hatte eine Salbe für mich, die Wunder gewirkt hat - und schon am nächsten Tag waren die Schmerzen verschwunden."

Die Tür ging auf und ein Mädchen brachte ein Tablett herein.

„Bitte stelle das Tablett auf dem Tisch ab", bat Charlotte, „den Rest übernehme ich."

Sie wandte sich wieder ihren Gästen zu.

„Ich habe mich ein wenig mit den Gepflogenheiten der chinesischen Teekultur befasst. In diesen Schälchen befindet sich der Tee. Dieser hier ist ein grüner Tee, der andere ein Oolong, und hier, dies ist ein weißer Tee."

Sie deutete auf die jeweiligen Schälchen.

„Ich schlage vor, wir probieren der Reihe nach?"

Agnes und Ella stimmten gerne zu und betrachteten die geschickten Handbewegungen Charlottes, die nun schweigend in ihr Tun vertieft war. Mit einem kleinen Thermometer prüfte sie die Temperatur des Wassers, wog mit einer winzigen Waage die Menge des Tees genau ab und achtete auf die entsprechende Zeit, damit sich das Aroma entfalten konnte.

„Ich stehe noch ganz am Anfang dieser Kunst, hoffe aber, der Tee schmeckt", verkündete sie schließlich und reichte ihren Gästen die Flüssigkeit in hauchdünnen Porzellanschalen.

Während sich die drei dem Genuss des Tees und angeregter Unterhaltung hingaben, näherte sich draußen Karamell dem Drachen.

Energisch umrundete sie ihn einige Male, sah ihn von allen Seiten prüfend an und gelangte schließlich zu der Erkenntnis, der fliegende Schatten von gestern Nacht und die eigenartige Figur auf dem Sockel stimmten ziemlich genau überein.

„Wenn du nicht ein lebloses, hässliches Ding wärst", gackerte sie, „wäre ich mir fast sicher, dass wir uns gestern Nacht an der Mauer begegnet sind."

Long-Long spitzte die Ohren, während er seinerseits das Huhn betrachtete, das unentwegt vor ihm auf und ablief. *Was ist das bloß für ein schmuckloser Winzling*, dachte er, *etwas mehr Farbe würde dem nicht schaden.*

„Bist du ein Wasserdämon?", fragte Karamell nun die stumme Gestalt vor sich, „etwa ein Wasserdämon, der mit dem Grafen de Passeur gemeinsame Sache macht? Ein fliegender schnaubender Schatten, der nachts nichtsahnende wehrlose Hühner erschreckt?"

Long-Long konnte sich keinen Reim darauf machen, was der Winzling von ihm wollte, verspürte aber große Lust, von seinem Sockel zu steigen. Allem Anschein nach mussten hier einige Fragen beantwortet werden. Der Moment war allerdings äußerst ungünstig, denn im Teehaus befanden sich seine Freundin und zwei weitere Frauen.

Aller Anfang ist schwer, dachte er und überlegte angestrengt, was er jetzt tun sollte. Schließlich konnte er sich nicht länger zurückhalten, blinzelte dreimal mit dem linken Auge und stellte sich auf das rechte Bein, während er das linke anhob. Karamell, die den reglosen Drachen prüfend angestarrt hatte, erschrak heftig, sauste los und brachte sich in einem Erdloch hinter der nächsten Buchsbaumumrandung in Sicherheit. Dann lugte sie vorsichtig hervor und sah, wie der seltsame Riese nun wieder bewegungslos verharrte, denn die Tür des Teehauses wurde geöffnet.

In Begleitung von zwei Frauen trat die Gräfin heraus und ging mit ihnen geradewegs auf den Sockel zu.

„Das ist mein chinesisches Schmuckstück! Ein Drache, der den weiten Weg aus China nach Erlenburg gereist ist!"

Agnes und Ella traten neugierig hinzu.

„Wirklich sehr außergewöhnlich", befand Ella, „ist er aus mehreren Tieren zusammengesetzt?"

„Ja, das ist richtig", bestätigte Charlotte, „man

meint ein Kamel, einen Ochsen, einen Tiger, einen Adler und eine Schlange an ihm zu erkennen."

„Ich finde ihn wunderschön", rief Ella aus, „welch herrliche Geschichten könnte man über ihn erzählen, allein darüber, wie es zu dieser außergewöhnlichen Zusammenstellung gekommen ist."

Agnes wusste, dass es in Ellas Kopf zu sprudeln begann. Charlotte lachte.

„Das finde ich sehr gut! Bei unserem nächsten Treffen erzählen Sie uns die Geschichte, was es mit den Tieren auf sich hat, Ella!"

Unvermittelt hielt die Gräfin inne, starrte auf den Drachen und schüttelte den Kopf.

„Merkwürdig. Ich hätte schwören können, es wäre der andere Fuß gewesen, den der Drache bisher angehoben hat."

Long-Long wurde es heiß. Er ärgerte sich über den Winzling, der ihn dazu verleitet hatte, den falschen Fuß zu heben. *Nur ein schlechter Handwerker schiebt die Schuld auf sein Werkzeug*, schoss es ihm durch den Kopf.

„Oh, das ist für chinesische Drachen nichts Außergewöhnliches", sinnierte Ella, „sie verhalten sich nur tagsüber ruhig, aber wenn es dunkel wird, kommt Leben in sie."

Long-Long glaubte, nicht richtig gehört zu haben. Woher wusste diese Frau davon? Er spürte, wie seine Beine weich wurden, sein Drachenherz schneller schlug und es immer anstrengender wurde, sich nicht durch eine unbedachte Bewegung zu verraten.

„Und schon sind wir mitten in einer spannenden Geschichte", lachte Agnes, „vielleicht lohnt es sich, noch einmal hierher zu kommen, wenn es dunkel ist. Wer weiß, was wir dann alles entdecken können."

„Ja, wer weiß", bestätigte Charlotte, „hier auf der Burg geschehen ab und zu merkwürdige Dinge, selbst Jakob und ich bekommen nicht alles mit."

Karamell entfuhr ein kurzes „Gaack", als sie das hörte. Genau darum ging es ja! Charlotte und Jakob bekamen wirklich nicht alles mit, was hier geschah. Sehr zum Leidwesen von Karamell und Strudel. Die drei Frauen blickten sich um.

„Offenbar gibt es auch ein Huhn im Burggarten", bemerkte Charlotte.

„Ja, ein besonderes Huhn. Es hat den Drachen besucht - und die beiden planen gemeinsam ein spannendes Abenteuer", fuhr Ella angeregt fort.

Nun war es an Karamell, erstaunt zu sein.

Glücklicherweise suchten die Frauen nicht nach ihr, sondern gingen lachend ins Teehaus zurück. Karamell richtete sich auf und warf einen abschätzenden Blick auf den Drachen.

„Heute Abend sehen wir uns wieder. Dann werde ich deinem Geheimnis schon auf die Spur kommen, du Wasserdämon", gackerte sie entschlossen.

Überschwängliche Glückwünsche und entflammte Schwärmereien empfingen de Passeur, die er angewidert und mit starrer Miene über sich ergehen ließ, während seine Augen begierig nach Agnes suchten.

Da er sie im Vorraum nicht entdeckte, musste sie im Gastraum am Tisch des Erlenburger Rates sitzen. Er bahnte sich einen Weg durch die Menschen und ertrug kaum die Berührungen im Gedränge, die sich trotz seiner Ausweichversuche nicht vermeiden ließen.

Am Tisch des Rates saß Agnes ebenfalls nicht, stattdessen ihr Vater, der Graf von Erlenburg, einige andere Räte und Leo von Dorn.

Als Jakob von Erlenburg den Comte erblickte, erhob er sich. Augenblicklich wurde es still, Jakob setzte zu einer kleinen Rede an.

„Sehr verehrter Graf, Comte Luis de Passeur. Im Namen der Stadt Erlenburg spreche ich Ihnen unsere Glückwünsche zur Eröffnung der *Auberge du Pâté* aus, mit der Sie neue Akzente setzen."

Er ergriff sein Glas. Die Männer des Rates erhoben sich mit zufriedenen Gesichtern.

„Lasst uns das Glas erheben und der *Auberge* Erfolg wünschen", sprach Jakob weiter.

Alle folgten seiner Aufforderung.

„Besonders stolz sind wir auf die Gestaltung der Wände", fuhr Jakob fort, während er Gustav anerkennend zunickte. „Die Stoffe aus der Werkstatt Gründel machen sich an den Wänden außerordentlich gut. Von dem einzigartigen Flair, das dadurch entsteht, bin ich sehr beeindruckt."

Die übrigen Gäste stimmten Beifall klatschend zu, was Jakob dazu veranlasste weiter zu reden.

„Wie ich vermute, überlegen einige Anwesende bereits, wie sie diesen Schick in ihr eigenes Zuhause bringen können. Meister Gründel wird sich in den kommenden Wochen vor Aufträgen wohl nicht retten können."

Wieder klatschten die Gäste Beifall, während Gustav hoffte, der Graf möge schleunigst mit dem Gefasel aufhören. Er schickte ein krampfhaftes Lächeln in Richtung Jakob, vermied es jedoch, de Passeur anzusehen.

„Meine Frau ist heute leider wegen einer Einladung in ihrem Teehaus verhindert, aber sie wird ebenso angetan sein wie ich und alle Gäste, die erschienen sind", beendete Jakob seine Lobeshymne.

„Vielen Dank, Graf von Erlenburg. Ich bin Ihnen und dem Rat zu Dank verpflichtet. Mein einziger Wunsch ist es, die Erwartungen meiner Gäste zu erfüllen", antwortete de Passeur knapp, bahnte sich, von Beifall begleitet, einen Weg zum Tisch der Ehrengäste und setzte sich neben Leo von Dorn, der soeben sein drittes Pastetenstück verschlang.

„Mein Sohn", sagte von Dorn, nachdem er einen kräftigen Schluck von dem Wein genommen hatte, „das hier schlägt ein wie der Blitz. Du hast wieder mal den richtigen Riecher gehabt."

Er grinste den Comte an und klopfte ihm auf die Schulter. Der stellte unwirsch sein Glas auf den Tisch.

„Weshalb ist Agnes Gründel noch nicht erschienen? Ich sah sie vorhin über den Marktplatz gehen. Wo bleibt sie bloß?"

Er sah Leo mit finsterem Blick an.

„Nun, das kann ich dir schon sagen", befleißigte sich der Gottesmann, „sie und ihre Freundin sind heute Gäste bei der Gräfin. Du wirst dich wohl noch gedulden müssen, bis du sie hier begrüßen kannst."

De Passeur stieß wütend seinen Gehstock auf den Boden, was einige Damen in der Nähe verwundert, aber mit freundlicher Nachsicht zur Kenntnis nahmen.

„Ich kann nur raten, dir deine Wut deswegen nicht anmerken zu lassen", raunte von Dorn ihm eindringlich zu, „es ist besser, wenn du deiner Rolle als galanter Edelmann treu bleibst. Die Damen erwarten das und werden es dir danken."

„Morgen setze ich meinen Plan in die Tat um", fauchte der Comte leise, „ich brenne darauf, die Herrschaften mit den geheimen Zutaten zu füttern, sie wie Marionetten tanzen zu lassen. Allen voran den Grafen und seine Gemahlin und dazu Gründel und seine Tochter!"

Beschwichtigend legte der Geistliche seine Hand auf seinen Arm.

„Ja, das wirst du auch. Es nützt aber nichts, wenn du heute abweisend zu deinen Gästen bist. Vergiss nicht – sie sollen wiederkommen!"

De Passeur beruhigte sich nur ungern, setzte jedoch ein kühles Lächeln auf und erhob sich.

„Oh, Herr Graf, wie wunderbar es hier ist", hörte er eine weibliche Stimme von rechts und „die *Auberge du Pâté* ist einzigartig, werter Graf", eine weitere Stimme von links.

Manche Damen drückten ihm die behandschuhte Hand und sahen ihm dabei tief in die Augen, jedenfalls versuchten sie es. Schließlich gelangte er in die Küche, wo Gaston und sein Helfer schwitzten. Während der Küchenjunge das Fleisch von den Knoches eines gebratenen Huhn löste, rührte Gaston in einem Topf, in dem er eine neue Füllung zubereitete.

„Die Pasteten sind so gut wie weg, Edler Herr", rief er. Er nahm ein Tuch auf und wischte sich das Gesicht ab.

Der Comte trat dicht an Gaston heran.

„Gut so, aber verwende ab jetzt unsere geheimen Zutaten. In Erlenburg sollen jetzt andere Zeiten anbrechen", raunte er dem Koch hinter vorgehaltener Hand zu.

Auch bei Agnes, Ella und Charlotte sorgte die Eröffnung am Marktplatz für Gesprächsstoff.

„Ich hoffe, es ist Ihnen nicht allzu schwer gefallen, das große Ereignis zu versäumen", bemerkte Charlotte, als die drei Frauen wieder im Teehaus Platz genommen hatten.

„Nein, keinesfalls. Wir sind sehr viel lieber bei Ihnen als dort", gab Agnes unumwunden zu.

Charlotte horchte auf.

„Oh, da gehören Sie aber zu den wenigen Frauen, die der Comte mit seinem Charme nicht, oder noch nicht, eingewickelt hat."

„Ehrlich gesagt, finde ich diesen Mann eher abstoßend als charmant", antwortete Agnes aufrichtig, „ich hatte bisher einige Begegnungen mit ihm, auf die ich gerne verzichtet hätte."

„Sie sind sehr offen, Agnes. Wie Sie wissen, ist er seit mehreren Monaten Gast auf der Erlenburg."

„Ich kann mir die ganze Aufregung um ihn ebenfalls nicht erklären", bestätigte Ella.

Sie dachte an das Erlebnis in der Kirche, wollte es in Gegenwart der Gräfin aber nicht erwähnen.

„Mit seiner eleganten Kleidung und seinem geheimnisvollen Auftreten macht er mächtig Eindruck auf die Damenwelt", sagte Agnes, „aber ich finde ihn aufdringlich."

„Mein Mann und ich haben von seinem Plan mit der *Auberge* nichts gewusst. Er hat sich einfach nicht an die Vorschriften gehalten", gestand Charlotte.

„Er nimmt sich einfach was er will", stellte Agnes fest, während ihr mulmig zumute war.

Ella erkannte, was sie andeuten wollte.

„Du meinst, er würde nicht davor zurückschrecken, sich der Menschen zu bemächtigen, auf die er es abgesehen hat?"

Die Frauen schwiegen bestürzt über diese Feststellung.

„Wir haben ihn nie bedrängt oder ausgefragt, was er in Erlenburg möchte oder wie lange er bleiben will", gab Charlotte zu, „womöglich waren wir zu großzügig."

Nun berichtete Ella doch von ihren Erlebnissen in der Kirche und was de Passeur und von Dorn miteinander geredet hatten.

Als sie fertig war, sprang Charlotte auf und ging händeringend hin und her, dann blickte sie Agnes und Ella betrübt an.

„Luis de Passeur und Leo von Dorn also. Ich frage mich, woher die beiden sich so gut kennen. Der Comte hat nie etwas davon erwähnt. So, wie er im Grunde noch nie etwas von sich preisgegeben hat."

Sie nahm wieder Platz.

„Sollten die beiden gemeinsame Sache machen?", fragte sich Ella. „Da wird nichts Gutes dabei heraus kommen.".

Charlotte straffte ihren Rücken.

„Ich werde heute noch mit Jakob sprechen. Wenn jemand die Befugnis dazu hat, ihn zur Rede zu stellen, dann er", sagte sie energisch.

Agnes hatte da ihre Zweifel.

„Ich fürchte, das wird nicht so einfach sein, denn de Passeur wird von allen – naja, fast allen - gefeiert. Niemand wird erfreut sein, wenn der Graf von Erlenburg ihn in die Schranken weist."

„Ja", stimmte Ella zu, „er präsentiert sich den Menschen als unnahbarer Gönner. Wenn es keinen triftigeren Grund gibt, ihm Einhalt zu gebieten, als meine sonderbare Geschichte, wird das niemanden überzeugen. Sie werden behaupten, ich hätte mir das nur ausgedacht."

Die Frauen saßen zerknirscht da.

„Was können wir nur tun?"

Charlotte ließ die Schultern hängen.

„Wir sollten wachsam bleiben. Immerhin sind

wir nun schon zu dritt. Früher oder später wird er einen Fehler machen, dann müssen wir handeln", versuchte Agnes Zuversicht zu verbreiten.

„Das stimmt", bekräftigte Ella, „aber in der Zwischenzeit kann er machen, was er will. Er lässt sich nicht in die Karten schauen."

„Ich werde trotzdem mit Jakob sprechen. Bis jetzt habe ich angenommen, der Comte würde aus einem Adelsgeschlecht stammen. Wir glaubten, er wäre um einige Ecken mit Jakob verwandt; einen französischen Grafen in der Familie zu haben, ist in heutigen Zeiten schließlich kein Nachteil."

Charlotte fühlte sich, als wären ihr soeben die Augen geöffnet worden.

Eines Tages klopfte es wieder am Tor. Develnias seufzte wegen der Störung und verhielt sich still. Dann aber horchte er auf.

„Hört, Ihr Brüder! Uns ist zu Ohren gekommen, dass in diesen Mauern merkwürdige Dinge vor sich gehen", vernahm er eine männliche Stimme, „der Bischof ist sehr besorgt und hat mich beauftragt, nach dem Rechten zu sehen."

Develnias griff nach seinem Stock, aber der Mann war offenbar nicht allein.

„Geht um das Kloster herum, Männer, und seht nach, ob ihr jemanden antrefft", wies er seine Begleiter an. Develnias hörte Schritte, die sich entfernten und wenig später wiederkamen.

„Ich weiß, dass ihr mich hören könnt", rief der Mann jetzt, „morgen werde ich zurückkommen und die Pforte öffnen lassen, wenn nötig, mit Gewalt!"

Develnias erschrak. Augenblicklich spürte er, dass er in der Falle saß. Was sollte er tun?

„Fordere ihn auf, morgen ohne Begleitung zu kommen, Develnias", vernahm er die Stimme des Dämons.

Er öffnete die Luke. Draußen stand ein rotbärtiger Mann in einem langen Gewand, ähnlich einer Kutte. Um seinen Hals trug er eine Kette, an der vor seinem stattlichen Bauch ein Kreuz aus Eisen baumelte.

„Kommt morgen wieder, aber allein!", stieß er hastig hervor, verriegelte ohne eine Antwort abzuwarten, die Öffnung wieder und lauschte.

Für einige Sekunden herrschte Stille, dann hörte er Pferdegetrampel und die Räder einer Kutsche, die sich in Bewegung setzte.

Die Männer zogen ab.

Karamell ließ nicht locker. Seit sie am Nachmittag mit eigenen Augen gesehen hatte, wie dieser harmlos dreinblickende Wasserdämon einen Fuß anhob, wusste sie so sicher wie das Amen in der Kirche, dass das komische Vieh sich ebenso hinterhältig in der Erlenburg eingenistet hatte wie der französische Schurke. Ganz Erlenburg sei in Gefahr, hatte Erlin gewarnt und sie sollten aufmerksam sein, wenn es weitere Veränderungen gäbe. Karamell war wild entschlossen, sich jeglicher Gefahr entgegenzustellen, wollte nicht blind und dumm ins Unglück laufen wie die Menschen, nein, sie wollte ihren ganzen Mut und ihre Zauberkraft einsetzen, um dies zu verhindern.

Jetzt, wo die Frauen das Teehaus wieder verlassen hatten und das Licht der Abenddämmerung die Konturen verwischte, war der richtige Moment gekommen. Mit gesenktem Kopf und eng angelegten Flügeln steuerte Karamell direkt auf den regungslosen Dämon zu, reckte dann den Kopf in die Höhe, stellte sich auf die Krallenspitzen und plusterte ihr Federkleid auf.

Sie war zwar kleiner als der Sockel, sah aber sehr entschlossen drein.

„Wer bist du?", fragte sie geradeheraus, „woher kommst du und was willst du hier? Glaubst du etwa, ich hätte nicht bemerkt, was du vorhast? Machst du nun mit dem schmierigen Kerl gemeinsame Sache, oder nicht?"

Long-Long spitzte die Ohren. *Erst wenn man sich nicht schämt, Fragen zu stellen, kann man ein Gelehrter werden*, dachte er und besah sich den

Winzling, der vor ihm stand, genauer. Im schwachen Licht des Abends sah er gar nicht mal so übel aus. Sein Gefieder schimmerte fast golden. Was spräche dagegen mit dem Winzling zu sprechen? Vielleicht wäre das sogar richtig.

„Darf ich mich vorstellen?", sprach er so höflich wie möglich, nachdem er dreimal geblinzelt hatte, „mein Name ist Long-Long, ich bin ein chinesischer Glücksdrache."

Karamell war nun doch zusammengezuckt, als sich der Sonderling zu ihr herabgebeugt und zu sprechen begonnen hatte. Seine Stimme klang viel angenehmer, als erwartet, ihre Krallen wurden weich, aber Karamell wusste ja, dass er sie täuschen wollte.

„Rede kein dummes Zeug", fuhr sie ihn an, „lügen ist zwecklos! Du bist ein Wasserdämon. Das haben wir schon herausgefunden."

Auf Long-Longs Stirn zeigten sich Falten.

„Aber was ist ein Wasserdämon?"

Das Zauberhuhn musste schnell zur Seite hüpfen, denn das Ungeheuer stieg herab. Einmal mehr wünschte sie sich, nicht so klein zu sein.

„Schon klar, dass du es nicht zugibst", gackerte sie ihn wütend an, „aber es wird dir nichts nützen."

Long-Long seufzte. Er wurde nicht schlau aus dem Gerede des Winzlings.

„Ein Wasserdämon bin ich jedenfalls nicht. Ich bin ein chinesischer Glücksdrache", betonte er mit Nachdruck. „Meine größte Freude ist, über das Wasser hinweg zu fliegen. Vielleicht hast du mich dabei schon bemerkt. Bisher weiß es aber außer dir noch niemand."

Karamell war fast geneigt, diesem Long-Long zu glauben, hatte aber noch Puste für einen letzten Vorstoß.

„Gibst du wenigstens zu, mit dem französischen Tunichtgut gemeinsame Sache zu machen?", gackerte sie, eine Spur lauter, als eigentlich beabsichtigt.

„Der Baum wünscht Ruhe, aber der Wind hört nicht auf", gab Long-Long von sich.

Karamell wunderte sich, hielt aber den Schnabel.

„Darf ich nun auch erfahren, wer du bist?", fragte er nach einer Weile.

Mit einer letzten Spur von Misstrauen beäugte Karamell das fremde Wesen, das sie sanft anblickte. Sie nannte ihren Namen und fügte hinzu, sie sei ein Huhn.

„Ah, es freut mich, dich kennenzulernen."

Er lächelte freundlich.

„Wenn du denkst, nur ich hätte dich bisher bemerkt, dann täuschst du dich. Erlin und Strudel haben dich auch schon gehört". Der Drache sollte ruhig gleich von ihren Verbündeten wissen.

„Oh", entfuhr es ihm, „man kann mich hören?"

„Genau so ist es", entgegnete Karamell ein wenig schnippisch, „wie ein Ungeheuer schnaufst und keuchst du auf dem Flug über dem Wasser."

Long-Long wurde ein wenig rot.

„Verzeihung", sagte er verlegen, „da muss ich wohl noch an meiner Flugweise arbeiten."

„Ja, das kann nicht schaden, wenn du nicht möchtest, dass ganz Erlenburg über dich Bescheid weiß."

Mittlerweile hüllte die Dunkelheit den Burggarten ein. Über dem Wasser kündigten schwarze Wolken Regen an.

„Du könntest mir dabei helfen", schlug der Drache vor.

„Helfen? Wobei?"

„Wie es mir gelingen kann, leiser zu fliegen. Wir könnten gemeinsam losfliegen - und du gibst mir ein Zeichen, wenn ich zu laut unterwegs bin."

Long-Long fand seine Idee wirklich gut.

Da konnte Karamell nicht anders, als laut loszulachen. Sie ließ sich auf ihr Hinterteil fallen und hielt sich mit den Flügeln den Bauch.

„Hast du schon mal meine Flügel genauer angesehen, du chinesischer Glücksdrache?", gluckste sie. „Während du vermutlich wie ein Adler fliegen kannst, schaffe ich es gerade mal auf den nächsten Baum. Und du glaubst, wir könnten gemeinsam übers Wasser segeln?"

Long-Long kam sich ein weiteres Mal ziemlich dumm vor.

„Es tut mir leid, Karamell. Ich dachte tatsächlich, du könntest fliegen."

Sie schüttelte den Kopf, gleichzeitig dachte sie wehmütig, wie wunderbar es wäre, gemeinsam mit Long-Long über dem Wasser zu schweben. Nachdenklich klopfte sie sich den Staub aus den Federn und blickte nach oben, wo aus den aufgezogenen Wolken erste Tropfen fielen.

In der *Auberge* war Ruhe eingekehrt, die lärmenden Gäste waren fort. Das Klappern der Töpfe, das leise Klirren des Geschirrs, das die Mädchen wieder in den Schrank geräumt hatten, war verstummt und ein arbeitsreicher Tag zu Ende gegangen. Alle Bediensteten hatten sich mit Erlaubnis des Comte bis zum nächsten Morgen verabschiedet und eine gute Nacht gewünscht.

Endlich war Gaston allein, endlich konnte er die geheimen Zutaten hervorholen. Wieder und wieder hatte er aufmerksam die Rezepte studiert.

„Verwende ab jetzt unsere geheimen Zutaten, Gaston" hatte ihm der edle Herr unmissverständlichen mitgeteilt.

Der Koch beschloss in die Farce, die Füllung, zunächst nur zwei Zutaten zu mischen, davon dieselbe, die er Archimbald serviert hatte und deren Wirkung er bereits kannte. *Die Gäste werden morgen, nach dem Verzehr der Pastete, in großen Jubel ausbrechen*, dachte Gaston, *wenn sich dann manche auch für den Kaiser von Frankreich halten – was soll's!* Jedenfalls würde das durch die geheimen Zutaten ausgelöste Verlangen nach den Pasteten die Gäste wieder und wieder in die *Auberge du Pâté* führen. Es wäre dann nur noch eine Frage der Zeit, bis ganz Erlenburg den Comte vergöttern würde.

„Noch ein wenig Pfeffer und Cognac", murmelte Gaston vor sich hin „und jetzt zwei Löffel *Épice pour euphorie* und einen Löffel *Épice pour hallucination*. Dann das Ganze gut umrühren."

Über Nacht würde die raffinierte Füllung durchziehen können, bevor der Gehilfe am Morgen die Teigstücke befüllen und in den Ofen schieben würde. Gaston versuchte sich vorzustellen, wie sich die Menschen auf dem Marktplatz dann gebärdeten. Er hatte keinen Zweifel – die Wirkung der Zutaten würde sich voll entfalten. Gaston hoffte allerdings auch, dass sich die Verzückung und Aufregung der Menschen in Grenzen hielten. De Passeur hätte sonst alle Hände voll zu tun, die Gemüter wieder zu beruhigen.

Wie auch immer, das ist dann seine Sache, dachte er, bevor er die Lampe nahm, einen letzten prüfenden Blick in die Küche warf und das Haus in Richtung der Erlenburg verließ.

Johan hatte sich schon früh auf den Weg gemacht. Tante Hedwig und Onkel Rupert, die wie immer um diese Zeit bereits in der Stube saßen und arbeiteten, waren mit Tränen in den Augen vor ihm gestanden und hatten ihn in die Arme geschlossen.

„Komm bald wieder, Johan", sagte Hedwig, während ihm Rupert wünschte, in Erlenburg sein Glück zu finden.

„Ich werde es euch wissen lassen. Wer weiß, vielleicht bin ich früher zurück, als ich denke."

Dann hatte er sein Bündel um die Schulter gehängt, seinen Hut aufgesetzt und war gegangen.

Die ersten Tage des neuen Monats begannen mit reichlich Sonne, die kühle Luft des Morgens war rasch vergangen und über Johans Weg zeigte sich der Himmel wolkenlos. Nun war er bereits mehrere Stunden unterwegs, an einigen Dörfern und Einzelgehöften vorbeigezogen und gelegentlich von einem Fuhrwerk mitgenommen worden. Gegen Abend suchte er einen Gasthof auf, in dem er übernachten konnte.

„Johan kommt übermorgen an", erinnerte Agnes ihren Vater beim Frühstück.

„Wie oft willst du mir das noch sagen?", schmunzelte Gustav, „ich bin zwar ein paar Jahre älter als du, aber bisher noch nicht allzu vergesslich. Und wie könnte ich vergessen, dass unser Johan wiederkommt."

„Unser Johan?", fragte Agnes.

So hatte ihr Vater noch nie über Johan gesprochen.

„Stimmt das etwa nicht? Du weißt doch, wie schwer es mir gefallen ist, einen Weber wie Johan gehen zu lassen. Und weil ich ebenso wenig vergesslich wie blind bin, habe ich gesehen, wie gut ihr beide euch verstanden habt – obwohl das wiederum auch ein Blinder bemerkt hätte."

„Du hast ja recht, Vater. Als Johan weggegangen ist, war ich todtraurig."

Gustav konnte sich an die Tränen seiner Tochter gut erinnern.

„Nun bin ich sehr darauf gespannt, wie es mit euch beiden weitergehen wird." Er sah Agnes erwartungsvoll an.

„Wir werden sehen. Ich weiß nicht, wie lange Johan bleiben wird. Bist du einverstanden, wenn er seine Gesellenstube neben der Werkstatt bezieht, solange er da ist?"

„Natürlich. Schließlich wird er ja auch wieder mitarbeiten, oder? Einen Weber wie ihn kann ich immer brauchen."

Agnes fragte sich, ob es nun genauso werden würde wie im vergangenen Jahr. Sie würde Johan jeden Tag nahe sein können. Aber diesmal würde Johan nicht hier sein, um das Weben zu lernen. Nein, diesmal müssten sie und er eine Entscheidung treffen.

„Ihr werdet euch schon einig werden", sagte Gustav, der die Gedanken seiner Tochter erraten hatte. „Wie ich den Comte einschätze, wäre der zwar mächtig enttäuscht, aber darauf wollen wir beide keine Rücksicht nehmen, oder?"

„Gott bewahre, nein!", rief Agnes aus, „er wäre der Letzte, auf den ich in dieser Angelegenheit Rücksicht nehmen würde."

Am Abend war der Comte zu seinem Boot geeilt. Sein heftiges Verlangen nach einer Begegnung mit Nayah entsprang der blinden Wut darüber, dass Agnes Gründel ihn heute versetzt hatte. Die Wassernymphe erwartete ihn dieses Mal jedoch weniger sehnsüchtig. Develnias musste seine Verführungskünste anwenden, bis sie sich von ihm in die Arme nehmen und seine Berührungen über sich ergehen ließ.

Sie löste sich jedoch nach wenigen Küssen und ging zu ihrer Kristallkugel. Erstaunt verfolgte er ihr Tun. Was gab es für Nayah jetzt Wichtigeres als ihn? Er wusste, wie bedeutsam die magische Kugel für die Nymphe war, wie gerne sie hineinblickte. Aber jetzt? Was in Erlenburg vor sich ging, wusste er schließlich selbst. Nein, er wollte etwas anderes. In den Nächten auf Nayahs Insel wollte er seine Leidenschaft für ihren zarten, willigen Körper befriedigen – in dieser Nacht stellvertretend für Agnes, die noch nicht damit aufhören wollte, sich zu zieren.

„Möchtest du wissen, was ich vor Kurzem in meiner Kugel gesehen habe?", begann die Nymphe und verhüllte ihre nackten Schultern. Develnias erhob sich verärgert und trat hinter sie.

„Was ist mit dir los?", fragte er ungeduldig, drehte ihr Gesicht zu sich und versuchte sie zu küssen.

„Du bist in der Kirche beobachtet worden", sagte sie atemlos, nachdem sie sich ein paar Schritte entfernt hatte.

Er war nicht in der Lage, die Bedeutung ihrer Worte zu erfassen, solange sein Verlangen nicht gestillt war. Ärgerlich ging er ihr nach, wollte sie am liebsten zu Boden werfen, sich auf sie stürzen, aber Nayah schwebte einfach davon.

„Es war Ella. Sie hat die Funken und die Schlange an der Säule gesehen. Und sie hat dich und Leo von Dorn belauscht."

Er blieb stehen und sah sie durchdringend an. Was sie sagte, gefiel ihm nicht, aber das Spiel, das sie heute mit ihm spielte, erregte ihn umso heftiger.

„Danach ist sie zu Agnes gegangen, um ihr alles zu erzählen", rief die Nymphe ihm zu, während sie sich weiter von ihm entfernte.

„Warum erzählst du mir das, Nayah? Was in Erlenburg geschieht, ist jetzt weit weg. Hier gibt es nur dich und mich."

Er tat so, als ob er ihr Spiel mitspielte, blieb stehen und lächelte ihr zu.

„Mein lieber Develnias, glaubst du nicht, du solltest vielleicht ein wenig vorsichtiger sein? Ella und Agnes haben heute außerdem die Gräfin in ihrem Teehaus besucht. Allem Anschein nach verstehen sich die drei Frauen bestens."

Er glaubte nicht richtig gehört zu haben. Sie riet ihm dazu, vorsichtiger zu sein? Er wollte aufbrausen, bemühte sich aber, nicht die Beherrschung zu verlieren.

„Mag sein, dass du ein wenig recht hast", sagte er stattdessen und setzte sich auf eine steinerne Bank, um Nayah glauben zu lassen, er würde ernsthaft über ihre Worte nachdenken. „Wer wird schon dieser Ella glauben? Agnes hält mich für einen Edelmann, das weiß ich. Und die Gräfin hat beim Treffen im Rat bei der Abstimmung für die *Auberge* gestimmt. Außerdem ist sie von meiner adeligen Abstammung überzeugt."

Nayah schwebte wieder ein wenig näher heran.

„Du kennst meinen Wunsch, Develnias! Wenn dir diese Frauen gefährlich werden, dann bring sie einfach zu mir."

Er wollte laut auflachen, aufspringen, sie in ihre Schranken weisen.

„Ja, meine Liebe. Das ist ein sehr guter Vorschlag", sagte er stattdessen und blickte ihr sanft in die Augen.

Sie schwieg und erwiderte seinen Blick. Er kannte sie. Gleich würde er am Ziel sein. Gleich würde sie sich ihm ergeben.

„Komm, Geliebter", hauchte sie ihm zu und fasste nach seiner Hand. Auf dem weichen Lager legte er sich auf den Rücken, ließ sich von ihr entblößen und liebkosen, während er an Agnes dachte und sich vorstellte, sie täte es. Develnias konnte es kaum erwarten, bis es endlich soweit war. Aber in der Zwischenzeit gab er sich gerne mit Nayah zufrieden.

Johan war am nächsten Tag gut vorangekommen. Die letzte Nacht vor seiner Ankunft in Erlenburg verbrachte er in einem heruntergekommenen Gasthaus. Weil sein Proviant aufgebraucht und er hungrig war, hatte er sich entschlossen, dort einzukehren. Als er eintrat, war es schon spät. Drinnen umfing ihn Stimmengewirr, Rauch und dumpfes Licht. Er blieb stehen, bis sich seine Augen an die Dunkelheit gewöhnt hatten, dann suchte er nach einem Platz und entdeckte in einer Ecke einen kleinen Tisch, an dem niemand zu sitzen schien. Er nahm seinen Hut ab und ließ sich auf einem wackeligen Stuhl nieder, von dem er hoffte, er würde nicht unter ihm zusammenbrechen, dann bestellte er ein einfaches Mahl aus Brot und Schmalz, dazu einen Humpen Bier.

Als der Wirt das Essen brachte, fragte Johan, ob es unter diesem Dach einen Platz zum Schlafen für ihn gäbe. Der Wirt, an dessen Bauch eine Schürze klebte, die lange keinen Waschtag mehr erlebt hatte, nickte.

„Du hast Glück, wir haben eine Kammer frei", sagte er zu Johan, während der sich fragte, ob hier tatsächlich weitere Gäste übernachten würden.

Erfreut stellte er aber fest, dass das Brot frisch gebacken und das Schmalz gut gewürzt war. Plötzlich jedoch zuckte er zusammen, denn aus der finsteren Ecke tauchte eine Gestalt auf, von der nicht viel mehr als ein Schatten zu sehen war.

„Du bist fremd hier?", fragte der Schatten heiser.

„Ja, das bin ich", antwortete Johan verdutzt, „ich wünsche einen guten Abend. Ich hatte Sie nicht bemerkt."

Der Schatten lachte leise, während er sich über den Tisch beugte. Johan erkannte einen Mann mittleren Alters, der eine schwarze Kutte trug, deren Kapuze seinen Kopf bedeckte.

„Ich bitte um eine milde Gabe, guter Mann", raunte er.

„Viel habe ich nicht mehr bei mir", gab Johan zu, „aber für einen Schluck Bier wird es reichen."

Er winkte den Wirt heran.

„Hast du es wieder mal geschafft, einen Fremden um sein Geld zu bringen? Wie oft habe ich dir schon gesagt, dass du endlich verschwinden sollst", zischte der den Mann giftig an.

„Ist schon gut", beruhigte Johan den Wirt.

Für einen Streit war er einfach zu müde.

„Bring uns noch zwei Humpen Bier. Zu zweit schmeckt es sowieso besser."

„Vergelts Gott!", bedankte sich der andere, als das Getränk vor ihm stand.

Der Mann begann Fragen zu stellen – woher er käme und wohin er unterwegs sei. Johan antwortete bereitwillig, er sei ein Handweber aus Fichtenau und auf den Weg nach Erlenburg.

„Und wer seid Ihr?", fragte er zurück, „seid Ihr ein Mann Gottes?"

Sein Gegenüber hustete und trank hastig aus dem Krug.

„Wäre ich dann hier?", entgegnete er, beinahe aufbrausend. „Ja, ich war ein Mann Gottes, aber an einem Ort, wo niemand sein mag. Und was ich dort gesehen habe, will niemand sehen."

Der Blick des Mannes schien in weite Ferne gerichtet.

Johan fragte sich, wie das gemeint war, ließ es aber auf sich beruhen.

„Er hat alle getötet. Alle – verstehst du? Nimm dich vor ihm in Acht", lallte der Fremde nun.

Das Bier zeigte seine Wirkung. *Wer weiß, wie viel er heute schon getrunken hat*, dachte Johan, während er den anderen ein wenig mitleidig betrachtete.

„Der edle Herr in Erlenburg hat eine gefährliche Waffe, eine sehr gefährliche", sprach der Mann weiter.

Er schob seine Kapuze ein wenig nach hinten, sodass Johan sein Gesicht erkennen konnte. Große, angsterfüllte Augen blickten ihn eindringlich an.

„Er tötet. Er tötet auch dich, wenn du ihm in die Quere kommst!", rief er laut.

„Halt's Maul!", tönte es von anderen Tischen herüber, woraufhin der Mann schwieg, aber zu schluchzen begann.

„Niemand will mir glauben", jammerte er, völlig in sich zusammengesunken, „dabei habe ich es mit eigenen Augen gesehen."

Johan wollte ihn beruhigen.

„Ich verspreche, dass ich mich vor ihm in Acht nehmen werde, guter Mann. Ich werde ihm bestimmt nicht in die Quere kommen", sagte er so aufrichtig wie möglich.

Wenig später war der Fremde am Tisch eingeschlafen, seinen Bierkrug noch immer fest umklammernd.

Johan trank aus, dann ließ er sich vom Wirt in seine Schlafkammer bringen, die sauberer war, als er erwartet hatte. Schon im Bett liegend, dachte er weiter über die Worte des offenbar verwirrten Mannes nach. Der edle Herr konnte ja nur Graf Jakob zu Erlenburg sein. Johan hatte während seiner Lehrjahre keine Gelegenheit gehabt, ihn persönlich kennenzulernen, wusste aber, dass Jakob ein geachteter Mann war, der die Stadt und ihre Ländereien umsichtig regierte. Wen also sonst könnte der Kuttenträger gemeint haben? Johan fand keine Antwort. Die Warnung des Mannes war wohl nichts weiter als wirres Zeug einer armen Seele.

Schon in den frühen Morgenstunden arbeiteten Gaston und sein Gehilfe in der Küche. Wenn der Andrang wieder so groß sein würde, mussten sie die Pasteten rechtzeitig fertigstellen. Gaston füllte die Farce in die vorgebackenen Teighüllen, während sein Gehilfe einen weiteren Teig zubereitete. Ein zweiter Helfer beheizte den Ofen. Der Comte war noch nicht erschienen. Gaston wusste nicht, ob er sich im oberen Stockwerk oder auf der Burg aufhielt. Nun, wie auch immer: Die ersten Pasteten waren fertig. Gaston öffnete den Vorraum für jene Kunden, die bereits vor der Tür warteten. Es handelte sich größtenteils um Bedienstete, die von ihrer Herrschaft den Auftrag erhalten hatten, die frisch zubereiteten Köstlichkeiten zu kaufen.

„Hier haben wir die Pastete Le pâté du roi – die Pastete des Königs. Die Füllung besteht aus erlesensten Zutaten. Fleisch von Wild und Schwein mit fein abgestimmten Gewürzen und einem Hauch Cognac", pries er die Pastete an.

Und ein klein wenig von unserer Geheimzutat Épice pour hallucination, fügte er in Gedanken hinzu.

„Hier haben wir die *Tarte à la reine* – die Pastete der Königin, mit einer dezent gewürzten Geflügelfüllung und einem Schuss französischen Weißweins."

180

Dass sich darin außerdem die heimtückische Zutat *Épice pour euphorie* befand, erwähnte er selbstverständlich nicht.

Während er die gewünschten Teigstücke in bereit gehaltene Schüsseln und Töpfe legte, pries er weitere Köstlichkeiten an, die später am Nachmittag in der Gaststube serviert werden würden.

„Sagt eurer Herrschaft, sie werden später auch unsere süßen Pasteten kosten können. Der herrlichen *Pâte au massepain* oder der verführerischen *Pâte au miel* werden sie nicht widerstehen können."

Weil es durchaus möglich war, dass einige Herrschaften nicht zweimal am Tag Pasteten essen wollten, fügte er vorsichtshalber hinzu, der Comte persönlich würde die Gäste empfangen.

Es dauerte nicht mal eine halbe Stunde, bis sämtliche Pasteten verkauft waren. Gaston schloss die Tür des Verkaufsraumes und machte sich an die Zubereitung der süßen Füllungen, in die er neben Marzipan, Äpfeln, Rosinen, Nüssen, Honig und Eiern einige bekannte Gewürze und zwei weitere Zutaten mischte. Unterdessen traf de Passeur ein.

„Gut, dass Sie da sind, Edler Herr", begrüßte Gaston ihn erleichtert, „ich habe mir erlaubt anzukündigen, Sie wären am Nachmittag anwesend. Das lockt die weiblichen Herrschaften an."

Der Herr des Hauses wurde ärgerlich. Nichts war ihm mehr zuwider, als wenn jemand über ihn bestimmte.

„Das hast du nicht zu entscheiden, Gaston", schnauzte er ihn an, „ich habe mir vorgenommen, am Nachmittag Meister Gründel und seiner Tochter einen Besuch abzustatten. Die geschwätzigen Weiber von gestern ertrage ich nicht schon wieder!"

Dann musste er sich jedoch eingestehen, dass Gastons Plan nicht so schlecht war. Da Agnes gestern wegen der Gräfin verhindert war, würde sie sicher heute in der *Auberge* erscheinen. Gewiss würde auch ihre Freundin neugierig sein. Ja, Gaston hatte es richtig gemacht. Er musste anwesend sein. Und wenn sie einmal hier war und Pasteten zu sich nehmen würde - wer weiß – vielleicht würde er sie dann schon am Ende des Tages in sein Schlafgemach führen.

Bei zahlreichen Herrschaften, die an diesem Tag gegen Mittag die erworbenen Gebäckstücke verzehrten, konnten die Bediensteten ein ebenso außergewöhnliches wie befremdliches Verhalten bemerken, das sie einerseits belustigte, andererseits aber verunsicherte. Die Herrschaften schienen sich mit einem Mal für den König oder die Königin von Frankreich zu halten. Mit energischem Befehlston verkündeten sie, was sie von ihrem Volk erwarteten. Die Bediensteten konnten nicht wissen, wie sie mit so merkwürdigen Anweisungen wie „holt mir den Thron, ich bin der König" oder „geht und sagt dem Hofmarschall, ich werde am Nachmittag mit der kaiserlichen Kutsche übers Land fahren" umgehen sollten. Andere Herrschaften gerieten über die vorzüglichen Pasteten des französischen Comte dermaßen ins Schwärmen, dass nicht mehr festzustellen war, wer den edlen Herrn plötzlich mehr verehrte – der Hausherr oder seine Gemahlin. Nun konnten und wollten sich auch die Männer nicht mehr gegen einen Besuch in der *Auberge du Pâté* wehren, im Gegenteil: Alle wollten möglichst noch am selben Tag dem Comte persönlich begegnen, um ihm die Hände zu schütteln und ihm gebührende Ehre zu erweisen.

Es darf auch nicht unerwähnt bleiben, dass die eine oder andere Küchenmagd, der eine oder andere Diener nicht widerstehen konnten und von den unscheinbaren Resten, welche die Herrschaften mehr aus Versehen, denn aus Absicht auf ihren Tellern zurückgelassen hatten, heimlich kosteten.

Daraufhin begann dasselbe Spiel in den Küchen, wo sich Köchin und Dienstboten als König und Königin begegneten, nur nicht im selben Ausmaß wie in den Räumen der Herrschaften. Am Ende aber schwuren sich alle, jeden Heller für eine Pastete aus der Küche des Franzosen zurückzulegen.

Pflichtbewusst hatten sie ihrer Herrschaft die Empfehlung von Gaston, am Nachmittag in das Haus am Marktplatz zu kommen, übermittelt – was nach dem Genuss der herzhaften Pasteten allerdings kaum mehr notwendig gewesen wäre.

Johan hatte sich nach einem kargen Frühstück zeitig auf den Weg gemacht. Es war ein trüber Frühsommermorgen – der Himmel war wolkenverhangen. Heute würde es Regen geben. Je näher er der Stadt Erlenburg kam, desto vertrauter war ihm alles. Als er den Hügel erreichte, von wo aus man die Türme der Burg und die Dächer der Stadt sehen konnte, hielt er inne. Befand er sich jetzt an dem Punkt seines Weges, der sein Leben vom Dorfweber aus Fichtenau und dem in der Werkstatt von Meister Gründel trennen würde? Jetzt wäre noch die Möglichkeit umzukehren. War er in den letzten Monaten nicht zufrieden, ja sogar glücklich gewesen?

Vermutlich gehöre ich nach Fichtenau, dachte Johan, während er auf Erlenburg blickte.

In diesem Moment öffneten sich die dunklen Wolken über der Stadt und die Strahlen der Sonne drangen hindurch. Sie beleuchteten die Dächer, während der Himmel ringsum dunkel blieb. Als wollte die Sonne ihm zu verstehen geben, Erlenburg warte auf ihn. Die Dächer leuchteten im Sonnenlicht und Johan versuchte zu erkennen, wo sich das Haus von Agnes und Gustav befand. Er legte die Hand über die Augen und schaute dorthin, wo er den Marktplatz vermutete. Von da aus noch ein wenig nach links. Dort, ja, dort genau musste das Haus stehen, wo Agnes auf ihn wartete. In etwas mehr als einer Stunde würde er ankommen. Johan spürte, wie sein Herz pochte. Hatte es nicht schon längst für ihn entschieden?

Der rotbärtige Mann in Kutte war am nächsten Tag tatsächlich allein wiedergekommen. Develnias hatte ihn rastlos erwartet.

Von dem Fremden, den der Bischof geschickt hatte, erwartete er nichts als Ärger. Er wollte ihn an der Pforte empfangen und ihn mit seinem Stock bekannt machen, falls er zu aufdringlich werden sollte. Als er das Klopfen vernahm, eilte er zum Tor, spähte durch die Luke. Hielten sich nicht doch weitere Männer im Hintergrund auf?

„Bruder", begann der Fremde, „du hast mich gebeten, allein zu kommen. Das habe ich befolgt. Du kannst mir glauben. Mein Name ist Leo von Dorn. Ich komme aus Erlenburg."

Develnias drehte den Schlüssel um und riss das Tor auf.

„Tretet ein", stieß er hervor und öffnete gerade so weit, dass der Fremde hindurch schlüpfen konnte. Dann schloss er schnell wieder ab.

„Du bist sehr misstrauisch, nicht wahr?"

Develnias antwortete nicht. Leo von Dorn blickte ihn erwartungsvoll an. Offensichtlich wollte er in das Kloster geführt werden.

„Ich kann Euch nicht herein bitten", begann er die Lüge, die er sich zurechtgelegt hatte, „seit Wochen sucht uns eine rätselhafte Krankheit heim. Einige unserer Brüder sind bereits verstorben. Gott sei ihrer Seele gnädig."

Wie auf ein Zeichen bekreuzigten sich beide.

„Unser lieber Abt ist ebenfalls erkrankt. Er bittet

mich, ihn zu entschuldigen. Es tut ihm sehr leid."

„Dann benötigt ihr Hilfe?"

Develnias blickte andächtig zum Himmel empor.

„Wir stehen unter Gottes Schutz und hoffen allein auf seine Hilfe."

Leo von Dorn betrachtete ihn streng.

„Der Bischof hat seit Wochen keine Nachricht von Euch erhalten und mich damit beauftragt, nach dem Rechten zu sehen."

Er musterte den Bruder genauer. Sein Blick war unstet, hielt seinem nicht stand. Seine Hände nestelten unentwegt an seiner Kutte, die verriet, dass er einer der oberen Brüder sein musste.

„Wer versorgt die Kranken?"

„Außer mir gibt es noch einen weiteren Bruder", log Develnias weiter.

„Und wie viele Brüder sind bereits verstorben? Ich muss dem Bischof darüber Auskunft geben. Dann wird er entscheiden, wie es mit dem Kloster weiter geht."

Develnias wurde ungeduldig.

Weshalb verschwand dieser bischöfliche Fettwanst nicht einfach wieder?

„Bisher sind vier Brüder verstorben, Euer Ehren."

„Dann bitte ich dich darum, mir das Sterberegister zu bringen, das die Namen der Verstorbenen enthält, Bruder", forderte der Eindringling.

Was soll ich nur mit diesem lästigen Kerl machen?, fragte sich Develnias.

Er wünschte, der Dämon würde ihm zuflüstern, was er tun sollte.

„Du hast einen außergewöhnlichen Stock bei dir. Besonders seine Spitze ist bemerkenswert", stellte von Dorn fest, „ist sie aus Gold?"

„Ich hole das Sterberegister", stammelte Develnias, um Zeit zu gewinnen und eilte davon.

Mit diesem Bruder stimmte etwas nicht – das hatte der bischöfliche Gesandte längst bemerkt. Genauso wie mit dem ganzen Kloster etwas nicht stimmte. Es war still wie auf einem Gottesacker.

In diesem Augenblick witterte Leo von Dorn eine Gelegenheit, die nach Gold und Schätzen roch. Wenig später kam der Bruder ohne das Buch zurück.

„Es tut mir leid, Euer Gnaden", begann Develnias, „ich kann das Sterberegister nicht finden. Vermutlich haben wir es in der Aufregung um die Krankheit und die Todesfälle verlegt."

Von Dorn kniff die Augen zusammen. „So, so. Nun, dann schreibt mir die Namen doch einfach auf einen Bogen Papier."

Develnias' Hand klammerte sich um den Stock. Dieser Kerl wollte einfach keine Ruhe geben.

„Schluss jetzt mit dem Theater!", fuhr von Dorn ihn plötzlich an. „Du musst mich schon für ausgesprochen einfältig halten, wenn du denkst, dass ich dir deine Geschichte glaube."

Develnias erstarrte. Damit hatte er nicht gerechnet. Zu seiner weiteren Überraschung brach der Geistliche nun in lautes Lachen aus.

„Jetzt raus mit der Sprache. Was ist hier wirklich los?", forderte er ihn gebieterisch auf, als er sich wieder beruhigt hatte.

Develnias zögerte. Was sollte er tun? Wie viel Wahrheit konnte er preisgeben? Leo von Dorn hatte ihn durchschaut. Er umklammerte seinen Stock. Solange er ihn in Händen hielt, konnte ihm nichts geschehen.

So beschloss er, eine glaubhaftere Geschichte zu erzählen.

Er sei der einzig lebende Bruder hier, der sich nach einem Aufstand der niederen Brüder, bei dem der Abt und alle höheren Brüder getötet worden wären, hier versteckt hielt. Die Mörder seien geflohen, nur er wollte nicht fort. Wohin auch? Er habe die Verpflichtung gespürt, das Kloster nicht alleine zu lassen, um es vor allerlei Gesindel und Räubern zu schützen.

„Wo sind die Toten? Hast du sie etwa alle begraben?"

Develnias schüttelte den Kopf und führte den Mann durch den Kreuzgang bis zur Tür des Kirchenraumes.

„Ihr müsst alleine hineingehen, Euer Gnaden. Es übersteigt meine Kräfte", sagte er mit gespielter Erschütterung.

Als von Dorn die Tür öffnete, strömte ihm ein beißender Gestank entgegen.

„Oh mein Gott!", rief er aus, hielt einen Arm vor das Gesicht und ging hinein.

Du bist vielleicht der Nächste in diesem Grab, dachte Develnias. Von Dorn kam kreidebleich zurück. Er beeilte sich, die Tür zu schließen.

„Allmächtiger", japste er, „sie sind wirklich alle tot."

Johan erreichte eines der Stadttore und lief geradewegs Richtung Marktplatz. Er würde Agnes vielleicht am Brunnen antreffen, wo sie sich am Nachmittag gerne aufhielt. In den Gassen herrschte geschäftiges Treiben, das beständig lauter wurde, je näher er kam. Als er den weiten Platz erreichte, blieb er stehen und sah sich um. Am Brunnen hatten sich wie üblich einige Frauen mit ihrem Spinnwerk eingefunden. Im Hintergrund sah er die Stände der Händler.

Sonderbar war, dass ein Teil der Menschen ihrer Arbeit nachging, während andere sich seltsam anders benahmen. Das bemerkten wohl auch die Frauen am Brunnen, die gebannt in eine Richtung blickten. Johan sah, wie eine Menge Menschen zu einem Haus strömte. Es musste sich um das Haus eines Bäckers handeln.

Merkwürdig, dachte Johan, *weshalb rufen alle so laut durcheinander? Sie müssen sehr empört sein. Ob der Bäcker die Brote zu klein gebacken hat?* Indem er sich über die aufgebrachte Menge wunderte, ging er weiter. Da fuhr eine schwarze Kutsche an ihm vorbei, hielt vor diesem Haus und wurde sofort von den Menschen umringt. Johan hoffte, dass darin nicht der Bäcker saß, über den wohl alle herfallen wollten. Jetzt aber begannen alle zu johlen und mit den Armen zu fuchteln. Der Kutscher stieg ab, versuchte die Leiber beiseite zu schieben, um die Tür zu öffnen. Johan konnte nicht erkennen, wer aus der Kutsche stieg, aber es schien ein hochgewachsener Mann mit Zylinder zu sein, der sich innerhalb von Sekunden einen Weg durch die Menge bahnte und schnell im Haus verschwand.

Johan wandte den Blick ab und näherte sich dem Brunnen. Im selben Augenblick, in dem er Agnes sah, erspähte sie ihn. Ihre Augen begannen zu leuchten.

„Johan!", rief sie aus, sprang auf und lief ihm entgegen.

Auch Johan beschleunigte seine Schritte. Am liebsten hätte er Agnes in seine Arme geschlossen, aber hier, mitten auf dem Marktplatz, war das nicht möglich. So standen Johan und Agnes dicht beieinander und schauten einander lange in die Augen.

„Ich freu mich so, dass du da bist", flüsterte sie.

Er hatte ihre blauen Augen noch nie so leuchten sehen. *Herr im Himmel, ich will in meinem Leben nie wieder etwas anderes tun, als hier zu stehen und in ihre Augen zu schauen*, dachte er hingerissen. Johan nahm ihre Hände in seine, hätte sie am liebsten nicht nur in die Arme geschlossen, sondern sie ebenso dringend geküsst, aber auch dafür war der Marktplatz kein geeigneter Ort.

„Ja Agnes, ich bin wieder hier", sagte er leise, „endlich."

Obwohl die beiden mitten auf dem Platz standen, erregten sie weit weniger Aufmerksamkeit als die Menschenansammlung vor dem Bäckerhaus. Agnes ließ Johans Hand nicht los, während sie zum Brunnen schlenderten. Eine junge Frau erhob sich.

„Das ist Ella, du erinnerst dich sicher an sie."

Während die beiden sich begrüßten, dachte er an den Traum, in dem sie ihm gesagt hatte, er käme zu spät.

„Hallo Ella, schön, dich wiederzusehen. Ich hoffe, dass ich rechtzeitig angekommen bin."

Sie sah ihn fragend an.

„Also für Agnes hätte es gewiss früher sein können, aber ja, ich würde sagen, du bist rechtzeitig angekommen", lachte sie.

Johan setzte sich zu den beiden auf die Stufen, während er die Hand von Agnes fester umschloss.

„Was ist dort drüben los? Der Bäcker hat wohl mächtig Ärger?"

Agnes und Ella kicherten.

„Nein, der Bäcker ist längst verstorben. Das Haus hat ein französischer Graf gekauft, der dort gestern eine *Auberge du Pâté* eröffnet hat", berichtete Agnes.

„Wir wundern uns auch über die Erlenburger, die scheinbar nicht genug von den Pasteten bekommen können", ergänzte Ella.

„Und ich dachte, sie sind wütend. Ist es nicht ein gutes Zeichen, wenn alle begeistert sind?"

Ella und Agnes seufzten gleichzeitig.

„Das ist eine längere Geschichte, Johan. Diese Begeisterung ist uns unheimlich, genau wie der Besitzer des Hauses."

Die beiden sahen auf einmal sehr betrübt aus.

„Dann seid ihr beiden also nicht begeistert?"

„Nein, keineswegs", bestätigte Ella.

Da ertönte eine laute Stimme hinter ihnen.

„Geld müsste man haben", rief eine Spinnerin aus, „dann würde ich jetzt auch drüben anstehen. Meine Herrschaften haben sich heute Mittag in den König und die Königin von Frankreich verwandelt. Ich sage euch: Das möchte ich auch einmal erleben!"

Lautes Gelächter folgte, aber eine weitere Spinnerin bestätigte die Geschichte.

„Bei meinen Herrschaften war es ähnlich. Nach dem Mittagsmahl wollte sogar der Hausherr nichts dringlicher, als am Nachmittag dem edlen Herrn persönlich zu danken."

Sie blickte in die Menge.

„Dort ist er ja schon. Gestern hat er seiner Frau noch verboten, jemals einen Fuß in die *Auberge* zu setzen, aber heute steht er selbst in der Schlange."

„Ja, ja, das französische Söhnchen versteht es wie kein Zweiter, die Herzen der Erlenburger im Sturm zu erobern", bemerkte eine dritte, sehr betagte Spinnerin.

Johan musste über die ganze Aufregung schmunzeln, aber eigentlich hatte er nur Augen für Agnes.

Vor Einbruch der Dunkelheit führte Karamell Strudel, der bei Karamell nach dem Rechten sehen wollte, zu Long-Long.

„Darf ich vorstellen: Aquarius der VIII., genannt Strudel", gackerte sie stolz. Und an Strudel gewandt: „das ist Long-Long, ein weitgereister Glücksdrache aus China."

„Bist du das, was man einen Fisch nennt?", fragte der Drache höflich, nachdem er Strudel von oben bis unten betrachtet hatte.

„Nein, ich lebe zwar überwiegend im Wasser, aber ein Fisch bin ich nicht. Ich bin ein Wassermann mit Vorliebe für wilde Wasserstrudel. Deshalb werde ich Strudel genannt."

„Lerne schwimmen, anstatt auf die Ebbe zu warten", sagte Long-Long feierlich.

Strudel und Karamell stutzten, dann räusperte sich Strudel.

„Weißt du, Wassermänner wie ich müssen das Schwimmen nicht lernen. Wir kommen quasi ja schon schwimmend auf die Welt, äh, ins Wasser."

Der Drache verließ seinen Sockel. Von den drei Gestalten, die nun vor dem gräflichen Teehaus standen, war er eindeutig die größte.

„In China, da, wo ich herkomme, heißen alle Drachen *Long*. Wir stehen in China für Glück, Güte und Klugheit."

„Und wir dachten, du bist ein Wasserdämon. Das tut uns leid, aber so jemanden wie dich bekommt man nicht alle Tage zu sehen", gab Strudel zu.

„Nun, bisher habe auch ich weder einen Wassermann noch ein Mittagshuhn gekannt. Aber wenn es noch mehr von euch gibt, könnt ihr eure Freunde gerne einmal mitbringen und sie mir vorstellen", bemerkte Long-Long freudig.

„Ja, äh, also ..." stammelte Strudel.

„Ganz ehrlich", gackerte Karamell los, „wir sind genauso einmalig wie du, Long-Long. Hier gibt es weit und breit kein zweites Mittagshuhn und auch keinen weiteren Wassermann. Aber frag bitte nicht, warum."

„Eine einzelne Faser macht kein Garn, ein einzelner Baum macht noch keinen Wald", gab Long-Long in rätselhafter Weise von sich.

Diesmal fand Strudel eine Antwort.

„Das stimmt. Deshalb sollten wir zusammenhalten und dem Comte die Suppe versalzen."

„Ich verstehe nicht ganz … was hat es mit dem Salz und diesem Comte auf sich?", wunderte sich Long-Long.

Karamell und Strudel feixten, dann aber plusterte Karamell sich auf.

„Er führt etwas im Schilde, er ist gemein und bösartig. Niemand weiß, wer er wirklich ist oder woher er kommt. Strudel hat gesehen, wie er ins verborgene Land gesegelt ist, von dem Erlin sagt, dass die Menschen es nicht kennen."

Long-Long hatte seinen großen Kopf zu Karamell herabgesenkt.

„Oh … also …", begann er stockend, dann aber seufzte er. „Ich fürchte, ich verstehe immer noch nicht ganz."

Strudel hatte fast ein wenig Mitleid mit dem fremden Glückswesen.

„Macht nichts, Long-Long. Es ist auch alles ein wenig verwirrend. Wichtig ist nur, dass du auf unserer Seite bist. Ein Drache wie du kann uns vielleicht sehr nützlich sein. Willst du uns helfen, wenn es soweit kommt?"

„Wissen, das sich nicht täglich vermehrt, nimmt ab", antwortete Long-Long eifrig, „wie es aussieht, muss ich noch eine Menge lernen."

„Das heißt, du würdest uns helfen?", fragte Karamell sicherheitshalber nach.

„Ja, natürlich, ihr wollt doch meine Freunde sein, oder? So wie Charlotte. Sie soll auch eine Freundin werden."

Die beiden lächelten ihn an.

„Charlotte würde in Ohnmacht fallen, wenn sie wüsste, dass du nicht nur reglos vor ihrem Teehaus herumstehen kannst, sondern in Wirklichkeit ein ganz lebendiges Kerlchen bist", gluckste Karamell. „Mit den Menschen Freundschaft zu schließen ist etwas kompliziert, sie sind anders als wir. Zwischen ihrer und unserer Welt gibt es selten eine Verbindung. Wenn sie von uns wüssten, würden sie gewaltig erschrecken. Dann würden sie uns jagen und töten und essen, bestenfalls ausstopfen und an die Wand hängen – wie wilde Tiere. Da könnte ich gleich eine Geschichte erzählen."

Karamell dachte an den Kerl, der sie auf ihrem Weg zum Erlenhain gepackt hatte.

„Wir müssen höllisch achtgeben, damit es so bleibt, wie es ist. Die Menschen würden uns gewiss nicht verstehen."

Long-Long legte den Kopf schief.

„*Wenn das Alte nicht geht, kommt das Neue nicht*", sagte er gedankenverloren. „Da, wo ich herkomme, also in China, werden die Drachen nicht gejagt, sondern verehrt. Die Menschen verneigen sich vor uns und feiern uns zu Ehren große Feste."

„Also hört mal, ihr beiden. Das ist ja alles schön und gut, aber ich stehe hier schon viel zu lange auf dem Trockenen. Ich bin wirklich erfreut darüber, dich kennengelernt zu haben, Long-Long, aber ich muss jetzt dringend zum Wasser zurück."

Strudel deutete eine Verbeugung an, hob die Hand zum Gruß und wollte sich in Richtung Brunnen davonmachen.

„Wohin gehst du?", fragte Long-Long, „das Wasser ist doch auf der anderen Seite."

Der Drache bewegte seinen Kopf zur Burgmauer.

„Ja, ich weiß. Für mich ist der kürzeste Weg zum Wasser jedoch der Brunnen dort hinten im Burghof."

Karamell senkte ihren Kopf und sah Strudel und Long-Long betrübt an.

„Das ist ja das Dumme. Ich lebe hier auf der Burg und du am Rand des Erlenhains. Ich brauche den Staub und du das Wasser."

„Und ich brauche die Luft", bemerkte Long-Long eifrig. „Bald ist es finster. Dann fliege ich wieder davon."

Strudel betrachtete den Drachen genauer, besonders seinen langen Rücken.

„Sag mal, Long-Long, könntest du mich vielleicht mitnehmen? Dein Rücken scheint dafür groß genug zu sein."

„Goaack", entfuhr es Karamell bei dem kühnen Vorschlag ihres Freundes.

Der Drache blickte den Wassermann verdutzt an.

„Dreimal nachdenken, dann handeln", sagte er und schwieg.

„Also wird das jetzt noch was?", fragte Strudel schließlich.

„Ja ... ich denke ... wir können es durchaus wagen."

Bevor Karamell einen Einwand vorbringen konnte, liefen die beiden zur Mauer.

„Jetzt steig auf, Strudel."

Er kletterte etwas umständlich hinauf, denn er wollte Long-Long nicht weh tun.

„Seid ihr verrückt geworden?", hörten sie Karamell aufgeregt rufen, „wenn Strudel abstürzt, ist es um ihn geschehen!"

„Dann sollte er sich gut festhalten", entgegnete Long-Long einfach. „Bist du bereit? Es geht los!"

Er breitete seine Flügel aus und schwang sich mit dem Wassermann, der seine Hörner gepackt hatte, in die Luft.

„Juhuuu!", rief Strudel aus, während Long-Long, der das Gewicht auf seinem Rücken nicht gewohnt war, durch die Luft trudelte.

Es dauerte aber nur einen Moment, dann flog er reibungslos weiter. Bald hatten sie die Dächer von Erlenburg überquert.

„Da vorne ist schon das Wasser, du kannst jetzt tiefer fliegen."

Der Drache befolgte die Anweisung. Die Landung war nicht so leicht, deshalb plumpste er am Ende ins Wasser nahe des Ufers beim Erlenhain. Strudel störte das nicht.

„Danke Long-Long, das war herrlich", strahlte er, als er vom Drachenrücken ins Wasser gerutscht war.

Long-Long war etwas außer Puste.

„Mann, bin ich froh, dass du nicht abgestürzt bist!"

Agnes, Gustav und Johan saßen gemeinsam am Tisch im Esszimmer. Johan fühlte sich trotz der Wiedersehensfreude ein wenig beklommen. Allein dieses Zimmer war größer als die Stube in seinem kleinen Haus daheim, wo Webstuhl, Tisch und Ofen standen.

Die drei hatten einander viel zu erzählen. Gustav freute sich über die beiden Verliebten. Ihre Augen strahlten, wenn sie einander ansahen. Seine Tochter war endlich wieder glücklich.

„Wir sind froh, dich wieder hier zu haben, Johan. Darüber bin ich, ehrlich gesagt, sehr erleichtert."

Johan sah Gustav fragend an.

„Erleichtert? Gibt es irgendwelche Schwierigkeiten in der Werkstatt?", fragte er.

„Nein. Ich bin mit der Arbeit meiner Weber sehr zufrieden und wir haben mit einem großen Auftrag eines französischen Kunden in letzter Zeit gutes Geld verdient."

Johan bemerkte, wie Agnes unruhig wurde.

„Vater meint den Comte de Passeur. Wir sprachen heute schon über ihn. Er hat die *Auberge du Pâté* eröffnet."

„Du musst wissen, Johan", fuhr Gustav fort, „dass er ein Auge auf Agnes geworfen hat."

Johan sah überrascht auf. Davon hatte Agnes ihm nichts geschrieben, es auch heute nicht erwähnt.

„Aber ich nicht auf ihn", beeilte sie sich zu sagen.

„Das weiß ich doch, mein Kind. Aber Johan sollte darüber Bescheid wissen, findest du nicht?"

Agnes rollte mit den Augen. Sie hatte Johan nicht verunsichern wollen, aber er hätte es früher oder später sowieso erfahren.

„Der Comte hat viel Stoff bei uns weben lassen. Der Stoff ziert jetzt die Wände des noblen Gasthauses", berichtete Agnes. „Wir hatten gehofft, er würde Erlenburg wieder verlassen, aber den Gefallen tut er uns nicht."

Johan merkte Agnes und Gustav ihre Ablehnung an.

„Heute Nachmittag war dort ja mächtig was los", stellte er fest, „die Menschen standen Schlange vor dem Haus und jubelten, als ob es etwas umsonst gäbe."

„Du musst auch wissen, Johan", fuhr Gustav fort, „dass der edle Herr eine überaus starke Anziehungskraft auf Frauen hat. Schon vor der Eröffnung hat er sie in seinen Bann gezogen, aber jetzt nimmt das seltsame Formen an."

„Ja, er sieht gut aus und ist immer elegant gekleidet. So etwas macht natürlich Eindruck", gab Agnes zu - und Johan spürte einen kleinen Stich im Herzen.

„Dann scheint er auch wohlhabend zu sein?", fragte er, so beiläufig wie möglich.

„Ja, sehr", antwortete Gustav, „seine Rechnungen hat er jedes Mal umgehend beglichen."

Johan spießte mit der Gabel ein Stück Fleisch auf, steckte es in den Mund und kaute schweigend. Die Unbeschwertheit seit seiner Ankunft hatte soeben kleine Risse bekommen.

Später, als Agnes mit einer Kerze in der Hand die Stufen hinabstieg, um ihn in seine Schlafstube zu bringen, folgte er ihr mit klopfendem Herzen. Agnes öffnete die Tür und ließ ihn eintreten. Der kleine Raum war ihm vertraut aus der Zeit, in der er hier als Geselle gelebt hatte. Es war auch der Ort, an dem er Agnes zum ersten Mal geküsst hatte. Die Flamme der Kerze warf die Schatten der beiden an die Wand. Agnes stellte das Licht auf den Tisch und trat ganz nah an ihn heran. Johan konnte die Wärme ihres Körpers fühlen.

Sie sahen einander an, lauschten dem Atem des anderen.

„Ich kann noch gar nicht glauben, dass du wieder hier bist, Johan. Es fühlt sich so vertraut und gleichzeitig so neu an."

Johan hob seine Hände und umfasste zärtlich ihr Gesicht.

„Mir geht es ebenso, Agnes", flüsterte er, „aber jetzt will ich dich endlich küssen. Ich hoffe, du hast nichts dagegen?", fragte er, halb ernst, halb im Scherz.

„Nein", antwortete sie und stellte sich auf die Zehenspitzen, „ganz und gar nicht."

Leo von Dorn hatte sich von dem Gestank der Leichen und dem Anblick der leblosen Körper erholt. Er musterte den Mann mit dem Stock erneut, der vorgab, der einzige Überlebende hier zu sein. Würde er sich auf seinen Vorschlag einlassen?

„Weißt du, was ich nicht verstehe?", begann er, „ich verstehe nicht, weshalb du nicht gleich losgeeilt bist, um die fürchterlichen Geschehnisse zu melden. Es wäre deine Pflicht gewesen. Die Mörder müssen gefunden und bestraft werden! Stattdessen bleibst du einfach hier und lebst weiter, als wäre nichts geschehen."

Während Develnias fieberhaft nach einer Antwort suchte, begann Leo von Dorn auf und abzulaufen. Dann blieb er abrupt stehen.

„Du schweigst? Das macht die Sache nicht besser. Verrate mir, welchen Rang du in dem Kloster hattest. Deiner Kleidung nach gehörst du zu den oberen Brüdern. Aber ich habe dich zuvor nie unter ihnen gesehen."

Auge in Auge standen sich die Männer gegenüber. Leo von Dorn spürte, dass der Mann, der da vor ihm stand, keine Angst hatte. Sein Blick war zwar fragend, aber auch stolz.

„Wie heißt du?", fragte er ihn eindringlich.

„Meinen ursprünglichen Namen kenne ich nicht. Ich weiß weder, woher ich komme noch, wer ich bin. Aber vor Kurzem habe ich einen Namen bekommen: Ich bin Develnias."

„Nun, Develnias, hör mir gut zu. Ich unterbreite

dir jetzt zum ersten und zum letzten Mal einen Vorschlag. Dann musst du dich entscheiden, ob du ihn annehmen willst oder nicht."

Er sah ihn prüfend an. Develnias nickte.

„Wie du gewiss herausgefunden hast, muss es hier eine beträchtliche Menge an Geld und wertvollen Gegenständen geben. Der Abt, Gott hab ihn selig, war sehr geschickt darin, den Reichtum des Klosters zu vergrößern."

Er schwieg eine Weile und blickte Develnias verschwörerisch an.

„Wenn du und ich, wenn wir beide es geschickt anstellen, werden wir künftig in Wohlstand leben können. Ich denke dabei besonders an dich, denn ich habe ein mitleidiges Herz. Du hast von der Welt außerhalb dieser Mauern nicht die geringste Ahnung. Das wird mir umso klarer, je länger ich dich ansehe."

Wieder nickte Develnias.

„Du brauchst also jemanden, der dich unter seine Fittiche nimmt. Du kannst bei mir wohnen und ich sorge für dich. Nach und nach werde ich dich mit allem, was das Leben jenseits dieses Gefängnisses bietet, vertraut machen."

Develnias begriff langsam, was die Worte des bischöflichen Vertrauten für ihn bedeuten könnten. Bot sich ihm da die Gelegenheit für ein völlig neues Leben? Was hatte er schon zu verlieren? Im Kloster würde er nun nicht mehr bleiben können. Solange er seinen Stock bei sich hatte, würde ihm nichts geschehen können.

„Du meinst, wir verlassen das Kloster mit dem

Geld und den Schätzen, ohne jemandem etwas davon zu sagen?", fragte er geradeheraus.

„Ja, ich halte es für klüger, wenn der Bischof darüber nichts erfährt. In deinem Interesse, natürlich."

Hoffentlich hatte ihn der einfältige Bruder endlich verstanden.

„Dem Bischof werde ich eine andere Geschichte erzählen: Die Brüder wären eines rätselhaften Todes gestorben, viele einfach verschwunden, bis auf eine einzige arme Seele, die aber am Ende auch verschwunden sei. Man habe das gesamte Kloster durchsucht, aber Räuber oder die geflohenen Brüder hätten Geld und Schätze schon längst gestohlen."

Develnias staunte. Dieser von Dorn, ein Gottesmann, vom Bischof gesandt, hatte alles gut durchdacht. Er nickte ein drittes Mal.

„Ich bin einverstanden."

„Wollen wir beide einen Abstecher in die *Auberge* machen?", fragte Johan, der am anderen Morgen bereits an einem Webstuhl zwischen den Webern in der Werkstatt saß. „Du bist noch nicht dort gewesen und ich würde mir gerne die Wandverkleidungen ansehen."

Agnes zögerte.

Sie konnte Johan verstehen und hätte, unter anderen Umständen, sofort zugesagt, spürte aber, wie sich alles in ihr dagegen sträubte.

„Ich weiß nicht so recht", sagte sie, „im Grunde spricht nichts dagegen, ich möchte nur nicht auf den Comte treffen."

„Also den würde ich auch gerne kennenlernen, schon deshalb, um mitreden zu können, wenn ihr von ihm sprecht."

Agnes sah Johan zweifelnd an.

„Aber wir können auch noch damit warten. Im Moment scheint es bei dem Andrang sowieso schwierig zu sein, einen Platz zu ergattern."

Sie war erleichtert über diese Worte.

„Ich würde mit dir lieber in den Erlenhain gehen, zu meinem Lieblingsplatz", schlug sie vor, „dort sind wir ganz allein."

Er lächelte sie an.

„Du hast recht. Die *Auberge* und der Comte laufen uns nicht davon."

Johan hatte sich in der Gemeinschaft der Weber, die ihn mit freundlichem Hallo begrüßt hatten, auf Anhieb wieder wohl gefühlt. Alle waren noch da. Nur Oskar, mit dem er sich einen Webstuhl teilte, war neu. Der hatte ihm gezeigt, woran gerade gewebt wurde. Seit einiger Zeit bekamen sie Baumwolle aus Indien. Für Johan, der bisher ausschließlich Leinen und Wolle verwebt hatte, war das neu. Auch mit dem Verweben von Seide hatte er noch wenig Erfahrung.

Agnes freute sich, dass Johan inmitten der Männer wie selbstverständlich seinen alten Platz eingenommen hatte und wie er sich voller Eifer mit ihnen austauschte.

Sie verließ die Werkstatt und das Haus. Über Erlenburg strahlte die Sonne von einem blauen Morgenhimmel.

Mit Ella und Charlotte wollte sie die Morgenmesse besuchen, die Leo von Dorn jeden Mittwoch am Vormittag abhielt. Auf dem Marktplatz herrschte, wie immer um diese Uhrzeit, geschäftiges Treiben. Die Sonne lockte die Menschen aus ihren Häusern. Markthändler umwarben und bedienten ihre Kunden, am Brunnen standen die Spinnerinnen beieinander, einige Fuhrwerke rollten über den Platz und vor der *Auberge* stand eine Traube Menschen, die auf Einlass wartete.

Als die Glocken zu läuten begannen, beschleunigte Agnes ihre Schritte.

„Da bist du ja endlich, Agnes", begrüßte Ella sie ungeduldig vor dem Eingang. „Charlotte ist schon da. Sie sitzt in ihrer Loge."

Auf der Empore der Kirche befand sich, abgetrennt von den übrigen Gläubigen, die Grafenloge. Dort saßen bei den Gottesdiensten die Mitglieder der gräflichen Familie. Leo von Dorn bemerkte Charlotte sofort. Der Geistliche mochte es nicht, wenn jemand in der Loge saß, denn der Grafensitz überragte alles, selbst die Kanzel. Wenn er mit strafendem Blick auf die Sünder herabsah, musste er zur Loge aufsehen, von wo aus auf ihn herabgeblickt wurde. Das konnte er kaum ertragen. Es gefiel ihm nicht, dass die Gräfin heute alleine anwesend war. Keine Frau, ob Gräfin oder nicht, sollte jemals auf ihn herabschauen können. Frauen stand dies einfach nicht zu, sie sollten ihn bewundern und bei gewissen Gelegenheiten unterwürfig sein, manchmal auch mehr als das.

Von Dorn beschloss deshalb, die Gräfin keines Blickes zu würdigen und so zu tun, als wäre sie Luft. Charlotte winkte Ella und Agnes zu, als sie im Kirchenschiff Platz nahmen. Er bemerkte es. *Da haben sich die Richtigen gefunden*, dachte er spöttisch, während er sich mit andachtsvoller Miene erhob, vor den Altar schritt und andächtig stehenblieb.

Ihr Vorhaben, den Comte und von Dorn genauer in Augenschein zu nehmen, wollten die drei in die Tat umsetzen. Es wäre doch zu schön, wenn sie von dem Geistlichen, der offenbar ein Vertrauter des Comte war, irgend einen Hinweis bekommen würden. Wie sie das anstellen wollten, wussten sie allerdings noch nicht.

Nach der Messe trafen sich Charlotte, Ella und Agnes im Vorraum der Kirche, verließen das Gebäude aber nicht, sondern gingen zurück in den Kirchenraum. Auf einer der hinteren Bänke nahmen sie Platz.

Nach einer Weile sahen sie, wie von Dorn in

den Beichtstuhl ging. Prompt erhob sich eine ältere Frau und betrat die Beichtnische.

„Unser lieber Priester mag es nicht, wenn ich allein in der Loge sitze", flüsterte Charlotte, „er hat heute so getan, als wenn ich gar nicht anwesend wäre."

„Das sieht ihm ähnlich", stimmte Ella zu, „wenn er Frauen betrachtet, dann tut er das sehr abschätzig. Nach dem Tod meines Mannes hatte ich einige Male mit ihm zu tun. Leo von Dorn verlangte von mir, einmal in der Woche zur Beichte zu kommen. Anfangs kam ich der Forderung nach, aber es war mir jedes Mal höchst unangenehm. Er hat mich regelrecht über meinen Mann und mich ausgefragt und einmal ist sogar zudringlich geworden."

Die Frauen schauderten bei der Vorstellung, von Dorn würde ihnen zu nahe kommen. Charlotte beugte sich näher zu Ella und Agnes.

„Ich habe eine Idee", flüsterte sie geheimnisvoll, „ich werde zur Beichte gehen und dem Herrn eine Geschichte auftischen, um ihn aus der Reserve zu locken."

„Sie wollen ihn bei der Beichte belügen?", fragte Ella, ebenso überrascht wie ungläubig.

„Na, sagen wir mal, ich will ihn auf die Probe stellen", entgegnete Charlotte gelassen. „Vielleicht merkt er den Schwindel und ist klüger, als ich denke, aber wenn er darauf hereinfällt, könnte uns das einen Schritt weiterbringen."

In diesem Moment verließ die Frau den Beichtstuhl. Charlotte erhob sich entschlossen, lächelte

Agnes und Ella zu und ging vor, noch ehe die beiden sie hätten warnen oder zurückhalten können.

Die Tür quietschte ein wenig. Charlotte setzte sich auf die schmale Holzbank.

„Im Namen des Vaters und des Sohnes und des Heiligen Geistes. Amen", sprach sie sich bekreuzigend und bat die Angerufenen in Gedanken um Vergebung für das, was sie hier tat.

„Gott, der Herr, schenke dir wahre Erkenntnis deiner Sünden", antwortete von Dorn.

„Vater, ich möchte euch meine Sünden bekennen", begann sie mit fester Stimme.

Von Dorn horchte auf. Diese Stimme kannte er. Ja, wahrhaftig, die Gräfin persönlich saß hinter der durchbrochenen Holzwand. Angestrengt spähte er durch die winzigen Öffnungen und ärgerte sich einmal mehr darüber, dass sie nicht größer waren. Charlotte spürte förmlich, wie seine Augen sie anstarrten und seine Ohren größer wurden.

Er rieb sich die Hände. Schon lange hatte er auf diesen Augenblick gewartet. Nun würde er sie für ihre Hochnäsigkeit bestrafen und demütigen können, wie er dazu Lust hatte.

„So bekenne im Vertrauen auf Gottes Vergebung deine Sünden, meine Tochter", forderte er sie auf.

„Vater, wie ihr euch denken könnt, fällt mir das nicht gerade leicht", begann Charlotte reumütig, „aber ich gestehe, dass mich sündige Gedanken quälen."

„Nur Mut, meine Tochter, nur Mut", tönte von

Dorns Stimme durch das dünne Brett zwischen ihnen.

Jakob, vergib mir, dachte sie, dann legte sie los.

„Wie Ihr wisst, lebt auf unserer Burg seit geraumer Zeit der Comte de Passeur mit seinem Berater und seinem Koch. Mein Mann und ich hatten bisher angenommen, er wäre ein entfernter Verwandter unserer Familie, weshalb wir ihn gerne in der Burg aufgenommen haben."

Sieh an, sieh an, dachte von Dorn und ein wohliger Schauer lief durch seinen Körper, *das verspricht ja äußerst spannend zu werden.*

„Mittlerweile", fuhr Charlotte fort, „habe ich daran aber meine Zweifel, wovon mein Mann jedoch nichts hören mag. Er sagt, der Comte de Passeur habe in Erlenburg mit der *Auberge du Pâté* Großes geleistet, er sei durch und durch ein Edelmann."

Die Gräfin seufzte hörbar.

„Gleichzeitig fühle ich als Frau die starke Anziehungskraft unseres Gastes und frage mich, wie lange ich mich noch dagegen wehren kann, falls Eure Heiligkeit wissen, was ich meine."

Charlotte biss sich auf den Finger und hoffte, Leo von Dorn würde ihr glauben. Aber sie musste wohl noch etwas nachlegen.

„Ich will auch gestehen, dass ich in Gedanken meinem Mann bereits untreu war und habe mich daher bereits schuldig gemacht. Ach, mein Widerstand gegenüber dem edlen Herrn wird jeden Tag schwächer."

Charlottes Stimme klang weinerlich und Leo

von Dorn lief das Wasser im Mund zusammen.

„Welche Gedanken sind das denn so, Gräfin? Sie wissen, Sie dürfen mir alles anvertrauen."

Charlotte überlegte fieberhaft, was sie Leo von Dorn vorgaukeln sollte.

„Ich träume oft davon, wie es wäre, wenn ich mit ihm ganz allein bin ... in meinem Teehaus ... wenn es Nacht ist ... und nur ein Kerzenlicht flackert ... Ich stelle mir vor, wie er mich in seine starken Arme nimmt und mich küsst ... zuerst zärtlich, dann leidenschaftlich ... Bitte ersparen Sie mir weitere Einzelheiten. Wenn mein Verlangen nach diesem Mann noch größer wird, weiß ich bald nicht mehr, was ich tue."

Charlotte schwieg, zog ihr Taschentuch hervor und putzte sich geräuschvoll die Nase.

Von Dorn jubelte innerlich. Der Comte hatte einen Trumpf in der Hand, von dem er nichts wusste. Noch nicht. Wenn de Passeur die Gräfin so leicht auf seine Seite bekommen könnte, müsste er nur noch Jakob loswerden. Er spähte angestrengt durch die winzigen Löcher, sah Charlottes Lippen leuchten und vernahm das Rascheln ihres hellblauen Seidenkleides. Er selbst hätte gar nichts dagegen, nähere Bekanntschaft mit der Gräfin zu machen, jetzt, wo er ihre geheimsten Wünsche kannte. Charlotte hätte ihrerseits zu gerne gewusst, was von Dorn jetzt dachte.

„Nun, da ich Ihnen einen Einblick in mein sündiges Herz gegeben habe – darf ich fragen, was Sie darüber denken?"

Er ließ absichtlich einige Sekunden verstreichen.

„Als Priester muss ich Ihnen sagen, dass Sie eine sündige Frau sind, die ihrem Mann untreu geworden ist, wenn auch nur in Gedanken. Wenn Sie das bereuen, wenn Sie sich mit Gott wieder versöhnen möchten, müssen Sie Buße tun."

Er machte eine Pause, um auf Charlottes Antwort zu warten.

„Nein, ich bereue es nicht!", rief sie aus und biss sich dabei auf die Lippen. „Ganz im Vertrauen, Hochwürden, Jakob ist ein Langweiler. Wenn der Comte mich fragen würde, ob ich meinen Mann für ihn verlassen würde, würde ich es vermutlich tun. Sünde hin oder her."

Wieder schwieg er. Die Gräfin hatte sich mehr als deutlich ausgedrückt.

„Unter diesen Umständen bitte ich Sie, verehrteste Gräfin, morgen gegen fünf Uhr zu mir in meine Privatgemächer zu kommen. Ich werde Ihnen dann Näheres über den Grafen Luis de Passeur erzählen. Es handelt sich um Vertrauliches, das nicht in einen Beichtstuhl gehört."

„Oh, ich danke Ihnen, Euer Gnaden", säuselte Charlotte, „ich wusste es – Ihr seid ein Mann mit Verstand und Weitblick."

Sie erhob sich.

„Also bis morgen", flüsterte sie verschwörerisch und trat hinaus.

Ella und Agnes hatten angespannt auf sie gewartet. Charlotte gab den beiden schweigend zu verstehen, sie sollten ihr unauffällig auf die Burg folgen. Um nicht den Eindruck zu erwecken, auf die Gräfin gewartet zu haben, blieben die Freundinnen noch eine Weile sitzen.

Ein Mann betrat den Beichtstuhl.

Von Dorn war also noch beschäftigt.

Agnes besah sich die prächtige Sonne am Gewölbe.

„Warum hat jene Schlange, die du gesehen hast, wohl ausgerechnet die Perle umkreist?", fragte sie. Ella zuckte mit den Schultern.

„Ich weiß es nicht. Du meinst, es hat eine Bedeutung?"

„Ich glaube nicht, dass es keine Bedeutung hat", antwortete Agnes grüblerisch. „Nun bleiben Glaube, Hoffnung, Liebe, diese drei – die Liebe aber ist die größte unter ihnen", las sie. „Ist das nicht wunderschön, Ella? Nichts ist größer als die Liebe."

Ella nickte, während sie traurig an ihren Mann dachte.

„Ja, es ist wunderschön. Aber auch sehr schmerzlich, wenn man die Liebe verloren hat."

Agnes drückte Ellas Hand.

„Ich glaube, die Perle steht für die Liebe und die Schlange will die Liebe bekämpfen", überlegte sie.

Ella lächelte.

„Das kann sein. Aber jetzt sollten wir uns auf den Weg zur Burg machen. Ich bin sehr neugierig, welchen Bären die Gräfin Leo von Dorn aufgebunden hat."

Leo von Dorn brachte Develnias nach Erlenburg, wo er ihn zunächst in seiner Wohnung verborgen hielt. Schon bald war klar, dass der Neue sehr wissbegierig war. Alles Unbekannte sog er auf wie ein trockener Lappen. Weil von Dorn seine Anwesenheit auf Dauer nicht verbergen konnte, brachte er ihn Wochen später in einem Haus außerhalb der Stadt unter, stellte ihm einen Diener zur Verfügung, ebenso eine Köchin.

Von Dorn riet Develnias, seinen Namen nicht in der Öffentlichkeit zu nennen, sondern einen neuen Namen zu wählen, der allerdings auch nicht zu bekannt sein sollte. So wurde aus Develnias der Comte Louis de Passeur. Als französischer Bürger von hohem Stand, der der hiesigen Sprache nicht so mächtig war, konnte er sich dadurch den Fragen nach seiner Herkunft leicht entziehen.

Nachdem Develnias gemeinsam mit von Dorn und prall gefüllten Kisten das Kloster verlassen hatte, weigerte er sich vehement, die Erlenburger Kirche zu betreten.

„Was will ich dort?", fragte er abweisend, „damit will ich nichts mehr zu tun haben."

Leo, der seinen geistlichen Auftrag vor allem deshalb erfüllte, weil er durch das Amt des Priesters viele Annehmlichkeiten und hohes Ansehen genoss, war das egal.

Ein einziges Mal begleitete Develnias von Dorn ganz zufällig bei einem Gang in die Kirche. Er schenkte dem Inneren des Gotteshauses keine

Beachtung bis zu dem Moment, in dem sein Blick die Kirchendecke streifte. Erstarrt blieb er stehen. Von Dorn sah, dass Develnias am ganzen Körper zu zittern begann, während seine vor Schreck geweiteten Augen nach oben starrten. Er streckte seine Hände zur Decke aus, als würde ihn von dort oben etwas blenden.

„So wahr ich Develnias bin, niemals wirst du Macht über mich bekommen!", rief er aus.

Dann meinte von Dorn zu sehen, wie eine grüne, schwarzgezackte Schlange an der Säule empor kroch und hinter der Perle verschwand.

Develnias schien keine Luft mehr zu bekommen und sank zu Boden. Der Priester beugte sich zu ihm und schüttelte ihn.

„Was ist los?", fragte er betroffen, ohne eine Antwort zu erhalten. Minuten später war Develnias wieder zu Kräften gekommen.

„Lass mich", stieß er mit gesenktem Kopf hervor, rappelte sich auf und stürmte hinaus.

Als die beiden Frauen den Marktplatz in Richtung Burg überquerten, wurden sie Zeugen eines weiteren Auftritts des Comtes. Er trat aus dem Haus - und sofort umringte ihn die Menge und jubelte ihm zu.

„Der Comte de Passeur, er lebe hoch!", riefen sie.

Er schob Archimbald, der einen großen Korb trug, durch die Menge vor sich her. Sie näherten sich dem Brunnen. Dort ließen die Spinnerinnen verwundert ihre Haspeln sinken und betrachteten den merkwürdigen Zug, der sich auf sie zubewegte. Dann hob der Comte eine Hand.

Augenblicklich wurde es still.

„Liebe Erlenburger", begann er feierlich, „meine Pasteten sollen einzig Ihrem leiblichen Wohl dienen. Und weil Sie mein Angebot so überaus freundlich angenommen haben, möchte ich Ihnen meinen Dank aussprechen."

Zustimmender Jubel und Beifall erklangen.

„Die Pasteten in diesem Korb sollen an all diejenigen verteilt werden, die bisher noch nicht die Gelegenheit hatten, sie zu kosten."

Er gab Archimbald ein Zeichen. Der hob den Korb in die Höhe, damit ihn alle sehen konnten. Ein freudiges Raunen ging durch die Menge, als er ein Gebäckstück aus dem Korb nahm und allen zeigte.

„Die Gebäckstücke sind ein Geschenk von mir", fuhr der Comte fort, „meine Damen, greifen sie zu."

Den Spinnerinnen am Brunnen blieb der Mund offen stehen.

„Söhnchen, wir danken dir!", rief schließlich eine Alte aus, worauf Gelächter folgte und sich alle um Archimbald und seinen Korb drängten.

Nein, diese Gelegenheit wollte sich niemand entgehen lassen.

Unterdessen hatte de Passeur Agnes bemerkt, die das Ganze aufmerksam verfolgte. Als sich ihre Blicke trafen, lächelte er und hob den Zylinder zum Gruß. Agnes war dies mehr als unangenehm, aber ihr blieb nichts anderes übrig, als den Gruß zu erwidern.

Sehr gut. Besser hätte mein Auftritt nicht laufen können, dachte der Comte zufrieden.

„Du wirst nicht glauben, was ich soeben erlebt habe, Erlin!"

Das Glucksen rings um den Wassermann verriet, dass er vor Kurzem aus dem Wasser aufgetaucht war.

„Wie es aussieht, warst du wieder mal in deinem Element", lachte die Königin, „aber das ist ja nicht zu übersehen."

„Nein, das meine ich nicht. Ich meine, du wirst es nicht glauben, wer mich von der Burg hierher gebracht hat."

Erlin sah Strudel erstaunt an.

„Karamell war es vermutlich nicht", antwortete sie, „bist du etwa in einer Kutsche gefahren?"

„Nein, ich bin geflogen. Also nein, ich bin natürlich nicht selbst geflogen, sondern geflogen
worden", ereiferte sich Strudel.

„Geflogen? Wie das denn?"

„Long-Long, der chinesische Glücksdrache, hat
mich mitgenommen", antwortete der Wassermann
stolz.

Erlin schwieg und rollte mit den Augen. Strudel
machte also wieder einmal Scherze.

„Ich weiß, du glaubst mir nicht, aber den komi-
schen Vogel, der nachts schnaufend seine Runden über uns gedreht hat, gibt es wirklich. Er ist
aber kein Vogel, auch kein fliegender Wasserdämon. Es ist ein Drache, der tagsüber vor dem
Teehaus der Gräfin steht, aber wenn ihn niemand
sieht, also in der Dunkelheit, da steigt er von seinem Sockel und fliegt über das Wasser."

Erlin schwebte näher an Strudel heran.

„Das hört sich so unwirklich an, dass es fast
schon wieder wahr sein könnte."

Strudel hatte sie wirklich neugierig gemacht.

„Und wie sieht dieser fliegende Glücksdrache
aus?"

„Ich bin mir sicher, er würde dir gefallen. Er ist
ziemlich lang und groß, sieht aus wie eine
Schlange, die zu viel gefressen hat. Er sieht aber
auch aus wie ein Kamel, jedenfalls der Kopf, und
er hat Füße wie ein Tiger, Hörner wie ein Ochse
und rote Zacken auf dem Rücken."

Strudel überlegte, ob er etwas vergessen hatte.

„Und er sieht sehr vornehm aus. Die Schuppen, die seinen ganzen Körper bedecken, leuchten wie Gold."

Während Erlin Strudels Worten lauschte, vernahmen sie jene seltsamen Fluggeräusche, die ihnen in den letzten Tagen schon Rätsel aufgegeben hatten. Nun aber mischte sich unter die bereits bekannten Geräusche Karamells aufgeregtes Gackern. Schon platschte es laut, wie wenn ein großer Stein ins Wasser fiele.

Erlin und Strudel liefen sogleich dorthin, wo sie trotz der Dunkelheit sahen, wie etwas im Wasser zappelte. Strudel konnte sich schon denken, wer da zappelte. Er sprang hinzu, um zu helfen. Noch bevor er Long-Long und Karamell erreichen konnte, streckte der Drache seinen Kopf, auf dem Karamell jetzt saß, aus dem Wasser.

„Hallo ihr beiden!", rief Strudel, halb erleichtert, halb belustigt.

„Gaaack!" Ein gurgelnder Laut kam aus Karamells Hals.

Long-Long wankte ans Ufer und setzte das Huhn vorsichtig auf dem Trockenen ab.

„Auch eine Gänsefeder, die hoch am Himmel schwebt, muss irgendwann zur Erde zurückkommen", sagte er mit seiner weichen Stimme.

„Danke, Long-Long, danke für diesen großartigen Flug", gluckste Karamell nun begeistert, „jetzt weiß ich endlich, wie es ist, richtig zu fliegen."

„Du willst jetzt aber nicht auch noch schwimmen lernen, Karamell?", fragte Strudel grinsend.

„Oh nein, keine Sorge. Das wird nicht geschehen. Ich bin zwar ein Zauberhuhn, kenne aber meine Grenzen."

Ihr Freund war sich da nicht so sicher, stellte aber nun Long-Long und Erlin einander vor.

„Erlin, das ist Long-Long, der chinesische Glücksdrache, von dem ich dir erzählt habe."

„Es ist mir eine Ehre, dich kennenzulernen, Königin." Der Drache verbeugte sich galant.

„Wie außergewöhnlich, einem Wesen wie dir zu begegnen. Ich bin sehr froh, dass du kein Ungeheuer aus dem verborgenen Land bist, Long-Long."

„Das haben wir der Gräfin und ihrer Vorliebe für das Außergewöhnliche zu verdanken", stellte Karamell fest, „hätte sie kein Teehaus bauen lassen, wäre Long-Long nicht bei uns."

Wie es der Dämon versprochen hatte, brachte das Leben außerhalb der Klostermauern Develnias viele Vorzüge mit sich.

In Leo von Dorn hatte er einen kundigen Ratgeber und Unterstützer, der sich seine Hilfe allerdings immer etwas kosten ließ. Es dauerte kaum ein Jahr, bis er dem Kirchenmann in vielem ebenbürtig und schließlich gerissener und kaltschnäuziger war, als von Dorn es jemals sein konnte. Er erinnerte sich an die Worte des Dämons, der ihm versprochen hatte, er würde Macht über andere haben und frei sein. Ja, er war ein freier Mann, freier als Leo von Dorn, der nicht um gewisse Verpflichtungen herumkam.

Eines Mittags saß er wie immer allein zu Tisch und wartete auf die Köchin, die das Essen servierte. Als sie die dampfende Schüssel vor ihn hingestellt hatte, sah er sie zum ersten Mal genauer an. Aus einer Laune heraus forderte er die Frau auf, sich zu ihm zu setzen und mit ihm zu speisen. Sie lächelte verlegen, als er aber seine Aufforderung wiederholte, nahm sie an dem langen Tisch ihm gegenüber Platz. Sie aß nicht viel, offensichtlich fühlte sie sich in dieser Lage nicht besonders wohl.

„Nimm deine Haube ab", gebot er ihr, als sie sich wieder erheben wollte. Sie blickte ihn verwundert an, aber Develnias bemerkte noch etwas in ihrem Blick, etwas Geheimnisvolles, Verlockendes. Sie tat, was er gesagt hatte.

„Öffne deine Haare", befahl er als Nächstes.

Sie lächelte, als sie auch das tat.

Ihr blondes Haar fiel in Wellen über ihre Schultern.

„Jetzt komm her", hörte er sich sagen.

Er schob seinen Stuhl zurück. Als sie vor ihm stand, musterte er sie ungeniert von Kopf bis Fuß. Sie war nicht mehr ganz jung, aber deutlich älter als er. Ihr Gesicht pausbackig, auch die übrige Figur rundlich, wohlgenährt. Bestimmt schmeckt ihr selbst ganz gut, was sie kocht, dachte er und sagte:

„Du bist eine gute Köchin."

Sie deutete einen Knicks an.

„Vielen Dank, Edler Herr", entgegnete sie mit sanfter Stimme.

Dann trat sie einen Schritt näher.

Er spürte augenblicklich seine Erregung, während sie kokett seufzte.

„Komm näher", ermunterte er sie, packte sie bei der Hand und zog sie auf seinen Schoß.

Sie drehte sich, setzte sich, mit dem Rücken zu ihm gewandt, auf ihn, ihr weiches Gesäß, das er durch ihren Rock hindurch spüren konnte, auf seinem Schoß ruhend.

„Gestatten, Edler Herr", hauchte sie, nahm seine Hände und legte sie auf ihre Brüste, während sie gleichzeitig damit begann, ihr Gesäß sanft zu bewegen.

Develnias wusste nicht, wie ihm geschah, aber seine Erregung steigerte sich. Sein Herz klopfte, er stöhnte, während er nicht aufhören konnte, die üppigen Rundungen zu erkunden.

In den darauffolgenden Tagen, vor allem aber nächtens, kosteten Develnias und seine Köchin ausgiebig von diesen fleischlichen Genüssen.

Wie sich herausstellte, war er alles andere als ein Kostverächter. Anfangs neugierig und unerfahren, überwältigte ihn nach kurzer Zeit der Drang, die Köchin so weit zu bringen, sich vollkommen seiner Begierde zu unterwerfen. Es war das Verlangen nach Macht, das ihn beherrschte. Sie zu demütigen, zu unterdrücken und zu quälen bereitete ihm die größte Lust.

Sein Körper war viel stärker als ihrer. Wenn sie wimmerte und flehentlich bat, von ihr abzulassen, ging er umso härter und niederträchtiger mit ihr um.

Eines Tages war sie verschwunden. Develnias zuckte mit den Schultern und erkundigte sich beim nächsten Zusammentreffen mit Leo von Dorn, wo er junge Frauen finden könne, um an ihnen seine Lust zu stillen.

Leo von Dorn blieb ihm keine Antwort schuldig.

Charlotte hatte Ella und Agnes ins Teehaus gebeten.

„Ich glaube, ich habe gerade die größte Dummheit meines Lebens begangen habe", begann die Gräfin, mit Sorgenfalten auf der Stirn.

Sie erzählte von dem Gespräch im Beichtstuhl.

„Er hat mich dazu aufgefordert, morgen Nachmittag in seine Privatgemächer zu kommen, dann würde er mir Näheres über den Comte berichten. Es klang sehr geheimnisvoll."

Agnes und Ella waren sprachlos.

„Ich weiß auch nicht, was in mich gefahren ist. Wenn Jakob davon erfährt, dann ..."

Charlotte griff hastig nach ihrer Tasse.

„Ich finde es sehr mutig von Ihnen, so weit zu gehen", sagte Ella schließlich beklommen.

„Wollen Sie es dem Grafen etwa nicht erzählen?", fragte Agnes besorgt, „denn von wem außer Ihnen sollte er es erfahren? Schließlich untersteht von Dorn dem Beichtgeheimnis."

Charlotte blickte angespannt zwischen den beiden hindurch zum Fenster hinaus.

„Wenn der sich irgendwelche Vorteile für sich erhofft, hat er mich in der Hand. Ich glaube, er ist ziemlich skrupellos."

„Werden Sie morgen zu ihm gehen?", fragte Ella beunruhigt.

„Ja, gewiss. Ich habe den ersten Schritt getan, nun werde ich auch den zweiten tun. Es gilt, dem Geheimnis des Comte auf die Spur zu kommen. Das haben wir uns doch vorgenommen, oder?"

„Ja schon, aber es könnte für Sie sehr unangenehm werden, Gräfin!", warnte Agnes.

„Und falls wir nichts unternehmen, kann es für ganz Erlenburg unangenehm werden", entgegnete Charlotte trotzig. „Mein Entschluss steht fest: ich werde morgen zu ihm gehen. Gibt er Geheimnisse über den Comte preis, haben wir schon einen kleinen Sieg errungen."

Während die Frauen im Teehaus saßen, spielten sich auf dem Marktplatz höchst eigenartige Szenen ab. Die Spinnerinnen, die von Archimbald die Pasteten erhalten hatten, sprangen und tanzten umher, verbeugten sich voreinander, ließen einander hochleben und sangen schließlich Jubellieder auf den französischen Comte und seine grenzenlose Großzügigkeit.

„Das vornehme Söhnchen wird es noch mal weit bringen. Er meint es so gut mit uns wie kein Zweiter. Ihm gebühren Dank und Ehre."

Einige Herrschaften, die sich zeitig zur *Auberge du Pâté* aufgemacht hatten, überquerten den Marktplatz und bemerkten, was am Brunnen vor sich ging. Zunächst schüttelten sie darüber die Köpfe, aber als sie sahen, dass der Comte mitten in der Menge Pasteten verschenkte, traten sie näher und jubelten mit.

Später, als de Passeur sich davongemacht hatte und vom Fenster seines Zimmers aus verfolgte, wie die geheimen Zutaten ihre Wirkung zeigten, lächelte er zufrieden sein kaltes Lächeln. Würde er in wenigen Tagen die Leute fragen, wer künftig auf der Erlenburg das Sagen haben solle, würden sie laut seinen Namen rufen. Er bräuchte dann nur noch mit den Fingern zu schnippen und sie würden den Grafen und die Gräfin mit Hohn und Spott zum Teufel jagen. Mit Agnes Gründel würde er dann nicht nur sein Bett hier, sondern auch die gräflichen Gemächer auf der Erlenburg teilen.

Für den Fall, dass es Charlotte und Jakob gelänge, Widerstand zu leisten, wüsste er nur zu gut, was zu tun sei. Von diesen glänzenden Aussichten beflügelt beschloss der Comte, dem Hause Gründel umgehend einen Besuch abzustatten. Gewiss würde Agnes ihn, den großzügigen, selbstlosen und umjubelten Gönner freudig begrüßen.

Um kein Aufsehen zu erregen, verließ er, nachdem er selbstverliebt sein Spiegelbild betrachtet hatte, das Haus durch den hinteren Ausgang, machte einen kleinen Umweg durch unbelebte Gassen und gelangte schließlich zur Werkstatt des Webermeisters.

Er wusste, dass die Tür tagsüber nicht verschlossen war, trat ein und überlegte, ob er zuerst in die Werkstatt gehen oder gleich die Stufen hinauf zu den Wohnräumen nehmen sollte.

Innen vernahm er nicht wie sonst das Rattern der Webstühle, sondern die Stimmen der Männer.

In diesem Moment wurde er gewahr, dass sämtliche Weber, Handwerker und Arbeiter in Erlenburg noch nicht in den Genuss seiner Pasteten gekommen waren und ärgerte sich darüber, keine Kostproben bei sich zu haben.

In der Erwartung, Agnes am Webstuhl anzutreffen, entschied er sich, in die Werkstatt zu gehen.

Die Stimmen verstummten bei seinem Eintreten. Die Männer, sie waren lebhaft in ihr Gespräch vertieft gewesen, blickten ihn an. Alle hatten sich um einen Webstuhl versammelt, was dem
Comte außergewöhnlich erschien. Bisher waren
die Männer stets ihrer Arbeit nachgegangen, hatten ihn kaum beachtet, wenn er hierherkam.
Heute beäugten sie ihn beinahe feindselig.

Wer an dem Webstuhl saß, um den alle standen, konnte er nicht sehen, aber es musste Agnes
sein.

Ein flüchtiger Gruß kam über seine Lippen,
dann trat er energisch näher. Es war aber nicht
Agnes, die dort saß, sondern ein junger Mann,
den er nicht kannte.

Als der fremde Weber den Comte erblickte, erhob er sich bedächtig und musterte ihn unver-
wandt von Kopf bis Fuß. De Passeur stellte fest,
dass der Fremde ein wenig größer war als er, was
ihn irritierte. Er hatte zudem den Eindruck, der
Mann nahm wie selbstverständlich einen Platz
unter den Männern ein. Seine dunklen Augen
sahen ihn mit einer gewissen Überlegenheit an.

Er nahm Haltung an.

„Ich hatte gehofft, Agnes Gründel hier anzutreffen", sagte er distanziert, „vielleicht können die
Herren mir sagen, wo sie ist?"

Alle Weber blickten auf den Unbekannten.

„Nein, das können wir Ihnen nicht sagen, mein Herr", antwortete der sehr bestimmt.

„Dann werde ich sie gewiss in der Wohnung antreffen", konterte der Comte bissig.

„Nein, mein Herr", entgegnete der Fremde mit Nachdruck, „das werden Sie ebenfalls nicht."

Die beiden Männer standen einander feindselig gegenüber.

„Wenn wir Ihnen nicht weiterhelfen können, dann entschuldigen Sie uns jetzt. Wir haben zu arbeiten."

Johan konnte nicht anders, als ihn schroff abzuweisen. Er sah, wie der edle Herr seinen Gehstock fest umschloss, wie er ihn nervös hin und her bewegte und mehrmals mit der Spitze, die golden glänzte, auf den Boden klopfte. Sein Gesicht verfinsterte sich noch mehr, denn er sah, wie die Männer ihn angrinsten.

„Nun, bestellen Sie dem Fräulein Gründel die besten Grüße und sagen Sie ihr, ich werde morgen wieder kommen. Ich erwarte dann, sie im Haus anzutreffen", stieß er schließlich hervor und eilte grußlos davon.

Nachdem die Tür hinter ihm ins Schloss gefallen war, begannen die Männer zu johlen und klopften Johan auf die Schulter.

„Mensch, Johan, den hast du aber in die Schranken gewiesen. Das wird den edlen Herrn gewaltig wurmen", sagte Thomas, die anderen nickten dazu.

„Ich wusste sofort, dass ich ihn nicht mag, aber ich wollte nicht so unfreundlich sein."

„Manchmal geht es aber nicht anders", beruhigte ihn Thomas, „und wie es aussieht, hat sein Interesse für Agnes nicht im Geringsten nachgelassen."

Am Abend gingen Johan und Agnes gemeinsam durch die Gassen von Erlenburg, hinunter in den Hain. Als sie die Häuser der Stadt hinter sich gelassen hatten, fassten sie einander bei der Hand, lachten, liefen mal schnell, mal langsam, blieben stehen, um einander in die Arme zu nehmen und zu küssen.

Es war ein warmer Juniabend, und weil die Sonne noch über den Wipfeln der Bäume stand, genossen beide die Zweisamkeit, auf die sie sich so lange gefreut hatten.

Johan war glücklich.

Er konnte sich an Agnes und ihrem Lachen nicht sattsehen. Als sie an Agnes Lieblingsplatz angekommen waren, ließen sie sich auf jenem moosbewachsenen Stein nieder, von dem aus man das muntere Plätschern des Erlenbachs verfolgen konnte. Heute hatten sie allerdings nur Augen füreinander. Johan legte den Arm um sie.

„Hier bin ich oft gesessen, habe an dich gedacht und deine Briefe gelesen, Johan", sagte Agnes.

Sie griff in ihre Rocktasche und zog ein zerfledertes Stück Papier heraus.

„Kennst du das?", fragte sie lachend, „das ist dein letzter Brief. Ich weiß nicht, wie oft ich ihn gelesen habe."

Wieder sah sie ihn mit strahlenden Augen an.

„Ich habe mir so sehr gewünscht, dass du wiederkommst."

Johan strich ihr über das Haar und begann von Fichtenau zu erzählen. Von seinem Elternhaus, dem Tod der Mutter, von der Familie seines Onkels, wo er eine Bleibe gefunden hatte. Erzählte von den Zwergen, von der unheilvollen Schicksalsfrau im Schattengrund und wie sie es in einer Lichtmondnacht geschafft hatte, den bösen Bann zu brechen. Gebannt hing Agnes an seinen Lippen. Gewiss hatte er bei seiner Rückkehr mit solch einem Abenteuer nicht gerechnet.

„Glaub' mir, Agnes, ich habe mir jeden Tag gewünscht, du wärst bei mir."

Agnes strich Johan über die Hand und spielte mit seinen Fingern.

„Wie wird es mit uns weitergehen, Johan?"

Sie spürte, dass Fichtenau für Johan wieder ein Zuhause geworden war.

„Kannst du dir vorstellen, dort mit mir zu leben, Agnes?"

„Ja und nein", sagte sie bedächtig, „aber ich möchte weder hier noch dort ohne dich leben. Andererseits kann ich meinen Vater nicht allein lassen. Am liebsten hätte er dich in der Werkstatt, er hofft darauf, dass du bleibst."

Wieder sahen sich die beiden zärtlich in die Augen. Johan fand den Gedanken, in Erlenburg zu bleiben, einerseits verlockend, wusste im Grunde seines Herzens aber, dass er nach Fichtenau gehörte.

Nur nicht ohne Agnes.

„Wir müssen diese Entscheidung zum Glück ja nicht gleich heute treffen", sagte sie.

„Nein, aber vielleicht schon sehr bald, denn ich glaube, der Comte will dir morgen einen Antrag machen", teilte er mit einem bitteren Grinsen mit.

Agnes schnappte nach Luft. Johan hatte ihr von seiner ersten Begegnung mit dem feinen Herrn erzählt.

„Er wird dich hassen, mein Lieber, wenn er merkt, dass er in dir einen ernsthaften Konkurrenten hat."

Es sollte scherzhaft klingen, aber die Worte blieben ihr beinahe im Hals stecken.

„Das hat er allerdings", bestätigte Johan und küsste sie erneut, „und er soll mich ruhig dafür hassen. Aber eines muss man dem französischen Pasteten-Comte lassen: Er hat einen ausgezeichneten Geschmack, was Frauen anbelangt."

So lebte Develnias sein Leben, besessen von der Lust, Macht über andere zu haben. Eines Nachts besuchte ihn der Dämon wieder. Zunächst vernahm Develnias sein teuflisches Lachen.

„Du hast dich in deinem neuen Leben gut eingerichtet", hörte er die Stimme sagen, „hast deinen Spaß mit den Weibern, wie ich sehe."

Er wollte den Dämon am liebsten wegschicken. Er brauchte ihn nicht mehr.

„Erinnerst du dich an das, was ich dir über das verborgene Land gesagt habe?", fragte die Fratze. „Es ist an der Zeit, dass du es kennenlernst. Schon morgen werde ich dich dorthin begleiten."

Develnias richtete sich in seinem Bett auf. Der Dämon kam ihm wirklich ungelegen.

„Morgen schon?", fragte er, um etwas Zeit zu gewinnen.

„Ja, morgen. Komm abends um acht in den Hafen hinunter", wies ihn die Fratze an, „ich werde auf dich warten."

Er hatte also keine Wahl. Am nächsten Abend ließ sich Develnias mit der Kutsche zum Hafen fahren. Dem Tag im Juni, der sehr warm gewesen war, folgte ein lauer, heller Sommerabend, weshalb sich noch Menschen am Wasser aufhielten.

Develnias wartete.

Bisher hatte er nicht ernsthaft darüber nachgedacht, ob es das verborgene Land überhaupt gäbe. Es ist ein Hirngespinst des Dämons, ein Ammenmärchen, dachte er, während er auf und ab lief. Er hasste es zu warten.

„Wo bist du?", fragte er ungeduldig, „zeig dich endlich!"

Wieder verstrichen Minuten, in denen nichts geschah. Wütend über das Ausbleiben des Dämons lief er hin und her. Schließlich hatte er genug und ging davon.

„Bleib hier", hörte er die Stimme plötzlich. „Geh zu den Ruderbooten, suche dir eines aus und dann rudere hinaus!"

Develnias gehorchte widerwillig.

„Jetzt erheb dich und breite deinen Mantel aus", forderte der Dämon ihn auf, als er auf dem Wasser war.

Wieder gehorchte er.

Der Stoff seines Mantels blähte sich auf, obwohl sich kein Lüftchen regte. An die Geschwindigkeit, mit der das Boot jetzt über die spiegelglatte Fläche flog, musste er sich erst gewöhnen, aber sofort durchströmte ihn ein Gefühl von Stärke. Mit Hilfe des Dämons überwand er die wilden Wasser und gelangte schließlich ins verborgene Land.

„Du wirst die Nacht hier verbringen", entschied der Dämon.

„Hier? Auf dem Wasser?", fragte Develnias entgeistert.

„Nein, ich werde dich zu einer Insel bringen, wo du bereits erwartet wirst", verhieß die Fratze geheimnisvoll.

„Erwartet? Von wem?"

„Von Nayah, einer Nymphe", bekam er zur Antwort, „und morgen, am Tag der Sonne, werde ich *dafür sorgen, dass der Herrscher des verborgenen Landes dir den Schatz zukommen lässt, den der Perlmuttturm freigeben wird."*

Develnias konnte sich auf das, was er hörte, keinen Reim machen, aber bisher war alles so eingetroffen, wie der Dämon es vorhergesagt hatte. Und wenn er morgen einen Schatz bekommen würde – von wem auch immer –, hätte er bestimmt nichts dagegen.

Mittlerweile war es dunkel geworden, aber die Steine, die Bäume und die Luft atmeten noch die Wärme des Tages. Kein Windhauch regte sich.

Der Weg führte Agnes und Johan zu einem Platz, wo mit einem Mal unzählige Lichtpunkte um sie herum schwebten.

„Sieh mal Johan, wie schön!", schwärmte Agnes.

Die winzigen Lichter leuchteten aus allen Ecken des Erlenhains und verzauberten die Dunkelheit.

„Es ist, als würden sie nur für uns leuchten", flüsterte Agnes, „und schau, Johan, dort drüben sind noch mehr."

Sie schlichen den schmalen Pfad am Bach entlang, der sie tiefer in den Hain hinein führte.

Agnes blieb stehen und suchte Johans Hand.

„Es ist wie im Märchen. Der flüsternde Bach, die schwebenden Lichter und wir beide mittendrin."

Der Tanz der strahlenden Punkte zog die beiden wie in einem sanften Sog zur Allee der Erlenkönigin. Die hatte das Paar längst bemerkt und verbarg sich in einem Baum. Agnes kannte diesen Ort nicht. Bisher hatte sie geglaubt, dass der Weg hier endete, denn Gebüsch und Bäume standen ganz dicht, aber jetzt staunte sie, als sich der Wald öffnete und der Weg zu einer prächtige Allee aus stattlichen Erlen führte, in deren Mitte der Bach ruhig dahinfloss.

Inmitten der Allee sammelten sich die Glühwürmchen und füllten mit tausenden von Lichtern die Luft bis hinauf zu den Wipfeln der Bäume, sodass Agnes und Johan wie in einer mit Lichtpunkten erleuchteten riesigen Kathedrale standen.

„Wo sind wir?", fragte Johan.

„Ich weiß es nicht", gestand sie.

Erlin lächelte über die staunenden Menschen inmitten ihrer Allee. Ohne die Glühwürmchen hätten die beiden nicht hierher gefunden. *Sieh an, sieh an*, dachte sie, *meine kleinen Freunde haben den beiden den Weg zu uns gezeigt.* Sie betrachtete den Mann und die Frau genauer. Die beiden waren verliebt, wie unschwer zu erkennen war. Ja, alle Verliebten sahen die Welt mit neuen Augen. Erlin näherte sich unauffällig. Die zwei hatten sich inzwischen unter einer Erle nieder gelassen.

„Es würde mich nicht wundern, wenn hinter der Erle dort Zwerge erscheinen würden", sagte Johan.

Erlin horchte auf.

„Took und Maan würde es hier jedenfalls gut gefallen", hörte sie den Mann sagen.

„Ich würde die beiden gerne kennenlernen, Johan."

„Dann komm mit nach Fichtenau, Agnes. Took, Maan, Fiin und die übrigen Zwerge würde das sehr freuen."

So, so, dachte Erlin, *der junge Mann hat Bekanntschaft mit Zwergen gemacht und die Frau bezweifelt das nicht.* Sie blickte zu den leuchtenden Punkten.

„Ihr klugen Glühwürmchen! Die beiden sind

goldrichtig hier", raunte sie ihnen zu.

In diesem Moment sahen Agnes und Johan, wie die Leuchtpunkte ein wenig schneller tanzten und sie hörten die Zweige des Baumes rauschen, unter dem sie saßen.

„Mir ist, als ob jemand hier wäre, Johan."

„Ja, aber wer kann das sein?"

Während die beiden nach oben spähten, vernahmen sie plötzlich ein Geräusch wie von lauter werdenden Flügelschlägen.

„Was ist das nun wieder?"

Johan erhob sich und versuchte durch die Wipfel der Erlen hindurch etwas zu erkennen.

„Ich kann nichts sehen, aber es muss ein großer Vogel sein."

Agnes erhob sich ebenfalls.

Das Geräusch, in das sich jetzt lautes Schnaufen und seltsame Stimmen mischten, kam näher.

Oh nein!, dachte Erlin erschrocken, *einen ungünstigeren Moment hätten sich die drei Nachtschwärmer wahrlich nicht aussuchen können.*

Jetzt plumpste in der Nähe etwas ins Wasser, dann ertönte ein lautes „Gaack, Gaack!" und ein freudiges „Juchhuuu!"

„Meine Güte, was ist denn hier los?", sagte Agnes halb belustigt, halb beängstigt.

„Komm, lass uns ein wenig näher herangehen, vielleicht finden wir heraus, was es ist."

Verflixt, dachte Erlin, *ich muss die drei Ankömmlinge warnen.*

Johan und Agnes traten aus der Allee.

„Da vorne ist etwas", flüsterte Agnes.

Trotz der Dunkelheit sahen sie eine Bewegung im Wasser. Es mussten zwei Gestalten sein – eine große und ein kleine.

„Es könnten Tiere sein", vermutete Johan.

Sie duckten sich ins Unterholz und lauschten.

„Hörst du das? Sie reden miteinander."

Agnes starrte ihn ungläubig an.

„Sie reden miteinander?", wiederholte sie aufgeregt, aber dann hörte sie es auch.

„Waaaas", rief das eine Tier aus, „in der Nähe sind Menschen?"

„Leise, Karamell, leise!", erwiderte eine zweite Stimme, „sie können uns vielleicht hören."

„Oh, was für ein Missgeschick", vernahmen sie eine dritte Stimme.

Agnes krallte ihre Finger in Johans Arm.

„Das kann nicht wahr sein. Träumen wir?"

Obwohl Johan das Gesicht von Agnes nicht sehen konnte, wusste er, wie sie gerade dreinblickte. Er selbst war weniger überrascht.

„Nein Agnes, diese Lebewesen sind echt."

Ohne lange zu überlegen stand er auf, trat aus dem Versteck und ging geradewegs auf die Unbekannten zu.

„Ich grüße euch", hörte Agnes ihn sagen, „ich bin Johan, und wie es der Zufall wollte, haben Agnes und ich euch soeben entdeckt. Ihr sprecht doch die Sprache der Menschen, oder?"

Karamell entfuhr ein panisches „Goaaack!"

„Ah, du bist also ein Huhn", stellte Johan nüchtern fest.

Für eine Weile herrschte Stille.

Alle waren wie erstarrt.

„Ja, stimmt, und ich bin ein Wassermann", gab Strudel von sich, der erfasst hatte, dass es albern wäre, jetzt noch so zu tun, als wären sie unsichtbar. „Du kannst Strudel zu mir sagen und das Huhn heißt Karamell."

Auch Agnes war inzwischen vorsichtig hinzugetreten. Sie räusperte sich.

„Was für eine Überraschung. Ich habe noch nie sprechende Tiere getroffen."

„Das war auch nicht unsere Absicht. Gewöhnlich kommen keine Menschen hierher, schon gar nicht mitten in der Nacht", stellte Strudel fest.

Agnes deutete auf Long-Long, der mit höflicher Zurückhaltung etwas abseits stand, jetzt aber näher kam.

"Und wer ist das?", wollte sie wissen, während sie dachte, dass dieses Tier irgendwie Charlottes Drachen ähnlich sah.

„Wenn auch ich mich vorstellen darf. Ich bin Long-Long, ein chinesischer Glücksdrache."

„Ein Drache!?", rief Johan verdutzt aus.

„Ich ... ich kenne nur den Drachen, der oben im Burghof vor dem Teehaus steht", stammelte Agnes, während sie spürte, wie ihre Knie weich wurden.

„Ja, mit Verlaub, genau der bin ich", gab Long-Long zu.

Agnes hatte wieder sich auf den Boden gesetzt.

Wie unwirklich alles ist, dachte sie, *es kann nur ein Traum sein. Alles andere wäre ...*

Alle schwiegen.

„Wenn die Menschen nur von dem sprächen, was sie verstehen, würde bald ein großes Schweigen auf der Erde herrschen", sagte Long-Long in die Stille.

„Das glaubt uns niemand, nein, das wird uns ganz sicher niemand glauben", stammelte Agnes.

„Ja, genauso wird es sein", vernahmen sie nun eine Frauenstimme hinter sich.

Agnes und Johan blickten sich um, aber da war niemand.

„Meine winzigen Freunde haben euch den Weg hierher gezeigt. Das geschieht mit Menschen sehr selten, um nicht zu sagen, eigentlich nie."

Agnes war aufgestanden und Johan legte den Arm schützend um ihre Schulter.

„Ich bin Erlin, die Königin des Erlenhains."

Erlin war bereits zu der Erkenntnis gekommen, dass sie diesen beiden Menschenkindern vertrauen konnte.

„Nun, da ihr beiden schon mal hier seid und unser Geheimnis kennt, möchte ich euch etwas sagen", begann sie, indem sie aus einer Erle trat.

„Die Menschen sind sehr mit sich selbst beschäftigt. Sie glauben nicht daran, dass es außer ihnen weitere sprechende Wesen gibt. Aber ich habe gehört, wie du, Johan, von Zwergen gesprochen hast, also kennst du solche Wesen schon, nicht wahr?"

Johan nickte.

„Wir glauben, es gibt keine gute Verbindung zwischen unserer Welt und der Welt der Menschen", fuhr Erlin fort, „aber im Augenblick gibt es die Sorge um Erlenburg, die uns verbindet, nicht wahr? Wir fragen uns schon eine geraume Zeit, was zu tun ist."

Agnes und Johan bestaunten die Erlenkönigin, die sie nun deutlicher erkennen konnten: das schimmernde Gewand, das wallende Haar, den Kranz aus Zweigen und den Erlenstab. Um sie herum schwebten die Lichtpunkte.

Agnes blickte in die Runde, sah die Königin, den Drachen, das Huhn und den Wassermann, fasste sich ein Herz und erzählte allen von Ella und Charlotte und wie die Frauen sich gemeinsam darum bemühten, Näheres über den undurchsichtigen Grafen herauszufinden.

„Wie schön!", freute sich Karamell, „ich dachte schon, es gäbe keine vernünftigen Menschen mehr in Erlenburg."

Agnes musste dem Huhn recht geben.

„Ihr wärt also bereit uns zu helfen?", fragte Erlin.

Johan und Agnes sahen einander an.

„Ja, das sind wir", antworteten beide wie aus einem Mund.

Nun hatten Ella, Charlotte und sie noch weitere Verbündete, wenn auch von sehr außergewöhnlicher Art.

Der Comte Luis de Passeur würde sich ab jetzt warm anziehen müssen.

Was für eine Nacht!

Nach dem unerfreulichen Besuch in der Weberwerkstatt war der Comte sofort in die Backstube geeilt.

„Gaston, ich erwarte für morgen die Fertigstellung vieler kleiner Pasteten. Sorge dafür, dass sie bereit stehen. Wir müssen die Gunst der Stunde nutzen und sie reichlich unters Volk bringen."

Der Edle Herr hat schlechte Laune – wie so oft, dachte Gaston.

„Gibt es einen Anlass für die Eile, werter Comte?", fragte er vorsichtig.

„Wir dürfen die armseligen Arbeiter und Handwerker nicht vergessen. Sie kämen niemals von selbst auf die Idee, unsere Pasteten zu kaufen."

Des Comtes Stimme überschlug sich fast.

„Und als erstes wird Archimbald die Kostproben in Gustav Gründels Werkstatt bringen!"

Er ließ sich schwungvoll auf einem Stuhl nieder. Bei der Vorstellung, wie dieser unverschämte Fremde die ihm dargebotene Pastete verzehren würde, um Sekunden später vor lauter Scham über sein abweisendes Benehmen ihm gegenüber zu Kreuze zu kriechen, beruhigte er sich etwas.

Gaston seufzte. Er würde wohl eine weitere Nacht in der Backstube verbringen müssen. Der Comte erhob sich. Jetzt war er in der richtigen Stimmung, sich seinen Gästen zu zeigen. Aber nicht nur das. Er wollte einen Schritt weiter gehen.

Er betrat die Gaststube, wo die lärmenden Stimmen der anwesenden Herrschaften ihm verrieten, dass die Wirkung der geheimen Zutaten den nächsten Höhepunkt der Verzückung erreicht hatte. Eine Welle frenetischen Jubels schlug ihm entgegen. Die Gäste sprangen auf, stürmten auf ihn zu. Dabei wurden Stühle mitgerissen, Teller und Tassen fielen zu Boden. Das Geräusch von zerberstendem Porzellan vermischte sich mit dem hysterischen Kreischen der Damen.

Der Comte unterdrückte einen Würgereiz.

Um sich vor den entfesselten Zudringlichkeiten zu retten, sprang er blitzschnell auf einen Stuhl. Augenblicklich umfassten Hände seine Beine.

„Oh, werter, schöner Comte! Niemand ist so gütig zu uns. Mit Ihren Pasteten haben Sie unsere Herzen im Sturm erobert. Wie können wir Ihnen das jemals vergelten?", rief eine Dame in höchster Verzückung aus.

De Passeur geriet aus dem Gleichgewicht und konnte sich gerade noch an der Wand abstützen. Dann schlug er mit seinem Stock auf den Tisch. Der Jubel verstummte. Alle Augenpaare hingen hingebungsvoll an ihm.

„Meine hochverehrten Damen, meine hochgeschätzten Herren", begann er salbungsvoll, „es ist mir eine außerordentlich große Freude, Sie in meinem Haus so glücklich zu sehen."

Ein hingebungsvolles Seufzen füllte den Raum.

„Nie hätte ich es gewagt, mir vorzustellen, so viele mir wohlgesonnene Gäste begrüßen zu dürfen", fuhr er fort. „Leider ist das nicht schon immer so gewesen, wie ich Ihnen jetzt gestehen will. Es gab Zeiten, wo mir Misstrauen und Ablehnung entgegengebracht wurden."

Nach dieser Lüge blickte er neugierig um sich. Wie würden die Zuhörenden das aufnehmen? Er glaubte in einigen Gesichtern Erstaunen, in anderen leichte Zweifel zu sehen.

„Das kann nicht sein!", rief ein Mann mittleren Alters aus, der in der Nähe des Fensters stand.

Jetzt gilt es, die letzten Unschlüssigen zu überzeugen, dachte de Passeur, *sie sollen mir ergeben sein und das Grafenpaar hassen.*

„Wie Sie vielleicht noch nicht wissen, kam der Auftrag für die Eröffnung der *Auberge du Pâté* von allerhöchster Stelle."

„Ahhh!", tönte es durch den Raum, während man einander erstaunt ansah.

„Kein geringerer als der französische Kaiser hat ihn mir angetragen!"

Die Stimme des Comte bebte bei diesen Worten theatralisch. Die anwesenden Herren nahmen unverzüglich eine stramme Haltung ein.

„Aber auf der Erlenburg wollte man davon nichts wissen. Im Gegenteil: Der Graf und die Gräfin haben sich gegen den Auftrag gesträubt. Sie sagten mir, dass ich verschwinden soll."

Der Mann am Fenster schüttelte den Kopf.

„Nein, mit Verlaub, das kann ich nicht glauben", warf er mit fester Stimme ein, „schließlich hat der Rat der Stadt für die Eröffnung gestimmt."

Die Köpfe der Versammelten bewegten sich zu dem Mann und wieder zurück zum Comte. Wem sollten sie nun glauben?

„Sehr richtig", vernahmen sie den französischen Edelmann, der auf einmal sehr leidend aussah,

„aber die Wochen vor dieser Entscheidung waren eine große Qual für mich. Tag für Tag musste ich Missgunst und Kälte des Grafenpaares ertragen."

Bei der Vorstellung, der edle Herr hätte im Stillen leiden müssen, schmolzen die Herzen der Damen ganz dahin.

„Oh nein, wie schrecklich, wie herzlos von den beiden", jammerte eine mit weinerlicher Stimme.

„Leider musste ich zudem erleben, wie wenig sich Jakob von Erlenburg gegenüber seiner Gemahlin durchsetzen kann. Wäre ich nicht im Besitz des kaiserlichen Schreibens gewesen, hätte man mich wohl auf Drängen der Gräfin aus der Stadt geworfen."

Er blickte mit schmerzlicher Miene in die Gesichter der Damen. Hatte er nun alle überzeugen können? Er glaubte zu sehen, wie ihn der Mann am Fenster aus zugekniffenen Augen misstrauisch ansah, aber in den Köpfen der übrigen Gäste hatte sich die Empörung über die Durchtriebenheit der Gräfin und die Schwachheit des Grafen offensichtlich festgesetzt. Was der Comte ihnen soeben mitgeteilt hatte, empfanden sie wie eine Befreiung. Endlich hatte ihnen jemand die Augen über Charlotte von Erlenburg geöffnet.

Die anwesenden Männer waren sich darin einig, sie selbst wären nie in die Lage gekommen, sich derart von ihren Ehefrauen gängeln zu lassen, die Frauen wiederum verspürten das heftige Verlangen, den französischen Edelmann vor weiteren Angriffen der Gräfin beschützen zu wollen.

„Jakob von Erlenburg ist ein Schlappschwanz.

Das habe ich schon immer gewusst", spottete ein Mann.

„Die Gräfin wird Ihnen kein weiteres Unrecht antun. Dafür werden wir sorgen", rief eine Frau mit erhobenem Haupt aus, noch bevor der Mann am Fenster einen weiteren Einwand äußern konnte.

Der Comte legte seine Handflächen aufeinander und blickte zufrieden auf alle herab.

„Oh, ich danke Ihnen für Ihr großes Verständnis. Sie alle sind weitaus gütiger zu mir als das Grafenpaar", säuselte er, wohlwissend, dass er soeben das Ende der Regentschaft von Jakob und Charlotte eingeläutet hatte.

„Ich bitte Sie, nun wieder ihre Plätze einzunehmen, meine Damen und meine Herren", forderte er alle auf, „mein lieber Gaston wird Ihnen nun weitere Pasteten reichen, er hat neue Rezepte kreiert. Sie werden begeistert sein."

Er deutete, von Beifall begleitet, eine Verbeugung an, warf einen letzten Blick auf die Versammelten und stieg vom Stuhl herab. Er wollte jetzt nichts sehnlicher, als diesen Raum verlassen.

„Schämen Sie sich nicht, den Menschen solche Unwahrheiten zu präsentieren?", hörte er den Mann vom Fenster draußen im Flur hinter sich ausrufen.

Er musste ihm sofort nachgeeilt sein. Mit gespieltem Erstaunen sah der Comte ihn an.

„Aber mein Lieber, ich versichere Ihnen, dass ich die Wahrheit gesagt habe."

„Nein, das haben Sie gewiss nicht getan! Jakob von Erlenburg wird unverzüglich von Ihrem geschmacklosen und verlogenen Auftritt erfahren. Seine Begeisterung darüber wird deutlich kleiner ausfallen als die von denen, die Sie mit Lügen gegen ihn aufbringen", empörte sich der Mann weiter.

Er gibt also keine Ruhe, dachte der Comte wütend, *ich werde ihn aufhalten müssen.*

„Ich bin untröstlich zu sehen, wie sehr meine Worte Ihnen nahe gehen. Daher würde ich Sie gerne zu einem kleinen Umtrunk in meine Privatgemächer einladen und Sie davor bewahren, einen Fehler zu machen."

Seine Stimme klang versöhnlich, aber der Mann sah ihn misstrauisch an.

„Es ist ganz sicher kein Fehler, dem Grafen reinen Wein über Sie einzuschenken - im Gegenteil", entgegnete er entschlossen und wollte am Comte vorbei und zum Ausgang eilen.

„Sie wollen meine Einladung wirklich ausschlagen? Schenken Sie mir doch ein wenig von Ihrer kostbaren Zeit."

De Passeur ließ nicht locker. Mit falscher Freundlichkeit und einladender Geste deutete er nach oben. Der Mann zögerte, aber vielleicht aus Neugier, vielleicht aufgrund einer Hoffnung, mit dem Comte doch noch ein vernünftiges Gespräch führen zu können, wandte er sich ihm wieder zu und ließ sich nach oben führen. Das teuflische Lächeln auf dem Gesicht des Gastgebers sah der Mann nicht.

Nur wenige Sekunden später, nachdem sie die obere Etage erreicht hatten, stieß de Passeur ihm die Spitze des Gehstocks in den Rücken. Ohne einen Laut von sich gegeben zu haben, brach der Mann leblos zusammen. Der Comte schleifte ihn in eine Kammer, schloss die Tür ab und verstaute den Schlüssel in einer Schatulle in seinem Schlafgemach. Dann trat er vor den Spiegel.

„Die Schlacht ist eröffnet", sagte er kämpferisch zu sich selbst, „ab jetzt wird jeder den Stock zu spüren bekommen, der sich gegen mich stellt."

So verbrachte Develnias eine erste Nacht mit Nayah, die ihn tatsächlich erwartet hatte. Am anderen Morgen, als das Licht der Sonne über den Inseln des verborgenen Landes aufging, weihte sie ihn in das Geheimnis dieses Tages ein. Sie kleidete sich in feine Gewänder und schmückte ihren Kopf mit einem Kranz aus Blumen. Develnias, der dem nichts abgewinnen konnte, dachte nur an den Schatz. Sie lud ihn ein, sie dorthin zu begleiten, wo in der Mittagsstunde die Nymphen über dem Wasser tanzten. Das ließ er sich nicht zweimal sagen und stieg in sein Boot. Hatte der Dämon ihm nicht angekündigt, irgendein Herrscher wolle ihm den Schatz übergeben? Davon hatte er Nayah zunächst lieber nichts verraten.

Kurz bevor die Sonne ihren höchsten Punkt erreicht hatte, schwebten wie auf ein Zeichen von allen umliegenden Inseln scharenweise Nymphen über das Wasser heran. Develnias beäugte sie mit einer Mischung aus Feindseligkeit und Gleichgültigkeit.

Wie gebannt starrte er jetzt auf das Wasser.

„Gleich hat die Sonne ihren höchsten Stand erreicht", klärte ihn Nayah auf, „der Tanz beginnt." Was sollte ein Tanz mit dem Schatz zu tun haben, fragte er sich. Aber als die Nymphen zu tanzen und zu singen begannen, bewegte sich mit ihnen auch das Wasser.

Schließlich erhob sich aus der Mitte des Kreises die Spitze eines Turms. Dann traf ein gleißend heller Sonnenstrahl dessen Spitze, die sich daraufhin öffnete. Develnias meinte, im Licht etwas Rotes glitzern zu sehen. Sollte das der Schatz sein? Und falls ja, wie könnte er ihn bekommen?

Nun beendeten die Nymphen ihren Tanz, die Bewegungen des Wassers verebbten, die Spitze des Turmes verschwand. In der Stille, die sich ausbreitete, suchten alle Augenpaare die Oberfläche ab. Aber plötzlich zuckten die Nymphen zusammen, denn ein gewaltiger Donnerschlag ertönte und am Himmel zogen schwarze Wolken auf, aus denen grelle Blitze zuckten.

„Voskrit kommt!", hörte er die Nymphen aufgeregt rufen.

Ein starker Sturm begann zu toben, peitschte das Wasser. Develnias spähte angestrengt in das Chaos. Wo sollte dieser Voskrit sein? Fieberhaft überlegte er, wie er in dem Sturm an den Schatz kommen könnte, den er glaubte, auf dem Wasser wie eine Kugel auf und ab springen zu sehen. Die Nymphen stoben in alle Richtungen auseinander, aber Develnias erkannte in der schwärzesten Wolke jetzt ein Gesicht. Es war das Gesicht eines sehr alten Mannes mit schlohweißem Haar. Der Herrscher des verborgenen Landes!, durchfuhr es ihn.

Mittlerweile hatte er große Mühe, sich in seinem schwankenden Boot festzuhalten, aber ohne den Schatz wollte er nicht umkehren.

„Gib mir endlich den Schatz!", schrie er der Wolke entgegen.

„Gut so, Develnias!", hörte er die Stimme des Dämons keifen.

Der Herrscher des verborgenen Landes tat einen tiefen Atemzug, die Wangen blähten sich auf, dann traf ein starker Windstoß den Schatz und schleuderte ihn in hohem Bogen geradewegs in Develnias' Boot.

„Ja!", rief Develnias triumphierend aus und griff danach.

Sogleich war der ganze Spuk vorbei.

Das Gesicht verschwand, die Wolken gaben die Sonne wieder frei, das Wasser beruhigte sich. Develnias aber besah gierig den roten Edelstein, der in seinen Händen strahlte.

Wieder beugte sich Nayah über ihre Kristallkugel. Sie sah, wie die Menschen Develnias zujubel-
ten.

Vieles von dem, was in der Welt der Menschen
geschah, verstand sie nicht. Auch Develnias tat
manches, was sie nicht verstehen konnte, aber im
Grunde achtete sie weniger auf ihn. Sie betrachtete viel lieber die Menschen, die lachten und fröh-
lich waren. Ihr Wunsch, das auch erleben zu
können, wurde stärker, sooft sie es sah. Warum
sträubte sich Develnias nur so dagegen, Menschen zu ihr zu bringen? Die zarte Nymphe verließ die Grotte.

Es war die Zeit im Jahr, in der die Sonne Licht
und Wärme verschwenderisch verströmte. Sie
streifte durch den Garten, ging hinunter zum
Wasser, setzte sich auf einen Stein und ließ ihren
Blick schweifen. Das Sonnenlicht funkelte und
gleißte auf dem Wasser. Ganz in der Nähe gab es
weitere Inseln. Eine Insel wurde von einem brei-
ten Band aus Sand umrahmt, an deren Ufer die
Wellen sanft heran rollten. Nayah hatte sie die
Sanfte Insel genannt, denn in ihrer Mitte erhob
sich ein gleichmäßig geformter Hügel, der ebenso
gleichmäßig mit dichtem Grün bewachsen war.
Einer weiteren Insel hatte sie den Namen die *Wilde Insel* gegeben, denn deren Küste bestand aus
Steinen und Felsen, an der sich das Wasser tosend und grollend brach. Eine nächste, die sie
weit hinten am Horizont nur undeutlich sehen
konnte, nannte sie die *Geheimnisvolle Insel*.

Nayah stellte sich vor, dass dort Voskrit, der

Herrscher des verborgenen Landes lebte, aber niemand wusste das sicher. Es hieß, er lebe auf der unsichtbaren Insel, aber die geheimnisvolle Insel war nicht unsichtbar, jedenfalls nicht für sie. Sie musste sehr groß sein, denn von Weitem sah man dort hohe Berge.

Nayah rief nach den Luftnymphen, die sogleich herankamen und die sie surrend und wispernd umkreisten, bevor sie sich um sie herum niederließen.

„Meine kleinen Freunde", sagte sie lächelnd, „es ist so gut, dass ich euch habe. Nicht auszudenken, wie öde es hier ohne euch wäre."

Mit ihrem Gefolge begann sie wenig später ihren morgendlichen Rundgang durch den Garten, in dem sich nun die herrlichsten Blüten zeigten. Mit einem tiefen Atemzug sog die Nymphe deren betörenden Duft ein. Die Luftnymphen schwirrten wie eine luftige Wolke hinter ihr her. Nayah besah sich jede Blüte. Diejenigen, die bereits verwelkt waren, berührte sie zart, sofort flog eine Begleiterin heran, brach die Blüte ab und trug sie davon. Später ließ sich die Nymphe im Schatten ihres Lieblingsbaumes nieder, legte sich ins Gras und schloss die Augen.

Nun würde es nur noch wenige Tage dauern, bis die Stunde gekommen war, in der die Kraft Sonne am stärksten war. Dann würde sie mit den anderen Nymphen über dem Wasser tanzen. Welchen Schatz würde der Strahl der Sonne dieses Mal offenbaren? Nie würde Nayah den Augenblick vergessen, an dem das Licht der Sonne ihre Kristallkugel freigegeben hatte. Sie wusste, dass die übrigen Nymphen sich nicht weniger über die Kugel gefreut hätten, aber an jenem Tag war sie die Auserwählte gewesen. Mit großer Spannung hatten aller Augen den Schatz verfolgt, der im Wasser trieb, nachdem er den Turm verlassen hatte. Als das Wasser die Kugel zu ihr gebracht hatte, die schließlich direkt vor ihr sanft in den Wellen schaukelte, wusste Nayah, dass sie ihr gehörte.

Sie hob die Kugel hoch. Die anderen Nymphen lächelten ihr zu. Niemand wollte ihr den Schatz streitig machen.

Nachdem die Gräfin von Erlenburg den Beichtstuhl verlassen hatte, schickte von Dorn sofort einen Messdiener zum Comte mit der Botschaft, ihn am Abend wegen einer dringenden Angelegenheit, die keinen Aufschub dulde, sprechen zu müssen. De Passeur erschien prompt.

„Du ahnst ja nicht, wie furchtbar der Tag bisher für mich war", fluchte der übellaunig, als er von Dorn in dessen Bibliothek gegenüber saß.

„Ich hoffe sehr, dass die Angelegenheit, weswegen du mich sprechen willst, in der Tat dringend ist."

Leo lächelte verschwörerisch.

„Du wirst es nicht glauben, wer heute im Beichtstuhl saß", begann er.

Er kannte Develnias' Launen und wusste, wann es besser war, ohne Umschweife auf den Punkt zu kommen. Der Comte seufzte.

„Woher soll ich das wissen?", fragte er scharf, doch seine Neugier erwachte.

„Die Gräfin Charlotte von Erlenburg!", posaunte der Geistliche heraus.

„Wie interessant! Also raus mit der Sprache, was hat sie gebeichtet?"

Von Dorn zögerte nicht, die Worte der Gräfin, die sie ihm anvertraut hatte, auszuplaudern. De Passeur lauschte begierig. Dann lehnte er sich zufrieden grinsend in den mit rotem Samt bezogenen Stuhl zurück und trank in einem Zug sein mit Rotwein gefülltes Glas leer.

„Ich muss gestehen, es überrascht mich, was die Gräfin für mich empfindet", sagte er genießerisch, „aber wenn dem so ist, werde ich meinen Dienst nicht verweigern und gerne ihre geheimen Wünsche erfüllen."

Sein Vertrauter prustete los.

„Kannst du mir verraten, weshalb die Frauen so verrückt nach dir sind?", fragte er dann. „Ich hätte nichts dagegen, wenn sie mich ebenso anziehend fände wie dich. Mit der Gräfin würde ich auch gerne einmal meinen Spaß haben."

Develnias füllte sein Glas erneut.

„Als Diener Gottes hast du in dieser Sache einfach nicht die besten Karten, mein Freund, aber wer weiß – vielleicht ergibt sich dafür bald eine Gelegenheit."

Von Dorn horchte auf.

„Wie wollen wir weiter vorgehen?", fragte er.

„Wenn sie morgen zu dir kommt, wirst du sie

zu ihrer Leidenschaft für mich zunächst näher befragen, um sie noch mal auf die Probe zu stellen," begann Develnias, „dann unterbreitest du ihr, du könntest dir durchaus vorstellen, dass ich Ähnliches für sie empfinde und wie weit sie gehen würde. Fordere von ihr eine eindeutige Antwort auf die Frage, ob sie ihren Mann für mich verlassen würde."

„Das werde ich tun …, das werde ich sogar sehr gerne tun", eiferte sich von Dorn, „und was soll ich Näheres über dich erzählen?"

„Natürlich nur das Wenigste", überlegte Develnias. „Erzähle ihr, ich hätte irgendwo in Frankreich eine schwere Kindheit gehabt und du hättest mich bei einer deiner Reisen durch Gottes heilige Fügung gefunden und bei dir aufgenommen. Das wird ihr Herz für mich noch mehr erwärmen."

Develnias nahm seinen Stock zur Hand und drehte ihn zwischen seinen Fingern.

„Wenn wir die Gräfin auf unserer Seite haben, ist die Regentschaft des Jakob von Erlenburg schneller vorbei als gedacht."

Das Turmzimmer, in dem Charlotte und Jakob zu frühstücken pflegten, war bereits von Sonnenlicht durchflutet. Charlotte hatte ihre Ellbogen auf den Tisch gestützt und hielt gedankenverloren die Tasse zwischen ihren Händen.

„Willst du mir verraten, was dir durch den Kopf geht?", erkundigte sich Jakob, der die Schweigsamkeit seiner Frau bemerkt hatte.

Sie fühlte sich ertappt. Etwas Kaffee schwappte über den Rand, als Charlotte die Tasse ruckartig auf die Untertasse stellte. Was sollte sie nur tun? Bisher hatte sie Jakob nichts von ihrer *Beichte* bei von Dorn erzählt. Ohne Zweifel würde Jakob ärgerlich auf sie sein - und das mit gutem Grund. Sie wollte und musste Jakob von der Dummheit erzählen, die sie begangen hatte, vor allem auch weshalb. Charlotte lächelte Jakob an, versuchte es zumindest.

Nein, sie wollte ihn heute nicht mit diesen Dingen belasten. Er musste zeitig aufbrechen, um in den Ländereien nach dem Rechten zu sehen. In den Sommermonaten riss die Arbeit nicht ab. Vielleicht würde sich ja am Abend eine bessere Gelegenheit ergeben. Wenn Leo von Dorn ihr heute, wie er gesagt hatte, Näheres über de Passeur erzählen wollte, müsste sie Jakob nicht nur ihr heimliches Vorgehen gestehen, sondern könnte auch glaubhaft beteuern, weshalb sie so gehandelt hatte. Das jedenfalls hoffte sie.

„Es ist nichts weiter, Jakob", bemerkte sie schließlich. „Wollen wir in den nächsten Tagen einmal zur *Auberge du Pâté* gehen? Ich glaube, de Passeur erwartet uns schon", fragte sie wie beiläufig, auch um sich selbst abzulenken.

„Ja, sehr gerne! Man hört ja nur das Allerbeste", stimmte Jakob zu. „Mir ist zu Ohren gekommen, der Comte verschenke die Pasteten sogar auf dem Marktplatz, was ich ihm, ehrlich gesagt, gar nicht zugetraut hätte. Allerdings werde ich in den kommenden Tagen viel unterwegs sein. Die *Auberge* muss also noch etwas warten."

Jakob hatte seine Serviette auf den Teller gelegt und war aufgestanden. Er ging zu Charlotte und küsste sie auf die Stirn.

Als Jakob gegangen war, blieb Charlotte bekümmert sitzen. *Was bezwecke ich eigentlich mit meinem Vorhaben?*, dachte sie voller Zweifel. *Zuletzt ist der Comte doch nichts weiter als ein Wohltäter, dem ich Unrecht tue.* Ihr war hundeelend zumute. Am liebsten wäre sie wieder zu Bett gegangen, um dort auf das Ende des Tages zu warten. Was, wenn an ihren Vermutungen kein Härchen Wahrheit wäre? Wenn sich Agnes, Ella und sie nur in irgendeine Geschichte hineingesteigert hätten? Wenn sie deshalb Jakob bei von Dorn umsonst in den Rücken gefallen wäre?

Aber nach einem langen Vormittag wischte sie ihre Zweifel beiseite und machte bereit.

Charlotte hatte Ella und Agnes darum gebeten, sich möglichst unauffällig in der Nähe aufzuhalten. Sie hatte mit ihnen vereinbart, dass sie, falls es in irgendeiner Weise brenzlig für sie werden sollte, zum Fenster eilen, es öffnen und als Zeichen der Gefahr einen Gegenstand, der sich gerade in ihrer Reichweite befände, hinunter werfen würde.

Die drei Frauen hielten das für einen guten Plan. Vereinbart wurde außerdem, falls Charlotte nicht spätestens nach einer Stunde wieder erscheinen würde, dass Ella und Agnes ebenfalls bei von Dorn eintreffen sollten. Charlotte fühlte sich durch diese Abmachungen gestärkt.

„Was kann schon schiefgehen", ermutigte sie sich, bevor sie die Türglocke betätigte, „wer nichts wagt, der nicht gewinnt."

Sie nickte Agnes und Ella noch einmal zu, dann wurde die Tür geöffnet, sie trat ein.

„Ich habe eine Einladung vom Herrn des Hauses", sagte sie zu dem alten Diener, der sie mit großen Augen anstarrte.

„Jawohl Frau Gräfin, jawohl", beeilte er sich zu sagen, „bitte folgen Sie mir, Gnädige Frau."

Mit einer Kerze in der Hand ging der Mann durch den Flur voran. Es dauerte einen Moment, bis Charlottes Augen sich an die Düsternis gewöhnt hatten. Hier drinnen roch es nach Weihrauch, Moder und Holz. Auch der Treppenaufgang war düster. *Genauso düster wie Leo von Dorn selbst*, dachte sie beklommen. Gleichzeitig fiel ihr ein, dass sie gar nicht wusste, in welchem Zimmer er sie empfangen würde und ob die Fenster jenes Raumes auf die Hausseite zeigten, die Agnes und Ella im Blick hatten. Schließlich klopfte der Diener an eine Tür.

„Herein!", rief der Hausherr.

Noch bevor Charlotte einen Gruß aussprach, sah sie zu den Fenstern, deren Ausblick ihr verriet, dass sie sich auf der richtigen Seite des Hauses befand. Erleichtert darüber streckte sie von Dorn die Hand entgegen. Der deutete mit rotem Kopf einen Handkuss an.

„Oh Verzeihung, Hochwürden, ich vergaß", entschuldigte sie sich, denn normalerweise durfte eine Frau einem Gottesmann nicht die Hand zum Kuss reichen.

Umso erstaunter war sie darüber, dass er sich ohne Zögern dazu hatte hinreißen lassen.

„Nun, wir sind heute ja gewissermaßen ganz unter uns, Frau Gräfin", raunte er ihr in einem vertraulichen Ton zu, bei dem ihr ein Schauer über den Rücken lief, „da können wir beide doch auf die Etikette verzichten, oder?"

Er zeigte auf zwei rot gepolsterte Stühle neben einem kleinen Eichentisch mit Intarsien. In dem Raum, der eine gewisse Behaglichkeit ausstrahlte, standen an den Wänden mit Büchern gefüllte Regale. Es war zudem jener Raum, in dem von Dorn am Abend vorher dem Comte von Charlottes Begehrlichkeiten erzählt hatte.

Ich könnte schnell ein Buch nehmen und es aus dem Fenster werfen, dachte sie, während sie Platz nahm und ihn anlächelte.

„Wie geht es Ihnen heute, Charlotte?", erkundigte sich Leo sanft. Auch er hatte Platz genommen.

Sie widerstand ihrer Empörung darüber, dass er es wagte, sie mit ihrem Vornamen anzusprechen. *Reiß dich zusammen, er wird nur dann reden, wenn du ihn gewähren lässt.*

Die Frau, die ihm gegenübersaß, sah heute besonders reizend aus. Überhaupt sah von Dorn die Gräfin seit ihrem Geständnis im Beichtstuhl in einem neuen Licht. Jetzt, wo er sie gewissermaßen in der Hand hatte, wollte er sich diese Gelegenheit nicht entgehen lassen und ausloten, wie weit er bei ihr gehen konnte. De Passeur hin oder her. Schließlich war sie allein zu ihm gekommen und gewiss hatte sie ihrem Mann kein Wort davon gesagt.

„Ich hoffe, der Inhalt dieses Gesprächs bleibt unter uns", begann Charlotte. „Ich kann mich doch voll und ganz auf Eure Verschwiegenheit verlassen, Euer Gnaden?"

„Ich werde schweigen wie ein Grab, meine liebe Charlotte. Diese delikate Angelegenheit wird natürlich unter uns bleiben."

Er hatte sich bei diesen Worten nach vorne gebeugt und wie beiläufig ihre Hand berührt. *Oh Gott, wofür hält er mich?*, dachte sie erschrocken und zog die Hand zurück.

„Sie haben mich hierhergebeten, um mir Näheres über den Grafen de Passeur mitzuteilen", sagte sie betont sachlich.

Sie ziert sich also noch, dachte von Dorn, *aber das wird ihr nichts nützen.* Er lehnte sich zurück und schwieg eine Weile.

„Wie ernst ist es Ihnen wirklich mit Ihrer Leidenschaft für ihn?", fragte er dann.

„Sehr ernst, fürchte ich", log Charlotte.

Er betrachtete sie aus zugekniffenen Augen, als ob er dadurch den Wahrheitsgehalt ihrer Aussage besser prüfen könne.

„Wie weit würden Sie gehen, Verehrteste? Wären sie bereit, Ihren Mann für den Comte zu verlassen, wenn es darauf ankäme?"

Charlotte spürte ein heftiges Unwohlsein in der Magengrube, riss sich jedoch zusammen.

„Das ist für eine Frau wie mich eine höchst schwierige Frage, auf die es derzeit noch keine klare Antwort geben kann."

Sie sah den Geistlichen leidend an, was ihr angesichts ihres tatsächlichen Befindens nicht schwer fiel. Sie kam sich vor wie eine Verräterin. Schließlich begann von Dorn ihr die Geschichte aufzutischen, die er mit Develnias abgesprochen hatte. Ab und zu vernahm er ein „Ah" und ein „Oh" von der Gräfin, denn er sprach salbungsvoll von dem armen Kind, das der Comte gewesen war und wie er unter seinen barmherzigen Fittichen zu dem Mann von heute wurde.

„Er ist also gar kein französischer Graf?", fragte Charlotte als Erstes, nachdem er geendet hatte.

Von Dorn hatte mit dieser Frage gerechnet.

„Wer weiß das schon genau, meine Liebe. Die Umstände, unter denen ich ihm begegnet bin, waren sehr mysteriös. Man erzählte mir später, der Kaiser habe einst diejenigen Adeligen, die sich gegen ihn gestellt hatten, töten lassen, weshalb viele Kinder ihre Eltern verloren haben."

Charlotte blickte ihn misstrauisch an.

„Gab es denn sonst noch irgendetwas Außergewöhnliches, etwas Mysteriöses in seiner Vergangenheit?"

„Nun, er gibt sich als Graf aus, was vielleicht fragwürdig ist. Aber dies ist auf mein Anraten hin geschehen und kann ihm nicht allein zum Vorwurf gemacht werden."

Das war die einzige wahre Aussage in der Geschichte, die der Geistliche auftischte.

Charlotte sah ihn eine Weile erwartungsvoll an, ob er doch noch mehr preisgeben würde. Er aber schwieg, erhob sich stattdessen und trat hinter sie. *Was hat der Kerl vor?*, durchfuhr es sie und wollte ebenfalls aufstehen. Er aber legte seine schweren Hände auf ihre Schultern und seufzte.

„Ich weiß, Charlotte, es ist nicht leicht für dich, zwischen ihm und deinem Mann entscheiden zu müssen", begann er, während eine Hand ihren Nacken streichelte und die andere in den Ausschnitt ihres Kleides glitt.

Charlotte packte blankes Entsetzen. Dass er sie auch noch duzte, fiel ihr zunächst gar nicht auf. Sie wollte aufspringen und ihn ohrfeigen, aber er hielt sie fest, beugte seinen Kopf zu ihr herab.

„Bleib doch noch eine Weile bei mir, Charlotte", hauchte er ihr ins Ohr und küsste ihren Nacken, während sein Griff immer fester wurde.

Charlotte wurde panisch, riss ihre Arme so energisch hoch, wie sie konnte … und endlich gelang es ihr aufzustehen. Mit zitternden Knien, aber energischen Schritten eilte sie zum Fenster.

„Was fällt Ihnen ein von Dorn! Schämen Sie sich!", rief sie außer sich.

„Wie schön du heute bist, meine Gräfin", säuselte er unbeeindruckt und näherte sich ihr.

Das wird ja immer besser, dachte Charlotte erschrocken und suchte verzweifelt nach dem Fenstergriff.

„Wird es dir bei mir zu heiß?", hörte sie ihn

dicht hinter sich, „ich helfe dir gerne beim Entkleiden."

Schon begann er damit, die Bänder und Knöpfe ihres Kleides zu öffnen, wobei er so laut in ihr Ohr atmete, dass ihr schwindelig wurde.

„Nein!", schrie sie, „hören Sie sofort auf damit!"

Aber von Dorn war außer Sinnen, schon berührten seine Finger ihre nackte Haut. Glücklicherweise konnte Charlotte jetzt das Fenster öffnen und eine Dose, die sie zu fassen bekam, hinausschleudern. Sie vernahm das Geräusch des Aufpralls und flehte innerlich, dass Agnes und Ella das Zeichen mitbekommen hatten. Schon hörte sie die Glocke läuten.

„Mein treuer Diener hat die Anweisung, jede Art von Störung abzuweisen, solange du bei mir bist", frohlockte er, während seine Arme sie fester umfassten. Er presste seinen Körper an ihren, um sie zu küssen. Da wurde zu seinem Erstaunen mit lautem Poltern die Tür aufgestoßen. Von Dorn riss den Kopf herum und sah zwei Frauen mit empörten Gesichtern in das Zimmer stürmen. Noch ehe er so richtig begriff, was geschah, stieß ihn die Gräfin mit einer Kraft, die er ihr nicht zugetraut hätte, so heftig von sich, dass er gegen ein Bücherregal stieß, das heftig zu schwanken begann. Einige dicke Bücher fielen herab und krachten auf seinen Kopf.

„Leo von Dorn, heute sind Sie eindeutig zu weit gegangen!", rief Charlotte wutentbrannt aus, während sie ein Buch ergriff und zuschlug.

Er versuchte eine Hand schützend vor sich zu

halten.

„Charlotte, wir sollten jetzt gehen", hörte sie Ella flehen und schon packte Agnes ihre Hand und zog sie zur Tür.

„Ich will Ihnen zum Schluss unserer höchst unerfreulichen Begegnung noch versichern, dass alles, was ich Ihnen über meine Leidenschaft für de Passeur gesagt habe, nicht der Wahrheit entspricht!", rief sie ihm zu, während Ella sie eilig zur Tür hinausschob.

Den Diener, der mit verwirrtem Gesichtsausdruck dastand, drängten die Frauen einfach mit nach draußen.

„Sorgen Sie dafür, dass er in diesem Raum bleibt, solange wir nicht das Haus verlassen haben", wies Agnes ihn an.

Er nickte schwach. Die Frauen stürmten die Treppe hinunter.

„Mein Kleid!", rief Charlotte aus, bevor sie ins Freie traten. Mit zitternden Fingern versuchte Agnes die Knöpfe des Kleides zu schließen, was in dem düsteren Flur kaum gelang. Schon hörten sie, wie von Dorn laut schimpfend die Treppe herunter polterte.

„Los, raus hier!", rief Ella.

Die Frauen nahmen, soweit möglich, Haltung an und zogen so rasch und unauffällig wie möglich die Tür des Hauses hinter sich zu. Augenblicke später saßen sie in der gräflichen Kutsche, die an der Ecke gewartet hatte. Die Gräfin war außer sich vor Wut auf von Dorn, aber auch auf sich und ihre Unvorsichtigkeit.

„Was bildet sich dieser ekelhafte Fettwanst ein?", rief sie erbost, nur um im nächsten Moment völlig zerknirscht daran zu denken, welch unvorstellbare Peinlichkeit sie sich selbst eingebrockt hatte.

„Ich danke euch, Agnes und Ella! Ich mag mir gar nicht vorstellen, was noch geschehen wäre, wenn ihr nicht gewesen wärt!"

Agnes und Ella waren nicht weniger zerknirscht und ebenso wütend auf den Geistlichen.

„Die Mission war jedenfalls wenig erfolgreich", stellte Ella nach einer Weile fest.

Der Kutscher lenkte soeben das Gefährt über den Marktplatz am Haus des Comte vorbei, was nicht notwendig gewesen wäre. Aber offensichtlich fuhr der Mann gerne über den Platz. Als sie an der *Auberge* vorbeikamen, begannen die Menschen dort laut zu rufen.

Die drei waren noch so in Gedanken vertieft, dass sie zunächst nicht erkannten, was da gerufen wurde. Dann blieb die Kutsche stehen. Charlotte sah hinaus, um festzustellen, weshalb.

„Da kommt sie, die falsche, kaltherzige Gräfin!", rief eine Frau aus, als sie sie erblickte. Die übrigen Anwesenden johlten ihre Zustimmung.

„Hoch lebe der Kaiser, hoch lebe unser geliebter Comte de Passeur!", rief ein Mann und wieder folgte bekräftigender Jubel.

Charlotte zuckte zusammen.

Entsetzt sah sie Ella und Agnes an.

„Was um Himmels willen hat das zu bedeuten? Nie im Leben kann, was soeben geschehen ist, sich schon auf dem Marktplatz herumgesprochen haben, oder?", fragte sie hilflos.

„Nein, das ist unmöglich", antworteten die beiden wie aus einem Mund.

„Ich verstehe nicht ..." war das Einzige, was die Gräfin noch sagen konnte, dann schlug sie die Hände vors Gesicht und begann heftig zu schluchzen.

Agnes setzte sich neben sie und legte tröstend den Arm um ihre Schulter. Ella pochte an die Wand, um den Kutscher zum Weiterfahren anzutreiben. Das Gefährt setzte sich in Bewegung, kam jedoch nur langsam voran, weil es von wütenden Menschen umringt war. Alle hatten es auf die Gräfin abgesehen. Sie wurde beleidigt, die Menschen zeigten mit geballten Fäusten auf sie. Einige bespuckten sogar die Fensterscheiben. Angewidert und verängstigt duckten sich die Frauen in die Polster und verschlossen die Vorhänge, die es glücklicherweise in dieser Kutsche gab. Endlich gelang es dem Kutscher, die Pferde wieder anzutreiben.

Als Agnes hinaus linste, sah sie de Passeur hinter der Scheibe eines der oberen Fenster stehen. Sie glaubte zu erkennen, dass er überheblich lächelte.

„Oh, wie ich diesen Menschen hasse! Ihn und diesen widerlichen Leo von Dorn!"

Develnias erhielt viel mehr Goldtaler für den roten Rubin, als er erwartet hatte. Der wertvolle Stein brachte den Händler, der ihn kaufte, zum Staunen.

„Solch einen außergewöhnlichen Stein habe ich noch nie gesehen. Woher habt Ihr ihn?", fragte der Mann.

Er blieb ihm die Antwort schuldig, steckte das Geld ein und ging.

So oft er Lust dazu hatte, besuchte er Nayah im verborgenen Land. So verging einige Zeit.

Eines Tages beschloss er, auf Reisen zu gehen. Und welches Land lag für ihn näher als Frankreich? Nicht nur wegen seines neuen Namens Luis de Passeur, sondern vor allem, weil der machtvolle Kaiser ihn beeindruckte. Seinen eigenen Machthunger stillte er mit zahlreichen Frauen. Straßenmädchen gab es in Frankreich zuhauf. Wenn ihm langweilig wurde, widmete er sich der Mode, bezahlte teure Schneider, die ihn in edelste Stoffe kleideten. Mit seinem eleganten Erscheinen machte er überall auf sich aufmerksam. Er ließ von den Straßenmädchen ab und eroberte reiche Kurtisanen. Wo er auch hinkam, überall war er bei den Frauen begehrt. Er gab sich als Graf aus, den immer der Hauch des Geheimnisvollen umwehte. Er machte nicht viele Worte, dennoch schenkten ihm die Frauen, auch jene von hohem Stand, rasch ihr Herz und fast immer weitaus mehr.

Fiel sein Blick auf Perlen, die nicht selten den Hals einer wohlhabenden Frau schmückten, versuchte er sich zu beherrschen, was ihm jedes Mal misslang und er fluchtartig den Ort verlassen musste. Wenn er diejenige aber trotzdem erobern wollte, schrieb er Briefe, in denen er beteuerte, die Schönheit der Angebeteten strahle in seinen Augen nur dann am hellsten, wenn sie sich ihm so zeige wie Gott sie geschaffen hatte. Solche Worte verfehlten ihre Wirkung äußerst selten.

Er lernte auch einflussreiche Männer kennen, denen er hinter vorgehaltener Hand anbot, als Komplize für französische Interessen zu dienen – etwa in der reichen Stadt Erlenburg. Wer an seiner Integrität zweifelte, machte kurzerhand Bekanntschaft mit seinem Stock.

Bei verschiedensten Gelegenheiten entwendete er Gegenstände, die einem französischen Adeligen gute Dienste erweisen konnten. Der beachtlichste Gegenstand seiner Sammlung war ein Exemplar des Wappenstempels des Kaisers. Es war nicht zu fassen, welche Gelegenheiten sich einem bei rauschenden Festen in prachtvollen Villen boten.

Als er Gaston und Archimbald kennenlernte, die sich an seine Fersen hefteten, beschloss er, nach Erlenburg zurückzukehren. Die stolze Burg war seinem Machthunger nicht entgangen. Gewiss würde es mit ein wenig Raffinesse nicht allzu schwer sein, selbst Burgherr dort zu sein. So holte er über die Grafen zu Erlenburg Erkundigungen ein, um bei einem Zusammentreffen über etwas Wissen zu verfügen. Das, so dachte Develnias, würde Eindruck machen und ihm die Türen der Burg öffnen. Seine Rechnung ging auf. Sein sicheres Auftreten, seine französische Eleganz, die Kutsche, mit der er vorfuhr, sein angelernter Akzent und die Aussage, er wäre entfernt mit dem Grafen Jakob von Erlenburg verwandt – all das überzeugte Jakob und Charlotte.

„Unsere Familie ist wirklich ein weitverzweigtes Geschlecht", sagte Jakob an jenem Abend zu Charlotte „wenn ich ehrlich bin, kenne ich den Namen de Passeur nicht. Es gibt aber auch keinen triftigen Grund, dem Comte nicht zu glauben."

Großzügig überließen sie den drei Männern den Ostflügel der Burg. Gelegentlich sah man sich, dann erzählte der Gast dem Grafenpaar die interessantesten Geschichten aus Frankreich, was Charlotte und Jakob spannend fanden. Nachdem etwas Zeit vergangen war, kehrte jedoch der Alltag ein und jeder ging wieder mehr den eigenen Beschäftigungen nach.

Charlotte und Jakob hofften zwar, ihre Gäste würden in naher Zukunft die Erlenburg wieder verlassen, aber irgendwann machten sie sich auch darüber nicht mehr so viele Gedanken.

Im Kopf des Luis de Passeur aber nahm inzwischen eine teuflische Idee Gestalt an.

Gaston hatte die Anweisung des Grafen befolgt und zwei Körbe mit frisch gebackenen Pasteten gefüllt. Er reichte sie Archimbald.

„Geh zum Markt, zu den Händlern, Arbeitern und Handwerkern und verteile alles. Vergiss aber nicht, dabei die Grüße des Comte zu bestellten", trug er Archimbald auf, der über diesen Auftrag wenig erfreut war.

Beim Duft der Pasteten lief ihm allerdings das Wasser im Mund zusammen. Er würde sich unterwegs, von Gaston unbemerkt, bequem den Bauch vollschlagen können.

„Ich rate dir dringend davon ab, selbst die Pasteten zu kosten", sagte da Gaston zu seiner Enttäuschung. „Du willst doch nicht die Kontrolle über dich verlieren und dich zum Gespött der Leute machen, mein Lieber", fügte er hinzu.

Archimbald war zwar nicht der Hellste, dachte sich mittlerweile aber schon, weshalb Gaston so geheimnisvoll mit den Gewürzen umging, die sich in einem hölzernen Kistchen befanden. Er holte Luft, um eine Frage zu stellen, aber der Koch schob ihn zur Tür hinaus.

Kurze Zeit später betrat de Passeur die Backstube.

„Gaston, verwende heute für eine Pastete auch jenes Gewürz, das wir noch nicht verwendet haben."

Gaston schluckte.

Das Fläschchen mit der Aufschrift *Épice de la mort* hatte er bisher noch nicht angerührt und gehofft, dies auch nie tun zu müssen.

„Wenn diese Pastete fertig ist, sorge dafür, dass sie nur in meine Hände gelangt", schärfte de Passeur ihm eindringlich ein.

„Ist das wirklich nötig, Edler Herr? Die Wirkung der übrigen Zutaten ist phänomenal. Die Bewunderung der Menschen Ihnen gegenüber ist grenzenlos. Sie sind bereit, alles für Sie zu tun."

Er blickte Gaston mit funkelnden Augen an.

„Lass das gefälligst meine Sorge sein und mach dich an die Arbeit! Es gibt da jemanden, den ich aus dem Weg schaffen muss."

Agnes, Johan und Gustav trafen sich zum Abendbrot im Esszimmer. Gustav und Johan plauderten angeregt über die Arbeit in der Werkstatt, während Agnes schweigend zuhörte. Die Bilder der nachmittäglichen Ereignisse hingen noch in ihrem Kopf.

Da hörten sie von draußen den dumpfen Klang von Stimmen, ein noch entferntes Johlen und Rufen. Agnes sprang auf, um nachzusehen. Vom Marktplatz her näherte sich die Kutsche des Comte. Mehrere Menschen begleiteten jubelnd das Gefährt.

„Vater, Johan, kommt schnell her", rief Agnes aufgeregt.

Als Gustav und Johan das Geschehen auf der Gasse sahen, schüttelten sie den Kopf.

„Was ist bloß neuerdings in die Erlenburger gefahren", fragte Gustav besorgt, „sie scheinen mittlerweile alle den Verstand zu verlieren."

Auch Johan wunderte sich über den Tumult, konnte sich allerdings denken, welches Ziel die Kutsche ansteuerte.

„Ich glaube, ich weiß, was das werden soll. Dein Verehrer hatte angekündigt, heute erscheinen zu wollen, um dir seine Aufwartung zu machen, Agnes", erinnerte er sie.

„Was?", rief Gustav aus, „davon weiß ich ja nichts."

„Weil es nicht wichtig ist, Vater!", entgegnete Agnes wütend, „dieser Kerl, der so lästig ist wie eine Schmeißfliege, soll mich ein für alle Mal in Ruhe lassen!"

Johan begriff in diesem Moment, wie sehr Agnes unter der Anwesenheit dieses Mannes und seinen ständigen Andeutungen litt.

„Sein Auftreten ist widerwärtig", fuhr sie fort, „seines und das seines Freundes Leo von Dorn!"

Die Kutsche war mittlerweile mitsamt der Menschentraube, die sie umringte, vor dem Haus zum Stehen gekommen.

„Was machen wir jetzt bloß?", fragte Agnes aufgelöst. „Erst heute Nachmittag musste ich miterleben, wie all diejenigen, die den Comte bejubeln, die Gräfin verspottet und beschimpft haben!"

Sie blickte Gustav und Johan verzweifelt an.

Gustav trat vom Fenster zurück.

„Wir werden ihm die Tür nicht öffnen", sagte er entschieden.

„Aber dann sind wir vielleicht diejenigen, die dem Spott und der Wut ausgesetzt sind", befürchtete Agnes.

Johan nahm sie tröstend in die Arme.

„Ich schlage vor, wir lassen ihn eintreten. Dass ich ein Konkurrent für ihn bin, ahnt er bereits. Es wird Zeit für klare Worte."

„Klare Worte ...", wiederholte Gustav und sah die beiden fragend an, „heißt das ...?"

Agnes begann zu strahlen und küsste Johan auf die Wange. Für eine weitere Erklärung reichte es nicht, denn an der Haustür ertönte lautes Klopfen.

„Nun", sagte Gustav gerührt, „es geht ihn zwar überhaupt nichts an, aber wir sollten de Passeur unmissverständlich mitteilen, dass er sich dich aus dem Kopf schlagen soll, nicht wahr?"

Sie nickten einander zu, dann eilte Johan die Treppe hinab, um den unliebsamen Besucher einzulassen.

„Sie wünschen, mein Herr?", fragte Johan so beiläufig wie möglich.

Der unerwünschte Besucher hatte wieder mal großen Wert auf sein Erscheinen gelegt. Seine Kleidung, farblich perfekt aufeinander abgestimmt, machte unweigerlich Eindruck auf Johan, der sich in seiner einfachen Weberkleidung ziemlich farblos vorkam. Zudem verströmte der Besucher einen Duft, der Johan den Atem nahm. In der einen Hand hielt er einen Blumenstrauß, in der anderen eine mit einer roten Schleife verzierte kleine Schachtel. Seinen Gehstock hatte der Comte unter den Arm geklemmt.

„Ich wünsche das verehrte Fräulein Agnes und ihren ebenso verehrten Vater zu sehen", sagte er barsch, während er Johan verächtlich musterte.

Johan durchfuhr ein eisiger Schauer, obwohl er die warme Luft spürte, die von draußen herein strömte.

„Gut", entgegnete er, „ich darf Sie nach oben bitten."

Wie er hinter dem Mann die Treppe hoch ging, bemerkte Jakob die goldene Spitze des Gehstocks. *Ein wirklich außergewöhnliches Stück*, dachte er, während ihn ein mulmiges Gefühl beschlich.

Gustav und Agnes empfingen den Comte in der Wohnstube. Agnes hatte sich auf das grüne Sofa gesetzt, während Gustav den Gast stehend begrüßte. Der hielt sich nicht lange mit Gustav auf. Er steuerte direkt auf Agnes zu und nahm sogleich neben ihr Platz, noch bevor Johan dies verhindern konnte.

„Fräulein Agnes", begann er mit einem beschwörenden Unterton, „meine Freude, Sie endlich wiedersehen zu dürfen, ist unendlich groß."

Agnes wäre am liebsten aufgesprungen und weggelaufen, aber in der Gegenwart von Johan, der neben sie getreten war, fühlte sie sich sicher. Zögernd nahm sie den Strauß und die Schachtel entgegen.

„Darf ich erfahren, was der Anlass für Ihren unverhofften Besuch ist?", fragte nun Gustav.

„Das würde ich später gerne mit Ihnen unter vier Augen besprechen."

Er sah Johan missbilligend an.

„Oh, ich kann Ihnen versichern, dass wir keine Geheimnisse voreinander haben", offenbarte Gustav, „Sie dürfen also offen sprechen, mein Herr."

Der Comte blickte Agnes tief in die Augen, zumindest versuchte er es, dann erhob er sich und ging auf ihren Vater zu, der einen Schritt zurückwich, als er sich vor ihm aufbaute.

„Mein lieber Meister Gründel, in aller Form möchte ich hiermit um die Hand Ihrer Tochter anhalten. Ich darf mit Sicherheit annehmen, dies ist auch der Wunsch Ihrer Tochter, auch wenn wir uns in letzter Zeit aufgrund dringender Geschäfte meinerseits - wie Sie nur allzu gut wissen - nicht so oft sehen konnten. Ihre Tochter bekommt mit mir einen Ehemann, wie es weit und breit keinen geeigneteren und keinen mit größerem Ansehen gibt."

De Passeur sprach gepresst, denn diese Worte kamen ihm alles andere als leicht über die Lippen. Er war es nicht gewohnt, um irgendetwas zu bitten. Was er wollte, nahm er sich.

Aber noch immer hatte er nicht den leisesten Zweifel daran, dass sein Antrag angenommen würde, denn so ein dahergelaufener Handweber wie der Kerl da vor ihm, hatte der schönen Agnes nichts von dem zu bieten, was er ihr im Überfluss zu geben hatte.

Siegessicher sah er den Meister an, der zu seinem Erstaunen keine Regung zeigte. Agnes warf Johan einen flehentlichen Blick zu, woraufhin er neben Gustav trat und das Wort an den Comte richtete.

„Da müssen wir Sie enttäuschen, Graf", begann er mit fester Stimme. „Ich muss und will Ihnen mitteilen, dass Agnes nicht Sie, sondern mich heiraten wird. Ihr Vater hat bereits seinen Segen dazu gegeben. Wir bitten Sie dringend, dies ein für alle Mal zur Kenntnis zu nehmen."

Der edle Herr meinte, seinen Ohren nicht trauen zu können. Ungläubig sah er von Johan zu Gustav.

„Ja, es stimmt", hörte er Gustav sagen, „Agnes wird Johan zum Mann nehmen."

Es entstand eine eisige Stille, aber keiner hatte erwartet, was dann geschah. Der Comte drehte sich zu Agnes, ging mit ausholenden Schritten auf sie zu, packte sie unsanft und küsste sie auf den Mund.

„He!", rief Johan fassungslos und eilte hinzu.

Als er den Comte von Agnes wegzerren wollte, griff der nach seinem Gehstock und zeigte mit der goldenen Spitze auf Johan, der instinktiv zurückwich.

Der edle Herr in Erlenburg hat eine gefährliche Waffe. Er tötet auch dich, wenn du ihm in die Quere kommst. Die Worte des schattenhaften Kuttenmannes, dem Johan auf seiner Reise nach Erlenburg begegnet war, schossen ihm durch den Kopf. Geistesgegenwärtig ergriff Johan einen Stuhl und schlug damit dem Angreifer den Stock aus der Hand. Er landete vor Gustavs Füßen, der ihn schleunigst hochhob, damit zum Fenster eilte und ihn hinauswarf.

Dann schallte eine Ohrfeige.

Agnes' Hand traf den Comte mitten ins Gesicht.

„Sie widerlicher Kerl", rief sie aus, „glauben Sie

denn, Sie können sich alles erlauben, genauso wie ihr unsäglicher Freund Leo von Dorn!"

De Passeur, plötzlich ohne seinen Stock, sprang auf den Tisch. Er schien vollkommen außer sich zu sein. Seine Gesichtszüge waren hasserfüllt.

„Zur Hölle mit euch! Zur Hölle mit eurer Liebe!", schrie er mit Schaum vor dem Mund, „ihr wisst nicht, mit wem ihr es zu tun habt. Agnes Gründel gehört mir! Ob das hier Zustimmung findet oder nicht!"

Dann sprang er wie ein Tier herab, lachte hämisch und verschwand.

Sekunden später, nachdem die Tür ins Schloss gefallen war, hörte man im Haus nur das Ticken der Wanduhr. Draußen jedoch erhoben sich erneut Rufe des Entzückens.

Agnes war völlig durcheinander, aber dann trat sie mit Johan und ihrem Vater ans Fenster. Einer der Umstehenden hatte de Passeur den Stock überreicht. Der scheuchte den Kutscher vom Kutschbock, kletterte in Windeseile selbst hinauf und schlug wie wild auf die verschreckten Pferde ein. Einige Anwesende mussten blitzartig zur Seite springen und sich so in Sicherheit bringen, aber ein jeder winkte der davonrasenden Kutsche hinterher.

Agnes lehnte sich kreidebleich an Johan und umschloss gleichzeitig eine Hand ihres Vaters.

„Bei allen Heiligen, aber so etwas habe ich noch nicht erlebt", sagte Gustav mit bebender Stimme.

De Passeur stürmte vom Kutschbock und betrat wutentbrannt die *Auberge du Pâté*, die zu diesem Zeitpunkt bereits geschlossen hatte. Nur die Bediensteten gingen noch ihrer Arbeit nach.

„Ich will heute von niemandem mehr gestört werden", brüllte er durch das Haus, bevor er in der oberen Etage verschwand.

Die Mädchen, gerade dabei, das Geschirr aufzuräumen, zuckten zusammen. So hatten sie ihn noch nicht erlebt.

„Dem ist aber eine große Laus über die Leber gelaufen", flüsterte Berta den anderen zu, die darüber hinter vorgehaltener Hand kicherten. Nachdem sie endlich alle Arbeiten erledigt hatten, wünschten sie Gaston, der noch in der Küche stand, eine gute Nacht. Die Füße taten den Mädchen weh, aber sie freuten sich auf den Heimweg an diesem lauen Sommerabend.

„Berta, warte!", hörten sie den Koch aus der Küche rufen. Sie verdrehte die Augen. Was wollte er jetzt noch?

„Bring dem edlen Herrn das Abendessen - das wird ihn beruhigen", wies er sie an. Berta seufzte, ging lustlos in die Küche, bestückte ein Tablett mit Teller, Glas und Geschirr.

Als sie ein Stück Pastete auf den Teller geben wollte, hielt Gaston sie zurück.

„Nicht diese!", fuhr er sie an, „nimm die hier!" Berta gehorchte.

Gaston öffnete eine Flasche Rotwein für den Comte. Als alles bereit war, schickte er das Mädchen nach oben. Berta hoffte inständig, der Herr würde ihr das Essen einfach abnehmen und sie dann wieder gehen lassen. Sie war wirklich hundemüde. Oben lauschte sie, hinter welcher Tür er sich wohl aufhielte. Sie kannte sich nicht aus, entdeckte aber im Flur ein kleines Tischchen, wo sie das Tablett abstellte. Weil sie nichts vernahm, aber auch nicht überall anklopfen wollte, ging sie von Tür zu Tür und horchte.

Plötzlich wurde genau die Tür aufgerissen, an die sie ihr Ohr hielt. De Passeur trat heraus und stieß mit ihr zusammen.

„Oh Verzeihung gnädiger Herr!", rief sie mit hochrotem Gesicht, „ich wollte nicht …"

„Was soll das?", fuhr er sie an, „was willst du hier?"

Kann es sein, dass das vorwitzige Ding den Toten nebenan entdeckt hat?, fragte er sich, *ich muss ihn so bald wie möglich von hier fortschaffen.* Er sah sie scharf an, aber sie zeigte auf das Tischchen und das Tablett.

„Gaston schickt mich. Ich soll Euch Pasteten und Wein bringen."

De Passeur sah die blauen Augen, die ihn verschüchtert ansahen, und dachte an Agnes.

„Bist du nicht diejenige, die wissen wollte, was sich in diesem Stockwerk befindet?", erinnerte er sich.

Sie nickte verlegen.

„Berta ist dein Name, nicht wahr? Es ist gut, dass du da bist, Berta", sagte de Passeur jetzt versöhnlicher, „du kannst noch mein Zimmer in Ordnung bringen."

Er schob sie hinein, holte das Tablett und schloss die Tür.

Berta stand da und sah sich staunend um. Solch einen Prunk und solch nobles Mobiliar hatte sie noch nicht gesehen.

„Räum die Kleider in den Schrank", sagte er, während er sich mit dem Tablett am Tisch niederließ und sich Wein einschenkte. Er betrachtete die junge Frau wohlgefällig und stellte sich vor, was in dieser Nacht geschehen würde.

„Wie gefällt es dir hier?", wollte er wissen.

„Es gefällt mir sehr gut, Edler Herr", gab das Mädchen zu, während sie auf das große Bett starrte. Wie es wohl sein mochte, in so einem großen und weichen Bett wie diesem zu schlafen?

Sie gab sich einen Ruck, las die wenigen Kleidungsstücke auf, die über Stuhl und Bett lagen, und hängte sie in den Schrank.

„Mit Verlaub, Edler Herr, ich bin fertig", sagte sie dann, deutete einen Knicks an und ging zur Tür.

„Du willst schon gehen?", fragte er, „ich würde mich freuen, wenn du mir noch ein wenig Gesellschaft leistest."

Du scheinst mir ein guter Ersatz für Agnes zu sein - wenn auch nur für diese Nacht, freute er sich und dankte in Gedanken dem treuen Gaston, der die junge Frau zu ihm geschickt hatte.

Weil Berta wie versteinert dastand, erhob er sich, ergriff ihre Hand und führte sie zu dem leeren Stuhl ihm gegenüber.

„Hier Berta, nimm Platz", sagte er galant und

schenkte ihr Rotwein ein.

Er sah sie an.

„Hast du schon mal mit einem Mann eine Nacht verbracht?", fragte er unumwunden, nachdem sie getrunken hatte.

Berta verschluckte sich und musste husten. Hatte sie richtig gehört?

„Nein ... nein ... was denkt Ihr von mir?", stotterte sie.

„Ich denke und sehe, dass du eine Schönheit bist, die endlich in diesen Genuss kommen sollte. Deshalb schlage ich vor, wir beide nutzen die Zeit. Wie du siehst, ist mein Bett groß genug für zwei, was meinst du?"

Berta sprang auf. Comte hin oder her, aber das ging zu weit.

Er lachte.

„Du kannst es dir noch überlegen, meine Liebe, aber setz dich wieder und iss und trink wenigstens mit mir", forderte er sie gelassen auf.

Sie setzte sich zögernd, beäugte den Mann misstrauisch, ließ es sich aber schmecken. Er schenkte Wein nach. Berta war es nicht gewohnt, Alkohol in dieser Menge zu trinken und fühlte sich mit jedem Schluck irgendwie leichter, ungezwungener. Ihre Zunge löste sich, sie lobte den vorzüglichen Geschmack der Pasteten und redete viel von unwichtigen Dingen – wie er fand. Dabei wurde ihr Lachen immer lauter. Inzwischen fühlte sie sich ziemlich bedeutsam. Sie allein saß mit dem edlen Herrn in seinem Schlafgemach. Was für ein Privileg. Wie würden die übrigen Mädchen sie bewundern, wenn sie ihnen davon erzählte. Wieder lachte sie laut auf.

„Jetzt ist es Zeit, schlafen zu gehen, nicht wahr Berta?", redete er auf sie ein, als sie wenig später gähnte. „Möchtest du, dass ich dir beim Entkleiden helfe?"

„Nein, Edler Herr, das kann ich schon noch alleine", antwortete sie beschwipst und kicherte.

Er lächelte siegessicher. Bald hatte er sie soweit.

„Mein Bett wartet auf dich", flüsterte er ihr zu, „du wirst himmlisch darin schlafen."

Sie lächelte ihn kokett an, trat ans Bett und begann sich auszuziehen. Sie schwankte ein wenig, legte jedoch ein Kleidungsstück nach dem anderen sorgfältig neben sich ab. Was unter ihren Kleidern zum Vorschein kam, enttäuschte den Comte nicht.

Als sie nackt war, schlüpfte sie unter die Bettdecke und seufzte wohlig. Wenige Augenblicke später, als er sich neben sie legte und sie zu berühren begann, setzte sich ihr Seufzen fort. Sollte der edle Herr, der mit Frauen ganz sicher schon Erfahrung hatte, nur so weiter machen. Gewiss wusste er, was er tat.

Im weiteren Verlauf der Nacht tat der Comte einiges mit ihr, was ihr keinesfalls gefiel, aber sie war nicht in der Lage, sich dagegen zu wehren.

Leo von Dorn schlich den Gang entlang, der von seinen Privaträumen ins Gotteshaus führte.

Hoffentlich will heute niemand zur Beichte kommen, dachte er, *ich muss Develnias vor der Gräfin warnen. Wir müssen das Grafenpaar endlich loswerden. Mein Ansehen darf auf keinen Fall Schaden nehmen.*

Er blickte sich um – niemand war zu sehen. Falls Charlotte ihrem Mann von seinen Zudringlichkeiten berichtet hatte, könnte es sehr ungemütlich für ihn werden. Aber die Saat, die Develnias gesät hatte, trug reiche Früchte: Die Menschen standen auf seiner Seite. Da galt es, die Gunst der Stunde zu nutzen.

Von Dorn hatte heute keine Zeit, sich zu bekreuzigen, sondern lief sogleich zum Beichtstuhl. Wenig später hörte er aufgeregte Stimmen.

„Was ist jetzt wieder los?", fragte er sich.

Er hastete zur Tür, um sie abzuschließen. Doch ehe er den Schlüssel umdrehte, wurde sie aufgerissen. Es war Develnias, der hereinstürmte und ihn beinahe über den Haufen rannte.

„Da bist du ja", stieß Develnias hervor, „los, verschließ die Tür, sie sollen draußen bleiben!"

„Das ist auch mein Wunsch!"

Es gelang ihnen gerade noch, den Schlüssel umzudrehen, bevor die Meute, die sich an die Fersen des Comte geheftet hatte, hereinströmen konnte. Während sich von Dorn schnaufend auf einer Bank niederließ, ging Develnias aufgebracht hin und her. Er vermied es, nach oben zu blicken, fühlte sich aber im Kirchenraum höchst unwohl. Nach der Nacht mit Berta stand ihm seine Niederlage im Werben um Agnes umso deutlicher vor

Augen. Jede Frau, so jung sie auch war, konnte nur ein schlechter Ersatz für sie sein. Unter seinen Schritten sprühten die Funken. Er musste Agnes einfach haben, koste es, was es wolle. Mit der Faust schlug er auf die Bank ein, auf der der Geistliche saß, dass es krachend durch den Kirchenraum hallte. So aufgebracht hatte von Dorn Develnias lange nicht mehr gesehen.

„Beruhige dich", forderte er ihn auf, „und dann sag, was geschehen ist."

Develnias hielt plötzlich inne.

„Du verfluchte Perle!", schrie er empor, während er gleichzeitig mit den Händen sein Gesicht bedeckte. „Wenn Erlenburg mir gehört, wirst du endgültig in der Dunkelheit verschwinden!"

Er machte eine Handbewegung, wie wenn er etwas nach oben schleudern wollte. Da krochen grüne Schlangen an den Säulen empor und umkreisten die Perle wie bei einem wilden Tanz. Zum ersten Mal begriff von Dorn, dass Develnias nicht Gott verfluchte, sondern die am Deckengewölbe prangende Perle. Er glaubte zu sehen, wie die Körper der Schlangen dunkle Linien auf dem sonst strahlenden Weiß der Perle hinterließen.

„So ist es gut", triumphierte Develnias, „es geht zu Ende mit dir."

Er wandte sich ab, um nicht die Kraft der Perle zu spüren zu bekommen.

„Wir müssen reden", stieß er hervor und ging voraus in den Beichtstuhl. Als er eine Stunde später die Kirche verließ, hatten die beiden einen Entschluss gefasst.

Mit Karamell auf dem Rücken flog Long-Long zum Erlenhain.

„Bitte eine sanfte Landung", gackerte Karamell, „ich will nicht schon wieder nass werden."

Dem Drachen gelang es diesmal, knapp vor dem Ufer zu landen. Er brauchte nur einen großen Schritt zu machen, schon stand er auf dem Trockenen.

„Sehr gut, Long-Long", lobte Karamell „das war schon viel besser."

Der Drache legte den Kopf schief und ließ das Huhn absteigen.

„Lernen ist ein Schatz, der seinem Besitzer immer folgt", sagte er bedächtig, dann suchten die beiden Strudel und Erlin.

„In Erlenburg ist der Teufel los. Alle verlieren den Verstand. Am Brunnen wimmelt es von verrückten Weibern und der Comte verteilt großzügig seine Pasteten."

Strudel kam ohne Umschweife auf den Punkt.

„Die Gräfin war heute völlig durcheinander. Mit Agnes und Ella ist sie im Teehaus verschwunden", trug Long-Long bei. „Ich habe mehrmals den Namen Leo von Dorn gehört.

„Die Menschen haben die Gräfin beleidigt", empörte sich Strudel, „dem Comte dagegen jubeln sie zu, als wäre er der Kaiser persönlich."

Die drei sahen Erlin erwartungsvoll an. Hatte sie vielleicht eine Antwort auf diese Ungeheuerlichkeiten? Die Erlenkönigin schwebte wie ein Geist zwischen den Erlen hin und her. Sie dachte nach.

„Seit er seine Pasteten verkauft, ist nichts mehr wie vorher ...", hörten sie ihre Stimme.

„Ja, das stimmt", pflichteten Strudel und Karamell bei, „die Damen haben ihn schon vorher bewundert, aber jetzt drehen alle durch, auch die Männer."

„Jetzt, also das heißt, nachdem alle von den Pasteten gegessen haben?"

„Ja, das könnte man meinen", bestätigte Strudel.

„Du meinst ...?", begann Karamell.

„Ja, ich vermute, dass er in die Pasteten etwas hineinmischt, das die Menschen in diese Stimmung bringt."

In den Köpfen von Karamell und Strudel ratterte es.

„Er vergiftet sie?", prustete Karamell entrüstet.

„Wenn der Fuchs den Hühnern seine Aufwartung macht, hat er keine guten Absichten", sagte Long-Long mit tiefer Stimme.

„Goaack, ein Fuchs?" Karamell blickte sich erschrocken um.

Erlin lachte.

„Unser chinesischer Freund kennt viele Weisheiten aus seiner Heimat, wie mir scheint."

Long-Long horchte auf.

„Hast du soeben *unser chinesischer Freund* gesagt?", tönte er freudig.

Erlin nickte und Strudel grinste.

„Du bist jedenfalls genau im richtigen Moment nach Erlenburg gekommen."

„Sehr richtig", stellte die Königin fest, „es gibt da aber noch jemanden, der im richtigen Augenblick nach Erlenburg gekommen ist."

„Johan?", vermutete Karamell.

„Genau. Er und Agnes haben uns ihre Hilfe angeboten. Jetzt ist es soweit. Die *Auberge* muss geschlossen und der Verzehr weiterer Pasteten verhindert werden, je früher, desto besser."

Erlin bewegte sich aufgeregt zur Baumkrone hinauf und wieder herab.

„Agnes und Johan müssen also schleunigst eingeweiht werden", drängte Strudel ungeduldig.

„Aber von wem und wie?"

Sie überlegten.

Am liebsten hätte sich jeder sofort auf den Weg gemacht. Aber das war nicht so leicht. Karamell erinnerte sich an die Begegnung mit dem Grobian, der sie zu den anderen Hühnern sperren wollte. Long-Long dachte darüber nach, Johan nachts einen Besuch abzustatten.

„Agnes trifft sich mit ihrer Freundin oft am Brunnen", sagte Strudel schließlich. „Ich werde ihr dort sagen, sie muss mit Johan so schnell wie möglich hierher kommen."

„Du willst mitten auf dem Marktplatz aus dem Brunnen auftauchen? Was ist, wenn du von jemandem gesehen wirst?", gackerte Karamell besorgt.

„Unter anderen Umständen würde ich mich natürlich verborgen halten. Aber jetzt muss ich wohl riskieren, von anderen gesehen zu werden."

Strudel klang entschlossen.

„Und Long-Long und ich, wir halten uns im Burggarten bereit. Wenn Agnes und Ella Charlotte im Teehaus besuchen, fangen wir Agnes ab", beeilte sich Karamell zu sagen.

Sie blickte Long-Long an, der ebenfalls entschlossen nickte.

„Also los", rief Karamell mit kämpferischer Stimme, „lasst uns Agnes und Johan holen!"

Develnias hatte in Frankreich seine Vorliebe für teure Stoffe entdeckt. Als er nach Erlenburg zurückkehrte, dauerte es daher nicht lange, bis er in der Werkstatt des Webermeisters Gustav Gründel erschien. Er stellte sich als Graf Luis de Passeur vor und beeilte sich zu berichten, dass er in der Erlenburg logiere in der Annahme, dies würde auf den Meister Eindruck machen. Des Weiteren schwärmte er ihm ausführlich von seiner Reise vor, von der stilvollen, kunstreichen Mode, hergestellt aus kostbarsten Seidenstoffen; darunter die mit Gold- und Silberfäden durchwirkten Brokatstoffe, ganz abgesehen von vielerlei farbenprächtigen Mustern und aufwändigen Stickereien.

Gustav, der zunächst vom Sachverstand des Mannes überrascht war, schwirrte bald der Kopf. Gerade in dem Moment, als der Comte die französischen Stoffe in den überschwänglichsten Tönen lobte, trat Agnes ein, um ihrem Vater und dem Besucher Kaffee zu servieren.

Als de Passeur Agnes erblickte, veränderte sich sein Benehmen schlagartig.

Er sprang auf und starrte sie schweigend an. „Darf ich vorstellen", sagte Gustav in die plötzlich eingetretene Stille hinein, „meine Tochter Agnes" und zu ihr „der Graf Luis de Passeur, ein neuer Kunde, wie ich hoffe."

Develnias hatte bisher noch keine schönere Frau als Agnes Gründel gesehen – das war ihm schlagartig klar. Sie trug ein schlichtes, aber dennoch elegantes Kleid aus tiefblauem Leinen. Ihre braunen Haare hatte sie als geflochtenen Kranz um ihren Kopf gesteckt. Das Blau des Kleides unterstrich die Farbe ihrer Augen, die ihn aus ihrem feinen Gesicht freundlich anblickten.

„Sehr erfreut, gnädiges Fräulein", brachte er hölzern hervor, während gleichzeitig in seinem Kopf Bilder von hellen, strahlenden Perlen auftauchten. So sehr er sich auch darum bemühte die Bilder zu verdrängen und er sich einredete, dass sich keine Perle im Raum befand, umso deutlicher formten sich die Bilder in ihm aus. Er musste sich setzen und die Knöpfe seines steifen Hemdkragens öffnen.

Agnes fühlte sich in seiner Gegenwart sofort unwohl. Höflich deutete sie einen Knicks an.

„Sehr erfreut", antwortete sie, dann beeilte sie sich, das Zimmer wieder zu verlassen. Develnias aber sah ihr nach.

Er hatte soeben beschlossen, diese Frau einmal sein Eigen zu nennen.

Agnes wartete auf Ella. Sie hatte es gerade so geschafft, zum vereinbarten Zeitpunkt fertig zu werden, denn die Mittagszeit war heute sehr schnell vergangen. Charlotte hatte sie darum gebeten, auch heute wieder zu kommen. Alles war plötzlich überaus verzwickt und rätselhaft. Der Comte und von Dorn schienen durchzudrehen, die Erlenburger ebenso. Wie beängstigend war es zu wissen, dass sie sich feindselig gegen ihre Gräfin stellten. Was würde als Nächstes geschehen? Hatte Charlotte schon mit Jakob gesprochen? Falls ja, wie wollte der Graf von Erlenburg mit diesem Schlamassel umgehen? Würde er Leo von Dorn und de Passeur in die Schranken weisen?

Endlich erschien Ella an der Tür. Es war ein herrlicher Sommertag. Das wärmende Licht der Sonne, das einen unbeschwerten Tag verhieß, hätte die beiden für gewöhnlich zu einem Schwätzchen mit den übrigen Frauen auf den Marktplatz gelockt. Aber heute stand ihnen nicht der Sinn nach solchem Zeitvertreib.

Mit erhitzten Gesichtern erreichten sie den Burggarten und steuerten auf das Teehaus zu. Und mit Verwunderung betrachtete Ella ihre Freundin, die auf den Drachen zuging, ihn freundlich tätschelte und obendrein mit ihm zu sprechen schien.

„Agnes, was tust du da?"

„Komm, Ella, ich muss dir etwas erzählen."

Weil Charlotte noch nicht zu sehen war, nahm sie Ella bei der Hand und führte sie in den Schatten eines Baumes.

„Als Johan und ich vor wenigen Tagen am Abend im Erlenhain waren ...", begann sie.

Aber da hörte sie hinter sich ein leises Gackern. *Karamell?!,* durchfuhr es sie, wandte sich um und entdeckte das Huhn, dessen Gefieder im Sonnenlicht golden glänzte.

„Einen Moment, Ella, ich bin gleich wieder bei dir."

Sie folgte Karamell, die in geduckter Haltung hinter einem Blumenbeet entlang schlich.

„Agnes, wie gut, dass du da bist!", begann das Huhn freudig. „Es ist soweit, wir müssen gegen den Comte einschreiten. Er vergiftet mit seinen Pasteten die Menschen. Du musst noch heute Abend mit Johan in den Erlenhain kommen!"

Agnes wollte Fragen stellen, wie Karamell auf diese Behauptung käme, konnte Karamell aber nur noch sagen, sie habe verstanden. Dann erschien Charlotte.

Diener Flink öffnete das Teehaus und ließ die Frauen eintreten.

„Ich werde dem Mädchen sagen, sie soll alles für die Teezeremonie vorbereiten", sagte er eifrig.

„Nein, Flink, das wird heute nicht nötig sein. Bring uns Wasser und drei Gläser, das reicht", antwortete Charlotte.

Ella gab Agnes einen Stoß mit dem Ellbogen. „Was ist heute nur mit dir los?", raunte sie ihr zu. Agnes gab ihr mit einem Blick zu verstehen, sie würde ihr später alles erzählen.

„Ich bin ja so froh, dass Sie beide hier sind", begann Charlotte, „Sie sind meine einzigen Verbündeten, meine einzigen Freundinnen in dieser delikaten Angelegenheit."

„Mit Verlaub Gräfin, aber was ist mit dem Grafen? Sollte er nicht derjenige sein, der eingreift?", fragte Ella geradeheraus.

„Ach, Jakob ist in diesen Sommertagen sehr beschäftigt. Gerade jetzt ist er für einige Tage unterwegs", gab Charlotte zu verstehen. „Leider bekommt er von dem, was in Erlenburg gerade geschieht, so gut wie nichts mit", fügte sie besorgt hinzu.

Mit vornehmer Zurückhaltung trat nun Flink ein und brachte das Wasser.

„Vielen Dank, lieber Flink", sagte die Gräfin geistesabwesend.

„Wenigstens erscheint de Passeur derzeit nicht auf der Burg. Ich weiß nicht, was ich tun würde, falls ich ihm begegnete."

Agnes überlegte, ob jetzt der richtige Moment war, um Ella und Charlotte von ihrer Begegnung mit Karamell, Long-Long, Strudel und Erlin zu erzählen. Doch in diesem Augenblick vernahmen die Frauen das Geräusch einer sich nahenden Kutsche.

„Wer mag das sein?", fragte die Gräfin und erhob sich, um nachzusehen.

„Oh nein!", stieß sie hervor, „es ist der Comte!"

Alarmiert erhoben sich Ella und Agnes.

„Was sollen wir jetzt tun?", fragte Ella, aber es blieb den Frauen keine Zeit, darauf eine Antwort zu finden. Ohne anzuklopfen hatte de Passeur die Tür geöffnet und war eingetreten, dicht gefolgt von Archimbald.

Der Comte, in dessen Kleidung heute die Farbe Rot dominierte, kam ohne Umschweife zur Sache.

„Verehrteste Gräfin, wie ich vernommen habe, ist Ihre Leidenschaft zu mir derart entbrannt, dass Sie Ihren Mann für mich verlassen wollen", verkündete er mit einer Mischung aus Spott und Triumph. Er deutete eine Verbeugung an, dann blickte er zu Agnes.

„Fräulein Gründel, ich nehme an, Sie wissen das?", fragte er süffisant.

Agnes hätte sich am liebsten auf ihn gestürzt und ihm die Augen ausgekratzt.

„Was erlauben Sie sich! Verlassen Sie sofort das Teehaus und die Burg", hörte sie Charlotte mit bebender Stimme sagen, er aber lachte nur.

„Archimbald, stell den Korb auf den Tisch. Die Damen sollen endlich in den Genuss unserer Pasteten kommen."

Ella hatte sich inzwischen unbemerkt der Tür genähert. Vielleicht gelänge es ihr zu verschwinden und Hilfe zu holen. Da versperrte ihr de Passeur mit seinem Stock den Weg.

„Hiergeblieben Frau Ella. Wir wollen heute doch unter uns bleiben, nicht wahr?", sagte er mit überlegener Milde.

Archimbald hatte inzwischen den Korb geöffnet, drei Teller aus feinem Porzellan und silberglänzendes Besteck hervorgeholt und auf jeden Teller eine Pastete gelegt.

„Seit Tagen erwarte ich Sie, Fräulein Gründel, und auch Sie, Gräfin Charlotte, in der *Auberge du*

Pâté. Sie scheinen allerdings Wichtigeres zu tun zu haben, als meine Einladung anzunehmen", tönte er mit gekränktem Stolz in der Stimme.

„Die Bürger von Erlenburg dagegen sind von den kleinen Gebäckstücken aus meinem Haus sehr angetan, weshalb ich es mir nicht nehmen lassen wollte, Ihnen persönlich eine Kostprobe zu reichen. Sie werden ebenso begeistert sein und mich mit anderen Augen betrachten."

Seine Worte waren Spott und Hohn. Ein siegessicheres Lächeln huschte über sein Gesicht.

Mit Schrecken dachte Agnes an Karamells Worte, die Pasteten seien vergiftet. Was wäre also, wenn sie jetzt davon essen würden?

„Nein!", stieß sie hervor, „die Pasteten sind vergiftet!"

Charlotte und Ella sahen Agnes entsetzt an.

„Was sagst du da, Agnes? Aber woher ...?"

De Passeur lachte laut auf.

„Essen Sie endlich", befahl er unmissverständlich, „sonst wird keine von Ihnen lebend dieses schmucke Kleinod verlassen!"

„Das wird ja immer verrückter mit Ihnen. Ganz sicher werden wir das nicht tun. Sie können doch nicht einfach ...", setzte Charlotte zu einem letzten Versuch an, aber er stieß die goldene Spitze seines Gehstocks so energisch auf den Boden, dass daraus Funken sprühten und sich mit einem Mal sonderbare grüne Schlangen um ihn herum schlängelten.

Die Frauen schrien auf.

„Ich werde es Ihnen nicht noch einmal sagen",

keifte de Passeur sie an, „essen Sie die Pasteten oder Sie werden sterben!"

Agnes sah ihn an.

„Es geht Ihnen einzig und allein darum, Macht über die Menschen zu haben. Sie sind hinterhältig und bösartig. Ich verabscheue Sie, de Passeur!"

Dem edlen Herrn schien für einen Moment der Atem zu stocken, dann wandte er sich seinem Berater zu.

„Archimbald, teilen Sie den Damen mit, was sich in den Pasteten befindet."

Archimbald trat gehorsam einen Schritt nach vorn. Von Gaston hatte er mittlerweile Näheres über die besonderen Zutaten erfahren.

„Sehr gerne, Edler Herr", begann er unterwürfig, „wir haben heute eine sommerlich leichte Füllung aus verschiedenen Früchten und Blüten gewählt, dazu fein abgestimmt kostbare Gewürze, unter anderem ein Hauch von *Épice pour confusion* und ein Löffelchen *pour hallucination*."

Agnes spürte, wie ihr das Blut in den Adern gefror. Wenn Johan doch hier wäre oder wenigstens Flink auftauchen würde. Verzweifelt sah sie aus dem Fenster. Ihr Blick fiel auf Long-Long, der sie mit einer Mischung aus Entsetzen und Entschlossenheit geradewegs anstarrte. Der Drache hatte also mitbekommen, was hier vor sich ging, und Karamell war ebenfalls nicht weit.

Agnes schluckte.

„Was haben Sie mit uns vor?"

De Passeur trat näher an sie heran.

„Meine liebe Agnes, meine Verehrung für Sie ist sehr groß, wie Sie wissen. Ihnen wird nichts geschehen, das versichere ich Ihnen."

Agnes glaubte ihm kein Wort.

Wenige Minuten darauf beobachteten Long-Long und Karamell, wie de Passeur und Archimbald die Frauen zur Kutsche führten und Agnes, Ella und Charlotte währenddessen die Männer auf seltsame Weise anlächelten.

„Was hat er nur mit ihnen gemacht und wo bringt er sie hin?", fragte Karamell, die sich hinter dem Sockel versteckt hatte.

„Ich konnte sehen, dass sie Pasteten gegessen haben, aber wo er sie hinbringt weiß ich nicht. Das müssen wir unbedingt herausfinden", flüsterte Long-Long, „vielleicht sollte ich ..."

„Nein, das ist zu gefährlich", unterbrach ihn Karamell.

Jetzt näherte sich Flink dem Teehaus und trat zur Kutsche.

„Gnädige Frau machen eine Kutschfahrt?", fragte er verwundert.

„Ja, so ist es", antwortete de Passeur frostig.

„Wann kann ich mit Ihrer Rückkehr rechnen, Gräfin?", wollte Flink wissen und steckte seinen Kopf durch die Tür des Gefährts, in dem Charlotte und die anderen beiden saßen und ihn stumm anlächelten.

„Frau Gräfin, wollen Sie mir nicht antworten?", fragte Flink beharrlich weiter.

Als er abermals keine Antwort bekam, wurde ihm schlagartig klar, dass es hier nicht mit rechten Dingen zuging.

„Was geschieht hier?"

De Passeur trat auf ihn zu, um ihn wegzuschieben.

„Gehen Sie aus dem Weg, Mann!"

Aber Flink wollte sich von ihm nicht einschüchtern lassen. Er hatte auch keine Angst vor ihm, nur eines im Sinn: Er musste der Gräfin beistehen.

„Genau das werde ich nicht tun, nicht, ehe die Frauen die Kutsche wieder verlassen haben", beharrte er.

De Passeur und Archimbald beeilten sich nun einzusteigen, dann gab der Comte dem Kutscher das Zeichen zur Abfahrt. Um dies zu verhindern, öffnete Flink die Kutschentür wieder, versuchte ebenfalls einzusteigen, wollte die Gräfin in dieser unheilvollen Lage nicht allein lassen. Da aber blitzte etwas Goldenes auf. Es sah aus wie die Spitze eines Gehstocks. Flink spürte noch, wie das Holz ihn berührte, dann fiel er rückwärts auf den Boden.

„Gaaack!", schrie Karamell entsetzt auf.

Sie erstarrte, aber dann gab sie sich einen Ruck, flitzte geistesgegenwärtig der anfahrenden Kutsche hinterher und flatterte auf das hintere Trittbrett. Zurück blieben der tote Flink und ein ebenso ratlos wie wütend dreinblickender Drache.

„Ich bringe die Frauen ins verborgene Land, und du, Leo, siehst zu, dass es in Erlenburg keinen Einzigen mehr gibt, der nicht von den Pasteten gegessen hat."

Weshalb wollte Develnias alle Frauen entführen? Wenigstens die Gräfin, die nach dem erzwungenen Verzehr der Pastete gewiss gefügiger wäre, hätte er ihm überlassen können. Von Dorns Gedanken wirbelten durcheinander.

„Du bekommst die Gräfin, sobald wir Erlenburg in unserer Macht haben", versicherte Develnias, „und ich, ich werde endlich Agnes besitzen."

Die Vorstellung, wie ergeben ihm die Gräfin bald sein würde, gefiel von Dorn überaus, auch wenn er sich insgeheim fragte, ob er Develnias glauben konnte.

„Predige morgen den Leuten eine Lüge über Jakob von Erlenburg, die sie dazu bringt, ihn aus der Stadt zu jagen, von mir aus auch, ihn umzubringen. Dann muss ich es nicht selbst tun."

Der Priester hatte Zweifel, ob dies durch eine einzige Predigt gelingen würde. „Du wirst dich nicht sehr anstrengen müssen", bemerkte Develnias siegessicher, „ein kleiner Tropfen nur, dann läuft das Fass über."

Die Kutsche fuhr den kürzesten Weg von der Burg hinaus aus der Stadt, machte dann jedoch einen weiten Bogen und hielt schließlich unweit des Erlenhains an einer einsamen Uferstelle.

Dort lag ein Boot bereit.

Zum Glück konnte sich Karamell in einem günstigen Augenblick unbemerkt von der Kutsche entfernen. In der Nähe versteckte sie sich, um zu sehen, was nun weiter geschehen würde. Ihr Hühnerherz klopfte wild vor Empörung und Angst. Was sollte, ja was konnte sie jetzt nur tun? Da sah sie zu ihrem Erstaunen, wie die Frauen ganz freiwillig in das Boot stiegen. Sie lächelten dem Comte sogar zu, als er ihnen dabei behilflich war.

Nachdem sich das Boot vom Ufer entfernt hatte und die Kutsche verschwunden war, lief Karamell, so schnell ihre Beine sie trugen, in den Erlenhain. Es war später Nachmittag. Sie rief atemlos nach Erlin und Strudel.

„Karamell, was machst du hier?", wunderte sich die Erlenkönigin, die sogleich erschienen war.

„Der Comte hat die Frauen mit Pasteten verhext und rudert mit ihnen hinaus aufs Wasser", beeilte sich Karamell zu sagen. „Wir haben alles gesehen, Long-Long und ich. Es geschah im Teehaus. Dann hat er alle mitgenommen - und den guten Flink hat er getötet."

Erlin sah Karamell fassungslos an.

„Oh nein! Er bringt sie ins verborgene Land."

Nayah lag im Halbschatten eines Baumes inmitten duftender Blumen. Die flatternden Luftnymphen verwöhnten ihre Herrin mit kühlen Getränken aus schmackhaften Kräutern und frischem Quellwasser. Unablässig schwirrten sie wispernd, kichernd und schnatternd um sie herum. Von einem makellos blauen Himmel strahlte die Sonne.

Je näher der längste Tag des Jahres kam, desto mehr freute sich die Nymphe darauf. Was würde dieses Mal geschehen? Welchen Schatz würde der Perlmutturm in der mittäglichen Stunde am Tag der Sonne freigeben? Es blieben noch zwei Tage. Bis jetzt lag das Wasser still da, aber würde es so bleiben? Nayah hoffte es, aber Voskrit war unberechenbar. Von einer Minute auf die andere konnte er einen solch gewaltigen Sturm hervorrufen, der das Wasser in ein tosendes Ungeheuer verwandelte. Den Nymphen blieb dann nichts weiter übrig, als sich in Sicherheit zu bringen.

Nayah versuchte ihre trüben Gedanken zu verscheuchen und ging, begleitet von ihren Luftgesellen, zur Grotte zurück. Zärtlich berührte sie die Kristallkugel.

Darin sah sie, wie Develnias Agnes und Ella von einer Kutsche zu einem Boot führte. Aber da war noch eine Frau. Develnias stieg zu den Frauen ins Boot, nahm die Ruder und fuhr los. Wo wollte er mit ihnen hin?

Nayahs Herz klopfte.

Kein Zweifel, Develnias lenkte das Boot auf die Strömungen zu. War es möglich, dass er sie zu ihr brachte, um am Ende doch ihren Wunsch nach Gesellschaft zu erfüllen?

Wo Agnes nur blieb.

Johan und Gustav warteten beim Abendbrot auf sie. Gustav nestelte nervös an seiner Serviette, die er sich auf den Bauch gelegt hatte.

„Sie ist mit Ella zur Gräfin gegangen", sagte er zum wiederholten Mal, „aber bisher war sie immer pünktlich zum Abendessen zurück."

Johan beschlich langsam ein ungutes Gefühl.

„Ich werde zur Burg gehen und sie suchen. Sie können ja nicht weit sein. Vielleicht hat Agnes bei diesem Wetter mit Ella noch einen Spaziergang gemacht und darüber die Zeit vergessen", sagte er so gelassen wie möglich, um Gustav nicht weiter zu beunruhigen.

Unweigerlich erinnerten sie sich an den Auftritt des Comte und wie er ausgerufen hatte, Agnes gehöre ihm. Sie hatten aber angenommen, es wäre ihm nichts anderes übrig geblieben, als endlich einzusehen, dass Agnes zu Johan gehört. Hatten sie einen Fehler begangen, ihn unterschätzt? Hätten sie Agnes besser vor ihm schützen müssen?

Schon hatte Johan das Haus verlassen und lief mit großen Schritten die Gassen entlang, die hinauf zur Erlenburg führten. Unablässig sah er sich nach allen Seiten um, damit er in der Eile Agnes und Ella nicht irgendwo übersah.

Als er den Burghof betrat, blieb er stehen. Er war zum ersten Mal hier.

„Agnes?!", rief er einige Male, während er sich suchend umsah.

Da entdeckte er das gelbe Häuschen. *Das muss das Teehaus sein, wo sich die Frauen treffen woll-*

ten, dachte er hoffnungsvoll. Auch Long-Long konnte nun nicht mehr weit sein.

Wie er sich näherte, nahm er aufgeregte Stimmen wahr. Ein Dienstmädchen kam ihm heulend entgegengelaufen, schien ihn jedoch nicht zu bemerken. Dann sah Johan zwei Männer eine Bahre tragen. Er erschrak bis ins Mark, als er sah, dass darauf ein lebloser Körper lag, vollständig bedeckt mit einem schwarzen Tuch.

„Was ist geschehen?", fragte er die Männer, wäre aber am liebsten hinzu gestürzt, um das Tuch wegzuziehen.

Die beiden blickten ihn stumm an und gingen an ihm vorüber.

Er schnappte nach Luft, stolperte weiter zum Teehaus. Hier war niemand zu sehen. Nur der Drache stand reglos davor.

„Oh!", rief Johan aus, der trotz seiner Sorge um Agnes nicht umhin kam, Long-Long zu bestaunen.

Der hatte seinen Kopf erhoben und blickte ihn an. Hatte er ihn erwartet? Jetzt, wo Johan den Drachen bei Tageslicht besehen konnte, kam er ihm bedeutend größer vor als bei Dunkelheit im Erlenhain.

„Ich bin so froh, dich zu sehen", begann Long-Long. So erfuhr Johan, was geschehen war.

„Ich wollte helfen, aber Karamell hat mich zurückgehalten, weil sie befürchtete, der elende Schurke könnte auch mich töten."

Niedergeschlagen setzte sich Johan auf den Sockel. Seine schlimmsten Befürchtungen waren eingetroffen. Wo hatte de Passeur die Frauen hingebracht und was hatte er mit ihnen vor?

„Aber wo können wir Karamell jetzt finden?", fragte er ratlos.

„Ein Tag voll Sorgen dauert länger als ein Monat Freude", antwortete Long-Long, der die Ungewissheit auch unerträglich fand.

„Ich werde in den Erlenhain gehen. Vielleicht treffe ich Karamell dort an. Oder Strudel und Erlin wissen mehr."

„Und ich komme nach, sobald es dunkel ist", versprach Long-Long.

Als die Bewegung des Wassers durch die nahenden Strömungen zwischen den zwei Inseln das Boot heftig zum Schwanken brachte, erhob sich de Passeur. Der Wind fuhr in den Stoff seines Mantels.

„Oh, wir fliegen!", rief Ella aus, als das Boot abhob, um die Strömungen zu überqueren. „Wohin geht denn unsere lustige Reise?", rief sie, um das Tosen des Wassers zu übertönen, erhielt darauf jedoch erst eine Antwort, als sie die wilden Strudel überquert hatten.

„Wir fahren zu einem Ort, wo wir schon erwartet werden", gab der Mann Auskunft.

Er war davon überzeugt, dass Nayah beim Blick in ihre Kugel bereits entdeckt hatte, was hier geschah.

In Agnes' Kopf dröhnte es, sie konnte keinen klaren Gedanken fassen.

„Sollten wir nicht lieber umkehren?", fragte sie, „der Rückweg wird einige Zeit dauern."

De Passeur ärgerte sich, weil ausgerechnet Agnes umkehren wollte.

„Wie wunderschön es hier ist", rief jetzt die Gräfin aus, „ich kann mich nicht erinnern, hier schon einmal gewesen zu sein."

„Ja, und seht nur, die vielen schönen Inseln überall", pflichtete Ella bei, der die Fahrt mit dem Boot wohl ebenfalls gefiel.

„Sagt mal, Fährmann, wie heißt Ihr eigentlich?", fragte Charlotte.

Agnes stutzte. Sie verstand nicht, weshalb die Gräfin das fragte.

„Ihr begleitet uns nun schon den ganzen Tag, zeigt uns Orte, die wir nicht kennen, und obendrein habt ihr uns von köstlichen Pasteten essen lassen", sinnierte die Gräfin heiter.

„Ach, wie wohltuend es ist, einmal nicht in einer Kutsche über holprige Straßen reisen zu müssen", schwärmte sie weiter, mit einem seligen Lächeln auf den Lippen. „Das Wasser hat doch seinen ganz besonderen Reiz. Wir sind Euch wirklich zu Dank verpflichtet, mein Herr."

Agnes war sich da nicht so sicher, hatte aber keine Kraft, dem zu widersprechen. Außerdem war es tatsächlich wunderschön hier. Das musste sie zugeben. Sie machte es wie Ella, beugte sich über den Rand des Bootes und ließ ihre Hand durchs Wasser gleiten. Es tat gut, die Kühle des Wassers zu spüren, während einen die Sonne den Rücken wärmte.

Der Mann steuerte das Boot jetzt auf eine Insel zu, an deren Ufer er wenig später anlegte.

„Wir sind da."

Agnes, Ella und Charlotte standen Augenblicke später erwartungsvoll um den Fährmann, wie die Gräfin ihn genannt hatte, herum. De Passeur hielt nach Nayah Ausschau ... schon sah er sie heranschweben.

Seine Leidenschaft für sie musste er heute zügeln. Vorerst jedenfalls. Sie trat zu ihm, hauchte ihm einen Kuss auf die Wange und strahlte.

„Du hast meinen Wunsch erfüllt, Develnias!", flüsterte sie, „ich danke dir."

Er schwieg. Dass die Anwesenheit der Frauen nur von kurzer Dauer wäre, musste sie nicht sofort wissen. Würde er Herr in Erlenburg sein würde er mit den Frauen zurück fahren.

„Das ist Nayah. Ihr gehört diese Insel", sagte er knapp, dann blickte er Agnes an.

Wie schön sie heute war mit den vom Wind zerzausten Haaren, geröteten Wangen und den blauen Augen, die die Nymphe mit sanftem Blick neugierig betrachteten. Seitdem sie die Pastete gegessen hatte, war ihre Widerspenstigkeit beinahe ganz verschwunden. Noch heute Nacht wollte er sich ihr nähern und niemand würde ihn daran hindern können. Er lächelte sein kaltes Lächeln, als er an den Weber dachte und sich vorstellte, wie der jetzt verzweifelt nach ihr suchte. *Du wirst tot sein, bevor Agnes nach Erlenburg zurückkehrt*, dachte er triumphierend.

Während Develnias lüsterne Pläne schmiedete,

begrüßte Nayah die staunenden Frauen und lud sie ein, ihr in die Grotte zu folgen. Auf dem Weg dorthin bestaunten die Frauen die wunderschönen Blumen, die in solch außergewöhnlichen Formen und Farben hier gediehen, wie sie es noch nie gesehen hatten. Die Blumen wiegten ihre Blütenköpfe, als würden sie sich von der Sonne liebkosen lassen, deren Wärme über ihnen einen Duft entfaltete, der zugleich süß und herb war. Ebenso staunten Ella, Agnes und Charlotte über die Grotte, die sich unter üppigen Baumkronen vor ihnen auftat: ein weites Rund aus groben, zerfurchten Steinwänden, in deren Mitte eine gläserne Kugel lag. Seltsame kleine Wesen flatterten heran und betrachteten vorwitzig die Ankömmlinge, während sie aufgeregt wisperten und fiepten.

„Bewirtet unsere Gäste mit Speisen und Getränken", rief Nayah ihnen zu, woraufhin sie in Windeseile davonhuschten. Dann führte sie die Frauen zu einer Nische, in der sie ihre Gäste mit einer Geste bat, Platz zu nehmen.

So schnell er konnte, war Johan den Bach entlang abwärts gelaufen. Er versuchte sich an den Weg zu erinnern, den die Glühwürmchen ihm und Agnes gezeigt hatten. Aber bei Tag sah alles anders aus, er verlief sich, brach durch dichtes Gestrüpp, das ihm Arme und Beine zerkratzte, musste umkehren, suchte verzweifelt eine andere Öffnung und fluchte, weil er nicht vorwärts kam.

Ein einziger Gedanke hatte sich in seinem Kopf

festgesetzt: „De Passeur hat Agnes in seiner Gewalt!"

Schließlich bemerkte er, dass er den Bach aus den Augen verloren hatte, blieb stehen, zwang sich zur Ruhe. Nun vernahm er wieder das Plätschern des Wassers und war nach wenigen Schritten dort. Er atmete auf und vertraute sich der Führung des Wassers an, dessen gleichmäßiges Dahinfließen ihn etwas beruhigte. Plötzlich öffnete sich ihm wie von Zauberhand der Eingang zu Erlins prächtiger Allee.

Wie still und friedlich es hier war.

Es kam ihm vor, als würden die Bäume tröstend ihre Zweige über ihn ausbreiten. Wenn Agnes jetzt nur bei ihm wäre. Da hörte er die Stimmen von Karamell und Erlin, die Sekunden später vor ihm standen.

„Karamell, endlich!", rief Johan sofort, „kannst du mir sagen, wohin de Passeur die Frauen gebracht hat?"

Erlin und Karamell schwiegen betreten.

„Sagt doch endlich was", forderte Johan sie ungeduldig auf.

„Der Comte hat die Frauen in ein Boot gebracht und ist mit ihnen ins verborgene Land gefahren", antwortete Erlin.

Johan spürte, wie der Boden unter seinen Füßen zu wanken begann.

„Ins verborgene Land?", fragte er, nichts Gutes ahnend. „Was ist das für ein Land und wie komme ich dorthin?"

„Es ist ein Land, das für uns unerreichbar ist",

antwortete Erlin traurig.

„Aber das kann nicht sein", stieß Johan ungläubig hervor, „wenn de Passeur dorthin fahren kann, muss das auch anderen gelingen!"

„Nein, das ist unmöglich, Johan. Nur er verfügt über Kräfte, die Strömungen zu überwinden, um hinzukommen."

Johan wollte das nicht glauben.

„Welche Strömungen können so stark sein, dass man sie nicht überwinden kann?", fragte er trotzig.

„Strudel hat einmal den Comte verfolgt, als der eines Nachts dorthin gefahren ist", klärte Erlin ihn auf, während sie von einer Erle zur anderen schwebte. „Er hat gesehen, wie das Boot des Comte über die Wasserstrudel hinweg geflogen ist. Hörst du Johan: darüber hinweg geflogen wie ein Vogel. Die Gewalt des Wassers ist unvorstellbar stark. Sie würde jedes Boot und jedes Schiff verschlingen."

Das kann alles nicht wahr sein, dachte Johan aufgelöst, aber dennoch regte sich in ihm ein Hoffnungsschimmer.

„Strudel kann also das gefährliche Wasser überwinden?", fragte er.

„Gaaack!", nickte Karamell, „Er liebt Wasserstrudel. Je wilder, desto besser."

„Gut! Sehr gut! Wenn es die einzige Möglichkeit ist, dann muss er die Frauen zurückbringen."

Wieder schwiegen Karamell und Erlin.

„Wo ist er jetzt?", wollte Johan wissen, „er muss sich sofort auf den Weg machen."

Die Königin blickte Johan mitleidig an.

„Strudel würde sich dabei in große Gefahr bringen. Im verborgenen Land gibt es Wasserungeheuer, mit denen sich ein Wassermann lieber nicht anlegen sollte."

Johan glaubte nicht recht zu hören.

„Auch das noch!", rief er gleichermaßen empört wie verzweifelt. „Wir können also nichts weiter tun als einfach nur abzuwarten?"

Er hatte das Gefühl, keine Luft mehr zu bekommen. Ein verborgenes Land, unüberwindbare Strömungen, ein Comte de Passeur, den er gehörig unterschätzt hatte – dazu die Ungewissheit, ob er Agnes jemals wiedersehen würde. Er glaubte fast, den Verstand zu verlieren und sank zu Boden.

Inzwischen war auch der Wassermann erschienen.

„Es tut mir leid, Johan, aber wir können nur abwarten, bis der Verbrecher zurückkehrt. Bisher ist er immer zurückgekommen, und ich bin mir sicher, dass er das sehr bald wieder tut. Schließlich hat er mit seinen Pasteten schon alle um den Finger gewickelt. Er ist seinem Ziel schon sehr nahe gekommen."

Er setzte sich neben Johan und sah ihn mitfühlend an.

„Was sage ich nur Gustav?", fragte Johan kraftlos.

„Jedenfalls wissen wir jetzt, dass de Passeur ein skrupelloser Halunke ist und wir wissen auch, wo Agnes, Ella und Charlotte sind", versuchte Karamell der niedergeschlagenen Stimmung einen Hauch von Zuversicht zu geben.

Johan erhob sich mühsam.

„Wir wissen nichts. Gar nichts. Weder, wo sie sind, noch, wie es ihnen geht, geschweige denn, was mit ihnen geschehen wird."

Alle wussten, dass das die Wahrheit war. Niemand konnte dem etwas Tröstliches entgegensetzen. *Es hilft nichts, ich muss zu Gustav gehen, bestimmt wartet er schon voll Ungeduld auf mich,* dachte Johan.

Inzwischen näherte sich Long-Long. Wären nicht alle so verzweifelt gewesen, hätten sie bemerken können, dass er längst nicht mehr mit demselben Gepolter daherkam wie noch vor wenigen Tagen. Beinahe geräuschlos landete er neben den vieren. Johan, der sich auf den Rückweg machen wollte, blieb abrupt stehen.

„Ja doch!! Long-Long kann fliegen!! *Er* kann die Strömung überwinden und nach den Frauen suchen!!", schrie er heraus.

Atemlos erzählte er dem Drachen, was geschehen war.

„Du meinst also, ich soll dorthin fliegen und die Frauen zurückbringen?"

Long-Long sah ungläubig drein.

„Hm, ich würde euch wirklich sehr gerne helfen, aber ich fürchte, das wird mir nicht gelingen."

„Ich könnte dich begleiten", bot Karamell vorsichtig an, „schließlich haben wir beide das nun schon einige Male hinbekommen."

„Wie groß ist dieses verborgene Land denn?", fragte Long-Long.

„Es ist vermutlich sehr groß", antwortete Erlin, „jedenfalls größer, als uns lieb ist."

„Ja, das stimmt", pflichtete Strudel bei, „als ich jenseits der Strömungen war, konnte ich zwar wegen der Dunkelheit nicht allzu viel erkennen, aber alles schien endlos zu sein."

Johan wollte den hoffnungsvollen Gedanken aber nicht aufgeben.

„Morgen früh, wenn es hell ist, könntet ihr beide dorthin fliegen, euch umsehen und uns dann berichten", bat er die beiden flehentlich, „dann werden wir weitersehen."

Zu Johans großer Erleichterung stimmte Long-Long dem zu. „Hoffnung ist wie der Zucker im Tee: Auch wenn sie klein ist, versüßt sie alles", gab er andächtig von sich.

Johan musste trotz seiner Angst um Agnes ein wenig lächeln. „Ja, Long-Long, da hast du wohl recht."

Die Luftnymphen bewirteten die Gäste. Einige brachten winzige Teller und Gläser, die sie Ella, Charlotte und Agnes in die Hände gaben, andere schwebten mit kleinen Schalen voll Beeren und Früchten daher, die nächsten füllten die Gläser mit einem fruchtigen Getränk.

Die Frauen waren unter sich.

Der Mann, der sie hierher gebracht hatte, war verschwunden. Nayah lächelte selig. Nun war sie endlich nicht mehr allein und überglücklich, dass die Frauen, die sie bisher nur in ihrer Kristallkugel gesehen hatte, bei ihr saßen.

„Es ist sehr schön bei dir, Nayah", sagte Charlotte und kicherte.

Auch Agnes und Ella mussten unentwegt lachen und kichern. Nayah erzählte ihnen aber auch närrische Dinge. Sie sei eine Nymphe und lebe schon immer hier mit ihren kleinen Luftwesen. In ihrer Kristallkugel könne sie sehen, was in Erlenburg geschehe, außerdem habe sie sich nichts sehnlicher gewünscht, als dass Ella und Agnes zu ihr auf die Insel kämen.

„Develnias wollte das nicht, aber ich habe ihn mit meinem Liebesspiel verführt. Er kann mir nämlich nicht widerstehen."

Wieder kicherten die Frauen und nippten an ihren Gläsern.

„Wer ist Develnias?", wollte Agnes wissen.

Nayah sah Agnes verblüfft an.

„Develnias ist der Mann, der euch zu mir gebracht hat", antwortete sie, „er lebt in Erlenburg, kennt aber auch den Weg hierher. Einmal hat er sogar den Schatz der Sonne erhalten."

Ella horchte auf. „Den Schatz der Sonne?"

„Ja, und Voskrit hat es so gewollt."

„Ein seltsamer Name. Wer ist dieser Voskrit?", fragte Ella weiter.

„Er ist der Herrscher des verborgenen Landes und ..."

Da wurde sie von Ella unterbrochen.

„In einem verborgenen Land lebte einmal ein

Herrscher, es war Voskrit, der Grausame …", begann sie theatralisch und erntete prustendes Lachen von Agnes und Charlotte.

Nayah jedoch lachte nicht, sah die Frauen vielmehr entrüstet an.

„Also ich würde es nicht wagen, über Voskrit zu lachen. Manchmal mag er grausam sein, aber vor allem ist er unberechenbar", sagte sie ernst.

Agnes versuchte indessen, den Namen des Mannes, den Nayah genannt hatte, mit dem Mann im Boot im Einklang zu bringen. Aber das Nachdenken fiel ihr schwer und so vergaß sie es wieder. Sie genoss die Unbeschwertheit, die sie empfand.

„Zeig uns noch mehr von deiner Insel, Nayah", schlug Charlotte vor.

„Es gibt nichts, was ich lieber tun würde", sagte die Nymphe, „kommt mit!"

Sie traten aus der baumbeschatteten Grotte heraus, gingen einen von vielerlei Bäumen gesäumten Weg entlang, in deren Zweigen bunte Vögel saßen und wundersame Melodien sangen. Nayah führte sie in einen Garten, wo auf kleinen Hügeln rote, gelbe und weiße Früchte wuchsen.

„Jetzt ist die Zeit, wo alles reift", sagte Nayah, „kostet von den Früchten, wenn ihr mögt. Die Wärme der Sonne hat sie schmackhaft gemacht."

Die Frauen ließen sich das nicht zweimal sagen.

„Ah, wie köstlich", „mmh, wie süß", „himmlisch", schwärmten sie bei jeder Frucht, die sie sich in den Mund steckten.

Dann schlenderten sie weiter und kamen zum Wasser. Über den weiten Blick, der sich ihnen eröffnete, gerieten die Frauen wieder ins Staunen, aber keine von ihnen schien sich darüber zu wundern, wo sie eigentlich waren und ob das alles wirklich war. Die Wärme des Sommertages, das gleißende sich auf dem Wasser spiegelnde Sonnenlicht, der leichte Wind, der vom Wasser her wehte, die Begleitung von Nayah - all das empfanden die Frauen wie in einem wohligen Traum.

Gegenüber gab es weitere Inseln.

„Lebt auf einer dieser Inseln Voskrit?", wollte Ella wissen.

„Meistens lebt er auf der unsichtbaren Insel", antwortete Nayah, „vielleicht ist das jene Insel dort, aber selbst ich bin mir nicht sicher."

„Ich würde diesen Voskrit gerne kennenlernen. Wirst du ihn uns einmal vorstellen?", fragte Charlotte.

„Das liegt leider nicht in meiner Macht", gab Nayah zu, „aber vielleicht könnt ihr schon in zwei Tagen seine Bekanntschaft machen."

„Oh, wie aufregend", riefen Charlotte und Ella wie aus einem Munde.

„In zwei Tagen? Sind wir so lange hier?", erkundigte sich Agnes.

„Aber gewiss. Develnias hat euch doch eben erst zu mir gebracht."

Die Frauen hatten sich in den Schatten zurückgezogen. Agnes war müde, legte sich ein wenig abseits ins weiche duftende Gras und schloss die Augen.

Wie gut es tat, für einen Moment allein zu sein.

Sie hörte die Wellen sanft ans Ufer klatschen und spürte den Wind, der ihr über das Gesicht strich. Plötzlich aber spürte sie eine weitere Berührung auf ihrer Wange. Sie öffnete die Augen und sah das Gesicht des Mannes über sich, den Nayah Develnias genannt hatte.

Sie erschrak, wollte seine Hand wegstoßen, doch fehlte ihr dazu die Kraft. Sie wollte etwas rufen, aber der Mann legte sanft seine Hand auf ihren Mund und lächelte.

„Sie werden dich nicht hören, Liebste", flüsterte er mit einem eigenartigen Unterton, „alle schlafen jetzt."

Der Mann, der *Liebste* wie eine leere Hülse aussprach, sah sie mit eindringlichem Blick an. Mit großer Befriedigung sah er, dass Agnes sich nicht gegen ihn wehren konnte. Er küsste sie, zuerst auf Stirn und Wangen, dann auf ihren weichen Mund. Agnes wusste nicht, wie ihr geschah. Seine Zunge schob sich in ihren Mund, suchte ihre und lockte sie zum Spiel. Mit einer Mischung aus Furcht und wohliger Gleichgültigkeit ließ sie sich zögernd darauf ein.

Als sie seinen Kuss erwiderte, wurde das Spiel heftiger. Der Mann seufzte und begann damit, seine Hand über ihren Körper gleiten zu lassen, über ihren Hals, ihre Brüste, ihren Bauch, hinab zwischen ihre Schenkel und wieder nach oben.

„Endlich", keuchte er atemlos, „endlich gehörst du mir, Agnes!"

Dann packte er heftiger zu. Agnes wollte das nicht und versuchte zu schreien, aber aus ihrer Kehle drang nur ein leises Rufen.

„Nein, nein!", ächzte sie, aber der Mann hörte nicht auf. Er umfasste sie grob - und wieder drang seine Zunge in ihren Mund. Doch plötzlich ließ er von ihr ab und erhob sich. Wie durch einen Schleier sah Agnes, dass er sich hastig entkleidete. Als er nackt war, begann er damit, auch sie auszuziehen. Sie wollte ihn daran hindern, ihn wegstoßen, aber er war viel stärker als sie. Seine gierigen Hände waren überall.

Blankes Entsetzen packte sie. Warum kam ihr niemand zu Hilfe? Alles verschwamm vor ihren Augen. Sie glaubte noch zu spüren, wie plötzlich starker Wind aufkam und die Sonne sich verfinsterte. Sie fror, schämte sich, wollte sich schützen und bedecken, aber er hielt sie davon ab.

„Du bist noch schöner, als ich mir erträumt habe", lechzte er, als sie nackt war. Er legte sich auf sie.

„Jetzt gehörst du mir, Agnes. Für immer gehörst du mir!", hörte sie ihn in ihr Ohr stöhnen.

„Develnias!", rief da plötzlich eine Stimme, „was tust du hier?"

Schon in der Morgendämmerung lief Karamell zum Teehaus.

„Guten Morgen, Long-Long", gackerte sie munter, „bist du bereit für unser Abenteuer?"

Der Drache öffnete die Augen und blinzelte Karamell schläfrig an.

„Guten Morgen, Karamell. Ist es schon soweit?", fragte er gähnend.

„Ja, komm. Strudel wartet auf uns."

Long-Long schüttelte sich, dann stieg er vom Sockel. Die beiden erklommen wie selbstverständlich die Mauermulde, die ihnen als Abflugstelle diente. Karamell flatterte auf den Drachenrücken, legte sich nach vorne und umklammerte mit ihren dünnen Beinen eine Rückenzacke.

„Ich bin bereit!", rief das Zauberhuhn in die morgenfrische Luft.

Schon breitete Long-Long seine goldenen Flügel aus und stieß sich mit den kräftigen Pranken ab. Sie segelten abwärts bis zum Ufer des Erlenhains, wo Strudel im Wasser schon wartete. Er winkte ihnen zu und sie folgten ihm.

Einige Fischer, die am frühen Morgen ihren Fang nach Erlenburg brachten, entdeckten den fliegenden Drachen, was natürlich für helle Aufregung sorgte. Long-Long wollte lieber nicht darüber nachdenken, was sich die Menschen später erzählen würden, wenn die Männer von der seltsamen Erscheinung berichteten.

Die Weisheit des Lebens besteht im Ausschalten der unwesentlichen Dinge, sagte er zu sich und sah sich um. Es war anstrengend genug, Strudel im Blick zu behalten, der wie ein großer Fisch unter der Wasseroberfläche vor ihnen her schwamm.

Bald waren keine Boote mehr zu sehen, nur noch die endlos erscheinende Weite des Wassers.

Long-Long spürte, wie seine Kräfte langsam nach-ließen und fragte sich, wann endlich eine Gele-genheit zur Landung in Sicht käme

„Oh, sieh mal, Long-Long, wie weit das Wasser ist", gackerte Karamell begeistert in den Wind. Offensichtlich genoss sie den Flug, was Long-Long beruhigte.

„Ja, allerdings", rief er ihr zu, „sehr weit!"

Endlich kamen sie zu zwei Inseln, die wie Pfei-ler eines Tores zu einer anderen Welt vor ihnen auftauchten. Genau hier veränderte sich das Wasser, das sich plötzlich wild tosend gebärdete. Kein Zweifel – das waren die Strömungen, von denen Erlin gesprochen hatte. Unwillkürlich klammerte sich Karamell fester an Long-Long.

Während sie in der Luft ungehindert die Schwelle in das verborgene Land überwanden, verloren sie Strudel aus den Augen. Angestrengt blickten sie nach unten.

„Da ist er wieder!", rief Karamell wenig später erleichtert aus, während Long-Long eine Insel erspähte, auf die er sogleich zusteuerte.

Anders als im Erlenhain gab es hier einen brei-ten Uferstreifen aus weißem Sand, auf dem der Drache wunderbar landen konnte. Karamell streckte sich und rutschte von seinem Rücken.

„Wir haben es geschafft!", jubelte sie.

„Oh, es tut gut, wieder festen Boden unter den Füßen zu haben", gab Long-Long zu, während er sich erschöpft im warmen Sand niederließ.

Karamell blickte auf das Wasser. Wie viele In-seln es hier gibt! Sie mussten nicht lange auf

Strudel warten, und wie immer, wenn er aus dem Wasser stieg, gluckerte es um ihn herum.

„Ihr habt euch tapfer geschlagen", sagte er anerkennend, während er den trockenen Sand missmutig beäugte.

„Dieser Strand ist nichts für einen Wassermann", stellte er fest, „lasst uns lieber ein paar Schritte weiter gehen."

Karamell flatterte erneut auf Long-Longs Rücken, denn das Gras, durch das sie laufen mussten, war um einiges höher als sie selbst. Außer einer riesigen Grasfläche und ein paar Bäumen, die wie zufällig herausragten, konnten sie auf dieser Insel nichts erkennen. Das Gras war lang und dünn und wiegte sich in Büscheln wie Wellen im Wind. Ringsherum war es sehr still, die Insel schien unbewohnt zu sein.

Die drei ließen sich unter einem Baum nieder, unter dem die Erde ein wenig feucht war.

„Es ist ein weiter Weg in das verborgene Land", gab Long-Long schnaufend zu.

„Wie viele Inseln mag es hier wohl geben?", fragte Karamell.

Strudel wusste keine Antwort.

„Es sind mehr, als wir dachten. Wenn wir nur wüssten, auf welche Insel de Passeur die Frauen gebracht hat, oder wenigstens in welche Richtung wir uns bewegen müssen."

Er erhob sich und sah auf die Inselwelt. „Ich glaube, mich zu erinnern, er fuhr mit seinem Boot dorthin", sagte er während er mit einem Arm dahin zeigte, „aber ehrlich gesagt weiß ich es nicht mehr.“

Plötzlich entdeckten sie einen großen Schwarm Schmetterlinge. Die einen strahlten orangefarben, die anderen in einem zarten Weiß. Die drei verfolgten staunend die flatternde Wolke, die über die Grasfläche schaukelte und schließlich direkt auf sie zukam. Anmutig gaukelten die Schmetterlinge vor ihnen auf und ab.

„Wer seid ihr?“, vernahmen sie eine Stimme aus der Wolke.

„Wer will das wissen?“, fragte Strudel verblüfft.

„Na ich“, kam die Antwort zurück, „ich bin die Nymphe der grünen Insel“.

Da trat aus den Schmetterlingen ein kleines Wesen hervor, das vom Kopf bis zum Nabel weiß und von dort bis zu den Füßen orange war. Üppige Haare in den Farben des Inselgrases hüllten ihren Körper wie ein Umhang ein. Aus ihrem Gesicht, durchzogen von feinen schwarzen Linien, leuchteten grüne Augen.

„Welch eine Überraschung“, gackerte Karamell, „wir dachten schon, die Insel ist unbewohnt.“

„Wer seid ihr?“, fragte die Nymphe erneut.

Sie stellten sich ihr vor.

„Weshalb seid ihr hier?“

„Wir sind auf der Suche nach drei Frauen und einem Mann, wissen aber nicht, wo sie sind“, gab Strudel zur Antwort.

„Wie gut, wie gut!“, jauchzte die Nymphe und sprang in die Luft.

Die Schmetterlingswolke tat es ihr gleich.

„Was soll daran gut sein?“, fragte Karamell.

„Es ist gut, weil ihr nicht gekommen seid, den Schatz der Sonne zu holen", antwortete die Nymphe, „aber wenn ich euch so ansehe, würdet ihr das sowieso nicht hinbekommen. Höchstens der Wassermann, aber die Wasserungeheuer könnten ihm durchaus gefährlich werden."

„Der Weise vergisst die Beleidigungen wie ein Undankbarer die Wohltaten", sagte Long-Long, aber Strudel wurde langsam ungeduldig.

„Wir würden gerne wissen, ob du uns helfen kannst, Nymphe der grünen Insel. Ein Mann, der mit einem Boot ins verborgene Land gefahren ist, hat drei Frauen hierhergebracht. Weißt du etwas darüber?"

„Nein, darüber weiß ich nichts", antwortete die Nymphe schnippisch, „am besten, ihr befragt Voskrit, unseren Herrscher. Er kennt hier jede Insel."

„Und wo finden wir diesen Voskrit?", gackerte Karamell.

„Woher soll ich das wissen? Ich habe ihn zuletzt vor fast genau einem Jahr gesehen, als er in der Stunde der Sonne wie ein Wilder über das Wasser gefegt ist, gerade, als wir Nymphen mit unserem Tanz beginnen wollten."

Bei diesen Worten war sie einmal nach oben und wieder nach unten geschnellt, bevor sie sich in der Schmetterlingswolke auflöste, die Sekunden später verschwand.

Die drei blieben verwirrt zurück.

„Das verborgene Land scheint ein Land voller Rätsel zu sein", stellte Long-Long fest.

Johan hatte aufgewühlt eine schlaflose Nacht verbracht. Die Sorge um Agnes ließ ihn nicht zur Ruhe kommen. Er sorgte sich auch um Gustav, der kreidebleich die Nachricht von der Entführung der Frauen entgegen genommen hatte.

„Wohin hat er sie nur gebracht?", fragte er verzweifelt, aber Johan konnte ihm darauf nur eine vage Antwort geben.

„Er hat sie an einen verborgenen Ort gebracht, aber ich verspreche dir sie zu finden, Gustav."

Johan wusste, dass er sich mit diesen Worten selbst Mut zusprach. Würden ihm ein chinesischer Drache, ein Zauberhuhn und ein Wassermann dabei wirklich eine Hilfe sein können? Wie müssten sie vorgehen, um die Frauen zu finden? Wie auch immer – alleine wäre er vollkommen aufgeschmissen.

Am Morgen zwang er sich dazu, etwas zu essen, packte schnell etwas Proviant in seinen Beutel und verabschiedete sich von Gustav.

Als er die Gasse betrat, lenkte er seine Schritte geradewegs zum Marktplatz und dort zum Haus des Comte. Er musste herausfinden, ob der Verbrecher inzwischen nach Erlenburg zurückgekehrt war. Der Andrang vor der *Auberge* war heute geringer als in den Tagen davor. *Der Comte ist also nicht da,* schloss Johan daraus. Beherzt trat er ein, ging von Zimmer zu Zimmer, auch in die Küche und Vorratsräume, aber den Comte fand er, wie erwartet, nicht.

„Wo ist de Passeur?", fragte er Gaston scharf,

der erschrocken von seiner Arbeit aufblickte.

„Wer sind Sie, was wollen Sie hier?", stieß der Koch hervor, aber Johan war schon nicht mehr da.

Er stürmte die Treppe zu den Privaträumen hinauf, riss alle Türen auf und spähte hinein. Dabei stieß er auch auf jene Tür, hinter der die Leiche lag. Die Tür war verschlossen, aber es roch seltsam. Johan suchte, fand aber keinen Schlüssel. Mit ganzer Kraft warf er sich gegen die Tür, die nach ein paar Anläufen aus dem Schloss sprang.

Er riss den Arm vors Gesicht, denn ein beißender Gestank stieg ihm in die Nase. Sofort hatte er einen Verdacht. Gegen den Widerstand des toten Körpers öffnete Johan die Tür so weit, dass er den Leichnam sehen konnte.

„Oh, nein!", rief er erschrocken aus.

Er kannte den Toten nicht.

„Oben liegt ein toter Mann. Wie es aussieht, hat ihn der Herr des Hauses getötet!", verkündete er laut, nachdem er die Treppe hinab gestürmt war.

Die anwesenden Gäste starrten ihn an.

„Was ...? Ein Toter ...? Wer ...?"

Gleich würden alle nach oben eilen.

Johan aber verließ das Haus, wollte so rasch wie möglich in den Erlenhain. Dort traf er auf Erlin.

„Sind Strudel, Karamell und Long-Long noch nicht zurückgekehrt?", fragte er atemlos.

„Nein, noch nicht, Johan, aber komm, lass uns gemeinsam warten."

Enttäuscht setzte er sich unter die Erle, in der sie verweilte.

„Wie lange wird es dauern, bis sie zurück sind?"

Seine Ungeduld war riesig.

„Ich habe alles falsch gemacht", sagte er verzweifelt, „ich habe Agnes nicht beschützt, habe den Comte unterschätzt und ich bin zu lange fortgewesen. Wenn ich Agnes verliere, hat mein Leben keinen Sinn mehr."

Erlin schwieg, aber ihre Gegenwart tröstete ihn.

Als er zu schluchzen begann, beugten sich die Zweige des Baumes herab. Wie eine Mutter ihr Kind schaukelte Erlin ihn sanft hin und her, während der Wind in den Blättern sein leises Lied sang.

Johans Schluchzen wurde heftiger, aber schließlich wurde es ihm etwas leichter ums Herz. Mit jedem Atemzug sog er die Kraft des Baumes in sich auf.

So verging die Zeit, mittlerweile war es Mittag geworden. Die beiden spähten sehnsüchtig auf das Wasser und da ... endlich entdeckte Johan in der Ferne einen Punkt am Himmel, zunächst nicht größer als ein Vogel. Er sprang auf, lief zum Wasser - und tatsächlich näherte sich Long-Long. Nachdem er mit Karamell gelandet war und auch Strudel aus dem Wasser kam, stand Johan schon erwartungsvoll vor ihnen. Als alles erzählt war, legte sich der Drache erschöpft ins Gras, Karamell zupfte hungrig ein paar Waldkräuter und Strudel suchte sich einen schattigen Platz am Ufer.

„Ihr habt die Frauen also nicht gefunden", resümierte Johan, bitter enttäuscht.

Er berichtete Erlin und den anderen von seinem grausigen Fund im Haus des Comte.

„Dieser Mann wird nicht davor zurückschrecken, weitere Menschen zu töten. Was ist, wenn die Gräfin, Ella oder Agnes gar nicht mehr am Leben sind?"

Er raufte sich die Haare.

„Wir müssen sie finden oder wenigstens jenen Voskrit, der angeblich jede Insel im verborgenen Land kennt!"

„Wir?", fragte Strudel, „wen meinst du damit?"

„Ich kann hier nicht tatenlos herumsitzen und auf ein Wunder warten. Ich bitte euch, mit mir nach den Frauen zu suchen."

„Also du stellst dir vor, Long-Long soll dich und mich auf seinem Rücken tragen und wieder dorthin fliegen?", gackerte Karamell.

„Ja, genau das stelle ich mir vor - und am besten, wir machen uns sofort auf den Weg."

Long-Long hatte davon allerdings nichts mehr mitbekommen. Er lag da und schnarchte.

Johan versuchte ihn wachzurütteln, aber vergeblich. Der Drache schlief tief und fest.

Als die Gläubigen am Morgen in die Kirche strömten, kam es ihnen im Inneren des Gotteshauses ungewöhnlich dunkel vor. Beim Betreten der Kirche mussten sie daher einen Moment innehalten.

Draußen strahlte die Sonne, aber ihr Licht drang nicht wie sonst an einem wolkenlosen Sommertag durch die großen farbenreichen Fenster herein. Nachdem alle ihre Plätze eingenommen hatten, begannen sie miteinander zu tuscheln und zeigten nach oben. Vielleicht hatten sie das Gemälde dort bisher eher flüchtig betrachtet, jetzt aber fiel ihnen auf, dass die Sonne, die sonst mit ihrem Gelb die Kirche zum Leuchten brachte, heute grau und matt wirkte. Niemand konnte sich darauf einen Reim machen. Und wie konnte es geschehen, dass das strahlende Weiß der Perle beinahe verschwunden war?

Von Dorn betrat mit erhobenem Haupt den Kirchenraum. Er hatte eine Predigt vorbereitet, die dem Ansehen von Jakob gewaltig schaden sollte. Auch er stutzte, erklärte sich aber die Unruhe der Menschen zunächst selbstgefällig damit, dass er als Vertrauter des Comte nun beinahe ebenso umjubelt wäre wie er.

Von Dorn bekreuzigte sich äußerst huldvoll, machte vor dem Altar eine tiefe Verbeugung und wandte sich den Gläubigen zu.

Dumpfes Licht umfing ihn.

Vielleicht werden meine Augen langsam schwach, dachte er, *das Dämmerlicht kann nur eine Täuschung sein.* Er wollte gerade anheben, salbungsvolle Worte an die Versammelten zu richten, als auch er die Veränderung des Deckenbildes bemerkte. Ein Schreck durchfuhr durch ihn.

„Was in drei Teufels Namen ...", entfuhr es ihm so laut, dass es alle hörten.

Augenblicklich wurde es totenstill.

Er sah erwartungsvolle Gesichter auf sich gerichtet. *Ich muss herausfinden, was hier geschehen ist, aber nicht jetzt.* Die gräfliche Loge war heute zum Glück leer geblieben. Vielleicht suchte der Graf bereits nach seiner Gattin. *Gut so*, dachte er, *dann brauche ich kein Blatt vor den Mund zu nehmen.*

„Liebe Brüder und Schwestern", begann er mit durchdringender Stimme, „heute ist der Tag der Wahrheit. Hört mich an! In den vergangenen Tagen ist in unserer Stadt viel geschehen. So stehen wir tief in der Schuld unseres verehrten Luis de Passeur, denn er ist es, der uns die Augen über das Grafenpaar auf der Erlenburg geöffnet hat. Viele Jahre waren wir treu ergeben, aber nun darf ich nicht mehr länger schweigen. Mit Gottes Beistand werde ich dazu beitragen, deren Betrügereien aufzudecken."

Ein Raunen ging durch die Menge, gleichzeitig bemerkten alle mit Beklommenheit, wie es um sie herum noch dunkler wurde.

Plötzlich hallte ein Schrei durch das Gotteshaus. Eine Frau war aufgesprungen und zeigte auf etwas. Alle Köpfe hatten sich nach ihr umgewandt.

„Eine Schlange!", rief nun eine andere Frau entsetzt.

Das Raunen im Kirchenraum wurde lauter, verwirrt erhoben sich bereits einige Menschen. Es dauerte nur wenige Sekunden, bis ein jeder sah, wie grüne Schlangen mit schwarzen Zacken an den Säulen empor krochen.

Die Menge begann zu schreien, Panik und Tumult breiteten sich aus. Niemand achtete mehr auf Leo von Dorn, der mit schreckensbleichem Gesicht die unwirkliche Szene verfolgte. Alle hatten nur noch einen Gedanken: *So schnell wie möglich raus hier!* Es wurde geschubst und gedrängelt, geschrien und geflucht. Jeder, der aus den voll besetzten Bänken heraus eine Tür erreichen und ins Licht stolpern konnte, atmete erleichtert auf.

Am Ende konnte von Dorn sehen, wie einzelne Menschen, die von der Menge an die Wand gedrückt oder zu Boden geworfen worden waren, von anderen hinkend hinausgeführt wurden.

Jakob war unterdessen von seiner Reise zu den Gütern von Erlenburg zurückgekehrt. Vom Dienstmädchen hatte er die traurige Nachricht vom Tod des treuen Flink erhalten, außerdem die überaus bestürzende Nachricht, dass Charlotte seit gestern spurlos verschwunden sei.

Er konnte nicht glauben, was er da hörte.

Das Mädchen hatte berichtet, die Gräfin habe sich zunächst mit zwei weiteren Frauen im Teehaus getroffen, sei dann aber plötzlich nicht mehr dort gewesen. Als Flink nicht zurückkam, habe sie nach ihm gesucht und ihn schließlich leblos aufgefunden.

„Es ist alles so schrecklich, Gnädiger Herr!", weinte sie mit bebender Stimme.

Jakob überlegte fieberhaft. Wo konnte Charlotte nur sein? Er beschloss, zunächst gründlich nach ihr zu suchen, aber weder in der Burg noch im Garten oder im Teehaus fand er eine Spur von ihr. Er geriet in große Sorge und hätte beinahe den leeren Sockel vor dem Teehaus übersehen. *Seltsam, der Drache ist also auch verschwunden,* dachte er verwirrt. Konnte es einen Zusammenhang zwischen dessen Verschwinden und dem von Charlotte geben? Jakob hielt das nicht für möglich, dennoch ahnte er, dass dieser Gedanke nicht ganz abwegig war. Charlotte befand sich nicht auf der Burg. Soviel war sicher.

Jakob ließ die Pferde anspannen und fuhr mit der Kutsche hinunter in die Stadt. Er wollte sich umhören, ob jemand etwas wusste. Wer hatte sie wo zuletzt gesehen? Wer waren die beiden anderen Frauen? War ein Unglück geschehen, in das Charlotte verwickelt war? Die Marktstände auf dem Platz mitsamt dem Brunnen waren heute leer.

Da sah er, wie aus dem Haus des Comte ein junger Mann heraus rannte. Jakob stieg aus und ging auf das Haus zu. Von drinnen vernahm er aufgeregtes Stimmengewirr. Als er die *Auberge du Pâté* betrat, bemerkte er, dass sich in der oberen Etage eine Traube Menschen aufhielt.

„Es ist Georg Hegenrot", hörte er jemanden sagen.

„Wie schrecklich! Der Zunftmeister der Schreiner. Seine Frau hat schon nach ihm gesucht und ihn als vermisst gemeldet", wusste ein anderer.

Jakob bahnte sich einen Weg durch die Menge und sah den Toten auf dem Boden liegen. Offensichtlich lag er schon ein paar Tage hier.

„Wo ist der Comte de Passeur?", fragte er, aber niemand wusste es.

„Ein Mann hat behauptet, er hat Hegenrot getötet", sagte eine Frau.

Das wird ja immer mysteriöser, dachte Jakob.

„Holt die Gendarmen. Sie sollen sofort kommen und den Vorfall untersuchen", befahl er zwei Männern. Dann befragte er die Umstehenden, ob jemand gestern oder heute seine Frau gesehen hätte. Verblüfft sahen sie ihn an.

„Die Gräfin ist seit gestern spurlos verschwunden, was mir großen Anlass zur Sorge gibt, wie wohl jeder verstehen kann."

Betretenes Schweigen breitete sich aus.

„Fragt doch bei Leo von Dorn nach", vernahm er endlich die Stimme einer Frau, die verschämt auf den Boden blickte.

„Oder bei Agnes Gründel", schlug eine weitere vor.

Jakob bedankte sich für die Hinweise und wandte sich zum Gehen. *Vielleicht treffe ich auf Gaston oder Archimbald*, dachte er, als er die Stufen hinabstieg. Die Küche war leer, aber sein Blick fiel auf eine Truhe, die mit geöffnetem Deckel inmitten zahlreicher Küchenutensilien stand.

Einer Eingebung folgend trat er näher und entdeckte mehrere kleine sorgfältig beschriftete Fläschchen. Jakob nahm eines heraus. *Pour hallucination* las er dort, auf einem nächsten

Fläschchen stand *Sensations de bonheur* und auf einem dritten *Pour euphorie.* Während er eine Beschriftung nach der anderen las, dämmerte es ihm, dass diese Truhe mitsamt ihrem rätselhaften Inhalt nicht zufällig hier stand. Er begann die Fläschchen zu öffnen. Jedes war mit feinem Pulver gefüllt. Er roch daran und rümpfte die Nase, denn das waren allesamt keine wohlriechenden Gewürze. Als er schließlich die Aufschrift *Épice de la mort* las, erschrak er. Kurzentschlossen stellte er alle Fläschchen zurück, verschloss die Truhe und nahm sie mit. Was war nur plötzlich in Erlenburg geschehen? *Alles ist auf einmal durcheinander geraten,* erkannte Jakob besorgt. Ob Leo von Dorn ihm weiterhelfen konnte? Vielleicht würde er den Geistlichen in der Kirche antreffen, schließlich war heute Sonntag.

Mit großen Schritten lief er über den sonnenbeschienenen Markt und betrat das Gotteshaus. Wie die Menschen vor ihm musste auch er einen Moment verharren.

Nanu, wieso ist es hier so dunkel? Er sah die Sonne und die Perle, die ihr Leuchten verloren hatten, beinahe schwarz aussahen. *Es sieht aus, als wenn es gebrannt und der Rauch das Gemälde geschwärzt hätte,* dachte er, aber es gab keine Anzeichen für ein Feuer, denn alles andere war unversehrt.

Das Verschwinden von Charlotte, die Leiche im Haus des Comte, das Kästchen mit dem sonderbaren Inhalt und nun auch noch die seltsamen Veränderungen hier - als Graf von Erlenburg müsste ich eigentlich wissen, was da vor sich geht. Aber alles, was er hatte, war eine dunkle Ahnung, dass all dies Unerklärliche irgendwie zusammenhing.

Weil die Kirche menschenleer war, klopfte er an die Tür, die zu von Dorns Wohnung führte. Sie war verschlossen. Er rief nach ihm, aber alles blieb still. So machte sich Jakob auf den Weg zu Gustav Gründel.

Seitdem Develnias in Nayahs Kristallkugel gesehen hatte, was in Erlenburg gerade geschah, war er einmal mehr außer sich vor Wut. Hatte dieser verdammte Weber doch die Dreistigkeit besessen, in seine Privaträume einzudringen, dort herumzuschnüffeln und dabei die Leiche gefunden. *Weshalb habe ich ihn nicht sofort getötet?*

Wie ein Lauffeuer musste sich das mit dem Toten herumgesprochen haben.

„Weshalb hat Gaston es nicht verhindert", schäumte er, „oder Archimbald, der nichtsnutzige Fresssack?"

Nun musste er bei einer Rückkehr damit rechnen, von den Gendarmen verhaftet und verhört zu werden. Wie konnte er aus dieser misslichen Lage wieder herauszukommen. Gewiss, er hatte es geschafft, die meisten Menschen für sich einzunehmen, aber wie lange würde das anhalten? Musste er jetzt seine Pläne komplett ändern? Schon morgen würde der Perlmutturm den Schatz freigeben, den er – koste es, was es wolle - an sich nehmen würde. Einzig Voskrit könnte das vielleicht verhindern.

Falls der Herrscher des verborgenen Landes über das Wasser wüten sollte, hätte er wohl das Nachsehen, aber das erschien ihm völlig unmöglich. Voskrit würde die Nymphen leer ausgehen lassen und ihm den Vorzug geben, mochten sie darüber klagen und jammern, wie sie wollten.

Wenn ich nicht mehr nach Erlenburg zurückkehren kann, werde ich mit Agnes weit weg gehen. Nach Frankreich vielleicht, nahm er sich vor.

Er blickte sich nach den Frauen um. Sie saßen in der Grotte und wurden von den Luftnymphen bewirtet.

Develnias hatte Nayah weitere Pasteten zugesteckt und ihr befohlen, sie den Frauen zusammen mit den Früchten der Insel darzureichen. *Wer weiß, wie lange die erste Wirkung noch anhält,* dachte er, *ich kann jetzt keine widerspenstigen Weiber gebrauchen.*

Nayah war gestern über ihn empört gewesen. Es hatte eine Weile gedauert, bis er sie besänftigen konnte, nachdem sie ihn mit Agnes entdeckt hatte, aber im Laufe der Nacht hatte er sie soweit bringen können, sich ihm doch zu ergeben.

Bei Agnes war er nicht ganz zum Ziel gekommen, aber er weidete sich an dem Vorgeschmack der Lust, den ihr Körper ihm versprach.

„Holt eure Instrumente, meine lieben Luftnymphen", rief die Nymphe und klatschte in die Hände.

Kurz darauf erfüllte liebliche Musik die Grotte. Mit Genuss lauschten Charlotte, Ella und Agnes dem ungewöhnlichen Klang. Sie hatten von dem wohlschmeckenden Gebäck gekostet und fühlten sich leicht wie in einem seligen Traum, eingehüllt in wunderbare Musik und umgeben von märchenhaften Wesen.

Nayah begann zu tanzen. „Morgen ist es endlich soweit. Wir Nymphen tanzen für den Schatz der Sonne. Ich kann es kaum mehr erwarten."

Charlotte und Ella sahen ihr verzaubert zu.

Agnes hatte sich erhoben und näherte sich Develnias.

„Gestern haben Sie ein verbotenes Spiel mit mir gespielt, nicht wahr?", fragte sie sanft, als sie dicht vor ihm stand. Er sah auf sie herab, antwortete aber nicht.

„Das Spiel hat mir gefallen", sagte sie zu seiner Überraschung.

Sie umfasste seinen Kopf mit beiden Händen, um ihn zu sich zu ziehen, küsste ihn auf den Mund, zunächst sanft und zärtlich, dann leidenschaftlich. Develnias erwiderte ihren Kuss, wohlwissend, dass Nayah sie beide beobachtete.

Als er Agnes hochhob, um sie mit sich fortzutragen, schwebte sie heran.

„Komm, Agnes", sagte sie wie beiläufig und fasste ihre Hand, „wir Frauen haben uns noch so viel zu erzählen."

Überrascht ließ Agnes von Develnias ab, lächelte Nayah aber verzückt an und ließ sich von ihr wegführen. Develnias zitterte vor Wut. Wenn die

Nymphe nicht noch nützlich für ihn wäre, hätte er sie für ihre Dreistigkeit bestraft.

Abwarten zu müssen, bis Long-Long endlich erwachte, war für Johan kaum auszuhalten.

Nach einer Ewigkeit blinzelte der Drache erst mit einem Auge, dann gähnte er. Sobald er sich aufgerichtet hatte, redete Johan auf ihn ein. Long-Long sah ihn schlaftrunken an, aber er hörte nicht auf, seinen Wunsch eindringlich flehend zu wiederholen.

„Ein Floh auf der Schlafmatte ist schlimmer als ein Löwe in der Wüste", sagte der Drache zu guter Letzt.

„Heißt das, du wirst es tun?", fragte Johan ungeduldig.

„Habe ich eine Wahl?"

„Nein, nicht wirklich", gab Strudel zu, „Er will Agnes zurückzuholen. Vorher wird er keine Ruhe geben."

Johan fiel ein Felsbrocken vom Herzen.

„Hier zu sitzen und nichts tun zu können, bringt mich um den Verstand", rief er aus, „ich kann sie nur mit eurer Hilfe finden, das weiß ich!"

Karamell, Strudel und Long-Long dachten an die vielen Inseln, die es im verborgenen Land gab.

„Wir werden großes Glück brauchen, damit uns das gelingt", stellte Karamell fest.

Long-Long aber reckte nun seinen Kopf stolz in die Höhe.

„Darf ich euch daran erinnern, dass ein

Glücksdrache vor euch steht?", sprach er voller Stolz.

„Ja wirklich! Deine Anwesenheit ist bei all dem Unglück ein großes Glück. Wie könnten wir sonst die wilden Wasser überwinden", bestätigte Johan.

„Dann lasst uns zum zweiten Mal aufbrechen", verkündete Karamell abenteuerlustig, während sie sich durchaus vorstellen konnte, stattdessen in den Burggarten zurückzukehren.

Dort würde sie ein gemütliches Plätzchen aufsuchen, sich die Sonne auf die Federn scheinen lassen und den Tag genießen. Für einen Moment träumte sie genau davon.

„Bist du wirklich bereit, Karamell?", vernahm sie Johans Stimme.

Er war inzwischen auf Long-Longs Rücken gestiegen. Schnell flatterte sie zu ihm hoch und nahm ihren schon gewohnten Platz ein.

„Ich bin bereit!", rief sie entschlossen aus.

„Bist auch du bereit, Long-Long?", erkundigte sich Johan, ein wenig besorgt. Immerhin musste der Drache nun deutlich mehr Gewicht tragen.

„Dinge zu planen, liegt beim Menschen. Dinge zu vollenden, liegt beim Himmel", äußerte der Drache, „verlassen wir uns also auf das Glück und auf den Himmel."

Schon breitete er seine Flügel aus.

„Halte dich gut fest!", rief er noch, dann stieß er sich kraftvoll ab. Johan rutschte zur Seite und wäre fast abgestürzt.

„Du musst dich an meinem Hals festhalten", schrie Long-Long, aber vor Johan saß Karamell, die er nicht einklemmen wollte.

„Nur zu", ermutigte ihn das Huhn, „mir geschieht schon nichts."

Also schlang Johan seine Arme fest um den Drachenhals, während er gleichzeitig versuchte, Karamell genügend Platz zu lassen.

So ging es.

Sie segelten durch die Luft, während Strudel im Wasser seine Bahn zog.

„Oh Mann, wie schön!", jubelte Johan.

Es war unbeschreiblich, so einfach über die Weite des Wassers zu fliegen. In der Sonne glänzte Long-Long wie ein goldener Sonnenstrahl am Himmel, ein Sonnenstrahl mit schwarzen Hörnern und rotgezacktem Rückenkamm.

Als sie sich den Inseln mit den wirbelnden Wassern näherten, spürte Johan ein flaues Gefühl im Magen. Würden sie die Frauen jenseits der gefährlichen Strudel finden können?

„Wo sollen wir landen?", fragte er Long-Long, als sie die Strömung überflogen hatten.

Der Drache blickte nach unten.

„Ich werde tiefer fliegen, damit ich Strudel besser folgen kann."

„Wenn nur die Wasserungeheuer nicht auftauchen", erinnerte Karamell an die Gefahr.

Dann zeigte sie mit einem Flügel nach unten.

„Johan, sieh - dort ist schon die Insel der grünen Nymphe."

„Mein Gott, wie viele Inseln es hier gibt", stellte er beklommen fest.

„Ja, zu viele", bestätigte Long-Long.

Sie flogen weiter und hielten angestrengt Ausschau, ob sie irgendwo die vermissten Frauen entdecken könnten. Dabei sah jede Insel anders aus. Eine schien vollkommen mit Bäumen bewachsen zu sein, eine andere war von schroffen, gezackten Felsen übersät, auf einer nächsten konnten sie sanfte, grüne Hügel erkennen, zwischen denen sich Bäche wie silberne Adern dahin schlängelten.

Endlich steuerte Strudel auf eine Insel zu, die von oben wie ein großes Ei aussah. Das Wasser um sie herum leuchtete in einem hellen Türkis. Sie hatte einen schmalen Uferstreifen und war mit Büschen und großen Bäumen bewachsen. Was sich darunter befand, konnten sie von oben nicht erkennen. Long-Long landete geschmeidig auf dem sandigen Ufer. Johan rutschte herunter, Karamell flatterte hinterher.

„Du bist ein wunderbares Flugtier", lobte Johan den Drachen, dem vor Anstrengung die Zunge aus dem Maul hing.

„Ja, ein ganz famoses Flugtier", bestätigte Karamell, „ich wünschte, ich … Nun ja, lassen wir das lieber."

Strudel stapfte tropfend voraus.

„Kommt mit, wir wollen uns einen guten Platz zum Verschnaufen suchen."

Sie ließen sich unter einem großen Baum nieder. Kaum hatten sie das getan, da fielen plötzlich Steine auf sie herab.

„Autsch!", entfuhr es Long-Long, den es als Ersten traf.

Gleich darauf landete ein hartes Geschoss auf Johans Rücken. Er sprang auf, spähte nach oben, sah aber nichts weiter als das Grün des Blätterdaches. *Merkwürdig*, dachte er und nahm den Stein in Augenschein.

„Moment mal, das ist kein Stein. Es scheint mir eine Frucht zu sein."

Das faustgroße rosarot schimmernde Etwas duftete nach Obst, das Johan nicht kannte.

„Ich hätte große Lust hineinzubeißen. Es riecht köstlich."

„An deiner Stelle wäre ich da aber vorsichtig", bremste ihn Strudel aus, „vielleicht ist das giftig."

Konnte ja sein, dass Strudel recht hatte, Johan verspürte jedoch einen starken Drang, die Frucht zu kosten. So tat er es einfach. Das Fleisch war weich, saftig, schmeckte süß und ein wenig herb.

„Mmh", stellte er kauend fest, „sie schmeckt genauso köstlich, wie sie duftet."

Nun wagte es auch Karamell, pickte an einer am Boden liegenden Frucht herum und stimmte Johan zu.

„Du hast recht Johan, das schmeckt herrlich", gackerte sie, „Strudel und Long-Long, ihr müsst auch probieren."

Noch bevor die beiden Karamells Aufforderung folgen konnten, vernahmen sie aus den Zweigen über sich leises Lachen. Sie sahen hinauf. Kleine braune Männchen mit gedrungenen Körpern, einem langen dünnen Schwanz und zu großen Köpfen hockten nebeneinander auf einem dicken Zweig und lachten. In ihren rosafarbenen Gesichtern hatten sie eine rüsselartige Nase, einen breiten Mund und schwarze Knopfaugen. Die Art, wie die vier unter dem Baum sie anblickten, sorgte für weitere Heiterkeit unter den sonderbaren Männchen.

„Wer seid ihr und weshalb lacht ihr?", fragte Johan.

„Wir sind die Gärtner der verborgenen Früchte", antwortete das größte Männchen, woraufhin die übrigen wieder kicherten.

Da musste Johan ebenfalls lachen, gleich darauf auch Karamell. Die beiden lachten so sehr, dass Karamell schließlich ins Gras plumpste und sich den Bauch hielt, während sich Johan prustend auf die Schenkel klopfte.

Strudel und Long-Long sahen einander befremdlich an. Da fiel die nächste Frucht herab und landete auf Long-Longs Kopf. Wieder ertönte eine Lachsalve. Der Drache besah sich das Geschoss, das zwischen seinen Vorderfüßen liegen geblieben war, hob es auf und aß davon.

„In der Nähe von Zinnober wird man rot, in der Nähe von Tusche wird man schwarz", gab er von sich.

Das Lachen der Männchen setzte für einen Moment aus. So etwas Seltsames hatten sie noch nicht gehört. Dann erklang ein tiefes Glucksen aus Long-Longs Kehle, das direkt in ein dröhnendes Drachenlachen überging - so laut, dass einige Männchen von den Zweigen purzelten, andere das Herunterfallen nur dadurch verhinderten, indem sie ihre Schwanzenden um die Äste schlangen und nun kopfüber herunterhingen.

Alles war mit einem Mal nur noch komisch, alle lachten, was das Zeug hielt, selbst Strudel, der nicht von den Früchten gegessen hatte, stimmte ein.

„Hilfe", japste Johan, während ihm die Tränen über die Wangen liefen, „ich bekomme keine Luft mehr."

Es dauerte eine ganze Weile, bis das Lachen abebbte.

„Ich mag eure verborgenen Früchte. Sie haben mich für eine Weile vergessen lassen, weshalb wir hier sind", gab Johan zu.

„Und weshalb seid ihr hier?", wollte ein Männchen wissen.

„Um verborgene Früchte zu essen", ergänzte ein anderes, woraufhin wieder gekichert wurde.

„Nein, wir sind hierhergekommen, um einen Mann und drei Frauen zu finden. Der Mann hat die Frauen entführt", erklärte Johan.

Jetzt blickten die Männchen ungewöhnlich ernst drein.

„Wieso?", fragte eines.

„Vermutlich, weil er eine Frau für sich haben will", antwortete Johan.

„Und weshalb hat er dann gleich drei Frauen entführt?", erkundigte sich ein weiteres Männchen.

„Das wissen wir nicht. Aber vielleicht könnt ihr uns weiterhelfen, denn der Mann scheint sich im verborgenen Land gut auszukennen. Vielleicht habt ihr ihn schon einmal gesehen?"

Für eine Weile sahen sich die drolligen Geschöpfe gegenseitig an, schüttelten dann aber nacheinander den Kopf.

Johan war enttäuscht.

„Könnt ihr uns wenigstens sagen, wo wir Voskrit finden?", fragte er.

Jetzt steckten sie tuschelnd die Köpfe zusammen.

„Er lebt auf der unsichtbaren Insel", sagte das dickste Männchen schließlich.

Johan hielt das zunächst für einen Scherz.

„Auf der unsichtbaren Insel?"

Alle nickten ernsthaft.

„Aber wie kommen wir dorthin?"

In den Zweigen breitete sich wieder Lachen aus.

„Gar nicht", sagte eines, „wie will man auch zu einer unsichtbaren Insel finden?"

Alle außer Johan, Karamell, Long-Long und Strudel fanden das komisch.

„Ja, wie soll man eine unsichtbare Insel in einem verborgenen Land auch finden können", bemerkte Strudel trocken.

Da wurde es wieder ruhig.

„Ihr könnt ihm aber morgen begegnen", verriet eines der Männchen, „morgen ist der Tag der Sonne. Wenn sie am Mittag über dem Wasser steht und alles zum Leuchten bringt, wenn die Nymphen um die Spitze des Perlmutturmes tanzen, wenn die Sonne den Schatz aus dem Turm freigibt, dann wird auch Voskrit erscheinen."

Long-Long, Karamell und Strudel dachten an die Nymphe der grünen Insel, die ihnen Ähnliches gesagt hatte.

Der Drache wurde inzwischen ungeduldig und trat von einem Bein aufs andere.

„Wollen wir hier Wurzeln schlagen oder geht unsere Reise endlich weiter?"

Johan war froh, dass ausgerechnet der Drache zum Aufbruch drängte.

„Ihr schlagt Wurzeln?", erkundigte sich ein braunes Männchen, „warum tut ihr das?"

Allgemeines Gelächter folgte.

„Eben nicht", antwortete Strudel und verdrehte die Augen, „aber wir müssen uns jetzt von euch verabschieden."

Ein enttäuschtes „Oooh" schallte von den Zweigen herunter.

„Es war sehr schön, euch zu treffen", rief Karamell den Männchen zu.

Die vier winkten zu den Ästen hoch, dann gingen sie davon.

Die Gärtner der verborgenen Früchte kicherten ihnen nach und bewarfen sie zum Abschied mit weiteren Früchten.

Johan bückte sich und steckte eine Frucht in seinen Beutel.

„Was hast du mit Agnes vor?", fragte Nayah Develnias.

Nach einem ausführlichen Mahl, dem Genuss von Pasteten, Musik und angeregtem Geplauder waren Charlotte, Ella und Agnes im Gras eingeschlafen. Develnias ließ sich mit einer Antwort

Zeit. Stattdessen führte er die Nymphe in die Grotte, wo sie sich auf ihrem Lager niederließen.

„Ich begehre sie, wie ich dich begehre."

Vielleicht war Nayah eifersüchtig, vielleicht aber auch nur neugierig. Noch brauchte er sie für einen Tag, dann wäre es ihm gleichgültig, wie sie über ihn und Agnes dachte.

„Wird Voskrit morgen erscheinen?", fragte er die Nymphe, während er sie streichelte.

„Wie du weißt, kann das niemand genau sagen, Liebster."

„Und für wen ist der Schatz vorgesehen?"

„Ach Develnias, weshalb fragst du? Wir müssen noch ein wenig Geduld haben."

Später, als auch Nayah schlief, ging Develnias nach draußen. Er wollte zu Agnes.

Als er an Ella, die erwacht war, vorübergehen wollte, sprach sie ihn an.

„Schöner Mann, erzähl mir etwas. Erzähl mir von den Perlen, von weißen, reinen, glänzenden Perlen", bat sie mit einer Stimme, als ob sie im Schlaf redete.

Er erschauerte und beäugte sie misstrauisch.

„Was soll ich dir darüber erzählen?", fragte er abweisend.

„Du magst die Perlen nicht, stimmt's? Es wäre dir am liebsten, wenn die Schlangen alle Perlen vernichten würden."

Ella hatte das Gefühl, dummes Zeug zu reden, konnte aber nicht aufhören.

„Ich kenne dich. Du führst etwas im Schilde, kommst aber an den Perlen nicht vorbei. Fürchtest du dich etwa vor den winzigen Kugeln?"

„Schweig gefälligst", fuhr er sie an, „ich werde nicht mit dir darüber sprechen."

Er griff nach seinem Stock.

„Also gut, wenn du nichts erzählen willst, dann werde ich es tun."

Ellas Kopf fühlte sich eigenartig betäubt an. Sie richtete sich zum Sitzen auf.

„Die Perlen sind so alt wie die Welt. Als das Wasser und alle Lebewesen erschaffen wurden, merkte Gott zu guter Letzt, dass noch etwas fehlte. ‚Ich will etwas Kostbares schaffen', dachte er, ‚etwas, das die Reinheit selbst ist, etwas, dessen Glanz ewig ist.' So erschuf er die Perlen. Unzählige erschuf er an einem Tag. Dann befahl er der Sonne, ihre Strahlen zu schicken, um sie zum Glänzen zu bringen. Wenig später aber, als Adam und Eva im Paradies von der verbotenen Frucht aßen, wusste Gott, dass es nur eine Frage der Zeit war, bis die Menschen die Perlen finden würden. Sie wären dazu imstande, die kleinen Schätze aus dem Wasser zu holen, sie davonzutragen, sie vielleicht sogar zu zerstören. Davor wollte Gott die Perlen schützen. So machte er ihnen eine Hülle aus festem Kalk. Die Hülle nannte er Muschel. Gott wollte der Perle aber eine besondere Hülle geben, deshalb richtete er es so ein, dass die Muschel sich in ein Herz verwandelt, sobald sie geöffnet wird. Ein Herz, in deren Mitte die Perle geborgen ist."

Ella hielt einen Augenblick inne.

„Schweig endlich!", fuhr Develnias sie wieder

an. Sein Kopf dröhnte, seine Hände zitterten.

„Weshalb soll Ella schweigen?", fragte Charlotte schläfrig, „ich finde das wunderschön."

Ella blinzelte in die Sonne, deren Strahlen durch das lichte Laub der Zweige über ihnen fielen.

„Nun glänzten die Perlen am Grunde des Wassers zwar nicht mehr, aber die kleinen Kostbarkeiten waren wenigstens vor den gierigen Augen der Menschen verborgen", fuhr sie unbeirrt fort.

Inzwischen war Nayah aus ihrer Grotte gekommen und setzte sich neben sie. „Erzähl weiter, Ella", bat sie.

„So verging eine lange Zeit. Die Menschen begannen irgendwann Fische zu fangen, woraufhin sich schließlich einige Muscheln in den Netzen der Fischer verfingen. Die Männer warfen die Muscheln ins Wasser zurück, denn so etwas Hartes konnten sie nicht gebrauchen. Sie dachten, es handle sich um Steine, die man bekanntlich nicht essen kann. Aber dann, eines Tages, entdeckten die Menschen doch, wie diese Steine sich öffnen ließen und fanden die Perlen darin."

Nun hatte auch Agnes die Augen geöffnet und lauschte.

„Als die Menschen die Perlen entdeckt hatten, staunten sie über deren Schönheit. ‚Wir haben etwas sehr Kostbares gefunden', freuten sie sich, ‚die Perle ist gewiss etwas Heiliges.'

Gott war überrascht, denn die Menschen hatten gleich erkannt, dass die Perle ein besonderer Schatz ist. Das war mehr, als er gehofft hatte. So fasste Gott Zutrauen zu den Menschen. Er dachte, sie würden in der Perle den göttlichen Glanz der Ewigkeit erkennen. Aber die Menschen erkannten hauptsächlich den irdischen Wert der Perlen und es dauerte nicht lange, da begannen sie, Geschäfte damit zu machen."

Develnias war aufgesprungen. In seinen Ohren rauschte es.

„Es ist genug!"

Er umfasste seinen Stock, auf den er sich jetzt stützen musste. *Diese Schwätzerin muss schweigen*, dachte er, während er auf Ella zuging, die vollkommen unbeeindruckt davon war.

„Da geschah etwas, was noch nie zuvor geschehen war", erzählte sie weiter, „Gott begann zu weinen, er weinte wegen der Menschen. Die Tränen Gottes fielen ins Wasser - und in dem Moment verwandelten sie sich in Perlen. Man sagt, diese Perlen wären besonders schön gewesen. Aber seitdem bewacht das Wasser die Tränen Gottes und kein Mensch konnte sie bisher finden."

Für eine Weile war es still.

Dann brach es aus Develnias heraus.

„Es gibt keinen Gott! Lass dir das ein für alle Mal gesagt sein!", schrie er und fuchtelte mit seinem Stock vor Ellas Nase herum.

Nayah kam heran und legte sanft ihren Arm auf seine Schulter.

„Beruhige dich, es war doch nur eine Geschichte."

Er aber bebte vor Zorn.

„Ich werde euch töten!", rief er und stieß ihren Arm weg, „morgen werde ich euch töten!"

Dann lief er davon.

Bevor die vier die Insel wieder verließen, beratschlagten sie ihr weiteres Vorgehen.

„Wenn es wahr ist, was die braunen Männchen uns gesagt haben, werden wir Voskrit nicht finden können", sagte Johan zerknirscht.

„Es ist leicht, über die vielen Inseln hinweg zu fliegen, aber es ist unmöglich, eine unsichtbare Insel zu finden", pflichtete Long-Long bei.

„Dann bleibt uns nichts anderes übrig, als weiter zu suchen", stellte Karamell fest.

Strudel schwieg.

„Was ist los, Strudel?", fragte sie ihn.

Der Wassermann schaute in die Ferne, über das Wasser.

„Wie lange wollen wir noch suchen? Irgendwo da draußen sind nicht nur die Frauen, sondern auch die Wasserungeheuer."

„Setz' dich einfach mit auf meinen Rücken", bot Long-Long an, „ich werde auch dich noch tragen können."

Strudel schüttelte den Kopf.

„Nein danke, Long-Long, aber ich bin ein Wassermann und gehöre ins Wasser."

Er winkte ab.

„Die Ungeheuer kommen bestimmt erst, wenn es dunkel ist, nicht am helllichten Tag. Kommt, lasst uns keine Zeit verlieren und weitersuchen!"

Johan runzelte die Stirn. Der Wassermann sprach sich selbst offenbar gerade Mut zu.

„Strudel, warte hier auf uns, wenn es dir zu gefährlich erscheint. Wir kommen zurück, wenn wir etwas gefunden haben", schlug er vor. „Und auch, wenn wir nichts gefunden haben", fügte er bedrückt hinzu.

„Ich soll hierbleiben bei diesen verrückten Männchen?", entfuhr es dem Wassermann. „Nein, nein, das kannst du mir nicht antun. Ich komme mit", verkündete er, „es wird schon schiefgehen."

Mit diesen Worten verschwand er im Wasser.

Sie setzten ihre Suche fort, entdeckten immer neue Inseln. Long-Long flog über mächtige Baumwipfel, über silberglänzende Bäche, rauschende Flüsse, grobes Geröll, sanfte Hügel, schroffe Berge ... und dazwischen zeigte sich das Wasser in sämtlichen Blau- und Grüntönen. Aber nirgendwo fanden sie eine Spur von den Frauen. So verging der Nachmittag.

„Ich werde auf der Insel dort landen", verkündete der Drache, der sich nach einer Verschnaufpause sehnte.

Als sie die Insel ansteuerten, kam mit einem Mal ein heftiger Wind auf, der dicke Wolken vor die Sonne schob. Long-Long begann zu schwanken, weil er in den Luftwirbeln Mühe hatte, sein Gleichgewicht zu halten. Karamell und Johan krallten sich an ihm fest.

„Gaaack!", stieß Karamell aus, die beinahe abgerutscht wäre, aber Johan hielt sie fest.

Wenn das nur gut geht, dachte er.

„Die Ungeheuer kommen", schrie Karamell plötzlich, „dort unten, seht!"

Tatsächlich ragten schwarze Zacken über grünen Leibern aus dem Wasser. Der massige Leib der Ungeheuer, von denen Johan drei erkannte, hatte eine beträchtliche Größe, dagegen wirkte Strudel wie ein kleiner Fisch.

Der Wassermann hatte die Angreifer längst bemerkt. Erschrocken sah er sich um, aber die Insel, auf der er sich in Sicherheit hätte bringen können, war noch zu weit weg. Blitzschnell tauchte er ab und hoffte, so die Ungeheuer abhängen zu können. Aber weit gefehlt - wie Spürhunde, die ihre Beute wittern, verfolgten sie ihn mit erstaunlicher Geschwindigkeit.

Im Sturzflug war Long-Long mittlerweile auf der Insel gelandet. „Schnell, steigt ab!", rief er Johan und Karamell zu, „ich muss Strudel helfen!"

Die beiden plumpsten unsanft herab.

Strudel hatte sich am Grund des Wassers zwischen mehreren Felsbrocken zwar in Sicherheit bringen können, aber ohne ihn aus den Augen zu lassen, umkreisten ihn die Bestien. Schwämme er an die Oberfläche, um Luft zu holen, wäre es um ihn geschehen. *Hätte ich mich doch nur dafür entschieden, auf Long-Longs Rücken zu steigen. Wenn ich Glück habe, müssen die Biester vor mir auftauchen, ... wenn ich sehr viel Glück habe.* Strudel spürte Angst und Verzweiflung.

Während Long-Long über das Wasser sauste, erinnerte er sich seines Meisters Yong-Hei, der ihn mit dem Rauch der Fackeln zum Atmen gebracht hatte. *Er hat mir gesagt, Drachen seien die Herrscher des Wassers und sie könnten Feuer speien, wenn ein Freund in Gefahr ist.* Er spähte nach unten. Hier glaubte er den Wassermann zuletzt gesehen zu haben.

Inzwischen hatte sich der Wind zu einem kräftigen Sturm gemausert. Weiße Schaumkronen kräuselten sich zuhauf auf den aufgepeitschten Wellen. Der Drache sah weder Strudel noch die Ungeheuer. *Strudel ist gewiss untergetaucht und mit ihm seine Verfolger.*

War Strudel am Ende schon verloren? Und falls nicht, was konnte er tun, um Strudel zu helfen? Wie beherrschte ein Drache das Wasser? Davon hatte Long-Long keine Ahnung. Yong-Hei hatte zwar gesagt, die Weisheit der Drachen sei älter als die Menschheit, aber verdammt, welche Weisheit war das? Er wünschte sich sehnlichst, er könnte hier sein und es ihm verraten.

„Meister Yong-Hei", rief er in den Sturm, „wenn du mich hören kannst, so sag mir, wie ich Strudel helfen kann."

Nichts geschah.

Er versuchte noch fester an den Meister zu denken und wiederholte seine Worte.

Wieder geschah nichts.

Da mich der Himmel geboren hat, muss ich doch auch für etwas von Nutzen sein, rätselte Long-Long verzweifelt. Er rief die Worte ein drittes Mal in den Sturm. Wieder blieb die Antwort aus. Er wurde wütend. Weshalb half Yong-Hei ihm nicht?

Plötzlich jedoch vernahm er die Stimme des

Meisters: „Lehrer öffnen dir die Tür, hineingehen musst du aber selbst."

Der Drache, zunächst erfreut über die Antwort der vertrauten Stimme, lauschte gespannt, was Yong-Hei noch sagen würde. Warum nur ließ er sich so lange damit Zeit.

„Was soll das heißen?", rief er zornig, „Strudel ist in höchster Gefahr, du aber hast mir nur diesen Unsinn zu bieten?"

Sein Zorn wuchs.

„Ist das wirklich alles, was dir dazu einfällt?", schrie er so laut, dass es weit über das Wasser schallte.

„Ja, Long-Long", antwortete da die Stimme des Meisters, „das ist alles."

Er schnaubte vor Wut, aber was war das? Aus seinen Nasenlöchern stieg Rauch auf. Mit einer Mischung aus Schrecken und Empörung füllte er seine Lungen mit einem tiefen Atemzug.

„AAOHHAA …!", dröhnte es aus seiner Kehle.

Das Brüllen war aber nicht das einzige, das aus seinem Rachen kam, denn auch ein Feuerstrahl schoss heraus. Weil Long-Long aber gegen den Wind flog, fühlte sich seine Schnauze unangenehm heiß an. Er jaulte auf, stürzte hinab zum Wasser, um den Schmerz zu kühlen.

Als er ins Wasser eintauchen wollte, bemerkte er überrascht, dass es vor ihm zurück wich.

„Ihr heiligen Glücksdrachen, so also geht das!"

Er wusste nun, wie er Strudel helfen könnte. *Wenn ich von weiter oben herab fliege, wird das Wasser bis in die Tiefe weichen. Dann komme ich nah genug an Strudel heran, um ihn zu retten.* Also stieg er auf, um sich vom höchsten Punkt wie ein Stein nach unten zu stürzen, bremste aber mitten im Flug scharf ab. Was, wenn er selbst ins Wasser stürzen würde? *Kann ich überhaupt schwimmen, wenn es darauf ankommt?*, fragte er sich.

Der Narr tut, was er nicht lassen kann - der Weise lässt, was er nicht tun kann, dachte er, *bin ich also nun ein Narr oder ein Weiser?*

Long-Long schüttelte den Kopf über sich selbst. Jetzt hatte er wirklich lange genug gezaudert. *Wenn mir weiter nichts übrig bleibt, als Strudel schwimmend zu helfen, dann werde ich genau das jetzt tun.*

Er schwang sich erneut empor, dann ließ er sich fallen.

Als ihn das Wasser zunächst umschloss, erschrak er. Gleichzeitig fing er an sich zu bewegen - seinen schlangenförmigen Körper, seine Flügel, seinen Schwanz – und er schwamm. Dank des zurückweichenden Wassers sank er tatsächlich immer tiefer hinab.

Strudel, wo bist du? Schließlich erreichte er die Felsblöcke, zwischen denen sich der Wassermann versteckt hatte.

Mühsam klammerte sich Strudel an die Felsen und zitterte am ganzen Leib. *Du donnernder Wasserstrudel, was ist das?*, dachte er voller Angst, als er den Druck des Wassers spürte. Gegen ein Ungeheuer, das eine solche Macht über das Wasser hatte, konnte er nichts ausrichten. Die Wucht des Wassers schleuderte ihn aus seinem Versteck. Wäre dieser Augenblick nicht so schrecklich gewesen, hätte er gewiss seine wahre Freude gehabt, aber jetzt spürte er nur noch nackte Angst. Schon packten ihn die Pranken der Bestie. Er zappelte mit aller Kraft, versuchte verzweifelt, sich aus dem Griff zu lösen - aber umsonst. Gleich würden die Krallen ihn auseinander reißen.

„Kannst du endlich mit dem Gezappel aufhören!", tönte da eine Stimme über ihm, „oder willst du am Ende doch von den Ungeheuern gefressen werden?"

Strudel strampelte einen Augenblick lang weiter, dann hielt er schlagartig inne. Diese Stimme kannte er.

„Long-Long?!", schrie er und riss die Augen auf.

„Was hast du denn gedacht?", antwortete der Drache.

Während die beiden an Höhe gewannen, schlossen sich hinter ihnen die Wassermassen in riesigen Wellen.

„Das ist ja Zauberei!", schrie Strudel jubelnd in den Wind.

„Nein, das ist uraltes Drachenwissen!"

Während die beiden die Insel erreichten, von wo aus Johan und Karamell das Schauspiel verfolgt hatten, wurden die gezackten Ungeheuer von der Gewalt der Wellen mitgerissen.

Sekunden später zerschellten ihre Körper an den Felsen.

„Er will uns töten?", fragte Charlotte, als der Mann gegangen war, „aber warum?"

Die Frauen blickten verängstigt drein. Auch Nayah grübelte. Sie fragte sich, was in Develnias gefahren war. Hatte er die Frauen nicht deshalb zu ihr gebracht, um ihren Wunsch nach Gesellschaft zu erfüllen?

„Es ist wegen dem Geheimnis der Perlen", antwortete Ella.

„Was meinst du damit?", fragte Nayah.

„Die Perlen machen ihm Angst. Ich kann mich dunkel daran erinnern, wie er schon einmal versucht hat, eine Perle zu vernichten."

In Ellas Kopf drehten sich die Bilder. Sie blickte zu Agnes, die aufgestanden war.

„Wo willst du hin", fragte sie besorgt.

„Ich werde zu ihm gehen und ihn besänftigen", verkündete Agnes.

Wie verzwickt alles ist, stellte Nayah unglücklich fest. Sie hatte keine Lust auf weitere Ungereimtheiten und rief nach den Luftnymphen.

„Bringt frische Getränke!", befahl sie, dann zupfte sie ihr Kleid zurecht.

„Bitte entschuldigt mich. Ich muss mich für morgen vorbereiten. Wir Nymphen wollen an diesem Tag besonders schön sein."

Sie winkte Charlotte und Ella zu, dann begab sie sich in die Grotte.

Agnes hatte sich inzwischen dem Mann genähert, der am Wasser mit dem Rücken zu ihr stand.

„Sie nennt dich Develnias", begann Agnes „was

für ein seltsamer Name."

Er drehte sich nach ihr um.

„Du hast gesagt, du willst uns töten, aber das ist nicht wahr, oder?"

Er antwortete nicht, sondern blickte nur stumm auf das Wasser und die untergehende Sonne. Sie lehnte sich gegen seinen Rücken.

„Mich wirst du nicht töten, nicht wahr, Develnias?"

„Morgen werden wir die Insel und das verborgene Land verlassen. Nur du und ich. Aber zuvor hole ich den Schatz."

Er wird mir gute Dienste leisten, wenn ich nicht mehr nach Erlenburg zurückkehren kann. Auch Agnes wird das irgendwann verstehen.

„Ich gehe mit dir, wohin du willst", versprach sie.

Develnias lächelte zufrieden. Mit Agnes an seiner Seite würde er in jeder Stadt neu anfangen können. Kein dahergelaufener Weber, kein Gustav Gründel, keine Gräfin und erst recht nicht Ella mit ihren Geschichten wären jemals dazu imstande, Agnes von ihm zu trennen. Er wandte sich ihr zu. Ihre blauen Augen blickten ihn sehnsüchtig an.

Er küsste sie, dann tat er, was er schon tun wollte, ehe die Nymphe ihn zurückgehalten hatte. Er hob Agnes hoch, trug sie mit sich fort zu einem Ort, an dem selbst Nayah sie nicht finden würde.

Johan und Karamell jubelten, als Long-Long mit Strudel vor ihnen landete. Die beiden keuchten vor Erschöpfung.

„Jetzt hast du mal so richtig gezeigt, was in dir steckt, Long-Long", gluckste Karamell begeistert.

„Ja", schnaufte er, „ich war selbst mächtig überrascht. Ich habe mich plötzlich an die Worte meines Meisters erinnert und ..."

„Das war großartig!", freute sich auch Johan, „es ist ein großes Glück, dass wir dich haben!"

„Dem stimme ich zu. Ohne dich wäre ich jetzt tot. Ich danke dir, mein Freund."

Strudel schlang die Arme um Long-Longs Kopf.

„Na, na", sagte der geschmeichelt, „das war doch selbstverständlich!"

Er legte er sich ins Gras und Strudel lehnte sich an ihn. *Wer dich einen Tag unterrichtete, ist das ganze Leben lang dein Vater* dachte er selig, dann waren beide eingeschlafen.

Johan und Karamell schmunzelten über die beiden.

„Unsere Suche ist für heute wohl beendet", stellte Johan fest.

„Ja, sieht ganz so aus."

Langsam neigte sich der Tag seinem Ende entgegen, die Sonne stand als rotglühende Kugel über dem Horizont. Johan setzte sich auf den Boden und öffnete seinen Beutel. Er hatte Hunger, Karamell bestimmt auch.

„Wir werden die Nacht hier verbringen müssen. Komm, lass uns einen Bissen zu uns nehmen."

Sie pickte freudig das Brot, das Johan ihr

reichte.

Nachdem sich die beiden gestärkt hatten, gingen sie ein Stück in die Insel hinein, um Wasser gegen den Durst zu suchen. Weil Gras und Gestrüpp hoch wuchsen, nahm Johan das Huhn auf den Arm. Bald war auch sie eingeschlafen. Er kam zu einem Bach, trank von dem klaren Wasser, dann ging er zurück.

Aus seinem Beutel holte er die verborgene Frucht hervor. *Es kann nichts schaden, wenn sich meine trüben Gedanken etwas aufhellen*, dachte er. Nachdem er sie gegessen hatte, fühlte er sich auf angenehme Weise gleichermaßen schwer wie leicht. Müdigkeit überkam ihn. Johan legte sich zu den anderen, dachte an Agnes und schlief ein.

Mitten in der Nacht schreckte er auf, öffnete die Augen und blickte geradewegs in den Himmel, der von Abermillionen blinkenden und strahlenden Sternen übersät war. Das ganze Himmelszelt, das sich wie eine Kuppel über ihn wölbte, strahlte in einem sanften Licht. Während er staunend dalag, hörte er die Wellen schlagen, vernahm jedoch nicht nur das gleichmäßige Plätschern des Wassers, sondern ganz deutlich noch ein weiteres Geräusch.

Nanu, dachte er, *es hört sich an, als schlügen die Wellen gegen etwas Hartes.* Johan richtete sich auf und spähte auf das Wasser hinaus, das vom Licht der Sterne glitzerte.

Was er dort erblickte, ließ ihm den Atem stocken. Nur wenige Schritte vom Ufer entfernt lag eine mächtige Barke im schimmernden Wasser. Sie sah aus wie die Sichel des Mondes.

Während die eine Hälfte der Sichel im Wasser lag, bildete das andere Ende einen Bogen, der bis über die Mitte der Barke gespannt war und an dessen Spitze eine große Laterne hing, in der ein Licht brannte. In der Barke saß ein alter Mann mit schlohweißem Haar, der zu ihm herüber sah. Jetzt winkte er ihm zu.

„Komm zu mir, Johan!", rief er.

Johan glaubte zu träumen, rieb sich die Augen, aber weder die Barke noch der winkende Alte verschwanden.

„Komm, Johan!", wurde er erneut aufgefordert.

Johan blickte auf seine schlafenden Begleiter. Sollte er sie wecken? Er entschied sich dagegen und ging wie traumwandelnd zum Wasser, schritt auf die Barke zu, bis er sie berühren konnte.

Sie war also echt.

Im Schein der Laterne konnte er den Mann deutlich sehen. Weiße Haare, die ihm bis zu den Schultern reichten, und ein Bart umrahmten sein Gesicht, aus dem Johan große dunkle Augen freundlich anblickten.

Das einzige Kleidungsstück des Mannes war eine kurze Hose aus braunem Leder, die kaum seine Lenden bedeckte. Sonst war der Mann nackt, seine Haut tiefbraun.

„Wer bist du?", fragte Johan, der nicht aufhören konnte, den Alten zu bestaunen.

„Ich bin der Herrscher des verborgenen Landes."

„Du bist Voskrit?"

„Wenn du mich so nennen magst", entgegnete der Mann lächelnd.

„Dann weißt du auch, wo Agnes ist?"

„Ja, das weiß ich, willst du nicht endlich einsteigen?"

Johan blickte sich noch einmal um. Long-Long, Strudel und Karamell rührten sich nicht.

„Sie schlafen fest", bemerkte Voskrit, „bis zum Morgen sind wir wieder zurück."

Johan stieg ein.

Voskrit erhob sich, umfasste das Ruder und stieß ab.

Obwohl er sehr alt zu sein schien, waren seine Bewegungen kraftvoll und geschmeidig.

Johan betrachtete ihn eine Weile.

„Ich habe dich mir ganz anders vorgestellt."

„So? Wie denn?"

„Ich dachte, du würdest gefährlicher aussehen", gab er zu.

Voskrit lachte.

„Und jetzt bist du enttäuscht?"

„Nein, keineswegs", beeilte sich Johan zu sagen, „so ist es mir viel lieber."

Er wollte noch viele Fragen stellen, aber plötzlich kam Nebel auf, der innerhalb von Sekunden so dicht war, dass Johan Voskrit nur noch vage sehen konnte.

„Werden wir bei diesem Nebel Agnes finden können?"

Wieder lachte Voskrit.

„Sei unbesorgt, Johan, der Nebel lichtet sich bald."

Da hob sich schon das Grau wie eine über dem Wasser schwebende flauschige Decke. Darunter war es mit einem Mal taghell.

Aber, was war das?

Die Luft fühlte sich ganz anders an. Hätte Johan nicht einfach weiter atmen können, hätte er glauben müssen, sich unter Wasser zu befinden. Fragend blickte er zu Voskrit, dessen Haare aussahen, als würden sie von Wellen umspült. Er ließ das Ruder sinken, setzte sich und deutete über den Bootsrand hinweg, wo farbenreiche Fische in vielerlei Gestalt vorbei zogen.

„Wo sind wir?", wollte Johan fragen, doch seine Stimme versagte.

Voskrit legte einen Finger auf den Mund.

Wir sind tatsächlich unter Wasser, dachte Johan, *obwohl ich atmen kann und das Licht in der Laterne noch immer brennt.*

Jetzt huschten Quallen über das Boot hinweg, wenig später tauchte eine riesige Schildkröte wie zum Greifen nahe neben ihnen auf. Noch andere, höchst wunderliche Wesen kamen daher und beäugten Johan. Ein schwimmendes Tier mit riesigem Kopf, an dem zahlreiche Arme zu wachsen schienen, ein übergroßes Seepferdchen, dem ein Horn auf der Stirn wuchs, Schnecken auf zwei Beinen, die rote Häuser trugen, Fische mit gestreiften Flügeln und Gesichtern wie Adler, kriechende grüne Echsen mit eiergroßen Warzen und Pfoten wie Hunde, Wasserspinnen auf dünnen

Beinen mit schillernden Glotzaugen, schwarze Enten, die mit übergroßen Füßen über den Boden schritten, tanzende nackte Lebewesen, die beinahe wie winzige Menschen aussahen, und Schmetterlinge mit leuchtendblauen Flügeln, die in Scharen über gelbe, orangene und grüne Moos- und Pflanzenteppiche hinweg flogen.

Johan war überwältigt.

Mittlerweile fuhr das Boot durch eine Art Wald, in dem die Bäume sich geschmeidig im Wasser wiegten. Unten am Grund war es dunkel, doch über ihnen spielten die durchscheinenden Zweige der Bäume mit der Strömung und dem Licht. Einige berührten Johan.

Wie weich sie sind, staunte er.

Als sie eine Weile dahingeglitten waren, tauchte plötzlich ein großer Turm vor ihnen auf. Voskrit gab Johan ein Zeichen, er solle im Boot bleiben, während er selbst ausstieg, auf den Turm zuging und durch eine Öffnung entschwand. Johan wusste nicht, was der Herrscher des verborgenen Landes vorhatte, so blieb ihm nichts weiter übrig, als zu warten.

Ehrfürchtig blickte er an den glatten Wänden empor, die in außergewöhnlichen Farben schillerten. *Morgen gibt der Perlmutturm einen Schatz frei*, erinnerte sich Johan an die Worte des braunen Männchens. *Kann das der Turm sein, von dem es gesprochen hatte?* Da kam Voskrit zurück, lächelte Johan zu, bestieg das Boot, das sich sogleich wieder in Bewegung setzte. Wenig später senkte sich erneut Nebel über die Barke.

Develnias brachte Agnes zu den Felsen, die weit genug von Nayahs Grotte entfernt waren. Dort kannte er eine leicht zugängliche Höhle. Agnes folgte ihm bereitwillig.

Die Sonne war inzwischen längst untergegangen, aber der Mann kannte den Weg. Er verabscheute diesen unwirtlichen Ort - den mit Steinen übersäten Boden, die Kälte und Dunkelheit hier -, aber dies war der einzige Platz, an dem Nayah ihn nicht suchen würde. Hier war er mit Agnes vollkommen ungestört.

Als er mit ihr die Höhle betrat, umfing sie nächtliche Schwärze.

„Wir sind da", sagte er, tastete nach ihr, zog sie zu sich und küsste sie.

Develnias spürte, wie sich ihr Körper an seinen schmiegte. Sein Atem ging schneller. Mit den Füßen schob er ein paar Steine beiseite, dann ließ er sich auf dem Boden nieder. Agnes tat es ihm gleich. Weder die Kälte der Höhle noch der steinige Untergrund schienen ihr etwas auszumachen. Sie legte sich auf den Boden und zog ihn zu sich.

Während er sich über sie beugte, ihre Lippen suchte, tauchte vor seinen Augen die Fratze des Dämons auf. Das geschah so unerwartet, dass Develnias sich erschrocken aufrappelte.

„Was willst du hier?", fragte er unwirsch.

„Ich will dich", antwortete Agnes zärtlich.

Der Dämon lachte. „Sie will dich, Develnias", tönte er.

„Nein, dich meine ich nicht", fuhr Develnias

Agnes an, „ich spreche mit dem Dämon."

Sie schwieg.

„Ich will dich warnen, mein Freund", hörte er die Fratze mit eindringlicher Stimme sagen. „Ich rate dir, dich sehr bald aus dem verborgenen Land zu entfernen."

„Nicht, bevor ich den Schatz in Händen halte", erwiderte Develnias trotzig.

Wieder lachte der Dämon.

„Du bist unersättlich, nicht wahr? Aber morgen bringst du dich in große Gefahr."

„Was soll mir schon geschehen? Jetzt, wo selbst Agnes mir ganz und gar ergeben ist?"

Die Fratze verschwand.

„Du hast mit einem Dämon gesprochen?", fragte Agnes verwundert.

„Es hat nichts zu bedeuten."

Der Dämon hat mich noch nie belogen, dachte er.

„Es stimmt", hauchte sie ihm zu, „ich bin dir ergeben."

Develnias versuchte die Worte des Dämons beiseite zu schieben. Er wollte endlich seine Lust an Agnes befriedigen. Seit er sie zum ersten Mal gesehen hatte, träumte er von diesem Augenblick. Er fasste nach ihr, drückte sie zu Boden. Als er sie grob küsste, vernahm er plötzlich Schritte in der Höhle.

„Hörst du das auch?"

Agnes lauschte ...

„Nein, ich höre nichts."

Die Schritte wurden lauter.

„Wer ist da?", rief er in die Dunkelheit.

Alles blieb still.

„Es ist niemand da, Develnias", versuchte sie ihn zu beruhigen.

Da schossen rings umher wild tanzende Feuerzungen in die Höhe, warfen unheimliche Schatten und tauchten die Wände aus gezackten Felsen in ein gespenstisches Licht. Develnias sprang auf. Im Schein des Feuers sah er einen Zug von Männern durch die Höhle schreiten. Sie kamen geradewegs auf ihn zu.

„Nein! Nein!", schrie er mit von Angst verzerrtem Gesicht, „verschwindet, lasst mich in Ruhe!"

Agnes wollte ihn beruhigen, ihm versichern, da wäre niemand. Aber vergeblich.

Develnias hatte die Männer längst erkannt. Voran schritt der Abt, dahinter die höheren Brüder, die er einst getötet hatte.

„Die Hölle wartet auf dich, mein Sohn!", tönte ihm die eindringliche Stimme des Abtes entgegen. Dann hallte sein lautes Gelächter von den Wänden, in das die anderen Brüder einfielen. Develnias hielt sich die Ohren zu.

Mein Stock, dachte er panisch, *ich brauche meinen Stock.*

Fieberhaft suchte er danach, bekam ihn zu fassen und trat mit der Spitze voran den Männern entgegen. Die jedoch wichen seinem Angriff geschickt aus. Für Sekunden verschwanden sie, nur um wie dunkle Geister aus einem anderen Winkel erneut aufzutauchen.

Und wieder stürzte er sich auf sie, wieder ging

sein Angriff ins Leere. Er fiel auf die kantigen Steine, schlug sich Arme und Beine blutig, unfähig, den Schmerz zu fühlen. Die Männer und ihr grässliches Lachen waren überall.

Schließlich schrie Develnias laut auf, dann lief er taumelnd davon.

Der Nebel hatte sich aufgelöst.

Voskrit steuerte die Barke unter dem Licht der Sterne auf eine Insel zu.

„Werden wir Agnes dort finden?"

„Hab noch Geduld."

Als sie sich der Insel näherten, erschien wie aus dem Nichts ein großer Regenbogen, hinter dem die Insel für Augenblicke verschwand.

„Mitten in der Nacht ein Regenbogen", stutzte Johan, „wie ist das möglich?"

„Alles ist möglich im verborgenen Land."

Sie fuhren unter dem Regenbogen hindurch, erreichten die sonnenhelle Insel, verließen die Barke und gingen einen schmalen Pfad entlang, der durch einen dichten Wald führte. Am Ende des Waldes öffnete sich der Blick auf ein von hohen Bergen umsäumtes, endlos scheinendes Tal.

Johan war einmal mehr überwältigt.

„Willkommen auf der unsichtbaren Insel", sagte Voskrit und lud ihn mit einer Handbewegung dazu ein, vor ihm her zu gehen.

Der Weg führte sie zu einem Fluss, der sich durch das Tal schlängelte.

„Ist das der Weg, der uns zu Agnes führt?"

„Wir müssen den Fluss entlang gehen, bis wir zu seiner Quelle kommen."

Je weiter sie gingen, desto steiler wurde es. Johan hatte mittlerweile jegliches Zeitgefühl verloren. War es Nacht oder schon wieder Tag?

Soeben standen noch die Sterne über ihm, aber auf der unsichtbaren Insel schien die Sonne. Schliefen Long-Long, Strudel und Karamell oder suchten sie bereits nach ihm?

Johan spähte den Fluss entlang. War die Quelle schon zu erkennen? Nein, er sah nur die Weite des Tales. Nach weiteren Minuten teilte sich das Wasser an einer Stelle in drei Arme, die in verschiedene Richtungen führten.

„Welcher Flussarm ist der richtige?", fragte Johan, bekam aber keine Antwort.

Als er sich umwandte, war der Herrscher des verborgenen Landes verschwunden.

„Voskrit, wo bist du?", rief er, aber es blieb still.

Er kann mich doch nicht einfach hier allein lassen, dachte Johan mit einer Mischung aus Empörung und Furcht. Wieder und wieder rief er nach ihm, aber der Herrscher blieb verschwunden. *Was soll ich jetzt tun?* Am liebsten wäre er umgekehrt, um zur Barke zu laufen. Aber was, wenn auch das Boot verschwunden war? Weshalb hatte Voskrit ihn nur hierher gebracht? Er hatte so sehr gehofft, er würde ihn zu Agnes bringen.

Aber nun stand er allein am Fluss auf der unsichtbaren Insel im verborgenen Land und wusste nicht, wohin er gehen sollte.

Er spürte, wie die Angst sich seiner bemächtigte. Er hatte Angst um Agnes, Angst, nicht zu Strudel, Karamell und Long-Long zurück zu finden und Angst, allein auf Insel zu bleiben.

Der Herrscher des verborgenen Landes hatte ihn in eine Falle gelockt, in die er wie ein Blinder hineingetappt war.

Mit einem Mal überkam Johan großer Durst. Er kniete nieder, schöpfte mit zitternden Händen Wasser, das er gierig trank. Da erklang aus dem Plätschern des Wassers eine Stimme.

„Kennst du deine größte Angst?"

Er erschrak, hielt inne, lauschte. War Voskrit etwa doch zurückgekehrt?

„Kennst du deine größte Angst, Johan?", hörte er die Stimme wieder, direkt aus dem Gewässer vor ihm.

„Meine größte Angst ist, Agnes nicht wiederzufinden", antwortete er schließlich.

„Es ist gut, wenn du deine größte Angst kennst. Aber jetzt steh auf und geh!", sprach das Wasser, „du wirst den richtigen Weg finden."

Die Stimme verstummte, nur noch plätscherndes Fließen war zu hören.

Meine größte Angst ist, Agnes nicht wiederzufinden.

Ohne nachzudenken, welche Richtung er einschlagen sollte, lief er am Ufer des linken Flussarmes weiter, wo ihn der Weg in immer steiler werdenden Windungen nach oben führte. Das Tageslicht nahm langsam ab.

Als er in einen Wald kam, verlor er den Fluss aus den Augen. Er blieb stehen, um sein Rauschen zu erlauschen. Was wäre, wenn auch noch der Fluss verschwände? Hatte er doch den falschen Weg gewählt? Die Bäume des Waldes standen immer dichter beieinander, schließlich so dicht, dass er kaum mehr einen Durchgang fand. Es war, als hätten sie die Absicht, ihn zu umschließen. Plötzlich aber kam er auf eine Lichtung, wo die Bäume in einem weiten Kreis standen.

Als er die Bäume ansah, erstarrte er.

In ihren Stämmen hatten sie Gesichter. Nicht irgendwelche Gesichter, sondern jeder Baum trug Johans Gesicht. Wo er auch hinsah, aus jedem Baum blickte ihm sein eigenes Antlitz entgegen.

„Was soll das? Wer seid ihr?"

„Wir sind du", antworteten sie im Chor.

„Ihr seid ich?"

Da musste Johan lachen, ein atemloses Lachen. Die Bäume nickten.

„Wie du sind die Bäume Geschöpfe der Erde", hörte Johan eine weitere Stimme aus der Krone des höchsten Baumes.

Er blickte nach oben und entdeckte eine stattliche Eule, die ihn mit großen dunklen Augen ruhig ansah.

„Du kommst von jenseits des verborgenen Landes, nicht wahr?"

Sie breitete ihre mächtigen Schwingen aus und flog auf einen anderen Baum.

„Viel zu selten kommt ein Lebewesen von jenseits des verborgenen Landes hierher."

„Das ist wahr, das ist wahr!", stimmten die

Bäume zu.

„Den meisten Menschen fehlt der Mut, ihrer Fantasie zu trauen, deshalb kommen sie nicht zu uns", verriet die Eule.

„Er glaubt, man könne hierher nur gelangen, wenn man fliegen kann", raunten die Bäume mit Johans Gesicht einander zu und sprachen aus, was er dachte.

„Wie sonst?", wollten sie nun stellvertretend für ihn wissen.

„In das verborgene Land gelangt man nicht nur über die wilden Wasser", verriet die Eule, „es gibt Brücken, man könnte durch seichtes Wasser hierher gelangen, und es gibt sogar Wege hierher. Aber die Menschen fürchten sich wohl vor uns, vor dem Unbekannten und davor, was ihnen hier begegnen könnte."

„Ja, sogar sprechende Bäume mit einem menschlichen Antlitz", gaben die Bäume von sich.

Wenn ich ein Baum wäre, wüsste ich, wo mein Platz ist, dachte Johan - und die Bäume sprachen es aus. Dann schüttelten sie ihre Zweige.

„Wir wissen, wo unser Platz ist", stimmten sie gemeinsam zu.

„Du willst wissen, wo du hingehörst, Menschenkind?", fragte ihn die Eule.

„Ja, das wüsste ich gerne", antwortete Johan nachdenklich, „könnt ihr es mir nicht sagen?"

„Du könntest bei uns bleiben und Wurzeln schlagen", schlugen die Bäume vor.

„Nein danke, aber das möchte ich nicht."

„Du könntest dir auf der unsichtbaren Insel eine Hütte bauen", überlegten die Bäume weiter. Johan schüttelte den Kopf.

„Hier wäre es mir zu einsam."

„Warum?"

„Weil Agnes nicht bei mir wäre."

„Agnes?"

„Ja, Agnes. Sie ist die Frau, die ich liebe."

Wieder schüttelten die Bäume ihre Äste, dass die Blätter rauschten.

„Dann ist dein Platz bei Agnes", stellte die Eule fest.

„Dein Platz ist bei Agnes, dein Platz ist bei Agnes", raunten die Bäume.

Johan seufzte.

„Könnt ihr mir sagen, wo ich sie finde?", fragte er in die Runde.

Die Bäume schwiegen.

„Dein Herz hat diesen Weg gewählt. Folge ihm ruhig weiter", ermunterte ihn die Eule, „bald wirst du zur Quelle kommen."

Johan lächelte die Bäume und damit sich selbst an.

„Ich danke euch", sagte er, „ihr habt mir geholfen, etwas Wichtiges zu erkennen."

Es war Nacht geworden als er wieder aus dem Wald heraustrat, aber im Licht der Sterne fand er den Weg. Die Gipfel der Berge ragten wie schwarze Riesen in den Himmel. Und als er sich endlich der Quelle näherte, sah er von Weitem einen großen Stein, auf dem eine Gestalt saß. Johan glaubte eine Frau zu erkennen, die mit dem Rücken zu ihm saß und dennoch auf ihn zu warten schien.

Ihre Haare, die ihr bis zur Hüfte reichten, leuchteten bis zur Hälfte ihres Scheitels golden, die andere Hälfte war schwarz.

Wer mochte sie sein?

Johan trat vor sie hin.

„Willkommen", begrüßte ihn die Frau mit sanfter Stimme.

Jetzt sah Johan, dass der Stein in der Mitte eines riesigen Zifferblattes lag, das mit dem Boden ringsum verwachsen zu sein schien. Statt zwei Zeigern bemerkte Johan nur einen, der dort langsam wie ein schwarzer Schatten kreiste. Unter dem Stein sprudelte das Quellwasser hervor.

„Was führt dich zu mir?", fragte sie.

Johan hatte gehofft, die Frau würde ihm keine Frage stellen, sondern ihm einfach nur verraten, wo er Agnes finden könne.

Er starrte sie an.

„Wer bist du?", fragte er schließlich.

„Ist es das, was du von mir wissen willst?"

„Nein ... ja ...", stotterte er, „eigentlich bin ich gekommen, um zu erfahren, wie und wo ich Agnes finden kann."

„Hier ist sie nicht", antwortete die Frau ruhig, „aber wenn du in meinen Spiegel blickst, kannst du sie sehen."

Sie streckte den Arm aus und deutete an Johan vorbei.

„Dreh dich um und sieh in den See."

Als er sich umwandte, lag vor ihm ein See, auf dessen glatter Oberfläche sich die Sterne spiegelten. Das Wasser bewegte sich nun in kleinen Wellen, doch als sie verebbt waren, sah er Agnes. Sie lag auf einer Wiese und schlief. Johan atmete auf. Er wollte schon nach ihr rufen, aber da sah er, wie ein Mann sich ihr näherte.

Er erkannte ihn sofort - der Comte de Passeur.

„Lass sie in Ruhe!", schrie er so laut er konnte.

Fassungslos musste er mit ansehen, wie der andere sich über Agnes beugte und sie küsste. „Nein! Agnes!"

Agnes würde sich gleich wehren, aufspringen und davonlaufen. Aber nichts dergleichen geschah. Vielmehr erwiderte sie den Kuss.

„Nein, Agnes, nein!", schrie Johan, griff nach einem Stein und warf ihn auf das Wasser.

Das Bild verschwand.

„Agnes!!!"

Sein Schrei war so herzzerreißend, dass es von den Felsen widerhallte. Da entstand auf dem Wasser ein neues Bild. Der Comte führte Agnes in eine Höhle. Johan gefror das Blut in den Adern, als er sah, wie Agnes den Mann liebkoste.

„Nein!", schrie er ein letztes Mal, dann stürzte er sich auf das Bild, auf das er wild zappelnd einschlug. Rasch sogen sich seine Kleider voll Wasser, das Gewicht zog ihn in die Tiefe. Er wehrte sich nicht, ergab sich dem Sog, der ihn taumelnd in einen dunklen Schlund zog. Die Bilder hingen in seinem Kopf, aber er fühlte sich leicht. Nein, er wollte sich nicht nach oben kämpfen. Jetzt, da alles verloren war.

Agnes will mich nicht mehr, war sein einziger Gedanke, *de Passeur hat gewonnen*. Aber ohne

Agnes hatte sein Leben keinen Sinn mehr.

Er sank tiefer und tiefer.

Da blitzten um ihn herum goldene Fäden auf, die sich im Wasser sanft bewegten, ihn schließlich wie ein großes Netz umfingen und nach oben zogen. Dann packte ihn eine starke Hand, riss ihn unsanft aus dem Wasser und warf ihn auf den steinigen Boden. Er spuckte, hustete, schrie und fluchte.

„Warum hast du mich nicht sterben lassen?", fuhr er die Frau an.

Sie beugte sich über ihn. Ihre Augen ruhten auf ihm. Der Schatten des Zeigers huschte über ihn hinweg.

„Deine Zeit ist noch nicht gekommen."

„Woher willst du das wissen?", schleuderte er ihr trotzig entgegen.

„Glaub mir", antwortete sie geheimnisvoll, „ich weiß es, wie es die Ewigkeit weiß."

Langsam ging sie zu dem Stein zurück.

Johan rappelte sich auf.

„Warum hast du mir die Bilder gezeigt?"

„Der See hat dir Agnes gezeigt, nicht ich", entgegnete die Frau, „aber wolltest du das nicht?"

Johan schwieg. Er war hilflos, verzweifelt, unglücklich.

„Und jetzt?", fragte er, „was soll jetzt werden?"

„Blick noch einmal zurück", forderte sie ihn auf.

„Nein!", sagte er widerspenstig, aber ihre Augen waren freundlich und bestimmt auf ihn gerichtet. Widerwillig drehte er sich um. Auf der Fläche des

Wassers, wo sich alle Sterne des Himmels spiegelten, schwammen nun zwei Schwäne, deren Gefieder weiß wie der Schnee leuchtete.

„Glaube nicht alles, was du siehst", sagte die Frau, „nimm dir Zeit für einen zweiten Blick und vor allem – schau in dich selbst hinein. Dein Herz weiß mehr, als du glaubst."

Johans Herz wusste genau, dass es Agnes liebte, aber im Augenblick war es ein sehr verletztes Herz.

Da beugte sich die Frau hinab und schöpfte mit ihren Händen Wasser aus der Quelle.

„Trink", forderte sie ihn auf.

Johan neigte den Kopf und trank.

„Das Wasser wird dich stärken. Du wirst jetzt wissen, was zu tun ist."

„Danke."

Er verbeugte sich vor ihr.

„Werde ich Agnes finden?"

Die Frau nickte.

„Was du brauchst, trägst du in dir – hab Vertrauen."

Johan wandte sich zum Gehen.

„Morgen in der Mitte des Tages wird sich alles lösen", sagte sie zum Abschied.

Johan wusste nicht, was am nächsten Tag geschehen würde, aber dennoch fühlte er sich gestärkt.

„Johan, willst du nicht endlich aufwachen?", drang es an sein Ohr.

Diese Stimme kenne ich, dachte Johan, an der Grenze zum wach sein. Als er die Augen öffnete, blickte er in die Gesichter von Long-Long, Strudel und Karamell, die sich über ihn gebeugt hatten.

„Mann, du hast vielleicht fest geschlafen! Wir dachten schon, du wachst nie mehr auf", gackerte das Huhn erleichtert.

„Ich bin wieder bei euch!", gab er verschlafen von sich, dann setzte er sich ruckartig auf.

Die Sonne stand schon hoch am Himmel.

„Wie spät ist es?", fragte er aufgeregt. Die drei glaubten, nicht recht gehört zu haben.

„Woher sollen wir das wissen?", fragte Strudel.

„Aber es ist sehr wichtig!", rief Johan aus.

„Karamell, du als Mittagshuhn weißt doch, wann die Mittagsstunde anbricht, oder?"

Er schien es ernst zu meinen.

„Ganz so einfach ist das nicht", gab Karamell von sich, „dazu bräuchte auch ich eine Uhr, mein Lieber."

„Vögel singen nicht, weil sie eine Antwort haben, sondern weil sie ein Lied haben", sagte Long-Long.

Johan dachte nach.

„Eine Sonnenuhr", rief er plötzlich aus, „wir brauchen eine Sonnenuhr!"

„Das ist ein glänzender Einfall", freute sich Strudel, „aber woher sollen wir eine solche Uhr nehmen?"

„Wir ziehen einen Kreis auf den Boden und befestigen einen Stock in der Mitte", verkündete Johan, „dann achten wir auf den Schatten des

Stockes. Wenn er am kürzesten ist, steht die Sonne am höchsten. Dann ist es Mittag."

Sie suchten einen schattenfreien Platz nahe dem Wasser, zogen einen Kreis in den sandigen Boden und befestigten einen Stock in der Mitte.

„Was ist das nur für eine Aufregung um diese eine Stunde?", fragte sich Long-Long, „wollen wir nicht lieber weiter nach den Frauen suchen?"

Strudel und Karamell sahen Johan erwartungsvoll an. Genau das fragten sie sich auch.

„Ich weiß, dass sich heute in der mittäglichen Stunde alles lösen wird", antwortete er.

„Und woher weißt du das so plötzlich?", wollte Strudel wissen.

„Ich hatte heute Nacht eine Begegnung mit einer sehr besonderen Frau. Für einen Moment dachte ich, sie wäre die Ewigkeit selbst - und sie hat es mir gesagt."

Ihm war klar, dass das nicht gerade überzeugend klang. Drei Augenpaare betrachteten ihn zweifelnd.

„Ja, glaubt mir, es war, während ihr geschlafen habt. Ich habe mit Voskrit den Perlmutturm besucht, später hat er mich auf die unsichtbare Insel gebracht. Als ich dort alleine war ..."

„Ja, ist schon gut, Johan", unterbrach ihn Strudel, „spätestens seit ich von Long-Long vor den Wasserungeheuern gerettet wurde, ist mir klar, dass im verborgenen Land alles geschehen kann."

„Dann warten wir also einfach ab?", fragte Karamell.

„Ja, wir warten. Es kann nicht mehr lange dauern."

In der Nacht war Develnias völlig aufgelöst in der Grotte erschienen.

„Sie sind hinter mir her!", stieß er hervor, gerade als Nayah ihr Kästchen mit dem Sonnenduft öffnen wollte.

„Wer ist hinter dir her?", fragte sie.

Sie wollte jetzt eigentlich nicht gestört werden.

„Die Brüder, die ich getötet habe. Sie sind nicht tot, sondern in der Höhle erschienen."

„In der Höhle? Was machst du nachts in der Höhle?"

Sie konnte es sich schon denken.

„Du bist mit Agnes dort gewesen, nicht wahr?"

Er antwortete nicht.

„Hast du sie etwa alleine dort zurückgelassen?"

Develnias war zu keiner Antwort fähig. Wie ein getriebenes Tier lief er auf und ab, während er die immer gleichen Worte wiederholte. Da klatschte Nayah in die Hände. Weil die Luftnymphen bereits schliefen, dauerte es eine Weile, bis sie heranflogen.

„Holt eure Lichter", rief sie ihnen zu, „wir müssen Agnes suchen."

Agnes hatte in der Höhle auf den Mann gewartet. Gewiss würde er bald zurückkehren, gewiss sie dann wieder in seine Arme nehmen. Aber er kam nicht zurück. In völliger Dunkelheit begann sie, vorsichtig tastend, den Ausgang zu suchen und hatte endlich den Punkt erreicht, wo sich das Schwarz der Wände gegen das dumpfe Licht des Himmels abgrenzte.

Hier musste der Ausgang sein.

Da hörte sie die Stimme der Nymphe, die nach ihr rief.

„Hier bin ich, Nayah!"

Kleine Lichter schaukelten durch die Dunkelheit heran. Agnes sah ihnen verträumt entgegen. Diese kleinen Lichter erinnerten sie an etwas, aber an was nur? Sie freute sich, Nayah zu sehen, die sie zurück zur Grotte brachte.

Die Nymphe seufzte. Seit die drei Frauen bei ihr waren, hatte sich einiges verändert, besonders aber Develnias. Nicht nur, dass er verkündet hatte, er wolle sie töten. Jetzt redete er auch noch von Männern, die hinter ihm her waren. Sie brauchte lange, bis sie ihn beruhigen konnte und war froh, als er endlich eingeschlafen war.

Der Tag erreichte seine Mitte.

Johan, Karamell und Long-Long saßen am Ufer und behielten den Schatten der Sonnenuhr und das Wasser unablässig im Auge. Der Schatten des Stockes war mittlerweile deutlich kürzer geworden. Die Anspannung stieg.

Strudel war ins Wasser getaucht. Schließlich brauchte er dort nichts mehr zu befürchten, vorausgesetzt, es tauchten keine weiteren Ungeheuer auf. Ab und zu streckte er den Kopf aus dem Wasser, um sich zu vergewissern, dass noch alles ruhig war.

Die Oberfläche des Wassers - unzählige Licht-punkte blinkten wie Edelsteine darauf - war glatt wie ein Teppich. Die Luft darüber flirrte, als er-warte auch sie mit Spannung den Auftritt der Nymphen. Johan fühlte sich wie ein Zuschauer, der eine Kulisse betrachtet, die gleich mit Leben erfüllt werden solle, in der er eine Rolle spielen müsse, die er noch nicht kannte. Kurz bevor die ersten Nymphen erschienen, erhob er sich. Dann kam Bewegung in das Bild.

Aus allen Richtungen schwebten erste Tänze-rinnen herbei. Soweit Johan sehen konnte, sah keine wie die andere aus. Einige hatten große, durchscheinende Flügel, andere waren flügellos. Es gab große und kleine Nymphen, dicke und dünne. Die einen trugen luftige, farbenreiche Ge-wänder, andere grüne oder blaue. Wieder andere waren nackt.

„Es geht los", sagte Johan ernst, obwohl Kara-mell und Long-Long die Versammlung auf dem Wasser längst entdeckt hatten.

„Der Schatten des Zeigers ist noch ein wenig kürzer geworden", bemerkte Karamell.

Jetzt bildeten die Nymphen einen Kreis.

„Was geschieht eigentlich mit dem Schatz aus dem Turm?", fragte Long-Long beiläufig.

„Wenn Voskrit nicht erscheint, wird ihn wohl eine Nymphe erhalten", vermutete Johan.

Er dachte an den Herrscher des verborgenen Landes, seine wissenden Augen und seine Freundlichkeit. Würde er die Nymphen verjagen und sich mit Gewalt den Schatz holen? Er konnte es nicht glauben, aber schließlich hatte Voskrit ihn auch völlig unerwartet allein gelassen.

Just in dem Augenblick, in dem ein gleißender Strahl der Sonne wie ein Pfeil auf die Mitte des Kreises traf, tauchte hinter einer Inselzunge ein Boot auf. Johan nahm es zunächst gar nicht wahr, es passte einfach nicht in das sonstige Bild. Auch die Nymphen nahmen keine Notiz davon. Wie auf ein geheimes Zeichen hin begannen sie zu singen und zu tanzen.

Strudel wurde unruhig.

„Da kommt ein Boot", sprach er aus.

Auch Johan sah es jetzt und begriff sofort, wer in dem Boot saß - der Comte de Passeur, der soeben die Ruder ins Boot legte, sich erhob und seinen Mantel ausbreitete.

„Er will sich den Schatz holen!", rief er erschrocken.

Inzwischen übertrugen sich die Bewegungen der Nymphen auf das Wasser, woraufhin ein Wirbel entstand, in dessen Mitte sich die Spitze des Turmes erhob, die der Strahl des Lichtes in wunderschöne Farben hüllte.

Das Boot des Comte flog nun über das Wasser hinweg, geradewegs darauf zu.

Aber da bewegte sich noch etwas anderes ebenfalls dorthin.

Es war Long-Long, der nicht zulassen wollte, dass der Comte den Schatz erreichte. Der hatte den Kreis der Nymphen durchbrochen und war der Mitte schon sehr nahe gekommen.

Kurz bevor de Passeur die Hand ausstrecken konnte, um den Schatz an sich zu reißen, stürzte der Drache herbei. Das Wasser wich vor ihm zurück, was zur Folge hatte, dass sich eine imposante Welle ausbreitete, die sowohl die überraschten Nymphen, als auch das Boot des Comte in Bedrängnis brachte. Er wankte, verlor für einen Augenblick das Gleichgewicht, fand dann jedoch seinen festen Stand wieder, bekam auch das Boot wieder unter Kontrolle und verschwand damit hinter der Inselzunge.

Die erschrockenen Nymphen stoben schimpfend auseinander, der Turm versank.

„Mit Feuer prüft man Gold, mit Schwierigkeiten die Entschlossenheit", schnaufte Long-Long, als er zu den anderen zurückkehrte.

„Du hast wirklich sehr entschlossen gehandelt, mein fliegender Freund", gackerte Karamell, „aber was geschieht nun?"

Draußen auf dem Wasser leuchtete der Strahl so kräftig wie zuvor, aber wie lange noch?

„Ob die Nymphen noch einmal zurückkommen werden?", fragte Karamell besorgt.

Johan sah den Drachen an, dann schlug er sich mit der flachen Hand auf die Stirn.

„Long-Long, schnell! Fliege dem Boot des Comte hinterher und finde heraus, wo es hinfährt", beeilte er sich zu sagen, „sieh nach, ob du Agnes, Ella oder Charlotte dort entdecken kannst." Weshalb nur war ihm das nicht gleich eingefallen?

Agnes stand am Ufer und blickte Develnias sehnsüchtig nach.

„Ich bin bald zurück", hatte er ihr gesagt, „ich hole den Schatz, dann verschwinden wir beide, nur du und ich."

„Agnes!", hörte sie Ella und Charlotte rufen, „wo bist du?"

Als die beiden sie gefunden hatten, blickten sie Agnes besorgt an.

„Er ist gefährlich", sagte Ella, „hast du nicht gehört, was er gesagt hat? Er will uns töten!"

Agnes schüttelte den Kopf.

„Nein, das wird er nicht. Mich wird er gewiss nicht töten!"

„Aber was wird aus uns?", fragte Charlotte entsetzt.

„Woher soll ich das wissen?", gab Agnes gleichgültig zurück.

Ella packte sie bei den Schultern und schüttelte sie.

„Agnes, was ist los mit dir? Mach endlich die Augen auf!"

Sie wollte Ella zurückstoßen, da sah sie, wie Develnias wiederkam. Sie befreite sich aus Ellas Griff und winkte ihm zu. Charlotte und Ella wichen zurück. Aber noch bevor der Mann die Insel erreicht hatte, geschah Seltsames.

Ein riesiger goldglänzender Vogel flog heran.

„Was ist das?", rief Ella aus.

Der Vogel schien es auf Develnias abgesehen zu haben, der inzwischen eilig aus dem Boot gestiegen war.

„Schnell, macht dass ihr in die Grotte kommt!",
fuhr er die Frauen an.

Sie rannten, so schnell sie konnten. Als sie die
Grotte erreicht hatten, spähte Develnias hinaus.
Der Verfolger war verschwunden. Wo kam dieses
fliegende Ungeheuer her und was wollte es von
ihm? Bisher war er noch von keinem Lebewesen
des verborgenen Landes angegriffen worden. Sollte Voskrit den Angreifer geschickt haben? War es
wegen dem Schatz?

Charlotte blickte Ella angestrengt an und nahm
sie zur Seite.

„Ich glaube, ich kenne diesen Vogel", flüsterte
sie ihr zu. Gleichzeitig fand sie ihren Gedanken
vollkommen abwegig. "Er erinnert mich an meinen chinesischen Drachen."

Agnes trat zu Develnias, umfasste ihn und
schmiegte sich an ihn.

„Hast du den Schatz?", fragte sie ihn.

„Noch nicht", antwortete er gereizt, „es kam etwas dazwischen."

Er bemerkte, wie Ella und Charlotte miteinander tuschelten.

„Was habt ihr miteinander zu flüstern?", fragte
er unwirsch, während er Agnes an sich drückte.

„Sie glaubt, sie kennt den Vogel", verriet Agnes
und zeigte auf Charlotte. Develnias schob sie von
sich, griff nach seinem Stock und ging auf die
Gräfin zu.

„Heraus mit der Sprache ihr beiden. Woher
kennt ihr ihn?"

Charlotte schwieg.

„Es wäre klüger zu reden, verehrte Gräfin, denn wenn euch die Spitze des Stockes berührt, seid ihr tot", drohte er und kam mit dem Stock gefährlich nahe.

„Die Gräfin glaubt, es handelt sich um den Drachen auf der Erlenburg", sagte Ella schnell, um Charlotte zu schützen.

Develnias hielt verdutzt inne. Dann lachte er laut auf.

„Was sagt ihr da? Es ist äußerst unklug mit mir zu scherzen. Habt ihr das noch immer nicht begriffen?"

„Es ist kein Scherz, mein Lieber", mischte sich Agnes ein, „auch ich weiß, dass der Drache lebt."

Charlotte hatte Ellas Hand gepackt. Beide starrten auf den Stock und nickten ängstlich. Develnias sah von einer zur anderen, dann begriff er, weshalb der Drache hier war. Er suchte nach den Frauen. War er allein in das verborgene Land gekommen oder wartete irgendwo in der Nähe jemand auf ihn? Konnte es sein, dass der Weber mit ihm unter einer Decke steckte? Develnias schnaubte vor Wut. *Bevor der Drache mit dem Weber zurückkehrt, muss ich mit Agnes verschwunden sein,* dachte er, *aber zuvor töte ich diese beiden hier.*

„Geh schon zum Boot", befahl er Agnes, „ich komme gleich nach."

Agnes küsste ihn auf die Wange und ging. Ella und Charlotte erfassten, dass sie in höchster Gefahr waren, sie aber in der Falle saßen. Sie blickten sich verzweifelt nach etwas um, womit sie sich gegen die Spitze des Stockes wehren könnten. Da kam Nayah aufgelöst daher.

„Was hast du dir dabei gedacht, Develnias?", beschwerte sie sich, „warum konntest du nicht abwarten, für wen der Schatz der Sonne bestimmt ist?"

Sie blieb zwischen ihm und den Frauen stehen und funkelte ihn wütend an.

„So etwas hat es in der Stunde der Sonne bisher nicht gegeben."

Er nahm den Stock zurück.

„Der Strahl der Sonne ist noch kräftig, deshalb werden wir einen zweiten Versuch wagen, aber ich befehle dir, dich von dem Kreis fernzuhalten! Hast du mich verstanden?"

Hatte er richtig gehört? Er würde eine zweite Gelegenheit bekommen?

„Ja, Nayah", log er, „ich verspreche dir, mich nicht einzumischen." Er jubelte innerlich, ließ es sich jedoch nicht anmerken.

„Jetzt verschwinde aus meiner Grotte", verscheuchte ihn die Nymphe, „geh und kümmere dich um Agnes."

„Oh nein, der Schatten des Zeigers ist länger geworden", beklagte Karamell.

„Aber der Sonnenstrahl ist zum Glück noch deutlich zu sehen", freute sich Johan.

Long-Long, der im Anflug war, rief ihnen etwas zu, was Johan nicht verstehen konnte.

„Ich habe Agnes gefunden!", hörte er schließlich

heraus und sein Herz begann laut zu pochen.

Am liebsten wäre Johan sofort auf Long-Longs Rücken gestiegen, aber gerade kehrten die Nymphen zurück.

„Dort, seht! Sie sind wieder da", rief Strudel, „was machen wir jetzt?"

Johan zögerte.

„Wir warten noch", entschied er schließlich.

„Worauf willst du jetzt noch warten?", entrüstete sich Long-Long, der darauf brannte, die Frauen in Sicherheit zu bringen.

Alles wird sich lösen, dachte Johan, *hab Vertrauen.*

„Diese Stunde hat ihre eigene geheime Ordnung. Wir dürfen sie nicht zerstören. Wir sind nur Gäste im verborgenen Land."

„Diese Stunde wird aber bald vorbei sein", gackerte Karamell aufgeregt, „der Schatten hier wird nämlich immer länger."

Die Nymphen hatten mittlerweile erneut mit ihrem Tanz begonnen. Gewiss wussten auch sie, dass ihnen nicht mehr viel Zeit blieb.

Angestrengt starrte Johan auf das Wasser. Täuschte er sich oder war der Strahl der Sonne schwächer geworden?

„Wir sind zwar nur Gäste, aber wie es aussieht, müssen wir dennoch etwas tun."

„Es ist soweit, Karamell", rief Strudel dem Zauberhuhn zu, „du musst versuchen, die Zeit zu verlängern."

„Gaaack, aber ich kann nicht versprechen, ob das mit dieser jämmerlichen Uhr gelingen wird."

„Du musst es versuchen", drängte Johan.

Da begann Karamell mit ihrem geheimnisvollen Tanz. Sie plusterte sich auf, hüpfte um die Uhr herum, scharrte aufgeregt mit den Füßen, trippelte nach links, nach rechts und bewegte ruckartig den Kopf vor und zurück.

Draußen bewegte sich jetzt kreisend das Wasser, die Turmspitze schob sich heraus.

Alle hielten den Atem an, aber dann schrien sie erschrocken auf. Das Boot des Comte näherte sich abermals dem Kreis.

Wir hätten ihn aufhalten müssen, dachte Johan, dann erkannte er Agnes in dem Boot.

„Agnes!", schrie er.

Long-Long war außer sich.

„Dieser Schurke!", rief er, „jetzt werde ich ihn mir holen."

„Nein, dieses Mal wirst du nicht eingreifen", hielt Johan ihn zurück, „wir werden nicht denselben Fehler machen, den der Comte soeben macht. Auch wenn es uns schwer fällt, wir müssen auf andere Kräfte hoffen."

Zu deutlich erinnerte er sich an die Worte der Frau an der Quelle: *Glaube nicht alles, was du siehst. Frage dein Herz, es weiß mehr, als du glaubst.*

Sein Herz sagte Johan, dass Agnes ihn liebte.

Alles wird sich lösen.

Sie sahen, wie de Passeur den Kreis der Nymphen zu durchbrechen versuchte. Die aber schlossen den Kreis dichter – und so gelang es für eine Weile, das Boot abzudrängen.

„Der Strahl der Sonne ... schaut, er wird wieder stärker!", rief Strudel.

„Gut so, Karamell", freute sich Johan, „ich glaube, du kannst jetzt mit deinem Zauber aufhören!

Das Huhn hielt inne, spreizte seine Flügel und verbeugte sich. Die anderen aber starrten gebannt dorthin, wo nun die Spitze des Turmes zu leuchten begann. Sie öffnete sich, dann erhob sich etwas aus der Öffnung und glitt sanft ins Wasser.

Jetzt hielten die Nymphen in ihrem Tanz inne. Der Turm verschwand, das Wasser beruhigte sich. Der Strahl der Sonne war auf den Schatz gerichtet, als ob er ihn beschützen und ihm die Richtung vorgeben wollte, in die er treiben sollte. In wessen Hände sollte der Schatz seiner Bestimmung nach geraten?

De Passeur, der auf diesen Augenblick gewartet hatte, machte sich bereit.

„Halte dich fest, Agnes", rief er ihr zu, „der Schatz gehört mir!"

Agnes sah ihn an. Der Mann war stark und entschlossen. Er wusste, was er wollte. *Er will den Schatz und er will mich*, dachte sie freudig.

Schon überwand das Boot den Kreis der Nymphen, schon näherte es sich dem Strahl der Sonne.

Plötzlich aber wurde es wie von einer unsichtbaren Hand jäh gebremst. De Passeur fiel nach vorn und wäre um ein Haar ins Wasser gestürzt.

Voskrit!, durchfuhr es ihn.

Als er sich umsah, erblickte er die Barke des

Herrschers.

Er rappelte sich auf, streckte die Arme aus, aber sein Boot bewegte sich nicht. Ein Mann mit schneeweißem Haar ruderte auf den Schatz zu, beugte sich hinab, um ihn vorsichtig aus dem Wasser zu heben.

Der Sonnenstrahl leuchtete ein letztes Mal auf, dann erlosch er.

Alles, was de Passeur denken konnte, war, dass Voskrit den Schatz in Händen hielt. Das konnte, das durfte er nicht zulassen.

Wie kann ich ihm den entreißen, dachte er gierig, *er ist bloß ein schwacher alter Mann. Noch ist es nicht zu spät.*

Aber was war das?

Die Barke kam näher.

Wollte Voskrit ihm am Ende den Schatz sogar selbst überreichen? Develnias lächelte und griff nach seinem Stock. Er würde nicht zögern, den Alten zu töten, falls er sich weigern würde.

Jetzt konnte er sehen, was es war:

Eine hell schimmernde, geschlossene Schale, die ihren kostbaren Inhalt noch verbarg.

„Du bist tot!", brach es aus ihm heraus, dann stieß er die Spitze in Voskrits Leib.

Aber der Stoß ging ins Leere.

Der Alte verzog keine Miene, wich dem Stock auch nicht aus. Fassungslos starrte Develnias auf seine Waffe, die mit dem misslungenen Stoß ihre goldene Spitze verloren hatte. Wie ein Besessener stieß er wieder zu, aber der Stock verfehlte sein Ziel abermals.

Voskrit blickte den Angreifer ruhig und fest an.

„Der Augenblick ist gekommen, in dem ich deiner Gier und Besessenheit ein Ende bereite, Develnias."

Da vernahm er ein letztes Mal die Stimme des Dämons: „Du bist zu weit gegangen."

Voskrit streckte die Hände aus, in die der Stock wie von selbst schwebte. Develnias wollte ihn festhalten, hatte aber keine Kraft mehr.

Dann sprach der Herrscher beschwörende Worte, indem er die Arme nach oben bewegte. Als er geendet hatte, war der Stock nicht mehr da – hatte sich einfach in Luft aufgelöst.

„Fortan wirst du im verborgenen Land auf einer Insel leben. Dort wirst du anderen begegnen, denen es ebenso wenig wie dir gelungen ist, den rechten Weg zu gehen. Auch der von dir so verehrte Kaiser befindet sich seit Kurzem dort."

Develnias schwankte, ihm wurde übel.

Warum nur habe ich nicht auf den Dämon gehört, fragte er sich und begriff endgültig, dass sich mit dem Stock auch seine Macht in Nichts aufgelöst hatte.

Voskrit hob die geschlossene Schale, die er aus der Hand gelegt hatte, öffnete sie ... und es formte sich ein Herz, das in zarten Farben schimmerte. Aus dessen Mitte strahlte der vollkommene Glanz einer Perle auf.

Beim Anblick der Perle sank Develnias auf die Knie, zitterte und schluchzte.

„Was ist mit dir?", fragte Agnes verängstigt.

Sie verstand nicht, was hier vor sich ging. Der

Alte wandte sich ihr zu. Was er mit dem Mann, dessen Stärke sie bewundert hatte tat, machte ihr Angst. Warum ließ er sie nicht in Ruhe weiterziehen?

„Der Schatz der Sonne ist für dich bestimmt, Agnes."

Die Stimme des Weißhaarigen klang freundlich. Dieser Schatz sei ihr ganz und gar gleichgültig, wollte sie ihm entgegnen, auch, dass sie sich nichts sehnlicher wünsche, als mit Develnias einfach davonzufahren.

„Steh' auf, Develnias", rief sie, „wir brauchen den Schatz nicht."

Agnes erschrak, als sie sah, wie der sich nun mühsam erhob. Er schien um Jahre gealtert. Zitternd und gebeugt stand er da. Sein Gesicht hatte tiefe Falten bekommen, sein Haar war ergraut. Ohne sie anzublicken stieg er in die Barke.

Verängstigt starrte Agnes ihn an, aber dann wurde ihr Blick vom Leuchten der Perle angezogen.

Augenblicklich spürte sie eine Erschütterung in ihrem Herzen, als wenn etwas in ihr erwachte, eine freudige Sehnsucht, die sich wie ein wärmender Strahl in ihrem Körper ausbreitete.

Sie atmete tief ein, fühlte, wie ihr Herz pochte und sah Johan vor sich – den Mann, den sie wirklich liebte.

„Nimm die Perle und kehre zurück", sagte Voskrit zu ihr, „Johan erwartet dich sehnsüchtig."

Agnes streckte die Hand aus, nahm behutsam die Perle entgegen und betrachtete sie ehrfürchtig.

„Danke", flüsterte sie.

Als sie wieder aufsah, hatte sich die Barke entfernt. Der Gebeugte saß mit dem Rücken zu ihr. Graue Nebelschleier senkten sich herab, hüllte alles ein, bis die Barke schließlich ganz verschwunden war. Agnes starrte in den Nebel und verbarg die Perle in ihrer Hand.

Sie dachte an Johan, an Ella und an das Gemälde in der Kirche. Plötzlich bemerkte sie, wie sich das Boot sanft zu bewegen begann. Als sie sich umsah, entdeckte sie einen seltsamen Kopf, der aus dem Wasser ragte und ihr zulächelte.

„Strudel!", rief sie überrascht aus, „wie um alles in der Welt kommst du hierher?"

Der Wassermann hob eine Hand zum Gruß.

„Johan schickt mich", entgegnete er, „ich bringe dich zu ihm."

„Johan? Aber wo ist er?", fragte sie aufgeregt und blickte sich um.

Am Ufer einer nahen Insel glaubte sie zu sehen, dass jemand winkte.

„Dort ... ist das etwa Johan?"

„Ja, Johan mit Long-Long und Karamell", gluckste der Wassermann, während er das Boot durchs Wasser schob.

Die Nymphen, die noch immer im Kreis beieinander standen, tuschelten aufgeregt miteinander. Es war ihnen nicht entgangen, dass Voskrit der Fremden den Schatz überreicht hatte.

Als Nayah zum Boot flog, um Agnes zu begleiten, kamen auch die übrigen neugierig herbei.

Agnes freute sich über den unverhofften Begleit-zug.

„Long-Long, Karamell, seht doch – Agnes kommt!"

„Ja, Johan, wir sehen es", bestätigte Karamell gerührt.

„Einmal sehen ist besser, als hundertmal hören", tönte Long-Long feierlich.

Als das Boot beinahe herangekommen war, lief Johan Agnes im Wasser entgegen. Sie sprang aus dem Boot geradewegs in seine Arme. Die Nymphen wisperten und surrten aufgeregt, und als die beiden sich umschlangen, lachten und klatschten alle.

„Ich hatte solche Angst um dich, Agnes", brach es aus Johan heraus, „aber jetzt lasse ich dich niemals mehr los."

Dann küssten sich die beiden. Die Nymphen verstummten, winkten einander zu und zogen sich leise zurück.

„Voskrit hat eine sehr weise Entscheidung ge-troffen", stellte Nayah fest, „er hat längst gewusst, dass die Sonnenperle für Agnes bestimmt ist."

Nachdem Agnes und Johan sich voneinander gelöst hatten, umarmten sie dankbar Johans Be-gleiter.

„Ich danke euch, meine Freunde! Ohne euch hätte ich mich verdammt hilflos gefühlt."

Long-Long und Strudel nickten stolz, während Karamell vor lauter Rührung eine Hühnerträne übers Gesicht kullerte.

„Ella und Charlotte", rief Agnes aus, „die beiden

sind auf Nayahs Insel und haben von alldem nichts mitbekommen! Bestimmt sind sie in großer Sorge."

Agnes blickte Nayah und Long-Long bittend an.

„Nun, dann werde ich die beiden schleunigst abholen", bemerkte der Drache eifrig.

Kurzerhand lud er die Nymphe ein, auf seinen Rücken zu steigen.

Charlotte und Ella blickten schon eine gefühlte Ewigkeit aufs Wasser.

„Was geschieht nur da draußen und weshalb kommt niemand zurück?", sorgte sich Ella.

Die Worte von Develnias, dass er sie töten wolle, bereiteten ihr Angst. Sollte er allein zurückkehren, wären sie ihm ausgeliefert.

„Agnes ist nicht mehr sie selbst. Sie tut nur noch, was er will. Wenn Nayah uns nicht beisteht, sind wir verloren", bangte Charlotte.

„Die Nymphe oder vielleicht der fliegende Drache, den wir gesehen haben", rätselte Ella.

„Das muss eine Täuschung gewesen sein, Ella. Der Drache sieht zwar ziemlich echt aus, ist aber eine leblose Skulptur. Er kann nicht fliegen."

Über der Landzunge, die ihnen die Sicht auf das weite Wasser versperrte, entdeckte Ella aber wieder den goldglänzenden Vogel.

„Kann er doch!", rief sie und zeigte dorthin. Charlotte stand wie erstarrt.

„Oh mein Gott! Das glaube ich nicht."

„Sieh mal, Charlotte, Nayah sitzt auf seinem

Rücken."

Die Nymphe winkte ihnen lachend entgegen. Nachdem Long-Long gelandet war, verbeugte er sich vor Charlotte und Ella.

„Jedes Ding hat zwei Seiten, verehrte Gräfin – ich kann auf meinem Platz verharren, aber auch quicklebendig durch die Luft fliegen. Darf ich mich vorstellen: Mein Name ist Long-Long."

Die Stimme des Drachens klang äußerst liebenswürdig.

Charlotte schnappte nach Luft und war einfach sprachlos. Nayah indessen war begeistert über den Flug auf dem Drachen.

„Ich denke, ich sollte meine Insel in Zukunft hin und wieder einmal verlassen. Es ist nicht zu fassen, wem man da alles begegnet."

„Wo sind Agnes und Develnias abgeblieben?", wollte Ella dringend wissen.

„Der Herrscher des verborgenen Landes bringt Develnias auf eine Insel, von der er nicht mehr zurückkehren wird, ebenso wenig wie sein Stock, der sich in den Händen von Voskrit in Luft aufgelöst hat", verriet Nayah mit ein wenig Wehmut in der Stimme.

„Oh, das ist wirklich eine sehr gute Nachricht", freute sich Ella.

„Agnes ist bereits bei Johan. Wir haben verzweifelt nach euch gesucht – Karamell, Strudel, Johan und ich", ergänzte Long-Long.

Charlotte hielt sich an Ella fest.

„Dass er nicht nur fliegen, sondern auch noch sprechen kann, das ist ... das ist ...", stammelte

Charlotte, den Drachen misstrauisch beäugend.

„Das ist einfach wunderbar!", vollendete Ella.

„Darf ich bitten, Gräfin Charlotte", tönte Long-Long galant, „Sie sollten jetzt auf meinen Rücken steigen."

Charlotte zögerte, begriff aber am Ende, dass ihr nichts anderes übrigblieb. Nachdem auch Ella Platz gefunden hatte, erhob sich der Drache in die Luft. Nayah ergriff kurzerhand seine Schwanzspitze und ließ sich auf diese Weise durch die Luft tragen.

Die Wiedersehensfreude einige Minuten später war riesig, aber Agnes wagte es kaum, Ella und Charlotte in die Augen zu sehen.

„Es tut mir sehr leid. Ich war nicht ich selbst, als ich mich gegen euch gestellt habe", gab sie kleinlaut von sich.

„Das war das Werk des Comte de Passeur oder von Develnias. Er hat uns, vor allem aber dich, mit seinen Pasteten regelrecht verhext", stellte Ella fest.

„Ja, so war es wohl", pflichtete Johan bei, „sein Plan wäre auch beinahe aufgegangen, aber am Ende ist er an seiner eigenen Habgier gescheitert."

„Und an Voskrits Vorsehung", ergänzte Nayah.

„Und an der Kraft der Sonnenperle", vervollständigte Agnes.

Sie öffnete ihre Hand und zeigte die Perle.

„Sie ist wunderschön!", rief Ella begeistert aus, „so wie die Perle in der Kirche."

Da stimmte auch Charlotte zu.

„Vielleicht hat uns die Kraft der Liebe gerettet",

sagte sie.

Johan und Agnes strahlten einander an.

„So, jetzt ist mal genug gestaunt", vernahmen sie da die Stimme von Strudel, „wir sollten uns endlich auf den Rückweg machen."

Dagegen hatte niemand etwas einzuwenden.

Alle Augen richteten sich auf Long-Long.

„Äh", gab der etwas geknickt von sich „ehrlich gesagt kann ich nicht mit Sicherheit sagen, ob meine Kraft ausreichen wird, euch alle gleichzeitig zu tragen."

Johan überlegte.

„In der vergangenen Nacht ist mir auf der unsichtbaren Insel eine Eule begegnet. Sie hat mir verraten, dass es noch weitere Wege ins verborgene Land gibt und meinte, wir sollten unserer Fantasie vertrauen, diese Wege zu finden."

„Goaack", meldete sich Karamell zu Wort, „seitdem ich im verborgenen Land bin, läuft mein Kopf vor lauter Fantasie schier über. Also ich vertraue darauf, dass wir einen Weg finden werden."

„Ja, Karamell – wir sollten es wagen. Es bleibt uns sowieso nichts anderes übrig", stimmte Agnes zu.

So wurde beschlossen, sich ins Boot zu setzen und mit Hilfe Strudels nach Erlenburg zurück zu fahren.

„Möge unsere Fantasie uns im entscheidenden Moment beistehen", beschwor Ella das ungewisse Unterfangen.

Karamell stieg auf Long-Longs Rücken.

Dann verabschiedeten sie sich von der Nymphe.

„Du kannst uns jederzeit besuchen, Nayah", lud Agnes sie ein.

„In Erlenburg gibt es jemanden, mit dem du dich sicher glänzend verstehen wirst", stellte Karamell in Aussicht, „sie heißt Erlin und lebt in ihrem Hain gleich neben dem Wasser."

„Vielen Dank euch und gute Reise", wünschte die Nymphe zum Abschied, „gewiss werden wir uns wieder sehen."

*

Johan erwachte im lichten Schatten eines Baumes. Als er die Augen öffnete, blinzelte er in das Sonnenlicht, das über ihm durch die grünen Blätter fiel.

Erlenhain!, durchfuhr es ihn, *kann das wahr sein?* Noch vor wenigen Augenblicken war er mit den anderen im schwankenden Boot gesessen und hatte ängstlich auf die gefährlichen Strömungen geblickt, die immer näher kamen. Einen anderen Weg, der sie sicher über die Grenze geführt hätte, hatten sie bis dahin nicht finden können. *Wie leichtsinnig von uns, nur unserer Fantasie zu trauen,* hatte er noch gedacht, die Augen geschlossen und sich in seiner Angst so stark es ging gewünscht, mit Agnes im Erlenhain zu sein. Er wollte festen Boden unter den Füßen haben und sicher sein, dass die Gefahr endlich vorüber war. In seinem Kopf sah er den Hain deutlich vor sich: die sich im Wind wiegenden Erlen am Ufer, Erlin in ihrem glänzenden Gewand und die prächtige Allee, groß wie eine Kathedrale.

Er erinnerte sich daran, was die Eule bei den Bäumen auf der unsichtbaren Insel zu ihm gesagt hatten: *Den meisten Menschen fehlt der Mut, ihrer Fantasie zu trauen.* Dann hatte er gespürt, wie sich die Grenzen zwischen dem Schwanken des Bootes und den Bildern in seinem Kopf vermischten, gleichsam wie das Ende eines Traumes, das in die Wirklichkeit führt. Mit den Händen tastete er den Boden ab, der nicht mehr schwankte, sondern sich anfühlte wie Erde und Wurzeln.

Aber wo war Agnes? Als er sich umdrehte, machte sein Herz einen Freudensprung. Sie lag neben ihm, als ob sie schliefe.

Wie schön sie ist, dachte er.

Während er sie betrachtete, schlug sie die Augen auf, sah ihn verblüfft an.

„Wir sind im Erlenhain?“

„Ja, das sind wir!“

„Du hast dir auch ganz fest gewünscht, mit mir hier zu sein?“

Johan nickte lächelnd und küsste sie.

Dann blickten sie sich suchend um. Wo die anderen wohl geblieben waren?

„Willkommen im Erlenhain“, hörten sie plötzlich Erlins Stimme, „und seid unbesorgt, alle sind in Sicherheit.“

Die Königin trat aus dem Baum hervor, neben dem die beiden lagen. Kleine und größere Lichtpunkte tanzten auf ihrem Gewand, ihre Haare schimmerten rot.

„Seit wann sind wir hier?“, wollte Agnes wissen.

„Noch nicht lange", antwortete Erlin geheimnisvoll.

Agnes und Johan erhoben sich.

„Wir müssen sofort nach Erlenburg", stieß Agnes hervor, „Vater wartet auf uns."

Sie winkten Erlin zu und liefen Hand in Hand davon. Als sie an den bemoosten Felsbrocken am Bach vorbeikamen, blieb Johan stehen.

„Ich hatte solche Angst um dich, Agnes. Ich dachte, ich hätte dich an de Passeur verloren. Ich wollte am liebsten sterben, nachdem ich dich mit ihm im Spiegel des Wassers gesehen habe."

Sie blickte ihm in die Augen.

„Ich liebe dich", sagte sie, „vergiss das nie."

Sie löste die Finger ihrer bis jetzt geschlossenen Hand und betrachtete die Perle, die darin verborgen war.

„Die Sonnenperle hat mir die Augen geöffnet, Johan, deshalb wird sie für mich immer wertvoll sein. Ist ihr Glanz nicht wunderschön? Ich wünsche mir nichts mehr, als dass unsere Liebe genauso kostbar bleibt wie sie, so lange wir leben."

Ungefähr zur selben Zeit fuhr die gräfliche Kutsche, in der Charlotte saß, durch das Burgtor der Erlenburg.

Nanu, dachte Charlotte, *gerade bin ich noch wahnsinnig vor Angst im schaukelnden Boot gesessen, habe an unser Teehaus gedacht und mir vorgestellt, wie Jakob dort auf mich wartet.* Schon hatte die Kutsche das Teehaus erreicht. Charlotte öffnete den Verschlag und sah Jakob, der aus der Tür trat.

„Charlotte! Endlich!", rief er freudig aus und eilte auf sie zu.

Schweigend umarmten sich die beiden. Jakob spürte wie eine riesige Last von ihm abfiel.

„Ich danke Gott, dass du wieder bei mir bist. Ich wusste nicht, was ich vor lauter Sorge um dich noch hätte tun sollen."

Charlottes Blick fiel auf den Sockel, wo Long-Long stand, als wäre nichts geschehen.

Die eine und die andere Seite, dachte sie.

„Wo bist du nur gewesen?"

„Oh, mein Lieber, ich habe dir wirklich viel zu erzählen … komm mit."

Sie zog Jakob hinter sich ins Teehaus. Bevor die beiden darin verschwanden, vernahm Charlotte das leise Gackern eines Huhnes. Sie lächelte.

Nachdem das Boot samt seinen Insassen die wilden Wasserstrudel auf wundersame Weise überwunden hatte, fand sich Ella auf den Stufen des Brunnens am Marktplatz wieder. Niemand schien sich über ihre plötzliche Anwesenheit zu wundern. Sie sprang auf und sah sich um, dann setzte sie sich lächelnd wieder.

„Hast du schon gehört, Ella?", wurde sie von einer Spinnerin gefragt, „Leo von Dorn ist tot."

Ella horchte auf.

„Die Leute sagen, er sei in der Kirche gestürzt – und zwar mitsamt einer Leiter ganz oben von der

Empore herab."

Die Frau deutete mit ihrem Zeigefinger Richtung Himmel.

„Einen Eimer und eine Bürste hat man neben ihm gefunden – als ob er an der Decke etwas reinigen wollte."

Ella schwieg.

Sie konnte sich schon denken, was das war.

In den darauffolgenden Tagen sprach es sich in der ganzen Stadt herum, dass der Comte Luis de Passeur auf der Flucht war. Auch wenn es den Menschen noch ein wenig schwer fiel, mussten sie sich sehr bald eingestehen, dass der französische Graf ihnen übel mitgespielt hatte. Die Gendarmen waren insofern erfolgreich gewesen, als sie die beiden Begleiter des Comte, Gaston und Archimbald, noch in den Räumen der Burg dingfest machen konnten. Offensichtlich hatten die beiden dort schon ungeduldig auf den Comte gewartet.

„Ich habe nur die Anweisungen des edlen Herrn befolgt", hatte der Pastetenkoch zu seiner Entschuldigung vorgebracht, als man ihm auf den Kopf zusagte, er habe mit den Zutaten aus der geheimnisvollen Kiste Rauschmittel in die Pasteten gemischt und damit die Menschen in große Gefahr gebracht.

Diejenigen, die Pasteten verspeist hatten, verspürten tagelang ein heftiges Verlangen nach weiteren Pasteten, litten zudem unter heftigen Kopfschmerzen, Leibkrämpfen und taten nachts kein

Auge zu. Auch Charlotte fühlte sich unwohl, aber sie und Jakob waren über das Ende der unrühmlichen Angelegenheit sehr erleichtert.

„De Passeur hat uns alle an der Nase herumgeführt", gab Jakob zu, „um ein Haar wäre es ihm gelungen, uns beide in große Schwierigkeiten zu bringen."

Charlotte schwieg. Niemand wusste das besser, als sie.

Agnes und Johan schlenderten eines Nachmittags über den Marktplatz in Richtung Auberge, vor der es heute – nicht wie noch vor Tagen – keine Menschenansammlung und johlende Begeisterungsstürme gab.

„Zum Glück ist in Erlenburg wieder Ruhe eingekehrt", seufzte Agnes erleichtert.

Sie standen vor dem Haus und betrachteten die Fassade.

„Es ist ein sehr schönes Haus", stellte Johan fest, „wie es wohl innen aussehen mag?"

Agnes trat auf die Tür zu.

„Vielleicht ist nicht abgesperrt."

Sie drückte beherzt die Klinke ... und tatsächlich sprang die Tür auf. Nachdem Johan ihr aufmunternd zugenickt hatte, traten sie ein.

Innen umfing sie die Stille des leeren Hauses. Beinahe andächtig gingen sie durch die Räume. Johan bewunderte die aufwändigen Stoffe an den Wänden. Das einfallende Sonnenlicht verlieh den Farben des seidenen Stoffes einen dezenten

Schimmer. Johan strich mit den Fingerspitzen zärtlich über den Stoff.

„Das sieht wunderbar aus. Ich wollte, ich hätte an diesem Brokat mitweben können!"

Agnes war nicht weniger beeindruckt, ihre Augen blieben jedoch am Geschirr aus weißem Porzellan hängen, das durch die Glasscheiben der Vitrine glänzte.

„Was wird aus dieser ganzen Pracht nun werden?"

Ihr Interesse war geweckt.

„Das Haus gehört dem Comte, und wir beide wissen nur zu gut, dass er nicht wiederkommen wird. Es ist die Aufgabe des Erlenburger Rates zu entscheiden, was damit geschieht."

„Wäre es nicht schade, wenn die *Auberge du Pâté* keinen neuen Besitzer bekäme?", überlegte Agnes.

Johan sah sie verdutzt an. Was ging gerade in ihrem Kopf vor? Die beiden betraten die Küche.

„Sieh nur, Johan, wie gut alles ausgestattet ist", rief sie begeistert, „all die Töpfe, Schüsseln und Küchengeräte. Als warteten sie nur darauf, in die Hand genommen zu werden, um damit die köstlichsten Speisen zu kochen."

„Das klingt, als würden sie auf Agnes Gründel warten."

Er trat neben sie und nahm sie in den Arm.

„Ich glaube, du hast recht, Johan. Vielleicht wartet die *Auberge* tatsächlich auf mich – nein, auf uns?"

Ihre Augen funkelten ihn an.

„Dann würde die Absicht des Comte, dich für sein Werk zu begeistern, doch noch in Erfüllung gehen", sagte er nach einem zärtlichen Kuss.

„Ja ... in gewisser Weise ist es sein Werk, aber die Stoffe wurden von unseren Webern hergestellt, und ganz sicher hat er nicht in der Küche gestanden oder sich jemals die Finger bei der Arbeit schmutzig gemacht."

Sie gingen in den Flur, wo die Treppe nach oben führte.

„Dort hast du die Leiche von Georg Hegenrot gefunden?"

„Ja. De Passeur hat ihn getötet und dann einfach liegen lassen, gerade so, als wäre ihm der Tote egal gewesen."

„Dann muss Hegenrot in irgendeiner Weise eine Gefahr für ihn bedeutet haben."

Sie beschlossen, heute nicht nach oben zu gehen.

„Es wird noch eine Weile dauern, bis der Geist des Comte von hier verschwunden ist", flüsterte Agnes, „aber den Gedanken, dass dieses Haus vielleicht einmal uns gehören könnte, finde ich sehr verlockend."

Sie nahm seine Hand und führte ihn in den Gastraum zurück.

„Lass uns mit dem Grafen sprechen! Er kann uns gewiss dabei helfen, die richtigen Schritte zu gehen", schlug Johan vor.

„Ja! Einen Schritt nach dem anderen."

So kam es, dass Johan endgültig die Entscheidung traf, in Erlenburg zu bleiben. Gustav Gründel freute sich darüber wie ein kleines Kind und unterstützte die beiden, wo er nur konnte.

Zunächst wurde Hochzeit gefeiert. Als Charlotte und Jakob von dem bevorstehenden Ereignis erfuhren, ließ es sich Charlotte nicht nehmen, den beiden anzubieten, die Hochzeit auf der Erlenburg zu feiern, was Johan und Agnes mit großer Freude annahmen.

Viele Gäste, darunter diejenigen, die in Fichtenau schon gespannt darauf gewartet hatten, wie es mit Johan und Agnes weiterginge, fanden sich an jenem Tag im September in Erlenburg ein.

Von einem tiefblauen Himmel strahlte die Sonne, nicht weniger jedoch die Perle am Deckengewölbe der Kirche. Sie hatte nach dem Ableben Leo von Dorns wie selbstverständlich ihren alten Glanz wiedergewonnen.

Später, als sich Johan und Agnes für eine Weile unbemerkt ins Teehaus zurückgezogen hatten, nahm Johan die Sonnenperle zwischen die Finger, die Agnes heute zum ersten Mal an einer Kette um den Hals trug.

„Der Schatz aus dem verborgenen Land – sein Glanz ist heute so unbeschreiblich wie der Glanz deiner Augen."

„Ja, er bedeutet mir sehr viel, aber niemals wird er mir so viel bedeuten wie du, mein kostbarster Schatz."

Agnes lachte, dann folgte ein sehr inniger Kuss.

Long-Long, der die beiden von seinem Sockel

aus beobachtete, lächelte verlegen und wandte sich höflich ab.

Später, nach Einbruch der Dunkelheit, hatte er eine Verabredung mit Karamell und Strudel.

„Was meint ihr", gluckste Karamell, als die drei im Erlenhain angekommen waren, „wollen wir wieder einmal einen Abstecher in das verborgene Land machen?"

„Hm, so langsam könnte ich mir das durchaus wieder vorstellen", antwortete Strudel, „wir könnten dort nach neuen Wasserkreiseln suchen."

„Oder wir besuchen Nayah oder halten nach Voskrit Ausschau", gackerte Karamell.

Zwischen den Erlen schwebte Erlin heran.

„Gibt es bald eine weitere Reise in das verborgene Land?", fragte sie.

Die drei nickten, was in der Dunkelheit nicht zu sehen war. Aber Erlin wusste es sowieso.

„Auf der Burg wird heute Hochzeit gefeiert. Für meinen Geschmack gibt es da zu viele Menschen", klagte Karamell, „ich wusste schon nicht mehr, wo ich mich verstecken soll."

„Johan und Agnes sind sehr glücklich. Wünschen wir den beiden, dass es lange so bleibt", schwärmte Long-Long.

„Man sagt, die beiden übernehmen mit Hilfe von Charlotte und Ella die *Auberge*", wusste Strudel, „jedenfalls erzählt man sich das am Brunnen."

„Das Haus braucht dann auch einen neuen Namen. Wie wäre es mit *Zum goldenen Drachen?*", überlegte Karamell bereits.

Alle lachten.

„Das wäre jedenfalls ein echter Gewinn für Erlenburg", freute sich Erlin.

Long-Long richtete sich auf.

„Die Menschen sind gar nicht so übel", sinnierte er, „bis auf wenige Ausnahmen. Aber das Allerbeste sind gute Freunde, mit denen man Abenteuer bestehen kann."

Wieder nickten die anderen in der Dunkelheit.

„Wer weiß, vielleicht ist unsere Hilfe eines Tages wieder gefragt – dann sind wir zur Stelle, oder?", tönte der Drache, „denn wie sagt man in dem Land, aus dem ich stamme:

Über Vergangenes mach dir keine Sorge, dem Kommenden wende dich zu."

„Sonnenperle" – eine eigenständige Geschichte, jedoch auch die Fortsetzung des Märchenromans ...

»**Lichtmond**« - von Heidi Lange

In den Nächten des Lichtmondes steigt aus dem Schattengrund das Unheil empor. Davon ahnt Johan, der junge Handweber, nichts. Er ist voller Tatendrang soeben in sein Heimatdorf zurückgekehrt.
Vorerst gilt es, sich unerwarteten Veränderungen zu stellen. Aber unheilvolle Zeichen mehren sich. Gibt es die Schicksalsfrau wirklich, die das Böse spinnt und es zu ihrer Freude aussendet? Und was hat es mit den Zwergen auf sich, die nach Meinung einiger Dorfbewohner in Erdhöhlen nahe beim Todesfelsen leben, über altes Wissen verfügen und die Menschen beobachten?
Als Johan nach einer Traumnacht seine Stube betritt, macht er eine wunderbare Entdeckung und erkennt, dass es an ihm ist, eine Entscheidung zu treffen.

Ein Märchen aus alter Zeit um den heimkehrenden Sohn, in dem Zwerge und eine Schicksalsfrau die Lebensgestaltung der Menschen beeinflussen, angesiedelt im Spannungsfeld zwischen Mythologie, Geisterglauben und realem Leben. Ein Lehrstück für standhaftes aufrichtiges Vorgehen in guter Gemeinschaft und Achtung von Sensibilität und Gefühlen anderer. Eine spannende Geschichte für Alt und Jung.

tredition GmbH, Hamburg, Deutschland

ISBN Paperback 978-3-347-49645-3

Leseprobe aus „Lichtmond"

Es war einmal …

Es war einmal ein Handweber namens Johan. Er lebte zu einer Zeit, in der die Menschen in ihren engen strohgedeckten Weberhäusern in den Senken des Fichtelgebirges und Frankenwaldes diesem Handwerk nachgingen. Und es war die Zeit gekommen, zu der Johan das Abenteuer bestehen musste, welches das Schicksal für ihn bestimmt hatte.

Heimkehr ins Nichts und der Schreck auf dem Todesfelsen

Das Licht der Abenddämmerung fiel durch das schmale Fenster in die Stube. Schemenhaft im Halbdunkel standen der Tisch, ein paar Stühle, der Schrank. In den Spinnweben am Webstuhl verfing sich der letzte Schimmer der untergehenden Sonne.

Johan saß auf der staubigen Bank in der Ecke einer Stube, die keine mehr war. In seinem Kopf mischten sich Erinnerungen, Gefühle und Gedanken zu einem undurchdringbaren Gewirr.

„Viel ist nicht mehr übrig." Die Worte seines Onkels hallten in ihm nach. Mit einer Mischung aus Misstrauen und Mitleid hatte Rupert ihn bei seiner Ankunft gemustert.

„Wenn du willst, kannst du bei uns ein paar Tage unterkommen. Deine Eltern sind tot. Deine Mutter am

Todesfelsen, dein Vater im vorletzten Winter ..." Da war Johan einfach gegangen. Nein, das hatte er nicht hören wollen. Sein Ziel war sein Elternhaus. Dort hat er endlich ankommen müssen. Weiter nichts. Was hatte er nach den Jahren seiner Abwesenheit erwartet? Dass alles so wie vorher sein würde? Wohl kaum. Aber die Nachricht, dass die Eltern tot sein sollten, hatte ihm die Kehle zugeschnürt.

Das Haus mit dem verfallenen Strohdach war trotz seines trostlosen Zustandes an jenem Abend ein Zufluchtsort für ihn. Hier musste er mit niemandem reden, sich nichts Schreckliches anhören. Die Dunkelheit hatte ihn wie ein schützender Kokon eingehüllt. Zumindest für ein paar Stunden.

Jetzt, am Morgen, machte sich der Hunger bemerkbar. Johan griff in sein Bündel und holte ein Stück Brot hervor. Noch in der Dämmerung erhob er sich, nahm einen Becher und ging hinaus, um Wasser zu holen. Der Bach befand sich in der Nähe. Ohne Mühe fand er ihn wieder, schöpfte das Wasser, aß und trank.

Wie lange mochte das Haus schon leer gestanden haben? Es befand sich am Dorfausgang, in nächster Umgebung war nur Wald. Auf der anderen Seite des Baches entdeckte Johan den Pfad, den er früher so oft gegangen war. Er empfand ihn wie eine Einladung und lief los. Das Laufen tat ihm gut, seine Lungen füllten sich mit würziger Waldluft. Es war Sommer. Heute würde es wieder heiß werden. Johan blieb stehen, schloss die Augen und atmete den Geruch des Waldes ein.

Plötzlich erhoben in den Wipfeln der Bäume Krähen ihre heiseren Schreie, aufgeschreckt durch seine Anwesenheit. Er lauschte und vernahm aus der Tiefe des Waldes ein weiteres Rufen, das wie ein Echo klang. Sekunden später ertönte abermals ein Schrei direkt über ihm - und wieder erklang eine ferne Antwort. Er öffnete die Augen, schüttelte den Kopf und ging zurück zum Haus.

Außer Rupert, dem Bruder seines Vaters, hatte er noch keine Menschenseele gesehen. Seine Eltern waren also tot. Ein für ihn völlig fremder und widersinniger Gedanke. Es gelang ihm nicht, etwas zu empfinden. Noch nicht. Aber seit gestern Abend und nach der einsamen Stille der vergangenen Nacht musste Johan schmerzlich erkennen, dass hier nichts mehr so war wie früher.

*

Took bewegte sich so sicher wie lautlos in der Nacht. Seine Ohren und Augen erfassten alles. Ohne Mühe fand er den Weg durchs Unterholz. Mit seinen Händen schob er behutsam die Zweige beiseite. Seine Füße glitten über Unebenheiten und am Boden liegende Äste. Er wusste, wo Fuchs und Dachs ihren Bau hatten. In der Dunkelheit sollte man auf der Hut sein und am besten nicht ihre Wege kreuzen. Auch war keine Nacht wie die andere. Der Wald schlief nie. In der vergangenen Nacht war das Singen und Musizieren der Zwerge im Wald zu vernehmen gewesen. Sie hatten in diesem Jahr das Fest der Sommersonnenwende ausgiebig gefeiert.

Die meisten Menschen behaupteten, es gäbe keine Zwerge. Falls aber doch, so wären sie unsichtbar. Und genau so sollte es sein. Die Menschen wurden zwar hin und wieder eines Besseren belehrt, aber es geschah selten, dass ein Zwerg sich einem Menschen zeigte. Gut, ab und zu kam es schon vor, dass die Zwerge sich gegen Störenfriede zur Wehr setzen mussten. Dabei konnten sie sehr einfallsreich sein.

Erst vor Kurzem hatten sie auf ihre Art ein paar Holzfällern beibringen müssen, dass die Fichten hinter dem Todesfelsen nicht gefällt werden durften. Zu diesem turmartigen Felsen kamen die Menschen nicht oft, was gut war, denn dort, in den vielen Höhlen, Erdlöchern und unterirdischen Gewölben hatten die Zwerge ihr Zuhause.

Nachdem er ein paar Schritte in den Wald gegangen war, kehrte Johan zum Haus zurück, auf das noch spärlich das Sonnenlicht fiel. Er konnte das Ausmaß des Verfalls erkennen. Das Strohdach sah aus, als hätte es durch einen heftigen Sturm stark gelitten. Auch war offenbar Wasser in das Haus eingedrungen und hatte seine zerstörerischen Spuren hinterlassen. Johan betrat, über Steine und herabgefallenes Holz steigend, den niedrigen Flur und gelangte in den kleinen Stall. Hier war alles rußgeschwärzt wie nach einem Feuer. Die Wände zeigten Risse, die Balken hingen schief. Dreck und Staub überall. Der Schuppen, früher stand er hinterm Stall, war niedergebrannt. Niedergeschlagen verharrte Johan, betrachtete die Reste seines Elternhauses und da wurde ihm klar, dass es für ihn keine Herberge mehr sein konnte. Dabei war er nur aus dem einzigen Grund zurückgekehrt, seinen Eltern zu helfen. Einen neuen Anfang hatte er machen wollen, jetzt, nachdem er selbst älter und reifer geworden war und auch reicher an Erfahrung, was das Weben betraf.

Das Handwerk hatte er in der Fremde noch einmal neu erlernt. Sein Meister hatte es verstanden, mit jungen Menschen umzugehen. Er führte seine Gesellen zwar mit strenger Hand, spornte sie aber auch ebenso gut an, Neues zu wagen. So hatte Johan Freude daran gefunden und sich mit dem Los der harten Arbeit in seinem Heimatdorf ausgesöhnt. Und er hatte gemerkt, dass ihm das Weben, genau wie seinen Vorfahren, im Blut lag. Wie sehr hatte er gehofft, dem Vater das neu Erlernte zeigen zu können.

Das Geräusch von Schritten ließ Johan aufhorchen. Rupert war gekommen und fand ihn zusammengekauert vor dem Webstuhl sitzen. „Gott zum Gruß, Johan", begann Rupert, „lange nicht gesehen. Ich hab dich gestern Abend kaum erkannt. Du hast dich verändert. Siehst erwachsen aus." Johan brauchte eine Weile, bis die Worte seines Onkels ihn erreichten. Er erhob sich. „Viel geschehen in den letzten Jahren." Rupert betrachtete seinen Neffen und zögerte fortzufahren. Es fiel ihm nicht leicht, all die Ereignisse preiszugeben. „Hier kannst du nicht bleiben, ist ja alles kaputt." Rupert sah sich um. Auch er war lange nicht mehr hier gewesen. „Komm doch zu uns. Du kannst unterm Dach schlafen und erst mal bei uns wohnen."

Johan musste nicht lang überlegen. „Danke, Rupert, ich nehme dein Angebot gerne an. Ich komme heute Abend zu euch. Zuvor aber will ich mich umsehen, hier wieder ankommen. Soweit es möglich ist."

*

Quellenverweise

Die unten aufgelisteten Weisheiten, dem chinesischen Glücksdrachen Long-Long in den Mund gelegt, sind folgender Quelle entnommen:
https://de.wikiquote.org/wiki/Chinesische_Sprichwört er. Abgerufen in der Zeit zwischen dem 31.3.22 und dem 1.7.23.

Chinesische Weisheiten

Besser, auf neuen Wegen etwas zu stolpern, als in alten Pfaden auf der Stelle zu treten.

Wenn ein Freund von weit her kommt, ist das nicht auch eine Freude?

Aller Anfang ist schwer.

Nur ein schlechter Handwerker schiebt die Schuld auf sein Werkzeug.

Erst wenn man sich nicht schämt, Fragen zu stellen, kann man ein Gelehrter werden.

Wenn das Alte nicht geht, kommt das Neue nicht.

Eine einzelne Faser macht kein Garn, ein einzelner Baum macht noch keinen Wald.

Lerne schwimmen, anstatt auf die Ebbe zu warten

Wissen, das sich nicht täglich vermehrt, nimmt ab.

Dreimal nachdenken, dann handeln.

Lernen ist ein Schatz, der seinem Besitzer immer folgt.

Wenn der Fuchs den Hühnern seine Aufwartung macht, hat er keine guten Absichten.

Die Weisheit des Lebens besteht im Ausschalten der unwesentlichen Dinge.

Auch eine Gänsefeder, die hoch am Himmel schwebt, muss irgendwann zur Erde zurückkommen.

Wenn die Menschen nur von dem sprächen, was sie verstehen, würde bald ein großes Schweigen auf der Erde herrschen.

Ein Tag voll Sorgen dauert länger als ein Monat Freude.

Hoffnung ist wie der Zucker im Tee: Auch wenn sie klein ist, versüßt sie alles.

Der Weise vergisst die Beleidigungen wie ein Undankbarer die Wohltaten.

Ein Floh auf der Schlafmatte ist schlimmer als ein Löwe in der Wüste.

Dinge zu planen, liegt beim Menschen. Dinge zu vollenden, liegt beim Himmel.

In der Nähe von Zinnober wird man rot, in der Nähe von Tusche wird man schwarz.

Da mich der Himmel geboren hat, muss ich doch auch für etwas von Nutzen sein.

Der Narr tut, was er nicht lassen kann - der Weise lässt, was er nicht tun kann.

Lehrer öffnen dir die Tür, hineingehen musst du aber selbst.

Wer dich einen Tag unterrichtete, ist das ganze Leben lang dein Vater.

Vögel singen nicht, weil sie eine Antwort haben, sondern weil sie ein Lied haben.

Jedes Ding hat zwei Seiten.

Mit Feuer prüft man Gold, mit Schwierigkeiten die Entschlossenheit.

Über Vergangenes mach dir keine Sorge, dem Kommenden wende dich zu.

*

Zitate am Buchanfang

Giannina Wedde (2021): In deiner Weite lass mich Atem holen. Münsterschwarzach. S. 16.

Die Bibel (1964). Neues Testament. 1. Korinther 13, V. 13. Naumann und Göbel. S. 193.